Harper
Collins

Zum Buch:

Die letzten dreißig Jahre hat sich Mr. Gandy um seine Frau und seine drei Kinder gekümmert. Er hat seinen Job gemacht und seine Verpflichtungen erfüllt. Er war nicht unglücklich dabei. Aber wirklich glücklich war er schon lange nicht mehr. Nun will er sich endlich wieder mehr um sich kümmern, um seine Wünsche und Träume. Er macht sich auf die Reise seines Lebens. Und begegnet nicht nur Fremden, die zu Freunden werden, sondern auch der Liebe – und nicht zuletzt sich selbst noch einmal neu.

„Eine Geschichte, die das Herz zum Schmelzen bringt."

Marie Claire

Zur Autorin:

Alan Titchmarsh ist Engländer und liebt seinen Garten. Er hat zahlreiche Bücher zum Thema Garten veröffentlicht und darüber hinaus acht Romane geschrieben, die zu Bestsellern wurden. Er lebt mit seiner Frau in Hampshire, wo er ein altes Farmhaus mit einem riesigen Garten besitzt.

Alan Titchmarsh

Mr. Gandys große Reise

Roman

Aus dem Englischen von
Ursula Sturm

Harper
Collins

HarperCollins®

Ungekürzte Ausgabe im HarperCollins Taschenbuch

Originaltitel: „Mr Gandy's Grand Tour"
erschienen bei: Hodder & Stoughton,
An Hachette UK company

Umschlaggestaltung: HarperCollins Germany / Deborah Kuschel,
Artwork, Hafen Werbeagentur gsk GmbH
Umschlagabbildung: Netkoff / shutterstock, Textures.com
Lektorat: Friderike Baum
Satz: GGP Media GmbH, Pößneck
Printed in Germany
Dieses Buch wurde auf FSC®-zertifiziertem Papier gedruckt.
ISBN 978-3-95967-235-1

www.harpercollins.de

Für Bessie mit all meiner Liebe

KAPITEL 1

Chichester

September

*Dummköpfe geben die besten Ehemänner ab.
Dass es so viele unglückliche Ehen gibt, liegt nur
an den intelligenten Männern.*

P.G. Wodehouse, *The Adventures of Sally*, 1920

In jeder Ehe gibt es Augenblicke, in denen ein Partner die Führungsrolle übernimmt. Das ist der natürliche Lauf der Dinge, bedingt durch die Stärken der jeweiligen Partei. So sind Männer im Haushalt traditionellerweise für die Beseitigung von Mäusen und Spinnen zuständig, Frauen dagegen wissen, wie man das Geschirr richtig in die Spülmaschine stellt. Es ist nicht ratsam, solche Ansichten öffentlich kundzutun, da sie auf erhebliche Kritik stoßen können, vor allem, wenn die Äußerung von einem Angehörigen der männlichen Spezies getätigt wird. Trotzdem findet man diese Aufgabenteilung in den meisten Haushalten vor. In gewichtigeren Angelegenheiten ist es zweckmäßig, bei Entscheidungsprozessen ein gewisses Maß an Kompromissbereitschaft an den Tag zu legen. Wenn ein Paar dank ähnlicher oder übereinstimmender Ansichten in der Lage ist, in derlei Angelegenheiten durch eine offene Kommunikation zu einer Entscheidung zu gelangen und gemeinsam danach zu handeln, kann es sich glücklich schätzen. Dies ist das Ideal. Bedauerlicherweise gerät in vielen Ehen das Machtgefüge über die Jahre aus dem Gleichgewicht, sodass eine Partei als Entscheidungsträger fungiert, während sich die andere pas-

siv verhält. Sollte der Mann dominieren, so gilt er als Tyrann; trifft die Frau die Entscheidungen, wird ihr Angetrauter als Pantoffelheld bezeichnet. Für Männer gleicht die Ehe einem Schlachtfeld, auf dem sie bestenfalls auf eine Waffenruhe hoffen können.

Timothy Gandy klappte das Buch zu und überflog noch einmal den Titel auf dem grellbunten Schutzumschlag. *Die Ehe – ein Insider-Ratgeber.* Er verzog keine Miene, hob jedoch eine Augenbraue, als sein Blick den Namen des Autors streifte: Dr. Randy Finkelstein. Alles klar. Ein Amerikaner. Nur im Land der unbegrenzten Möglichkeiten konnte es sich ein Mann leisten, derartiges Gedankengut öffentlich zu verbreiten. In Europa verkniff man sich solche Äußerungen lieber, wenn man sich beim schönen Geschlecht nicht unbeliebt machen wollte.

Dr. Finkelsteins *Insider-Ratgeber* gehörte weder Timothy noch seiner Frau; es war das oberste auf einem wackeligen Stapel Taschenbücher gewesen, den Isobel Gandy für den Flohmarktstand der hiesigen Liberaldemokraten gesammelt hatte. Auf diese Weise leistete sie regelmäßig einen Beitrag zur Wiederherstellung eines ausgeglichenen Kräfteverhältnisses. Erstaunlich, dass sie das Buch noch nicht in die Altpapiertonne hinter dem Haus befördert hatte. Vermutlich hatte sie den Titel nicht registriert, geschweige denn hineingelesen, sonst hätte sie sich sicher wortreich über Dr. Finkelsteins Einstellung zur Ehe echauffiert.

Timothy verzog das Gesicht zu einem Schmunzeln, das halb zur Grimasse geriet. Er deponierte das Buch unter dem zweitobersten auf dem Stapel, dessen Titel *Tagebuch eines Hundes* lautete, und sinnierte darüber, wie passend dieser Titel für sein eigenes Leben wäre. Nun sei nicht albern, dachte er und schauderte unwillkürlich, als er in die Küche ging, um sich eine Tasse Kaffee zu machen. Sonst war er normalerweise nicht so nachdenklich, so niedergeschlagen, so … griesgrämig. Aber heute war ja auch kein normaler Tag. Der elektrische Wasserkocher stimmte ein leises Zischen an, das bald in ein vernehmliches Blubbern und Brodeln übergehen und damit signalisieren würde, dass der Siedepunkt erreicht war – ein Gefühl, das Timothy schon sehr lange nicht mehr erlebt hatte.

Die ungewohnte Selbstreflexion war das Resultat einer äußerst komplexen Situation, die mit dem trügerisch simplen Wörtchen „Frührente“ umrissen werden konnte. Heute war Timothys letzter Arbeitstag, dabei war er gerade mal fünfundfünfzig. Zugegeben, spätestens mit fünfundsechzig hätte man ihn ohnehin in den Ruhestand geschickt – oder war es siebzig? Die Regierung hatte doch erklärt, alle müssten länger schuften, und ihm war die Aussicht, diesen unheilvollen Moment noch etwas hinauszuschieben, durchaus entgegengekommen, zumal ihm seine Arbeit stets Spaß gemacht hatte. Doch dann hatte sich die Lage urplötzlich zugespitzt. Ein Großkonzern hatte Novio Graphics, die kleine, aber erfolgreiche Firma, für die er über dreißig Jahre lang tätig gewesen war, übernommen. Seine Stelle sei nicht gefährdet, hatte man ihm versichert, aber es seien gewisse Umstrukturierungsmaßnahmen vonnöten, die eine Umverteilung von Aufgaben erforderten. Bei diesen Manager-Floskeln hatte Timothy bereits seine Felle davonschwimmen sehen.

Es kam, wie es kommen musste – man hatte ihn wählen lassen zwischen dem freiwilligen Vorruhestand und einer geistlosen Tätigkeit, die ihm keinen Funken Kreativität abverlangen würde. Er hatte nächtelang wach gelegen und die Vor- und Nachteile gegeneinander abgewogen, während Isobel nebenan tief und fest geschlafen hatte. Am Ende hatte er sich dazu durchgerungen, seinen Job an den Nagel zu hängen. Er würde sich eine andere Stelle suchen, wenngleich das für einen Mann seines Alters garantiert kein Zuckerschlecken werden würde. Aber es war zweifellos besser, als die kommenden zehn, fünfzehn Jahre auf dem Posten eines Managers, der als eine Art Sozialarbeiter und Diplomat in Personalunion fungierte, ein freudloses Dasein zu fristen. Sobald er seine Entscheidung getroffen hatte, informierte er seine Vorgesetzten und Isobel, die ja gewissermaßen ebenfalls seine Chefin war. Natürlich hatte er sie schon im Vorfeld nach ihrer Meinung gefragt, wäre ihr sogar dankbar gewesen für etwas Unterstützung bei der Entscheidungsfindung, doch sie hatte nur gesagt: „Das musst du schon selbst wissen. Was willst *du* denn? Es ist schließlich dein Leben." Aber war es das wirklich?

Hätte man ihn ganz unverblümt danach gefragt, er hätte seine Ehe nicht als unglücklich bezeichnet, wenngleich sie auf Außenstehende vermutlich einen etwas ... unspektakulären Eindruck erweckte. Das Dasein als Ehemann gestaltete sich für Timothy überwiegend angenehm, ein Zustand, der zum einen auf einen freundlich-höflichen Umgang, Vertrautheit und Pragmatismus zurückzuführen war, zum anderen auf seine Fähigkeit, aus allem, was ihm das Leben bescherte, das Beste zu machen. Von Kindesbeinen an war er gern allein gewesen. Seine zurückhaltende Art ließ ihn bisweilen etwas abweisend wirken, aber er war alles andere als menschenscheu und konnte unter Umständen sogar ein ausgesprochen geistreicher Gesprächspartner sein. Man musste ihn nur etwas aus der Reserve locken, um in den Genuss seines anziehenden Lächelns zu kommen und seine Schlagfertigkeit zu erleben. Und er hatte Humor – einen leisen, unaufdringlichen Humor, der nur unter gewissen Umständen zutage trat. Wenn es hoch herging, mutierte er zum stillen Zuschauer, begnügte sich damit, zu beobachten und über die mannigfaltigen Persönlichkeiten seiner Mitmenschen zu staunen. Selbstgefälligkeit oder Gemeinheit waren ihm fremd, allerdings begann es in bestimmten Situationen (etwa, wenn ihm etwas unverschämt, ungerecht oder grausam erschien) bisweilen in ihm zu gären, und dann verspürte er den unkontrollierbaren Drang, zu intervenieren und die Angelegenheit wieder ins Lot zu bringen – ein Charakterzug, der schon seinen Kommilitonen Respekt eingeflößt hatte und für den er von ihnen insgeheim bewundert worden war.

An der Universität hatte er auch Isobel kennengelernt, damals, vor all den Jahren – er hatte Kunst studiert, sie Politikwissenschaft –, und nur wenige Monate nach dem Abschluss hatten die Hochzeitsglocken geläutet. Wenn es nach Timothy gegangen wäre, hätten sie sich damit noch Zeit lassen können, aber für Isobel war eine voreheliche Beziehung nicht infrage gekommen. Also wurde geheiratet.

Er hatte nachgegeben – wie bei so vielen weiteren Gelegenheiten im Laufe der Jahre. Heute fragte er sich, ob er gelegentlich auf seinem Standpunkt hätte beharren sollen, aber damals war es ihm wichtiger erschienen, sie glücklich zu machen.

Ihre Familien hatten die Nachricht von ihrer Verlobung skeptisch aufgenommen. Isobels Eltern waren strenggläubige Methodisten, erhoben allerdings am Tag der Hochzeit keine Einwände gegen den Konsum von Alkohol – und in Anbetracht der Mengen Wein, Bier und Schnaps, die sie sich an jenem verregneten Julitag im Jahre 1980 einverleibten, kam Timothy zu dem Schluss, dass sie diesbezüglich wohl ganz gut trainiert waren. Seine Eltern wiederum, die offiziell der anglikanischen Kirche angehörten, genehmigten sich traditionellerweise um Punkt sechs Uhr abends einen Gin Tonic, gefolgt von einer Flasche Wein. Gegen Ende des Hochzeitsmahles hatten somit beide Elternpaare einen ordentlichen Schwips, allein ihre Leichenbittermienen wollten so gar nicht zur soeben vollzogenen Vermählung passen; vielmehr hatte es den Anschein, als wollten sie ihren Kummer im Alkohol ertränken.

Es sollte das erste und letzte Zusammentreffen der Familien bleiben.

Die Flitterwochen verbrachte das glückliche Paar in der Dachkammer eines Häuschens in Bournemouth, das Isobels Tante gehörte (ein Hotel hatten sie sich schlichtweg nicht leisten können), danach ließen sie sich eher zufällig in der Küstenstadt Chichester nieder. Wie so oft in Timothys Leben hatte das Schicksal die Zügel in die Hand genommen, während er noch überlegte, wie es weitergehen sollte: Isobel hatte ihm eine Stellenanzeige in einer Tageszeitung aus Bournemouth unter die Nase gehalten, und er hatte sich bemüßigt gefühlt, sich zu bewerben – weil er sie nicht in ihrem Enthusiasmus bremsen wollte und weil es zumindest ein Anfang war. Ted Henderson, der sympathische Firmeninhaber, hatte ihm eine Stelle als Grafikdesigner angeboten und gefragt, ob er in der darauffolgenden Woche anfangen könne. Timothy war gleichermaßen überrascht wie erleichtert gewesen. Natürlich hatte er sich damals gefragt, ob er nicht doch etwas mutiger sein und den Schritt in die Selbstständigkeit wagen sollte, aber dafür hätte er aktiv Kontakte knüpfen und Akquise betreiben müssen, und Selbstvermarktung hatte noch nie zu seinen Stärken gehört. Novio Graphics war ein kleiner Betrieb, aber die Tätigkeit würde es ihm ermöglichen, seine Kreativität auszuleben, wenn auch nur in beschränktem Ausmaß. Und der Spatz in der Hand war allemal besser als die Taube auf dem Dach – schließlich hatte er jetzt eine Frau zu versorgen.

Zunächst zogen sie in die Küstenstadt Emsworth. Ihre schäbige kleine Wohnung mit Blick auf den Hafen gehörte ebenfalls Isobels Tante – eine ziemlich gewiefte Lady, wie Timothy bald feststellte. Eine Reihe renovierungsbedürftiger Wohnungen in Häusern entlang der Küste und je ein Fünfer Wetteinsatz auf die vielversprechendsten Rennpferde, das war ihre Vorstellung von einem ausgewogenen Kapitalanlagenportfolio. Als Novio Graphics expandierte, was zu einem beträchtlichen Teil auf Timothys Talent und Fähigkeiten zurückzuführen war, wurde sein Gehalt – geringfügig – erhöht, und sie nahmen einen Kredit auf, um ein bescheidenes Häuschen in Chichester zu kaufen, das deutlich näher an Timothys Firma lag. „Jetzt kannst du zu Fuß zur Arbeit gehen, und ich kann den Wagen nehmen“, hatte Isobel gesagt. Zwei Jahre nach der Hochzeit kam das erste ihrer drei Kinder zur Welt.

Oliver war von Anfang an schwierig gewesen, und seine Aufsässigkeit hatte mit den Jahren kein bisschen nachgelassen. Seine Sturheit, sein Hang zum Übereifer und die leicht arrogante Miene, die er selbst in Momenten der Muße zur Schau trug, bildeten die idealen Voraussetzungen für seine spätere Berufswahl – er war Jurist geworden. Inzwischen gehörte er sogar einer der vier englischen Anwaltskammern an, hatte es sich allerdings schon früh mit den meisten höherrangigen Mitgliedern der Honourable Society of Gray’s Inn verscherzt und sich damit so einige Aufstiegschancen verbaut. Er kämpfte weiter, davon überzeugt, dass er eines Tages mit der Ernennung zum Kronanwalt die oberste Sprosse der Karriereleiter erklimmen würde. Seine Angetraute, eine Blondine namens Vita, war eine feste Größe in der Tennismeisterschaft, die der örtliche Ableger der Kinderschutzvereinigung National Society for the Prevention of Cruelty to Children, kurz NSPCC, ausrichtete und machte ihrer Schwiegermutter ernsthafte Konkurrenz in Sachen Organisationstalent. Vita war der Inbegriff einer Schülersprecherin, ausgestattet mit einer Stimme, bei deren Klang Glas zu Bruch gehen konnte. Die beiden hatten bislang keine Kinder, was vielleicht auch ganz gut so war. Timothy mochte sich gar nicht ausmalen, welche Sorte Nachwuchs zwei derart penetrante Energiebündel in die Welt setzen würden. Wenn er sich bei solchen Gedanken ertappte, schämte er sich für seinen mangelnden Großmut und nahm sich vor, seinem Sohn gegenüber etwas nachsichtiger zu sein, aber es war ein mühsames Unterfangen, wie er sich selbst regelmäßig eingestehen musste.

Alice, das zweite Kind, war das genaue Gegenteil ihres Bruders. Von Geburt an kränklich und entrückt, hatte sie sich schon früher nicht eben durch Frohsinn ausgezeichnet und erweckte auch jetzt den Anschein, als wollte es ihr einfach nicht so recht gelingen, Spaß am Leben zu haben. Sie war Single und führte an einem College in Oxford ein ruhiges Leben als Bibliothekarin, nachdem sie als Teenager mit hervorragenden schulischen Leistungen überascht hatte. Die in Bibliotheken obligatorische Stille schien ihrer Introvertiertheit entgegenzukommen. Während der verhassten Ferienzeit war sie infolge diverser imaginärer Krankheiten regelmäßig ans Bett gefesselt, und erst mit dem Beginn des neuen Semesters besserte sich ihr Zustand so weit, sodass sie ihren Verpflichtungen wieder nachkommen und ihre Lieblingsstudenten mit einem matten Lächeln und dem gewohnheitsmäßigen Schniefen begrüßen konnte.

Diese beiden höchst unterschiedlichen und alles andere als umgänglichen Sprösslinge, die genetisch wie verhaltensmäßig so gar nicht nach ihrem unkomplizierten Vater schlugen, hätten Timothy eigentlich vollauf gereicht – aber dann war Rosie gekommen.

Den Namen hatte er ausgesucht, weil er zu ihren rosigen Wangen und dem sonnigen Gemüt passte, das sie schon als Baby an den Tag gelegt und sich glücklicherweise auch mit zunehmendem Alter bewahrt hatte. Inzwischen war sie siebenundzwanzig, der einzige Blondschopf unter seinen Nachkommen und außerdem das einzige seiner Kinder, das erpicht darauf war, selbst Kinder in die Welt zu setzen. Tatsächlich war sie bereits schwanger, sehr zum Leidwesen ihrer Mutter, lebte sie doch in wilder Ehe mit dem Vater in spe, einem jungen Mann namens Ace, der für den örtlichen Naturschutzverein arbeitete. Rosie hatte von seiner „naturalistischen" Berufung geschwärmt, als sie ihnen das erste Mal von ihm erzählt hatte, was Isobel fälschlicherweise dahingehend interpretiert hatte, dass er gerne FKK-Strände frequentierte. Sie war zwar von ihrer Tochter umgehend eines Besseren belehrt worden, trotzdem lag für sie zwischen Naturismus und Naturalismus nur ein schmaler Grat.

Bedauerlicherweise war das Verhältnis zwischen Mutter und Tochter zunehmend von Spannungen geprägt. Timothy verblüffte es zwar auch, wie rasch sich die Beziehung seiner Jüngsten entwickelt hatte – schon bald würde infolge der Mutterschaft eine große Verantwortung auf ihren Schultern lasten –, aber es war ihm schlicht unmöglich, den Mann, den sie zu ihrem Partner auserkoren hatte, nicht zu mögen. Ace hatte eine erfrischende, warmherzige und aufgeschlossene Art, die Timothy gleichermaßen einnehmend wie ansteckend fand. Sein Name war ein Akronym; eigentlich hieß er Alexander Charles Elliott, was für seinen Geschmack jedoch viel zu distinguiert klang. Seine Eltern waren nicht annähernd so aristokratisch, wie die Namenswahl hätte vermuten lassen – sein Vater war Beamter, die Mutter Verkäuferin.

Wollte man Isobel Glauben schenken, so war es um die Zukunft der beiden nicht gerade rosig bestellt: Rosie würde ihrer Tätigkeit als Grundschullehrerin nicht mehr allzu lange nachgehen können, und von dem bescheidenen Gehalt, das der Naturschutzverein Ace zahlte, konnten sie sich nur eine kleine Mietwohnung leisten. In Timothys Augen verband die beiden jedoch das Wertvollste, das es im Leben gab: eine tiefe Zuneigung zueinander und ähnliche Wertvorstellungen (diesbezüglich musste er Dr. Randy Finkelstein recht geben). Diese Kombination sollte es ihnen erlauben, gemeinsam durch dick und dünn zu gehen. Blieb nur zu hoffen, dass ihnen die Zuneigung niemals abhandenkam.

Das Wasser kochte nun beinahe, und Timothy holte seinen kolumbianischen Lieblingskaffee aus dem Küchenschrank. Er träumte schon lange von einer kombinierten Kaffee- und Espressomaschine. So eine würde er sich gleich morgen zulegen. Isobel würde es ihm danken – sie hasste es, wenn sie im Spülbecken Kaffeepulverreste vorfand. Bei diesem Gedanken legte er bedächtig den Löffel ab und stierte aus dem Fenster in den herbstlichen Garten, der von taufeuchten Blättern übersät war.

Die Chancen, dass ihn noch einmal jemand einstellte, waren gering, das war ihm bewusst, und auf die bevorstehenden Bewerbungsgespräche freute er sich ungefähr so sehr wie auf eine Darmspiegelung. Wahrscheinlich war es sinnvoll, sich gleich eine Alternative zu überlegen. Geld war nicht das Problem. Sie würden zwar kein Luxusleben führen können, aber er hatte, seinem gewissenhaften Naturell entsprechend, jahrelang in einen bescheidenen Rentenfonds eingezahlt, der ihnen einen sorglosen Ruhestand ermöglichen würde. Schon wieder dieses Wort. Sein Blick wanderte vom Garten zurück in die Küche. Würde sich sein Leben künftig ausschließlich um dieses Haus und diesen Garten drehen? War das alles, worauf er hingearbeitet hatte – eine Kaffeemaschine? Nein. Das konnte es noch nicht gewesen sein. Er musste seine Entlassung als wiedergewonnene Freiheit betrachten. Schluss mit der Selbstanalyse und der Angst vor der Zukunft. Vor ihm lag ein neues Kapitel, das seinen ganz eigenen Reiz hatte. Es wurde Zeit, dass er seine innere Einstellung änderte und sich auf die Suche nach dem Sinn machte, der seinem Leben in letzter Zeit gefehlt hatte.

Da stand er nun, an der Schwelle einer ungewissen Zukunft, Vater dreier erwachsener Kinder, Großvater in spe, und fragte sich, wie es wohl weitergehen würde. Es kam ihm so vor, als hätte er das Leben, das vor fünfunddreißig Jahren noch so vielversprechend vor ihm gelegen hatte, vergeudet. Er musste doch noch größere Ziele haben als die Anschaffung einer topmodernen Kaffeemaschine. Denn die allein genügte nicht, um ihn in einen George Clooney zu verwandeln, so viel stand schon mal fest.

Als er am darauffolgenden Vormittag einen Strandspaziergang in West Wittering unternahm, um die Schwermut abzuschütteln, die ihn jäh zu überwältigen drohte, rief er sich noch einmal die Rede in Erinnerung, die Ted Henderson Junior bei der Abschiedsfeier gestern Abend gehalten hatte. Man sei Timothy dankbar, weil er Novio Graphics zu neuen Erfolgen geführt habe, hatte er gesagt und sein Bedauern darüber geäußert, dass Timothy die Firma nun nach über dreißig Jahren verließ; gefolgt waren allerlei gute Wünsche für die Zukunft, was auch immer sie bringen mochte. Die üblichen Plattitüden. Und seit heute ging der Betrieb ohne ihn weiter; ein anderer hatte seinen Posten übernommen. Timothy fühlte sich so bedeutungslos wie eines der Sandkörner hier am Strand von West Wittering.

Wie zum Trost klarte es etwas auf, da und dort lugten blaue Flecken hinter der grauen Wolkendecke hervor, die den gesamten Himmel überzog, und im kräftigen Wind, der vom Meer hereinwehte, war noch eine Spur spätsommerlicher Wärme auszumachen. Kleine Wellen brachen sich leise seufzend am

Strand, während Timothy in einem knappen Meter Entfernung vom Wasser dahinmarschierte und spürte, wie der feste Sand nachgab, sodass seine Fersen bei jedem Schritt etwas einsanken. Der Strandhafer auf den Dünen imitierte die schlangenlinienförmigen Bewegungen der gekräuselten Wogen, das fahle Licht ließ beides graugrün aussehen. Es lag ein angenehm herber, salziger Meeresduft in der Luft, der, gepaart mit der steifen Brise, Timothys Laune hob. Der Wind zerzauste ihm das glücklicherweise noch einigermaßen dichte, graumelierte Haar, die Sonne gab sich große Mühe, die Wolkendecke zu durchbrechen und alles in ein etwas freundlicheres Licht zu tauchen, und ganz allmählich wurden seine Gedanken in eine erfreulichere Richtung gelenkt.

Timothy hatte noch nie zu den Menschen gehört, die sinnlos grübelten. Er atmete tief durch und dachte an all die Möglichkeiten, die ihm nun offenstanden. Die Karten waren neu gemischt. Er bückte sich, um eine Muschel aufzuheben, auf die er beinahe getreten wäre, befreite sie vom Sand und ließ den Finger über die Innenseite gleiten, auf deren Perlmuttoberfläche Lichtreflexe in allen Farben des Regenbogens schimmerten. Die Außenseite war schwarz und rau und wies am Rand eine ordentliche Reihe kleiner Löcher auf. Sieh an, ein Seeohr. Seltsam – seines Wissens kamen die so weit nördlich gar nicht vor. Vermutlich war das Gehäuse von den Kanalinseln angeschwemmt worden, nachdem die Schnecke eingegangen war, oder aber ein Taucher hatte es nach dem Genuss des zarten Fleisches weggeworfen. Timothy musste daran denken, wie er als Kind in den Ferien auf Guernsey Seeohren gegessen hatte. Die Fischer hatten die Tiere vor seinen Augen mit einem Messer aus der Schale gepult, mit einem Holzhammer plattgemacht, in Mehl gewälzt und mit Speck und Zwiebeln angebraten. Bei der Erinnerung daran lief ihm das Wasser im Mund zusammen. Er schob das Schneckenhaus in die Jackentasche, und als er den Kopf hob, bemerkte er eine Gestalt in klobigen Stiefeln, die mit großen, federnden Schritten direkt auf ihn zukam. Erst war er nicht ganz sicher, doch spätestens das Fernglas und die Camouflage-Jacke bestätigten seine Vermutung: Es war Ace.

„Sieh an, der Herr Schwiegerpapa! Was treibst du denn hier?“ Er ignorierte die Hand, die Timothy ihm hinstreckte, schloss ihn in die Arme und drückte ihn kräftig an sich.

Timothy schnaubte belustigt in Anbetracht der überschwänglichen Begrüßung. „Ach, ich musste mal ein bisschen frische Luft schnappen“, sagte er, als sie sich voneinander gelöst hatten.

Ace warf einen Blick auf seine Armbanduhr – eines dieser Outdoor-Multifunktionsdinger mit zahlreichen Knöpfen und Anzeigen und einem robusten Kunststoffarmband. „Solltest du nicht im Büro sein?“

Timothy lächelte nur matt.

„Ach, Gott, stimmt ja! Heute ist der große Tag, nicht? Ich meine … der letzte Tag.“

„Das war gestern. Heute ist der erste.“

„Ja, ganz recht, der erste Tag vom Rest des Lebens und so. Und, wie war's? Haben sie dir eine goldene Uhr überreicht oder so was?“

„Nein.“

„Aber du hast doch sicher ein Abschiedsgeschenk bekommen.“

„Ja, eine Kaffeemaschine.“

Ace hob ungläubig eine Augenbraue, dann grinste er belustigt. „Eine Kaffeemaschine? Nachdem du über dreißig Jahre dort gearbeitet hast?“

„Es ist eine sehr gute Kaffeemaschine“, wiegelte Timothy ab. „Und ich kann sie wirklich gebrauchen.“

Ace schüttelte den Kopf. „Herrje, du findest ja sogar für Dschingis Khan noch freundliche Worte."

„Na ja, der hatte tatsächlich seine guten Seiten. Angeblich durften sich seine Untertanen aussuchen, welche Götter sie anbeten, und er hat die Folter abgeschafft."

„Bevor oder nachdem er die Leute abgeschlachtet hat?"

„Mir scheint, du glaubst mir nicht!"

Ace klopfte ihm beschwichtigend auf die Schulter. „Und, was hast du jetzt vor?"

„Ach, ich wollte nur ein bisschen mein Hirn auslüften. Schließlich heißt es jetzt auf zu neuen Ufern."

„Keine Pläne für den Rest des Tages?"

„Außer Spazierengehen eigentlich nicht, nein."

„Ich wollte gerade einen Happen essen. Komm doch mit, wenn du Lust hast", schlug Ace vor, als hätte er gespürt, dass Timothy nichts mit sich anzufangen wusste. Er deutete auf die Dünen. „Mein Landrover steht da drüben. Wir könnten zum Pub fahren", schlug er vor und fügte, da sein Gegenüber zögerte, hinzu: „Allzu lang kann ich ohnehin nicht, ich muss heute Nachmittag noch einen Zaun aufstellen."

Timothy kapitulierte. „Gut, ich komme gern mit. Die Seeluft macht Appetit."

„Was du brauchst, ist Appetit auf die Zukunft, mein Lieber."

„Man hat uns schon wieder gefragt, ob wir das Geschlecht des Kindes wissen wollen", berichtete Ace, als sie wenig später mit zwei Tellern dickflüssiger Suppe, ziemlich zähen „hausgemachten" Brötchen und Bier von einer Brauerei aus der Gegend in einer ruhigen Ecke des Pubs saßen. Das Gespräch über Rose und die bevorstehende Geburt waren eine willkommene Abwechslung, nachdem Timothys Gedanken tagelang unerbittlich um seine Zukunft gekreist waren.

„Und, was habt ihr gesagt?"

„Dass wir es nicht wissen wollen. Das ist unnatürlich. Egal ob Junge oder Mädchen, wir werden uns darüber freuen."

Während Ace ihm darlegte, wie er und Rosie über die Runden zu kommen gedachten, wenn erst das Baby da war, sann Timothy wieder einmal darüber nach, dass dieser junge Mann mit seinem Forscherdrang, seinen vernünftigen Ansichten und seiner Liebe zur Natur durchaus sein Sohn hätte sein können. Er war ihm auch charakterlich nicht unähnlich, und seine Einstellung zum Leben war so durch und durch positiv … Gut, das war bei Timothy im Moment zwar nicht der Fall, aber das würde sich hoffentlich ändern, sobald er sein altes Leben hinter sich gelassen hatte und das neue in seiner Vorstellung allmählich Form annahm.

„Sieh mal, was ich vorhin am Strand gefunden habe", sagte er, als ihm das Schneckengehäuse einfiel. Er holte es aus der Jackentasche. „So was ist mir hier noch nie untergekommen."

Ace drehte und wendete es ein paarmal. *„Haliotis tuberculata."*

„Ich dachte, das ist ein Seeohr."

„Ist es auch. Der lateinische Name klingt allerdings etwas abstoßend, nicht?"

„Dafür ist das Gehäuse umso hübscher. Ein prächtiges Beispiel für die Schönheit der Natur. Sieh dir nur die Anordnung der Löcher hier am Rand an."

Ace hielt das Gehäuse hoch, sodass das Sonnenlicht, das nun durch das Fenster hereinfiel, auf die Innenseite schien. „Was für ein ungewöhnlicher Fund, noch dazu um diese Jahreszeit. Sie muss von Jersey angespült worden sein."

„Oder von Guernsey. Dort habe ich als kleiner Junge in den Ferien Seeohren gegessen."

„In einem Eintopf?"

„Nein, frittiert, mit Zwiebeln und Speck. Der Geschmack ist mir noch heute in Erinnerung."

„Sie dürfen nur von Januar bis April gesammelt werden, und selbst da nur zu Neumond und an den zwei darauffolgenden Tagen. Zum Schutz des Bestandes."

„Faszinierend."

„Aber auch praktisch. So wie du", bemerkte Ace, dem offenbar nicht entgangen war, dass Timothy im Begriff war, sich wieder in sein Schneckenhaus zurückzuziehen, gerade so, als wäre er selbst ein Seeohr.

„Hmmm?", murmelte dieser abwesend.

„Du bist auch faszinierend. Und praktisch veranlagt."

„Tja, danke für das Kompliment, aber ich würde nicht die Hand dafür ins Feuer legen, dass Letzteres noch auf mich zutrifft."

„Du weißt wohl nicht so recht, wie es jetzt weitergehen soll?"

„Du sagst es. Ich hätte da durchaus ein paar Ideen. Ich würde zum Beispiel zu gerne mal verreisen, aber Isobel … na ja, sie hat so viele ehrenamtliche Verpflichtungen. Ich kann mir nicht vorstellen, dass wir je die Zeit finden werden."

„Und wenn du dich allein auf die Reise machst?"

Timothy lehnte sich ruckartig nach hinten und legte den Suppenlöffel ab. „Das kann ich nicht. Es wäre doch etwas egoistisch, mich einfach ohne sie aus dem Staub zu machen."

„Meinst du denn, sie würde es überhaupt merken?", hätte Ace ihn beinahe gefragt, doch er verkniff es sich. Stattdessen sagte er: „Ein, zwei Wochen müssten doch eigentlich drin sein."

„Ja, vielleicht, aber ich fürchte, das muss noch etwas warten. Isobel hat bereits ein paar Aufträge für mich."

„Aufträge?"

Timothy nickte. „Es gibt einiges zu tun, bei uns zu Hause, und auch bei Vita und Oliver. Die beiden brauchen einen neuen Kleiderschrank im Schlafzimmer. Und ein paar Regale im Gästezimmer, damit Oliver es künftig als Büro nutzen kann."

Jetzt war es Ace, der sich entrüstet zurücklehnte. „Und das soll es dann gewesen sein?", fragte er mit ungläubiger Miene.

„Wie meinst du das?"

„Na ja, du willst dich doch sicher nicht mit einem Dasein als Gelegenheitsarbeiter zufriedengeben, oder? Das wäre ja eine totale Verschwendung."

„Aber ich bin nun mal handwerklich geschickt, Oliver dagegen ..."

„Hat zwei linke Hände."

„Genau."

„Ist das wirklich das, was du willst?"

„Es macht mir nichts aus, gelegentlich ein bisschen Hand anzulegen, wenn meine Familie Hilf ..."

„Und all deine Pläne schiebst du einfach auf?"

Timothy zuckte verlegen die Schultern. „Doch nur vorläufig. Ich meine, es ist beileibe nicht so, als hätte ich schon groß Pläne geschmiedet. Jedenfalls keine konkreten. Und ich habe keine Lust, mich nach einer neuen Arbeit umzusehen. Meine Rente ist zwar bescheiden, aber wir kommen schon zurecht." Er schüttelte den Kopf. „Trotzdem fühlt es sich eigenartig an, mit fünfundfünfzig Rentner zu sein."

„Ist es ja auch, schließlich bist du ein Mann in den besten Jahren. Hör zu, das mag ein Dämpfer, ja, ein Schock für dich sein, aber du hast noch viele Jahre vor dir. Mach was draus. Das bist du dir schuldig. Es muss doch irgendetwas geben, von dem du schon immer geträumt hast."

„Nur dieser alberne Wunsch, mal ein bisschen was von der Welt zu sehen."

Ace schüttelte den Kopf, und die sandfarbenen Locken, die seinen Kopf gleich einem rustikalen Heiligenschein umgaben, hüpften. „Das ist nicht albern. Es ist dein Traum, und du solltest ihn dir erfüllen. Das hast du dir verdient. Du hast dein Leben lang geschuftet, und jetzt ist es an der Zeit, dass du mal an dich denkst, wie man so schön sagt."

„Das klingt so schrecklich egoistisch."

„Also, wenn du mich fragst, warst du lange genug selbstlos. Du hast uns alle sehr unterstützt, nicht nur in finanzieller Hinsicht ..."

Timothy wollte protestieren, doch er kam nicht zu Wort.

„... und wir wissen das zu schätzen. Es kann dir wirklich niemand übel nehmen, wenn du dich jetzt mal ein bisschen um deine Bedürfnisse kümmerst."

„Tja, aber genau das ist das Problem – Isobel und ihre Bedürfnisse würden außen vor bleiben."

Ace schwieg einen Augenblick, aber seine Miene sprach Bände.

„Was ist?", fragte Timothy. „Warum siehst du mich so an?"

„Also, ehrlich, wenn man dir so zuhört, könnte man dich glatt für einen erbärmlichen Waschlappen halten, der eine Heidenangst vor seiner Frau hat und immer kuscht, statt auch mal seinen Mann zu stehen."

„Das war jetzt aber nicht gerade nett."

„Mag sein, aber genau so kommt die ganze Sache für mich rüber. Red einfach mit Isobel. Sag ihr, dass du ein bisschen wegfahren möchtest. Gut möglich, dass sie überrascht reagiert, aber ich wette, sie hat innerhalb kürzester Zeit vergessen, dass du nicht da bist. Sie ist doch ohnehin immer so beschäftigt, mit ihren Liberaldemokraten, ihrem Lesezirkel, ihrer Bridgerunde und weiß der Geier was noch allem."

Timothy wusste nicht, was er darauf entgegnen sollte, also schob er sich einen Löffel Suppe in den Mund und griff nach dem Brötchen, dessen panzerartig harte, mit Körnern übersäte Oberseite sich seinen Zähnen jedoch standhaft widersetzte.

„Na, ist doch wahr, oder?"

Er ließ das Brötchen sinken und lehnte sich erneut nach hinten. „Ja, schon", murmelte er. „Ich weiß auch nicht, wie es kam, aber manchmal habe ich wirklich das Gefühl, dass ich für sie ..."

„Was?"

„Unsichtbar bin."

KAPITEL 2

Guildford

Oktober

Ich habe die Hosen an.
Und ich wasche und bügle sie auch.

Denis Thatcher, 2003 (zugeschrieben)

Oliver und Vita wohnten in einem frei stehenden Einfamilienhaus am Stadtrand von Guildford, von dem aus man bis nach Aldershot sehen konnte. Sie prahlten gern mit der Aussicht an sich, nicht jedoch mit dem Anblick der zahlreichen Hochhäuser am Horizont.

Im Gegensatz zu Rosie und Ace, deren Prioritäten sich im Großen und Ganzen darauf beschränkten, eine behagliche, gemütliche Umgebung mit heimeliger Atmosphäre für ihren Nachwuchs zu schaffen, waren Oliver und Vita eher materialistisch eingestellt: Sie benötigten ein schickes Haus, einen schicken Garten, schicke Freunde und teures Essen in schicken Restaurants. Da Oliver jedoch nur unregelmäßig lukrative Aufträge an Land zog, reichte sein Einkommen leider nicht ganz aus, um sich diesen Lebensstil zu finanzieren, weshalb er sich, um Kosten einzusparen, neuerdings auf die handwerklichen Fähigkeiten seines Vaters verließ, wenn es bei ihnen etwas zu montieren, renovieren oder reparieren gab.

Er selbst war diesbezüglich noch nie sonderlich talentiert gewesen. Eine Zeit lang war Vita mit schöner Regelmäßigkeit zu spät auf dem Tennisplatz erschienen, weil sie ihren Ehemann nach einer schmerzhaften Begegnung mit einem Hammer oder einer Bohrmaschine in die Notaufnahme hatte fahren müssen. Er habe von allen Patienten dort mit Abstand die dickste Krankenakte, hatte sie ihren Freundinnen erzählt, und keine hatte ernsthaft an ihren Worten gezweifelt.

Oliver hatte die Hoffnung auf einen Ruf als kompetenter Heimwerker endgültig aufgegeben, nachdem ein von ihm zusammengebauter Kleiderschrank implodiert war – und zwar noch während Vita damit beschäftigt war, ihre zahlreichen Abendkleider darin aufzuhängen. Er hatte ihre Vorliebe für Pailletten und schwere Goldstoffe dafür verantwortlich gemacht, sie hatte Oliver dafür verantwortlich gemacht. Es dauerte mehrere Wochen, bis die Verletzung am linken Fuß, die sie sich bei dem Vorfall zugezogen hatte, verheilt war, wobei Oliver den leisen Verdacht hatte, dass ihr Humpeln in seiner Gegenwart deutlich ausgeprägter war als sonst.

Wie auch immer, er hatte seine Lektion gelernt. Es war etwas unangenehm gewesen, seinen Vater um Hilfe zu bitten – wenn auch bei Weitem nicht so unangenehm wie die Folgen des Schrankeinsturzes für Vita –, aber ihre finanzielle Lage hatte ihm ohnehin keine andere Wahl gelassen. Allerdings hatte er sich nicht direkt an seinen Vater gewandt, sondern sich zunächst bei seiner Mutter erkundigt, ob sie nicht einen „netten älteren Herrn“ kenne, der bereit sei, gegen ein geringes Entgelt ein paar Bastelarbeiten im und ums Haus zu erledigen. Es hatte funktioniert. „Das übernimmt dein Vater bestimmt gern, schließlich hat er ja jetzt jede Menge Freizeit“, hatte sie ihm versichert. „Auf diese Weise ist er wenigstens beschäftigt und kommt nicht dazu, Trübsal zu blasen.“

„So, hier kommt dein Kaffee, Timmy!“, flötete Vita, die soeben hereingekommen war, eingehüllt in eine Wolke Amber & Patchouli von Jo Malone sowie in ein raschelndes Kleid aus teurer Seide, das sie dem ehelichen Gemeinschaftskonto bei der Privatbank Coutts & Co. verdankte. „Ich stell ihn dir einfach aufs Fensterbrett, ja? Will den Meister ja nicht bei der Arbeit stören. Ich kann dir gar nicht sagen, wie dankbar ich dir bin!"

Sie tätschelte Timothy den Scheitel und entschwand.

Wie er es hasste, wenn man ihn Timmy nannte! Es war Isobels Schuld; sie hatte vor all den Jahren damit angefangen, an der Uni, und in der ersten Verliebtheit hatte er es nicht gewagt, sich dagegen aufzulehnen. Irgendwann war es dann zu spät gewesen. Und es ärgerte ihn jedes Mal aufs Neue, dass seine nervige Schwiegertochter ihn nun ebenfalls so nannte. Auch in diesem Fall hatte er die Zeitspanne, in der er etwas dagegen hätte unternehmen können, verstreichen lassen, und so war er nun, genau wie bei Isobel, dazu verdammt, bis in alle Ewigkeit diese alberne Verniedlichungsform zu ertragen. Seine Arbeitskollegen hatten ihn Tim genannt, das wirkte zumindest eine Spur männlicher. Der Name Timothy implizierte für ihn per se Weichheit und Biegsamkeit – wohl, weil er ihn mit Timotheegras assoziierte –, und es kam ihm so vor, als hätte das auf seine Persönlichkeit abgefärbt. Er war weich geworden und ließ zu, dass man auf ihm herumtrampelte. Manchmal, wenn er allein war und Menschen begegnete, die ihn noch nicht kannten, geriet er in Versuchung, aus dem i ein o zu machen und sich auf diese Weise kurzerhand in einen Tom zu verwandeln. Tom, das klang viel maskuliner und kam seinem Selbstverständnis deutlich näher. Gefühlsmäßig war er ein Tom, kein Tim, und erst recht kein Timmy. Von Timmy war es akustisch nur ein kleiner Schritt zum englischen Adjektiv timid, also zaghaft, scheu oder ängstlich. Konnte es sein, dass sein Name ihn tasächlich geprägt hatte? Natürlich waren das alles müßige Spekulationen, bedingt durch den unerfüllbaren Wunsch nach einem charakterlichen Wandel; willkürliche, sinnlose Gedanken, die ihn beschäftigten, während er sich der großen intellektuellen Herausforderung des heutigen Tages widmete: der Montage von Olivers Kleiderschrank. Er seufzte. Es war albern, sich da so hineinzusteigern. In spätestens einer Stunde würde er schon wieder im Auto sitzen und auf der A31 und der A3 dem gen Himmel strebenden Kirchturm der Kathedrale von Chichester entgegenfahren.

Isobel hatte ein paar Einkäufe im Stadtzentrum erledigen wollen, während er die Regale im Gästezimmer montierte und den Schrank aufstellte. Da sie nur ein Auto hatten, war ihr nichts anderes übrig geblieben, als ihn zu begleiten. Wenn er sich einen eigenen Wagen zulegte, wäre er etwas unabhängiger. Eigentlich ziemlich offensichtlich, aber im emotionalen Wirrwarr der vergangenen Wochen war ihm derlei gar nicht in den Sinn gekommen. Was für eine hervorragende Idee! Während er die letzten Holzdübel und Schrauben in die vorgesehenen Löcher versenkte, überlegte er, was für ein Auto er sich kaufen würde. Vielleicht einen Sportflitzer? Ha! Das würde Isobel wohl kaum gutheißen. „Hast du etwa eine Midlife-Crisis, Timmy?“, würde sie ihn fragen. Sie würde zu Recht anmerken, ein Sportwagen sei teuer und unpraktisch. Die Dinger hatten alle einen winzigen Kofferraum, in dem man rein gar nichts unterbrachte.

Aber einen Kombi besaßen sie bereits. Einen Volvo. Sehr geräumig, sehr sicher, aber nicht gerade aufregend. Ein klotziger Landrover wäre klasse. Allerdings auf längeren Fahrten unbequem. *Dübel C und D in Öffnungen C und D platzieren und Teil A mit Teil B verbinden.* Wie konnte es sein, dass Oliver es nicht geschafft hatte, diesen idiotensicheren Montageanweisungen zu folgen und den Schrank ordnungsgemäß aufzubauen? Ein Mann, der angeblich bei Gericht eine gute Figur machte und Angeklagte mit seinen raffinierten Verhören ins

Schwitzen brachte? Timothy schüttelte verständnislos den Kopf.

Und wenn er sich einen Oldtimer zulegte? Einen, der ihn an seine Kindheit und Jugend erinnerte? Natürlich erforderte ein solches Auto eine fachgerechte Instandhaltung, aber er konnte ja einen Kurs belegen und alles darüber lernen, angefangen von der Funktionsweise eines Verbrennungsmotors über die Wartung bis hin zum Schweißen. Ja, das war's. Einen Bristol vielleicht, oder einen Jaguar E-Type. Nein, vielleicht lieber doch einen etwas weniger phallischen Wagen. Zum Beispiel den Jaguar Mark 2, wie Inspektor Morse aus der Krimiserie ihn gefahren hatte. Diese Anschaffung würde zweifellos für Aufruhr sorgen. Er registrierte ein Kribbeln in der Magengegend, das unzweifelhaft ein Ausdruck freudiger Erregung war. Bestimmt kamen ihm die Stunden und Tage nicht mehr ganz so lang vor, wenn er sich einem Projekt widmen konnte. Auslandsreisen mochten nicht infrage kommen, aber es gab ja noch andere Beschäftigungsmöglichkeiten. Er musste sie nur ergreifen.

Seine Gedankengänge wurden unterbrochen von Stimmen und sich nähernden Schritten auf der Treppe. Klang, als wäre Isobel von ihrem Einkauf zurückgekehrt und mit Vita auf dem Weg ins Obergeschoss. Er steckte die letzten weißen Abdeckkappen auf die Schraubenköpfe und schloss die Schranktüren. Na also, perfekt. Und keine schlechte Qualität. Nicht zu vergleichen mit diesen Billigdingern, bei denen die Bauteile nicht so recht zusammenpassen wollten und die Hälfte der Schrauben fehlte. Billig war für Oliver und Vita keine Option.

„Sieh nur, er ist fertig!", kreischte Vita.

„Gute Arbeit, Schatz", lobte Isobel. „Hab ich's nicht gesagt, Vita? Er ist der geborene Handwerker. Wirklich praktisch, dass er jetzt quasi auf Abruf bereitsteht."

Timothy lächelte matt. „Äh, ja, solange ich nicht die ganze Zeit eingespannt werde …"

„Ach, tu doch nicht so", winkte Isobel ab. „Du liebst es doch, wenn du an etwas rumwerkeln kannst." Sie drehte sich zu ihrer Schwiegertochter um. „Gebt Bescheid, wenn ihr mal wieder Hilfe braucht. Timmy kommt jederzeit gern vorbei und kümmert sich darum. Der arme Oliver hat ja leider zwei linke Hände. Seine Stärken lagen schon immer eher im geistigen Bereich. Wo ist er eigentlich heute?"

Vita lächelte stolz. „In Winchester. Er ist der oberste Hauptvertreter der Anklage. Irgendein schauderhafter Betrugsprozess. Langweilig bis dorthinaus, aber fachlich anspruchsvoll."

Isobel nickte. „O ja, so was liegt ihm."

„Stimmt, langweilig und anspruchsvoll, das passt zu ihm; schade nur, dass er so ein Nichtsnutz ist, wenn es um praktische Angelegenheiten geht", hätte Timothy gern gesagt, doch er verkniff es sich. „Also, ich bin hier fertig. Meinetwegen können wir los."

„Aber ihr bleibt doch noch zum Essen, oder?"

Timothy wollte abwehren, doch wie so oft kam ihm Isobel zuvor.

„Natürlich, zu Hause erwartet uns doch niemand, stimmt's, Timmy?"

„Kein Tennis heute Abend?", erkundigte sich Vita.

„Nein, inzwischen wird es abends so schnell dunkel, da spielen wir nur noch am Vormittag und am frühen Nachmittag. Ich glaube, ich fange bald wieder mit Bridge an."

Es war gerade so, als würde Timothy gar nicht existieren. Er hatte sich daran gewöhnt. Isobel meinte es nicht böse; es hatte sich eben so eingebürgert, dass sie die Haushalts- und Tagesplanung für sie beide übernahm, und sie ging ganz selbstverständlich davon aus, dass Timothy zu allem Ja und Amen sagte. Er war selbst schuld – er hätte einfach bestimmter auftreten müssen. Wobei er mit diesen Gegebenheiten ja bislang ganz zufrieden gewesen war. Er hatte keinen Sinn darin gesehen, wegen unwichtiger Kleinigkeiten einen Streit vom Zaun zu brechen. Aber jetzt, wo er mehr Zeit zu Hause verbrachte, würde es ihn früher oder später wohl erheblich stören, wenn sie ständig über ihn bestimmte.

Sie blieben zum Essen, und er lauschte mit halbem Ohr, während die beiden Frauen allerlei Anekdötchen austauschten, über die Freuden des Bridge-Spiels plauderten und beklagten, wie schwierig es sei, verlässliche Handwerker aufzutreiben. Seine Schwiegertochter war kein schlechter Mensch. Sie meinte es gut, wenngleich sie infolge ihres Durchsetzungsvermögens bisweilen über das Ziel hinausschoss. Und sie achtete auf ihre äußere Erscheinung; sie hatte eine gute Figur, die sie mit ihrer eleganten, wenn auch etwas angeberischen Art, sich zu kleiden, perfekt in Szene setzte. Frauen wie sie galten in Anwaltskreisen zweifellos als gute Partie. Aber diese unerträgliche, sirenenartige Stimme! Die war bestimmt selbst in einem Orkan noch zu hören.

Er ließ den Blick von Vita zu Isobel wandern und sann über die Zeit nach, die sie nun bereits miteinander verbracht hatten. Vierunddreißig Jahre. Und er fühlte sich nach wie vor für sie verantwortlich, was absolut lachhaft war bei einer so patenten, unabhängigen Frau. Sie war kein bisschen auf ihn angewiesen – es sei denn, seine handwerklichen Fähigkeiten waren gefragt. Wieder einmal schämte sich Timothy für seine Kleinlichkeit.

Was war geschehen? Er war doch noch derselbe Mann, der sie damals geheiratet hatte. Er hatte sich nicht verändert, oder? Isobel dagegen schien gewachsen zu sein; und in der Frau, die sie heute war, konnte er die Studentin, die er einst geheiratet hatte, nicht mehr erkennen. An dieser Entwicklung der Dinge waren sie natürlich beide gleichermaßen beteiligt gewesen. Wenn er von Anfang an etwas energischer aufgetreten wäre, ihr hin und wieder klargemacht hätte, dass er die Hosen anhatte … Was für ein grauenhafter Ausdruck.

Doch nein, er hatte gleich zu Beginn beschlossen, nicht wegen jeder Kleinigkeit einen Aufstand zu machen und nur dann Stellung zu beziehen, wenn es die Umstände erforderten. In der Folge war seine Autorität unmerklich, aber sukzessive dahingeschwunden, bis sie praktisch nicht mehr existierte. Vielleicht war so etwas in langjährigen Beziehungen unvermeidlich. Es gab Leute, die sprachen in diesem Fall von „Zombie-Ehen". Gott bewahre! Er hatte jedenfalls nicht das Gefühl, ein Pantoffelheld zu sein. Wer einigermaßen vernünftig war, machte einfach weiter, ausgestattet mit der Erkenntnis, dass auf Dauer eben nichts so blieb, wie es war. Die Leidenschaft verging nach ein paar Jahren, damit musste man sich abfinden. Man tat gut daran, realistisch zu sein und sich mit einem freundschaftlich-kameradschaftlichen Verhältnis zufriedenzugeben. Das hätte er auch getan, doch in den vergangenen Jahren hatte selbst die Kameradschaftlichkeit zwischen ihnen bisweilen angestrengt gewirkt. Hätte man Isobel gefragt, ob sie die Gesellschaft ihres Mannes genoss, dann hätte sie bestimmt gelacht. Er war doch ihr Ehemann! Über derlei zerbrach sie sich nicht den Kopf.

Gab es einen konkreten Grund dafür, dass sie sich auseinandergelebt hatten? Oder lag es schlicht an der Neutralität, ja, Banalität, die sich mit der Zeit infolge einer allzu großen Vertrautheit in ihre Kommunikation eingeschlichen hatte? Er verspürte keinerlei Antipathie gegenüber Isobel, und das beruhte auf Gegenseitigkeit, jedenfalls soweit er das beurteilen konnte. Sie hatte lediglich das Interesse an ihm verloren. Bei ihm war es mehr als das: Er war tief enttäuscht. Sie betrachtete ihn als vollkommen selbstverständlich, und es war ihr noch nicht einmal bewusst.

Dabei hatten sie anfangs eine so glückliche, innige Beziehung geführt. Und dann waren die Kinder gekommen. Nicht, dass er sie auch nur im Geringsten dafür verantwortlich gemacht hätte. Aber es war nun einmal eine Tatsache, dass sich Isobels Leben von da an immer mehr um den Nachwuchs gedreht hatte, bis ihnen irgendwann kaum noch Zeit für traute Zweisamkeit geblieben war. Er hatte es auf den Mutterinstinkt geschoben und sich gesagt, das sei völlig normal. Und er hatte versucht, sich einzubringen, aber so richtig war es ihm nur bei Rose gelungen. Oliver und Alice waren einfach vollkommen anders gestrickt als er. Er hatte es hingenommen und sich mit dem Gedanken getröstet, dass Isobels Interesse an ihm wieder erwachen würde, wenn erst die Kinder flügge waren. Doch seine Hoffnung hatte sich nicht erfüllt. Das Leben als Paar, das sie einmal geführt hatten, war vorbei. Ihr Verhältnis wurde nie wieder so unbeschwert und harmonisch wie damals, als sie noch studiert hatten. Die Sache mit den getrennten Schlafzimmern war dann der Gipfel der Demütigung gewesen – Isobel hatte behauptet, sie könnten nicht mehr im selben Bett schlafen, weil er so unerträglich laut schnarchte. Timothy hatte gute Miene zum bösen Spiel gemacht, aber es war ein folgenschwerer Moment in ihrer Ehe gewesen.

Warum hatte er sich nicht einfach einen Ruck gegeben und sie verlassen, wo doch ohnehin nichts mehr zu retten gewesen war? Anfangs war er wegen der Kinder geblieben. Oliver oder Alice hätten vermutlich nicht sonderlich unter der Trennung gelitten, aber Rosie hätte es das Herz gebrochen. Und ganz abgesehen davon wäre für Isobel eine Scheidung nicht infrage gekommen. Wahrscheinlich hatte sie – im Gegensatz zu ihm – nie auch nur einen Gedanken daran verschwendet.

Er war ihr nie untreu gewesen, obwohl es eine Arbeitskollegin gegeben hatte, zu der er sich hingezogen gefühlt hatte – nicht bloß körperlich, sondern auch emotional, bedingt durch ähnliche Interessen, Vorlieben und Wertvorstellungen. Es war definitiv über bloße Sympathie hinausgegangen. Sie hatte bei ihm genau jene Gefühle hervorgerufen, die er mit Isobel schon längst nicht mehr erlebte. Dennoch hatte Timothy nie gewagt, von Liebe zu reden, und über kurz oder lang hatte das Objekt seiner Begierde begriffen, dass eine Vertiefung ihrer Beziehung unwahrscheinlich war und die Firma verlassen. Er hatte sich damals eingeredet, es sei vermutlich besser so, und doch hatte er sich danach noch oft gefragt, was gewesen wäre, wenn …

Wieder betrachtete er verstohlen die beiden Frauen, die ihm gegenübersaßen und sich unterhielten: Vita mit ihrem blonden Bob und ihrem teuren Kleid, Isobel, die allmählich ergraute und etwas zugenommen hatte. Trotzdem wirkte sie noch attraktiv. Sie war ihm gegenüber bloß sehr distanziert, ließ keine Nähe mehr zu.

Er nahm an – hoffte sogar –, dass es sie schmerzlich getroffen hätte, wenn er vor ein paar Jahren gegangen wäre. Vielleicht wäre ihr dann bewusst geworden, dass sie ihn noch liebte. An diese Hoffnung klammerte er sich, wenn er sich einzureden versuchte, dass er das Richtige getan hatte. Was wäre wohl aus ihm geworden, wenn er sich von ihr getrennt hätte, um mit der Kollegin zu leben, zu der er sich damals so stark hingezogen gefühlt hatte? Wäre auch in dieser Beziehung irgendwann der Alltag eingekehrt? Hätte auch sie ihren Reiz verloren? Ein unerträglicher Gedanke.

Er klammerte sich an die Vorstellung, dass diese Verbindung auf Dauer genau so beglückend und erfüllend gewesen wäre, wie sie sich angelassen hatte. Quasi perfekt. Dann und wann gestattete er es sich, daran zu denken, sich alles im Detail auszumalen, aber nur so lange, bis die Vorstellung zu schmerzhaft wurde und zu viele offene Fragen aufwarf.

Dann verdrängte er sie wieder und rief sich in Erinnerung, dass es im Leben nicht nur um ihn ging. Man musste auch auf seine Mitmenschen Rücksicht nehmen.

„Du meine Güte, schon so spät!", stieß seine Schwiegertochter hervor und riss ihn damit jäh aus seinen Gedanken. „Jetzt habe ich euch aber lange genug aufgehalten, außerdem muss ich selbst gleich los."

Damit war die Audienz zu seiner großen Erleichterung beendet, sie konnten nach Hause fahren.

„Aufgewecktes Mädel, diese Vita", ließ Isobel gleich darauf vom Nebensitz verlauten, während Timothy den Wagen Richtung Chichester lenkte. „Und man kann sich so wunderbar mit ihr unterhalten. Vielleicht können wir ja jetzt, wo du mehr Zeit hast, etwas öfter herkommen."

Er reagierte nicht.

„Timmy?"

Doch Timothy war in Gedanken meilenweit weg. Er träumte von einem Jaguar Mark 2.

KAPITEL 3

Chichester

November

Überraschungen sind etwas Törichtes. Das Vergnügen wird dadurch nicht erhöht, und die Ungelegenheit ist oft beträchtlich.

Jane Austen, *Emma*, 1816

Der Tag begann wie jeder andere in den vergangenen Wochen. Ohne besondere Vorkommnisse. Um acht machte Timothy wie üblich eine Tasse Tee für Isobel, brachte sie ihr ans Bett und gab ihr einen Kuss auf die Wange. Dann ging er nach unten, aß eine Schüssel Müsli mit Erdbeerjoghurt und trank seinen mit der neuen Espressomaschine zubereiteten Kaffee. Dabei blätterte er gemächlich im Daily Telegraph. Er übersprang die Artikel, in denen die Labour-Partei attackiert wurde, nahm erstaunt zur Kenntnis, dass die Zeitung selbst jetzt, außerhalb der London Fashion Week, einen Grund gefunden hatte, ein spärlich bekleidetes Model abzubilden und versuchte, seinen Frust angesichts eines ganzseitigen Italien-Reiseberichts im Zaum zu halten.

Schließlich kam Isobel herunter, die Haare zu einem Pferdeschwanz zusammengebunden, die Tasche mit ihren Tennisschlägern unter dem Arm. Sie trug einen blütenweißen Sportblouson und eine eng anliegende Kombination aus Leggins und Rock („Das nennt sich Skort, Schatz", hatte sie ihn etwas ungeduldig aufgeklärt) – ein Outfit also, das angemessen sportlich wirkte, ohne allzu gewagt zu sein. Im Grunde waren nur ihre Waden nackt. „Hast du zufällig meine Bälle gesehen?“

Timothy war noch immer in die Betrachtung von Cara Delevigne vertieft und fragte sich, warum die Gute eigentlich stets eine derart mürrische Miene zur Schau trug. Er gab ein abwesendes „Hm?“ von sich und hob den Kopf.

„Ich suche meine Tennisbälle.“

„Die sind noch da drüben auf der Anrichte, wo du sie gestern hingestellt hast.“ Timothy deutete auf die neongelbe Metalldose in der Ecke.

„Tss, dämlich“, schnaubte Isobel.

„Bitte?“

„Nicht du – ich, weil ich so vergesslich bin.“

Er faltete die letzte Seite zusammen und überflog das Kreuzworträtsel. „Bist du bis zum Mittagessen wieder da?“, fragte er, obwohl er die Antwort bereits kannte.

„Nein, ich esse mit den Mädels im Club. Kommst du zurecht?“

„Muss ich wohl. Ich bin noch etwas unentschlossen – Baked Beans oder Rührei?“

„Kein Grund, so ein Gesicht zu ziehen. Wir haben noch Würstchen im Kühlschrank und eine Quiche im Tiefkühler. Also ehrlich, man könnte glatt meinen, ich würde dich vernachlässigen.“

„Ich dachte immer, Tennis ist eine Sommersportart. Jetzt haben wir November.“

„Ich spiele eben lieber um diese Jahreszeit, da ist es kühler. In ein, zwei Wochen wird der Platz dann ohnehin zu rutschig.“

Timothy hob den Kopf und setzte ein freundliches Lächeln auf. „Pass auf dich auf.“ Dann widmete er sich wieder dem Kreuzworträtsel. In den darauffolgenden Wochen und Monaten würde er noch oft an seine Worte denken. Sie würden ihm als beschämend unzureichend für einen finalen Abschiedsgruß erscheinen, wie das bei so vielen Trivialitäten im Nachhinein der Fall ist. Andererseits: Was hätte er wohl gesagt, hätte er in diesem Moment gewusst, dass er Isobel nicht wiedersehen würde?

Ihren Tennisfreundinnen zufolge war alles sehr schnell gegangen. Isobel und ihre Doppelpartnerin hatten den ersten Satz gewonnen und im zweiten Satz drei zu zwei geführt, und dann war Isobel während der Vorbereitung für den Aufschlag plötzlich in sich zusammengesackt und auf den Boden gesunken. Die anderen waren sofort bei ihr gewesen, hatten jedoch keinen Puls mehr feststellen können. Ihre Doppelpartnerin hatte sogar noch versucht, sie wiederzubeleben, bis die Rettung kam, und man hatte sie umgehend ins Krankenhaus gebracht, aber es war nichts mehr zu machen gewesen. Ein schwerer Herzinfarkt, hatte der Arzt gesagt, und dass Isobel bestimmt nichts gespürt habe, weil zum Glück alles so schnell gegangen sei.

Timothy saß im hallenden Flur des Krankenhauses und stierte mit morbider Faszination den auf Hochglanz polierten grauen Linoleumboden an. Die Welt um ihn herum drehte sich weiter; Ärzte, Krankenschwestern und Empfangsdamen gingen ihren diversen Tätigkeiten nach, während er bewegungslos dahockte, verloren in dieser fremden Welt, und alles wie durch einen Nebel wahrnahm. Sämtliche Geräusche klangen gedämpft, wie ein Echo aus weiter Ferne. Patienten schlurften vorüber, Rollwagen wurden hin- und hergeschoben, die Arbeitsschuhe der vorbeieilenden Krankenpfleger quietschten auf dem Bodenbelag.

Man hatte ihn zu ihr gebracht, damit er ihre Identität bestätigen und sich von ihr verabschieden konnte. Ihre Reglosigkeit war ihm untypisch erschienen, ihr Gesicht blasser denn je, ein Auge noch halb geöffnet. Timothy hatte es behutsam geschlossen. Sie hatte sich weich angefühlt, aber eiskalt. Er hatte ihr sanft eine Haarsträhne hinters Ohr gestrichen, und dabei hatte ihn ein Gefühl der Trauer und der Angst erfasst, so überwältigend intensiv, dass er kaum noch atmen konnte. Niemals hätte er damit gerechnet, dass sie vor ihm sterben könnte. Sie hatten durchaus gelegentlich darüber geredet, im Spaß, mit einem sarkastischen Unterton. „Wenn ich mal den Löffel abgebe, wirst du dir bestimmt irgendeine Tussi anlachen, mit der du den Lebensabend verbringen kannst", hatte Isobel augenzwinkernd gesagt, als hätte sie so ihre Zweifel, dass er tatsächlich eine Frau finden würde, die ihn und seine diversen Macken akzeptierte. Im Nachhinein erschien ihm das alles wie ein grausamer Scherz; einer, bei dem ihm flau wurde. Der Arzt hatte ihn am Arm gepackt, damit er nicht das Gleichgewicht verlor, und ihn hierhergeführt.

Es gab allerlei Formalitäten zu erledigen, so lange musste Timothy noch warten. Auf dem Plastikstuhl neben ihm stand ein Becher mit gesüßtem Tee, der vermutlich allmählich kalt wurde. Das Personal war freundlich und aufmerksam, eine Schwester wollte wissen, ob sie jemanden verständigen solle. Er sagte, das sei nicht nötig. Er würde seine Kinder anrufen, sobald er das Krankenhaus verlassen hatte. Isobels Freundinnen gingen widerstrebend, eine nach der anderen, bis er schließlich ganz allein war.

Er konnte nicht weinen. Das flaue Gefühl in der Magengegend hatte sich verflüchtigt, inzwischen empfand er nur noch Fassungslosigkeit. Als Isobel vorhin das Haus verlassen hatte, war sie noch bester Gesundheit gewesen – jedenfalls hatte es keinerlei Anzeichen dafür gegeben, dass etwas nicht in Ordnung war. Sie war niemals krank gewesen, und hatte wenig

Verständnis für Menschen gezeigt, die wegen einer Erkältung oder einer Grippe das Bett hüteten.

Die Zeit schien stillzustehen, während ihm all das durch den Kopf ging. Sie war weg. Er würde sie nicht wiedersehen. In emotionaler Hinsicht mochte sich in den letzten Jahren zwischen ihnen nicht mehr allzu viel abgespielt haben, aber sie waren trotzdem ein Paar gewesen, eine Einheit – wenn auch eine, in der keine Zärtlichkeiten mehr ausgetauscht wurden. Ganz egal, ob richtig oder falsch, bewusst oder unbewusst, sein Leben hatte sich stets um sie gedreht. Wie auch immer sich die Tage gestaltet hatten, es war Isobel gewesen, die ihnen diese Gestalt verliehen hatte. Jetzt war seinem Leben jegliche Struktur abhandengekommen. Er hatte keinen Job, keine Frau und keine Ahnung, wie es jetzt weitergehen sollte; er war nur noch ein unwichtiges, überflüssiges Staubkorn in dieser gigantischen, hektischen Welt.

Er erhob sich, ging zum Ende des Korridors und starrte durch das Fenster auf einen von Rasenflächen flankierten Betonweg hinaus. Ein junges Paar spazierte vorbei, die Mutter hielt ein weißes Bündel im Arm. Ein Baby. Im Gebäude direkt gegenüber war die Geburtsklinik untergebracht. Eine merkwürdige Konstellation, aber die Erinnerung daran, dass für die einen das Leben endete, während es für die anderen gerade erst begann, kam genau zum richtigen Zeitpunkt. Schlagartig fiel ihm wieder ein, dass auch seine Familie Zuwachs erwartete – in vierzehn Tagen sollte Rosie entbinden. Vielleicht bewahrte ihn dieses freudige Ereignis ja davor, sich so lange weiter mit Selbstvorwürfen zu überhäufen, bis sich sein seelisches Down zu einer handfesten Depression auswuchs.

Das war immerhin ein kleiner Hoffnungsschimmer.

KAPITEL 4

Chichester Marina

April

Ich arbeite noch. Ich brauche das Geld.
Geld ist, wie ich festgestellt habe, die wichtigste
Verbindung zwischen mir und meinen Kindern.

Gyles Brandreth, 2010

„Was für eine bodenlose Unverschämtheit!", stieß Rosie empört hervor und schob den Brief wieder zu ihrem Vater hinüber.

Aus dem altmodischen Kinderwagen, der neben dem Tisch stand, ertönte wie zur Bestätigung ein Gurgeln, obwohl die fünf Monate alte Elsie nicht ahnen konnte, worüber sich ihre Mutter derart echauffierte. Sie saßen direkt am Jachthafen an einem Tisch im Freien, etwa eineinhalb Kilometer vor den Toren von Chichester. Obwohl die Saison noch gar nicht richtig angefangen hatte, waren bereits ein paar unerschrockene Segler unterwegs, die versuchten, ihre Boote unfallfrei durch die Strudel vor der Schleuse zu navigieren; kein einfaches Unterfangen bei dem frühlingsbedingt erhöhten Wasserstand. Timothy hatte Rosie und Ace diesen Treffpunkt vorgeschlagen – seit Isobels Tod war er oft hier gewesen, um über die Stege zwischen den Booten zu schlendern oder, an das Geländer der Schleuse gelehnt, die Jachten und Motorboote zu beobachten, die auf den weit verzweigten Flussarmen des Itchenor River in Richtung The Solent und noch weiter schipperten. Er fragte sich stets, wohin sie wohl fahren mochten. Es war im Grunde einerlei; allein die Tatsache, dass er es nicht wusste, verlieh ihnen etwas Mysteriöses, Märchenhaftes. In seiner Fantasie waren sie auf dem Weg nach Samarkand oder Konstantinopel. Weit wahrscheinlicher war jedoch, dass das Ziel der Reise Cowes oder Lymington hieß, oder allenfalls Cherbourg oder Saint Malo. Wie auch immer, er wünschte stets, er wäre mit an Bord. Es war höchste Zeit, seine Träume in die Realität umzusetzen, ehe es womöglich zu spät war und er der Ödnis seines Alltags nicht mehr entkam. Aber das würde er zu verhindern wissen.

Der Grund für Rosies Entrüstung war schlicht und ergreifend ein Brief von Oliver, in dem dieser seinem Vater in aller Ausführlichkeit darlegte, wie er die Angelegenheit sah: Er fand Timothys Pläne geradezu absurd.

Folgendes hatte er geschrieben:

Fairlawns, Guildford

Lieber Dad,

mir ist zu Ohren gekommen, dass Du eine mehrmonatige Reise planst. Nun haben Vita und ich vollstes Verständnis dafür, dass Dich Mums Tod gehörig aus der Bahn geworfen hat, und wir können durchaus nachempfinden, dass Du Dich nach all den Jahren der Zweisamkeit nun sehr einsam fühlst. Allerdings fühlen wir uns bemüßigt, Dich darauf hinzuweisen, dass ein derartiges Unterfangen ausgesprochen unbedacht wäre, wenn man Dein Alter und die uns alle betreffenden Umstände in Betracht zieht. Dir muss doch bewusst sein, dass kein Mitglied unserer Familie finanziell große Sprünge machen kann. Diese „Grand Tour", wie Du es nennst, wäre mit beträchtlichen Kosten verbunden, und wir finden es gelinde gesagt etwas unverantwortlich, dass Du so viel Geld für ein derart bizarres Unternehmen zu verplempern gedenkst.

Zugegeben, Auslandsreisen sind sehr verlockend, aber sie sind doch auch immer mit beträchtlichen Risiken verbunden, vor allem, wenn man unbegleitet unterwegs ist. Dabei werden heutzutage doch massenhaft Kreuzfahrten für Singles angeboten, und viele davon sind relativ erschwinglich, weshalb diese Option unserer Ansicht nach bedeutend sicherer, kostengünstiger und vernünftiger wäre, insbesondere, wenn Du die geplante Dauer auf ein paar Wochen verkürzt.

Deshalb bitten wir Dich inständig, Dein Vorhaben, das, wie Du selbst zugeben musst, ausgesprochen abenteuerlich (um nicht zu sagen tollkühn) ist, noch einmal zu überdenken, zumal Deine finanzielle Lage in Ermangelung eines regelmäßigen Einkommens ja nun erheblich eingeschränkt ist. Und wir müssen Dich wohl weder an die hohen allgemeinen Lebenshaltungskosten erinnern noch an Deine Pflicht, dafür zu sorgen, dass die Existenz Deiner Kinder (und Deiner Enkelin) gegenwärtig wie zukünftig finanziell gesichert ist.

Aber bitte versteh das nicht als Einmischung – wir wollen nur Dein Bestes!

Mit freundlichen Grüßen
Oliver und Vita

„Wie kann er es wagen, dir gegenüber einen solchen Ton anzuschlagen?“, fuhr Rosie fort. „Es ist allein dein Leben.“

„Und dein Geld“, fügte Ace hinzu, um seine Unterstützung für Timothy zu signalisieren, obwohl er sonst ängstlich darauf bedacht war, sich nicht in Familienangelegenheiten einzumischen, die ihn nicht direkt betrafen. Er war zwar der Vater von Timothys erstem Enkelkind, aber er war nicht mit Rosie verheiratet, weshalb er sich tunlichst hütete, etwaige Grenzen zu überschreiten.

„Na ja, im Grunde hat er recht“, sagte Timothy. „So eine mehrmonatige Reise wird zweifellos teuer, und wahrscheinlich ist es tatsächlich unverantwortlich, wenn ich mein Geld auf diese Weise verprasse.“

„Es ist *dein* Geld“, beharrte Rosie. „Und du allein bestimmst, was damit geschieht. Du hast uns in den vergangenen Jahren weiß Gott genug unterstützt. Dieser Brief ist eine totale Frechheit. Oliver sollte sich wirklich was schämen.“

Timothy lächelte matt. „Tja, so ist er eben. Du kennst ihn doch.“

„Und dann besitzt er auch noch die Dreistigkeit ‚mit freundlichen Grüßen‘ zu schreiben! In einem Brief an den eigenen Vater! Man könnte glatt meinen, du bist einer seiner Klienten.“

„Na ja …“

„Ganz im Ernst, Dad: Wenn du dich von ihm einschüchtern lässt und deine Reise abbläst, dann werde ich dir das nie verzeihen.“ Sie sah zu Ace hinüber. „*Wir* werden es ihm nie verzeihen, stimmt's?“

Ace nickte. „Wenn du es durchziehen willst, dann zieh es durch. Wir kommen schon klar.“

„Aber ihr seid finanziell deutlich schlechter dran als Oliver und Vita“, wandte Timothy ein. „Vielleicht sollte ich wirklich etwas kürzer verreisen, das wäre bedeutend billiger.“

„Nun hör schon auf, Dad! Ich habe absolut nichts gegen diese Kreuzfahrten für Singles einzuwenden; die sind bestimmt toll für Leute, die … alt und einsam sind. Aber du bist nicht alt. Du bist erst Mitte fünfzig! Club Med meinetwegen, aber der Costa-Geriatrica-Zielgruppe gehörst du definitiv noch nicht an!"

„Jetzt übertreibst du aber."

„Ich? Wenn hier einer übertreibt, dann doch wohl Oliver, verdammt noch mal!"

„Du sollst doch vor Elsie nicht fluchen", ermahnte Timothy sie mit einem Augenzwinkern.

„Das ist nicht witzig, Dad! Ich wette, dazu hat ihn Vita angestachelt."

„Also, wenn du mich fragst, musste Oliver nicht groß angestachelt werden. Aber ich muss zugeben, sein Tonfall überrascht mich. Eure Mum und ich haben den beiden des Öfteren finanziell unter die Arme gegriffen – euch ja auch –, aber derart ... unverblümt war er noch nie."

Rosie schüttelte den Kopf. „Es ist wirklich unglaublich."

„Tja, jetzt wisst ihr Bescheid. Ich wollte euch den Brief einfach zeigen, damit ihr wisst, was los ist, falls ich meine Reise doch nicht antrete."

Rosie beugte sich über den Tisch. „Du wirst sie antreten, hörst du? Du träumst doch schon so lange davon! Ace und ich werden genauso besorgt um dich sein wie Oliver und Vita, wenn auch aus anderen Gründen, wie ich vermute. Wir wollen natürlich auch nicht, dass du dich in Gefahr begibst, aber wenn das bedeutet, dass du den Rest deines Lebens zu Hause hockst und für uns den Handwerker machst, dann könnte ich das nicht mit meinem Gewissen vereinbaren."

„Dann stehe ich jetzt also zwischen zwei Kindern."

„Was ist mit Alice?", fragte Rosie.

„Ach, du kennst doch Alice. Bei der Beerdigung war sie so distanziert wie eh und je."

„Es ist fast so, als wäre sie eine Cousine dritten Grades", murmelte Rosie nachdenklich. „Ich hab versucht, ein bisschen mit ihr zu plaudern, aber sie hat nur mit Ja und Nein geantwortet. Es kam mir so vor, als könnte sie es gar nicht erwarten, wieder nach Oxford zu kommen."

„Tja, sie hat eben ihre ganz eigene Weise, mit solchen Ereignissen umzugehen. Immerhin hat sie mir zum Abschied einen Kuss gegeben und versprochen, sich zu melden."

„Ich wette, darauf kannst du lange warten", brummte Rosie. Dann sagte sie: „Entschuldige, ich wollte nicht so über meine Geschwister herziehen, aber manchmal treiben mich die beiden echt in den Wahnsinn. Die Einsiedlerin und der Großkotz."

„Hm, das sagt so einiges über mich als Vater aus, oder?"

„Nein, es sagt so einiges über sie als Mensch aus. Ich hatte eine glückliche Kindheit, glaube ich jedenfalls, und ich werde wohl nie verstehen, warum die beiden so geworden sind, wie sie sind. Aber zerbrich dir ihretwegen bloß nicht den Kopf, Dad." Sie deutete mit dem Kopf auf den Kinderwagen. „Denk lieber schon mal an die nächste Generation."

„Tu ich ja", sagte Timothy.

„Dad, ich möchte, dass du Elsie ein Großvater bist, der seinen Spaß hatte und ein paar Abenteuer erlebt hat, einer, der mit glänzenden Augen von seinen Reisen erzählt. Es kann nicht angehen, dass du den Rest deines Lebens mit Pfeife und Pantoffeln zu Hause hockst und es für dich das höchste der Gefühle ist, wenn du mal einen Schrank zusammenbauen darfst."

„Ach, davon hast du gehört?"

„Hab ich, ja."

„Ich bin durchaus noch zu etwas nütze."

Rosie beugte sich nach vorn und gab ihm einen Kuss auf die Wange. „Wenn das das Schmeichelhafteste ist, was ich über meinen Vater sagen kann, dann haben wir beide versagt; du als Vater und ich als Tochter. Zum Vatersein gehört mehr als eine Tochter, die ihn liebt und eine Enkelin, die ihn vergöttern wird. Jeder Mensch braucht Zeit für sich, und zwar nicht aus purem Egoismus, sondern um sich persönlich entfalten zu können. Auf diese Weise können wir unseren Mitmenschen viel mehr bieten – zumindest denen, die begriffen haben, dass ein Vater mehr ist als eine Bank oder ein Retter in der Not. Dass er ein Leben und eine eigene Persönlichkeit hat."

„Und du glaubst, das trifft auch auf mich zu, obwohl es nicht sonderlich viele Beweise für deine Behauptung gibt?"

„Nur weil ich wegen dir und Mum nie etwas gesagt habe, heißt das noch lange nicht, dass mir nichts aufgefallen ist. Ich habe schließlich Augen im Kopf."

Timothy musterte sie überrascht. Ihm war mehr als unwohl in seiner Haut. „Sie war weiß Gott kein einfacher Mensch, Dad, das ist mir klar. Und für mich warst du nie ein Weichei oder ein Jasager. Du hattest durchaus eine eigene Meinung, aber die hast nur dann kundgetan oder durchgesetzt, wenn es dir wirklich wichtig war. Du magst dich für zu nachgiebig gehalten haben, aber in meinen Augen warst du immer ein Mann, der genau weiß, wo seine Prioritäten liegen. Du warst loyal, du warst treu, und du hast dein Pulver nie unnötig verschossen."

Sie lächelte, und Timothy entging nicht, dass ihr Tränen in die Augen stiegen. „Du bist ein Mann wie ein Baum, Dad – still und stark." Sie deutete mit dem Kopf auf ihren Herzallerliebsten. „Und ich habe mich für Ace entschieden, weil er mich an dich erinnert. So, und jetzt geh und mach dich auf die Reise. Du hast lange genug zurückgesteckt."

Timothy versuchte, etwas zu entgegnen, doch zum ersten Mal seit Isobels Tod war er derart von Gefühlen überwältigt, dass er kein Wort herausbrachte. Also lächelte er seine Tochter einfach mit zitternden Lippen an und spähte dann in den Kinderwagen. Das Baby darin konnte er allerdings nur verschwommen erkennen, denn auch er hatte feuchte Augen bekommen.

KAPITEL 5

Chichester

Mai

Bei der Vorbereitung auf eine Schlacht habe ich stets festgestellt, dass Pläne nutzlos sind, das Planen aber unverzichtbar ist.

Dwight E. Eisenhower (1890–1969)

Es hatte eine ganze Weile gedauert, bis die Entscheidung, eine längere Europareise zu machen, in ihm gereift war. Nach Isobels Tod hatte er wochenlang jeden Handgriff im Automatikmodus getan, hatte den Alltag mühsam in einem Zustand der Benommenheit bewältigt. Er hatte seinen Appetit verloren und wäre wohl binnen kürzester Zeit völlig abgemagert, wenn Rosie ihn nicht immer wieder zum Essen eingeladen und dafür gesorgt hätte, dass sein Kühlschrank und die Vorratskammer stets gut gefüllt waren.

Auch Ace hatte sich regelmäßig gemeldet und sich mindestens einmal wöchentlich mit ihm zum Mittagessen verabredet. Anfangs hatte Timothy abgeblockt, weil er lieber mit seinen Gedanken allein sein wollte, aber früher oder später hatte die Vernunft gesiegt, nachdem er sich eingestanden hatte, dass ihn das Trauern auch nicht weiterbrachte. Weihnachten markierte dann die Wende. Oliver und Vita hatten ihn eingeladen, mit ihnen zu feiern, doch er lehnte höflich ab. Er wollte das Fest der Liebe in der Gesellschaft von Rosie, Ace und Elsie verbringen. Vita hatte zwar deswegen eine bissige Bemerkung fallen lassen, von wegen „Soso, künftig müssen dein Sohn und ich also zugunsten der nächsten Generation zurückstecken", aber er hatte es geflissentlich überhört. Es half ihm und seinem angeknacksten Selbstwertgefühl kein bisschen weiter, wenn er auf einer Stehparty künstlich lächelnd Small Talk betrieb. Was er jetzt brauchte, um die düsteren Gedanken zu vertreiben, die ihn seit Isobels Tod beschäftigten, war die Gesellschaft von Menschen, die er kannte und liebte und in deren Gegenwart er sich wohlfühlte. Er verbrachte nach wie vor viel zu viel Zeit damit, sich in Selbstvorwürfen zu ergehen wegen all der Fehler, die er in seiner Ehe gemacht hatte, dabei war es jetzt ohnehin zu spät; er konnte sie nicht mehr korrigieren.

Da er sich seiner väterlichen Pflichten bewusst war, stattete er Oliver und Vita zumindest einen kurzen Besuch ab, um seine Geschenke abzuliefern. Für Oliver hatte er eine Flasche 2005er Bordeaux dabei, für Vita ein Geschenkkörbchen mit Pflegeprodukten von Liz Earle. Letzteres war eine Empfehlung von Rosie gewesen, doch Vitas flüchtigem Blick auf die diversen Tiegelchen, Fläschchen und Flakons war nicht zu entnehmen, ob sie sich darüber freute oder nicht. Er versuchte, sich seine Enttäuschung nicht anmerken zu lassen, und nach einer Tasse Glühwein verabschiedete er sich, noch bevor die zahlreichen Freunde und Nachbarn eingetrudelt waren, die Vita und Oliver eingeladen hatten, und fuhr erleichtert nach Hause. Was für ein eigenartiges Weihnachtsfest, so ganz ohne Isobel, die bislang alle Familienzusammenkünfte organisiert hatte. Alice hatte ihm lediglich eine Karte geschickt. Timothy hatte zweimal vergeblich versucht, sie anzurufen und sich dann damit abgefunden, dass sie offenbar in ihrer eigenen Welt glücklicher war als in seiner. Ihre Karte stand mittig auf dem Kaminsims, eine traditionelle Darstellung der Heiligen Familie in der Krippe von Gerrit van Honthorst: Maria betrachtete mit zärtlicher Miene ihr Kind, ihr Gesicht erhellt von einem gleißenden Licht, das vom Jesuskind ausging. Wieder eine Erinnerung an all das, was hätte sein können.

Da er den Rest des Tages daheim verbringen wollte, hatte er Rosie und Ace überredet, mit dem Baby zu ihm zu kommen und über Nacht zu bleiben, mit dem Argument, in seinem Haus hätten sie zu viert deutlich mehr Platz als in ihrer winzigen Mietwohnung.

Seine Tochter schien zu spüren, dass ihm die Sache wichtig war, denn sie leistete keinen nennenswerten Widerstand. Sein Vorschlag hatte einen guten Grund – Timothy hatte nach langem Überlegen beschlossen, dass er nicht länger in einem Haus wohnen wollte, in dem ihn alles an die Vergangenheit erinnerte, zumal die schönen Erinnerungen deutlich in der Minderzahl waren. Sein Schlafzimmer mit dem Einzelbett würde für ihn stets ein Mahnmal seines Scheiterns sein, und wann immer er Isobels Zimmer betrat, schauderte er unwillkürlich. Er wollte sie nicht vergessen – das könnte und würde er niemals –, aber er wollte auch nicht mit den Geistern der Vergangenheit leben, die nach wie vor in der Lage waren, ihm seine Fehler vor Augen zu halten.

Deshalb wollte er seine Tochter davon überzeugen, mit ihrer Familie das Haus zu beziehen. Er selbst würde sich ein anderes Dach über dem Kopf suchen – eines für einen alleinstehenden Mann, der Bücher und das Meer liebte. Zweifellos würde es nicht einfach werden, Rosie zu überzeugen, und Ace würde sich wie üblich aus der Diskussion heraushalten. Am zweiten Weihnachtsfeiertag nach dem Mittagessen setzte er sein Vorhaben in die Tat um. Sie hatten gerade die Reste des Festmahls vom Vortag verzehrt und dazu einen ganz besonders vollmundigen Burgunder getrunken, von dem sich auch Rosie ein Gläschen gegönnt hatte, sodass sie einen einigermaßen entspannten Eindruck erweckte. Trotzdem erhob sie zunächst Einwände. Doch nachdem Timothy (ohne unnötig ins Detail zu gehen) erklärt hatte, warum er ausziehen wollte, gab sie sich schließlich geschlagen, allerdings unter der Bedingung, dass sie ihm mehr Miete zahlen würden als für die derzeitige Wohnung. Timothy stimmte einer marginalen Erhöhung des Betrags bereitwillig zu, um alle weiteren Diskussionen im Keim zu ersticken, und am Ende war die ganze Sache mit deutlich weniger Aufregung und Debatten über die Bühne gegangen als erwartet. Rosie wollte Oliver und Alice über das Arrangement informieren, damit sie nicht argwöhnten, sie wolle sich auf diese Weise einen taktischen Vorteil verschaffen und sie über kurz oder lang um ihren Erbteil bringen. Der Brief, den sie ein paar Tage später von Oliver und Vita erhielt, klang zwar nicht so, als wäre die Botschaft auch wirklich angekommen, aber es war ja beileibe nichts Neues, dass sie sich über die verqueren Ansichten und Aktionen ihres Bruders wundern oder ärgern musste. Das Angebot ihres Vaters war fair und vernünftig, und außerdem waren ihr seine Wünsche wichtiger als die ihrer Geschwister, und deshalb war sie (und damit auch Ace und Elsie – mitgefangen, mitgehangen) bereit, etwaige Konsequenzen zu tragen, wie auch immer diese aussehen mochten.

Um die ganze Angelegenheit zu vereinfachen, beschloss Timothy, vor ihrem Einzug all jene Habseligkeiten, die er behalten wollte, einlagern zu lassen und eine Weile auf Reisen zu gehen, damit Rosie, Ace und Elsie sich in ihrem neuen Heim einrichten konnten. Er holte einige Angebote ein (ironischerweise bei genau den Kreuzfahrtunternehmen, die Oliver und Vita später ihrem Brief empfehlen sollten), kam jedoch zu dem Schluss, dass sie ihm nicht das bieten konnten, was er jetzt brauchte. Auch wenn es gewisse Risiken barg, wollte er allein sein und nicht in der Gesellschaft von Menschen, die im selben

Boot saßen wie er, im übertragenen wie im wortwörtlichen Sinne. Er war ganz eindeutig noch nicht bereit dafür, mit einer Horde ähnlich einsamer Schicksalsgefährten wochenlang auf einem Schiff zusammengepfercht zu sein, von dem man nur flüchten konnte, wenn es zufällig gerade in einem Hafen angelegt hatte.

Als Nächstes zog er in Erwägung, sich in einer Villa irgendwo an der italienischen Küste einzumieten, und dann stieß er eines Tages beim Aufräumen der zahlreichen Bücher, die seine Frau gesammelt hatte, auf ein kleines, in Leder gebundenes Werk aus dem 18. Jahrhundert, das den Titel *Anmerkungen über verschiedene Theile von Italien* trug. Es hatte neben dem Stapel gelegen, als hätte Isobel es in ein Antiquariat bringen wollen, statt es für ein paar mickrige Pfund auf dem Bücherflohmarkt der Liberaldemokraten zu verscherbeln. Der Autor, ein gewisser Joseph Addison, war Dichter, Bühnenautor, Essayist und Politiker gewesen. Es handelte sich um die zweite Auflage aus dem Jahr 1718, und beim Durchblättern stieg Timothy jene unvergleichliche Duftmischung in die Nase, die nur alten Büchern anhaftet – das beißende Aroma von Druckerschwärze, kombiniert mit dem leicht muffigen Geruch alten Papiers. Erst allmählich dämmerte ihm, was er da in der Hand hielt, nämlich einen Bericht von einer sogenannten „Grand Tour" – einer jener Reisen durch eine Vielzahl europäischer (vornehmlich italienischer) Städte, die begüterte junge Engländer im 18. und 19. Jahrhundert zu unternehmen pflegten, um ihren Horizont zu erweitern (insbesondere im Bereich der schönen Künste), Bilder und Skulpturen zu sammeln und gelegentlich mit hübschen jungen Damen anzubandeln. Eine Grand Tour konnte mehrere Monate, wenn nicht gar Jahre dauern, was ohne Frage sein Budget gesprengt hätte, obwohl ihm Isobels Lebensversicherung ein erkleckliches Sümmchen beschert hatte. Liebeleien mit hübschen jungen Damen standen für ihn natürlich nicht zur Debatte, aber allein bei dem Gedanken daran, einige Wochen oder gar ein, zwei Monate lang durch Europa zu tingeln, einfach so, zum Vergnügen, erwachten in ihm Gefühle, die er nicht mehr für möglich gehalten hätte.

Er malte sich aus, welche Städte er besuchen und was er dort besichtigen würde, in welchen Schlossgärten er lustwandeln würde ... Wie es aussah, färbte bereits die Ausdrucksweise des Autors auf ihn ab, der zum Thema Souvenirs beispielsweise schrieb: „Wie man von den alten Statuen vermuthen kann, dass sie ihren ehemahligen Besitzern wohlfeiler zu stehen gekommen, als sie die neueren Käuffer bezahlen müssen: Also giebt es hingegen verschiedene Säulen, welche heut zu Tage weit geringer geschätzt werden, als ihr Preiß vor Alters war." Timothy lächelte, bezweifelte allerdings, dass er in der Lage sein würde, eine Statue oder gar eine Säule zu einem angemessenen Preis zu erwerben, und dann war da ja noch das Problem des Transports und der Unterbringung in seinem künftigen Domizil, wo auch immer sich dieses befinden mochte. Bestimmt tat es eine Miniaturausgabe von Michelangelos David vollauf.

Er verbrachte mehrere Abende in Folge mit der Lektüre von Joseph Addison, wobei er die langatmigeren Episoden und die umfangreichen in lateinischer Sprache verfassten Passagen übersprang. Sein Puls beschleunigte sich, wann immer es um Orte ging, von denen er schon seit Jahren träumte: der Hafen von Monaco, die Ruinen von Pompeji, die Kanäle von Venedig, der Duomo in Florenz ... Und so setzte er sich eines schönen Tages hin und begann, seine eigene Grand Tour zu planen. Ihm war klar, dass er so einige der von Addison geschilderten Stationen, darunter Padua und Verona, aber auch Ferrara, Genua, Pavia und Mailand, würde auslassen müssen, schließlich wollte er keine drei Jahre unterwegs sein. Er würde sich auf Paris, Monaco, Pisa, Florenz, Rom, Neapel und Venedig beschränken. Die Sieben war ja angeblich eine Glückszahl.

Es war eine mutige Entscheidung, die ihn ein, zwei schlaflose Nächte kostete, als ihm bewusst wurde, dass eine derartige Unternehmung eigentlich ganz schön verrückt war.

Da er von Natur aus genügsam und daran gewöhnt war, stets vernünftig zu wirtschaften und sich finanziell einzuschränken, war er zunächst versucht, sich Quartiere der Kategorie „preiswert und freundlich" zu suchen, zumal es ihm so vorgekommen wäre, als würde er seine Kinder und seine Enkelin um ihr Erbe bringen, wenn er sein Erspartes auf Reisen verschleuderte. Auch das Geld aus Isobels Lebensversicherung hatte er anfangs nicht verwenden wollen, doch dann war er zu dem Schluss gekommen, dass selbst sie in diesem Fall vermutlich „Wann, wenn nicht jetzt?" gesagt hätte. Und außerdem hatte er noch seine Rente. Es bestand also wirklich nicht die Notwendigkeit, knauserig zu sein oder sich etwas zu versagen, sei es nun zu Hause oder auf Reisen. Er warf das Geld ja nicht sinnlos zum Fenster hinaus.

Und so beschloss er in einem Anfall uncharakteristischer Sorglosigkeit, zumindest am Beginn seiner Reise in Hotels zu nächtigen, die mit Fug und Recht als luxuriös bezeichnet werden konnten, wenngleich sie sich wohl nicht mit den Quartieren eines adligen englischen Reisenden im 18. Jahrhundert messen konnten.

Er wollte nur die Unterkünfte für die ersten paar Nächte im Voraus buchen, damit er zeitlich ungebunden war und gegebenenfalls länger bleiben oder früher als geplant abreisen konnte, falls ihm eine Stadt gar nicht gefiel oder das Wetter ihm einen Strich durch die Rechnung machte. Vorsichtshalber würde er vor seinem Aufbruch noch eine Liste mit etwas bescheideneren Hotels und Frühstückspensionen zusammenstellen, denn so ganz auf sein Glück zu vertrauen, wagte er dann doch nicht. Schon bei dem bloßen Gedanken daran, wurde ihm flau im Magen. Trotzdem war er wild entschlossen, das Wagnis einzugehen. Er hatte viel zu lange auf Sicherheit gespielt. Er konnte nicht mehr länger nur vom Reisen träumen, zumal er jetzt so gut wie ungebunden war. Er würde die Gelegenheit, die ihm das Leben bot, beim Schopf packen. Es war an der Zeit, die Flügel zu spreizen und sich zu neuen Ufern aufzuschwingen. Oder eher, sich ein Ticket für den Eurostar zu kaufen.

KAPITEL 6

Bahnhof St Pancras, London

Mai

Bahnhöfe […] Sie sind unsere Tore zur Herrlichkeit in der Fremde. Durch sie fahren wir hinaus zu Abenteuern und Sonnenschein, zu ihnen kehren wir – leider! – wieder zurück.

Edward M. Forster, *Wiedersehen in Howard's End*, 1910

Timothy hätte nichts dagegen gehabt, sich unbemerkt und ohne viel Trara aus dem Staub zu machen, doch Rosie hatte beschlossen, ihn zum Bahnhof zu begleiten und sein Abenteuer damit gebührend einzuläuten. Gepäckmäßig hatte er sich auf einen großen, leicht zu manövrierenden Rollkoffer und eine kleine Reisetasche beschränkt. Seine Kleidung würde er unterwegs waschen lassen, wie er seiner Tochter versichert hatte, die als stillende Mutter großen Wert auf Hygiene legte. Elsie hatte sie bei einer freundlichen Nachbarin gelassen (Ace war auf einem Seminar zum Thema Küstenerosion), und so brachen Vater und Tochter gemeinsam zum ersten Abschnitt der Grand Tour auf – von Chichester nach London, wo sie einmal quer durch die Stadt vom Bahnhof Victoria nach St Pancras fuhren. Die Reise verlief überraschend ereignislos, einmal abgesehen davon, dass Rosie irgendwo zwischen den beiden Bahnhöfen einen Ohrring verlor, was man als schlechtes Omen hätte interpretieren können, doch Rosie meinte, sie habe diese Ohrringe ohnehin nicht sonderlich gemocht. Sie hatte sie im Vorjahr von ihrer Schwägerin zum Geburtstag geschenkt bekommen, und Vita hatte sie ihr in beispielloser Gedankenlosigkeit (oder Taktlosigkeit) einfach in der kleinen Accessorize-Tüte überreicht, in die man sie im Laden verpackt hatte. Sie waren also in keiner Hinsicht von großem Wert gewesen.

Der Bahnhof St Pancras war der eigentliche Ausgangspunkt seiner Reise. Von hier würde Timothy den Eurostar nach Paris nehmen. Er hatte ein ähnlich flaues Gefühl im Magen wie früher an der Universität vor Prüfungen, und das war vollkommen in Ordnung, sagte er sich – wäre er in dieser Situation nicht wenigstens ein bisschen nervös oder aufgeregt gewesen, so hätte er daraus geschlossen, dass er zum einen geistig nicht wach genug war, um potenzielle Probleme zu erkennen, ehe sie sich zur Katastrophe auswuchsen, und zum anderen gar nicht in der Lage, das möglicherweise größte Abenteuer seines Lebens gebührend zu genießen. Der Schlüssel lag wie immer in der Mitte.

„Hast du dein Handy dabei?“, fragte Rosie. „Ich weiß, du bist kein großer Fan der Technik, aber …“

„Ich hab’s eingepackt und das Ladegerät auch“, versicherte er ihr.

„Und einen Universaladapter für die diversen europäischen Steckdosen?“

„Ist in der Reisetasche.“

„Und dein Ticket? Und der Pass? Und ein paar Euroscheine?“

Timothy holte einen schmalen Streifen Pappe aus der Innentasche seiner Jacke, auf dem er sich fein säuberlich die im Handgepäck befindlichen unabkömmlichen Utensilien notiert hatte. Jeder einzelne Posten war ordentlich abgehakt.

„Einmal Grafikdesigner, immer Grafikdesigner“, bemerkte Rosie.

Ihr Vater lächelte. „Stimmt." Er warf einen Blick auf die Anzeigetafel. „So, mein Zug steht bereit. Es hieß, man soll eine halbe Stunde eher am Bahnsteig sein, wegen der Gepäck- und Passkontrolle. Am besten checke ich gleich mal ein."

„Okay", sagte Rosie, um einen munteren, unbekümmerten Tonfall bemüht. Sie hob den Kopf und drückte ihm einen Kuss auf die Wange. „Ich wünsche dir eine fabelhafte Zeit. Und ruf regelmäßig an, ja?"

„Na ja, du weißt ja, dass ich mit dem Handy nicht so gut zurechtkomme. Wenn ich es mal benutzen will, ist garantiert der Akku leer, und außerdem habe ich keine Ahnung, wie man Bilder verschickt. Sie landen immer irgendwo im Nirgendwo." Er musterte sie beschwörend. „Ich glaube, ich schreibe euch lieber und verwende das Handy nur für Notfälle oder wenn ich das Bedürfnis habe, deine Stimme zu hören. Wobei du mich natürlich jederzeit anrufen kannst, wenn es ein Problem gibt. Und ansonsten mache ich es so wie Joseph Addison und halte meine Erlebnisse in Briefen an dich schriftlich fest, wenn das für dich in Ordnung geht. Ich glaube, das macht mir mehr Spaß, als Tagebuch zu führen."

„Wie du willst." Rosies Miene erhellte sich. „Dann kann ich mich nachts mit deinen Briefen ins Bett kuscheln und mir vorstellen, dass ich mit dir unterwegs bin."

„Hm, was wird Ace wohl davon halten?"

„Der hat bestimmt nichts dagegen. Ich lasse ihn einfach mitlesen. Ist ja kein Geheimnis."

„Gut, dann schreibe ich an euch beide."

„Du könntest aber auch einfach in ein Internetcafé gehen und uns mailen. Oder mit uns skypen. Heutzutage kann man ja sogar Videotelefonate führen."

Ihr Vater sah sie an, als hätte sie von ihm verlangt, dass er sich in die Weite des Weltalls hinauswagte. „Ja, das könnte ich vermutlich … jedenfalls hoffe ich das, aber wie gesagt: Ich würde es lieber auf die altmodische Tour machen. Wenn ich durch eine Art technologische Nabelschnur ständig mit euch verbunden bin, wäre es nicht so wie früher, bei Addison. Dann hätte ich nicht das Gefühl, ein Abenteurer zu sein, der sich auf eine Entdeckungsreise ins Unbekannte wagt. Dann wäre es nur … ein ganz gewöhnlicher Urlaub. Nicht, dass wir davon so viele erlebt hätten."

„Nimmst du deshalb den Zug, statt zu fliegen?"

„Teils, ja. Addison ist in Pferdekutschen gereist. Und er ist geritten und gesegelt, aber das wäre mir dann doch zu viel des Guten. Ich finde Zugfahren schön. Da sieht man einfach mehr von der Landschaft, und außerdem fühlt es sich mehr nach einer Reise an, als im Gewimmel eines Flughafens stundenlang vor einem Schalter Schlange zu stehen."

„Apropos", sagte Rosie und sah sich um. „Hier ist auch ganz schön viel los. Mach dich mal besser auf die Socken."

Timothy stellte die Reisetasche auf dem Rollkoffer ab, um seine Tochter in die Arme zu schließen. „Ich bin ja nicht ewig weg. Nur bis …"

„Ich weiß. Nur bis …"

Als er sah, dass Rosie mit den Tränen kämpfte, wurde auch er von Gefühlen übermannt.

„Nicht weinen", sagte er. „Sonst fange ich womöglich auch noch an, und das wäre doch kein guter Auftakt."

„Entschuldige, es ist nur … du wirst uns fehlen. Aber ich finde es großartig, dass du diese Reise machst und endlich all die Städte besuchst, von denen du so lange geträumt hast. Ich hoffe, du amüsierst dich prächtig." Sie schniefte, und Timothy zückte ein sauberes, frisch gebügeltes Taschentuch und wischte ihr damit die Tränen von der Wange. Dann drückte er es ihr in die Hand, und sie schnupperte daran und sagte: „Es riecht nach dir. Darf ich es behalten?"

Er lachte leise. „Wenn du willst. Ich hab noch ein paar im Koffer." Dann spähte er erneut zur Anzeigetafel hinauf. „Jetzt muss ich aber wirklich los."

„Ja. Ach, ehe ich es vergesse ..." Sie öffnete ihre Handtasche, entnahm ihr ein zusammengefaltetes Blatt Papier und schob es ihm in die Jackentasche. „Lies das, wenn du im Zug sitzt", trug sie ihm auf. „Also dann, viel Glück!"

Er strich ihr über die Wange, dann griff er nach Reisetasche und Koffer und marschierte los. Rosie sah ihrem Vater mit einem bangen Gefühl nach, bis er im Gewimmel der Bahnhofshalle untergetaucht war.

Gleich darauf stieg Timothy in den Eurostar, verstaute sein Gepäck im dafür vorgesehenen Gestell am Ende des Waggons und ließ sich auf dem reservierten Platz nieder. Jetzt musste er sich nur noch zurücklehnen und die Reise genießen. Doch irgendwie hatte er tief drin ein schlechtes Gewissen, weil er sich allein auf den Weg machte, mit dem einzigen Ziel, sich zu amüsieren. Er konnte sich nicht entsinnen, je ohne Begleitung eine so große Reise angetreten zu haben. Fast vierzig Jahre lang war Isobel an seiner Seite gewesen, körperlich zumindest, wenn auch nicht im Geiste. Ihre Abneigung gegen das Verreisen hatte ihn anfangs überrascht und auch enttäuscht, doch mit den Jahren hatte er sich damit abgefunden und ihr zuliebe seine eigenen Wünsche hintangestellt. Jetzt konnte er endlich tun, was er wollte, musste sich keinem anderen Menschen mehr unterordnen. Seltsamerweise war das gar nicht so einfach, obwohl es doch absolut vertretbar war, wenn jemand nach dem Verlust des Ehepartners früher oder später wieder ins Leben zurückkehrte und lernte, die eigenen Bedürfnisse wahrzunehmen. Was das anbelangte, war er eben ziemlich aus der Übung.

Erst als der Zug gute zwei Stunden später in Frankreich den Kanaltunnel verließ, holte er den Zettel, den ihm Rosie beim

Abschied zugesteckt hatte, aus der Jackentasche und faltete ihn auseinander.

> Für ein glückliches Leben braucht der Mensch im Wesentlichen drei Dinge: Hoffnung, eine Aufgabe und jemanden, den er liebt.
>
> Joseph Addison
>
> (Gut möglich, dass das nicht hundertprozentig korrekt zitiert ist, hab's bei Wikipedia gefunden.)
> Und meiner Meinung nach außerdem eine Familie, die ihn über alles liebt und es kaum erwarten kann, bis er sicher wieder zurückgekehrt ist. Ich hoffe, auf dieser Reise erfüllen sich alle deine Hoffnungen.
>
> In Liebe, Rosie, Ace und Klein-Elsie xxx

So ist das mit Töchtern, dachte Timothy. Sie haben die Angewohnheit, einen im denkbar unpassendsten Moment zu Tränen zu rühren. Die Geschäftsfrau, die ihm gegenübersaß und eifrig auf ihrem Laptop herumtippte, hob besorgt eine Augenbraue, als er sich eine Träne von der Wange wischte – mit den Fingern, denn er hatte gerade kein Taschentuch zur Hand.

KAPITEL 7

Hôtel Plaza Athénée, Paris

Mai

Brüssel mag das Herz Europas sein,
aber Paris ist seine Seele.

Robert Hardisty, *Travelling Hopefully*, 1975

Für den Großteil seiner Grand Tour würde sich Timothy auf den Zufall verlassen, was die Unterkünfte anging. Mit ein oder zwei Ausnahmen würde er in bodenständigen kleinen Hotels oder Pensionen residieren – etwas anderes konnte er sich auf Dauer gar nicht leisten. Aber er hatte beschlossen, sich zumindest am Anfang seiner Grand Tour ein richtig tolles Zimmer zu gönnen. Seine Wahl war auf das prunkvoll eingerichtete Plaza Athénée gefallen, von dem er in einem Buch gelesen hatte. Es handelte sich um ein Pariser Nobelhotel mit roten Markisen, in dessen mit Efeu bewachsenem Innenhof Tische und Sonnenschirme so aufgestellt waren, dass die Gäste Privatsphäre und Mondänität zugleich genießen konnten. Als er am ersten Morgen seines großen Abenteuers erwachte und die Vorhänge öffnete, strömte sogleich die Sonne herein, und eine sanfte Brise zauste die Efeublätter rund um sein Fenster.

Vergessen waren die Sorgen vom Vortag und die Beklemmung, die ihn bei dem Gedanken erfasst hatte, dass er seine Familie zu Hause zurückließ, denn es war Frühling, und er war in Paris – in einem Hotel, von dem er noch vor ein paar Monaten nicht zu träumen gewagt hätte! Er hatte zwar keine Suite gebucht, denn die waren für Normalsterbliche vollkommen unerschwinglich, aber das Zimmer war seiner Kompaktheit zum Trotz relativ geräumig und verfügte neben einem bequemen Doppelbett, in dem er hervorragend geschlafen hatte, über ein Bad mit ausgesprochen edler Ausstattung und unglaublich weichen Frotteetüchern.

Timothy stellte sich ein paar Minuten ans Fenster und sog alle Eindrücke in sich auf – das helle Pariser Morgenlicht, das Klappern von Geschirr und Besteck und die Stimmen der Kellner vier Stockwerke weiter unten, kombiniert mit der gedämpften Geräuschkulisse der Stadt, die nur darauf wartete, von ihm entdeckt zu werden. Es klopfte, und ein Kellner trat ein und servierte ihm Orangensaft, eine kleine Flasche Sekt, Croissants und frischen Kaffee. „Aber ich hatte kein Frühstück bestellt", wandte Timothy ein, wobei er erst gar keine Anstalten machte, sein Schulfranzösisch zu bemühen, aus Angst, kläglich zu scheitern.

Der Angestellte gab an, das sei alles bereits vor seiner Ankunft in die Wege geleitet worden. „Es ist eine Karte dabei, *m'sieur*. Angenehmen Aufenthalt." Sobald er weg war, öffnete Timothy den kleinen Umschlag. Er enthielt eine Karte mit dem Monogramm des Plaza Athénée, darunter stand:

Damit du den Beginn deiner Reise gebührend begießen kannst. R, A und E.

Timothy schüttelte den Kopf und schob die Karte in das Buch auf seinem Nachttisch, zu dem Zettel, den Rosie ihm am Bahnhof überreicht hatte. Dann schaltete er sein Handy ein und schickte ihr eine SMS:

Bin gut im Plaza Athénée angekommen. Kann noch gar nicht fassen, dass ich hier bin. Danke für alles. Liebe Grüße aus Paris, Dad

Er drückte auf *Senden*, und sobald das Piepsen ertönte, das ihm signalisierte, dass die Nachricht zugestellt worden war, schaltete er das Gerät wieder aus.

Dann hielt er einen Augenblick lächelnd inne. Sein großes Abenteuer hatte begonnen.

Um zehn Uhr morgens herrschte auf den Straßen von Paris hektische französische Betriebsamkeit. Vielleicht bildete er es sich ja bloß ein, aber irgendwie fühlte es sich ganz anders an als in London. Timothy spähte an den hohen Gebäuden rechts und links des breiten Boulevards empor und bewunderte die Fassaden mit ihren hölzernen Fensterläden, Erkern, Kuppeln und Türmchen, die Mansardendächer mit den schuppenförmigen Dachziegeln. Und überall diese kunstvoll gestalteten schmiedeeisernen Balkonbrüstungen, Geländer und Oberlichte. Jede einzelne Haustür war ein kleines Kunstwerk für sich, jede Straße war von Bäumen gesäumt, durch die die Morgensonne blinzelte und lachte. Alles wirkte so … fremd.

Das Hupen der Autokolonnen, die sich mit knatternden Motoren am Arc de Triomphe vorbeiwälzten, erschien ihm wie ein freundlicher Gruß, aber da ging wohl seine Fantasie mit ihm durch. Hingerissen schlenderte er an den Bücherständen am Ufer der Seine vorbei, an denen kistenweise Postkarten und Taschenbücher, Stiche, Münzen und Briefmarken all jene lockten, die die Stadt der Liebe in ihren Bann geschlagen hatte. Insgeheim hatte er befürchtet, er könnte enttäuscht sein, hatte sich bereits darauf eingestellt, dass sich Paris bei Lichte betrachtet als eine Stadt wie jede andere entpuppen würde – wie London, nur mit einem ausländischen Akzent. Doch weit gefehlt. Er war der geschichtsträchtigen Atmosphäre von Paris vom ersten Augenblick an rettungslos verfallen.

Ausgestattet mit einem kleinen Reiseführer, der in seine Jackentasche passte, bestieg er den Eiffelturm und bestaunte die Stadt, die sich unter einem frühlingshaften Dunstschleier rund um ihn erstreckte, den Hügel von Montmartre und die Seine, die sich wie ein silbernes Band durch Paris schlängelte. Als er durch die mächtigen Portale von Notre Dame schritt, verschlugen ihm die Höhe und düstere Erhabenheit der Kathedrale beinahe den Atem, und ihm schwindelte vom betörend schweren Weihrauchduft, der in der Luft hing.

Am meisten beeindruckte ihn Napoleons Grabmal im Invalidendom, war doch der Mann, der in diesem gewaltigen Sarkophag seine letzte Ruhestätte gefunden hatte, nicht einmal einen Meter siebzig groß.

Timothy stürzte sich mit einem derartigen Feuereifer in die Erkundung der Sehenswürdigkeiten seiner ersten ausländischen Hauptstadt, dass er vollkommen vergaß, zwischendurch etwas zu essen oder zu trinken. Nach einer Weile schwindelte ihm regelrecht, was zweifellos auch an Hunger und Durst lag und nicht nur an den schier überwältigenden Ausmaßen der diversen Attraktionen, sei es die Place de la Concorde oder der Jardin des Tuileries, die Champs-Élysées oder der Boulevard Haussmann. Er setzte sich in ein kleines Café, bestellte ein Baguette mit Schinken und Käse und einen Kaffee und ruhte sich eine Weile aus, bis er wieder bei Kräften war. Er musste nicht die ganze Stadt an einem Tag besichtigen, sagte er sich, schließlich hatte er drei Nächte im Plaza Athénée gebucht, und danach konnte er sich entweder eine bescheidenere Unterkunft suchen oder nach Belieben weiterziehen. Er musste sich mäßigen – heute hatte er sich benommen wie ein kleines Kind im Süßigkeitenladen, das das komplette Angebot auf einmal probieren wollte. Schon seltsam, dass er noch nie in dieser Stadt gewesen war, von der er schon so viel gehört hatte. Dabei war Paris doch eigentlich gar nicht so weit entfernt und durch den Bau des Kanaltunnels auch relativ einfach zu erreichen.

Wieder einmal dachte er über die Eintönigkeit nach, die seine Ehe über Jahre hinweg geprägt hatte. Isobel hatte aufgrund ihrer Flugangst und ihres empfindlichen Magens das Land partout nicht verlassen wollen. Ein, zwei Wochen in Schottland oder Cornwall waren das höchste der Gefühle gewesen (wenn sie überhaupt weggefahren waren), und den Rest seines Jahresurlaubs hatte Timothy zu Hause herumgeschustert. Doch damit war nun Schluss. Jetzt konnte er reisen, wohin er wollte, wann immer er wollte.

Trotzdem fühlte es sich eigenartig an, sein altes Leben einfach hinter sich zu lassen. Ein vorhersehbares und von Routine bestimmtes Leben, in dem nie etwas vorgefallen war, das man auch nur im Entferntesten als Abenteuer hätte bezeichnen können. Er hatte angenommen, er würde sich befreit fühlen nach all den Jahren der Ereignislosigkeit, musste nun jedoch feststellen, dass er sich daran gewöhnt hatte, zu jedem seiner Vorschläge und Pläne Isobels Meinung einzuholen. Doch sie war nicht mehr da. Es war nicht mehr nötig, sich mit ihr abzustimmen. Das war neu für ihn, und es hinterließ ein Gefühl der Leere, das alles zu überlagern schien. Er sagte sich, dass das zu erwarten gewesen war, dass er lernen würde, wieder zu leben, ohne sich Vorwürfe zu machen, ohne dass die Erinnerung an seine Frau von Geringschätzung getrübt wurde. Sein erster Reisetag war befreiend und bereichernd gewesen, obwohl es sich seltsam anfühlte, allein unterwegs zu sein. Allmählich spürte er, wie nach dem nahrhaften Baguette und dem Kaffee – dem besten, den er je getrunken hatte – seine Lebensgeister wieder erwachten. Er lehnte sich zurück und beobachtete die Passanten – junge Liebespaare, alte Männer mit Hunden, elegante junge Frauen, deren Garderobe ein lässiger Chic auszeichnete, fragile ältere Damen mit Einkaufskörben aus Raffiabast, Geschäftsleute in teuren Anzügen, die schmale Aktenkoffer schwangen. Etliche vertrocknete Platanenblätter segelten in den Rinnstein, als eine von Motorrädern eskortierte Limousine vorbeirauschte. Der Präsident? Ein Minister? Wer wusste das schon. Alles war so … aufregend – wenn er es nur zuließ. Und das musste er, sonst war die „Reise seines Lebens" verschwendete Zeit.

„*Un autre café, monsieur?*"

„Äh, *non merci. L'addition s'il vous plaît.*" Hoffentlich hatte er das richtig in Erinnerung. Der Kellner verschwand und kehrte gleich darauf mit einem kleinen silbernen Tablett zurück, auf dem ein zusammengefalteter Zettel lag, beschwert von einem in Seidenpapier gewickelten Macaron. Timothy lächelte in sich hinein. Typisch Paris. Selbst dieses winzige Straßencafé hatte Stil.

Er hinterließ genügend Bares, um sein Mittagessen einschließlich eines kleinen Trinkgeldes zu bezahlen und schlenderte dann am Flussufer entlang in Richtung Louvre. Auch hier reihte sich Bücherstand an Bücherstand. Als Timothy dazwischen einen mit Malereizubehör erspähte, hielt er an, um das Angebot – Öl- und Wasserfarben, Aquarell- und Skizzenblöcke und kleine Leinwände – in Augenschein zu nehmen. Der Verkäufer, ein zerknautscht wirkender, unrasierter Mann mittleren Alters, nickte ihm zu. Er hatte eine Zigarette im Mundwinkel hängen und dünne Speichelrinnsale in den Falten rechts und links des dunklen Kinns. Den Geruch von Gauloises war Timothy seit der Uni nicht mehr in die Nase gestiegen. Wie es aussah, würde er auf seiner Reise nicht nur Neues entdecken, sondern auch in alten, lange in Vergessenheit geratenen Erinnerungen schwelgen. Während er die Malblöcke begutachtete, die Aquarellfarben in ihren Tuben, Dosen und Blechschachteln, die kleinen Pinsel aus Kamel- und Fehhaar und die etwas größeren chinesischen aus Ziegenhaar, murmelte der Standbetreiber irgendwelche Erklärungen vor sich hin, die Timothy nicht verstand. Doch der Mann wirkte nicht unfreundlich und schien zum Glück keine Reaktion auf sein Gebrabbel zu erwarten.

Wieder erwachte eine Erinnerung zum Leben: Das Aquarellmalen hatte Timothy früher große Freude bereitet. Er war ziemlich gut gewesen und hatte damals, zu Beginn seiner Ehe, als sie noch wenig Geld gehabt hatten, sogar einiges verkauft – an Freunde und Arbeitskollegen, die ihm seine Werke vermutlich nur aus reiner Freundlichkeit abgenommen hatten, um das junge Ehepaar etwas zu unterstützen. Er sollte wieder damit anfangen.

Rasch suchte er alles Nötige zusammen: zwei Bleistifte, eine kleine Wasserflasche, drei unterschiedlich dicke Pinsel, ein DIN-A4-Aquarellblock und ein kleiner, aber absolut ausreichender Farbkasten mit der Aufschrift Sennelier.

„*Combien, m'sieur?*"

„*Quarante-cinq euro*", lautete die Antwort, gefolgt von einem breiten, etwas unaufrichtig wirkenden Grinsen, bei dem der Verkäufer zwei schief stehende, nikotinfleckige Schneidezähne entblößte.

Timothy blätterte ihm die fünfundvierzig Euro hin, klemmte sich die Papiertüte mit seinen Malsachen unter den Arm und fragte sich, während er seinen Weg zum Louvre fortsetzte, ob er den Preis hätte herunterhandeln sollen.

Der Anblick der Glaspyramide über der Galerie irritierte ihn irgendwie, und darunter wimmelte es vor Touristen und Schulkindern. Die Mona Lisa war die allererste Enttäuschung – das kleine, schlecht beleuchtete Gemälde war kaum zu erkennen, zumal sich ein riesiges Rudel von Betrachtern davor versammelt hatte, jeder Einzelne darauf erpicht, das weltberühmte Lächeln zu sehen. Timothy war müde und beschloss, ein andermal wiederzukommen, und zwar etwas früher, bevor die Massen antanzten.

Er ging zurück ins Hotel, und dort ließ er, in der randvollen Badewanne liegend und in den exotischen Duft des hoteleigenen Badeschaums eingehüllt, die Erlebnisse des Tages noch einmal Revue passieren. Bislang hatte Paris all seine Erwartungen erfüllt – die Architektur, die Menschen, die Sehenswürdigkeiten. Ihm schwirrte der Kopf nach all den Eindrücken. Schade nur, dass der Louvre so überlaufen gewesen war, aber die eine oder andere Enttäuschung konnte nun einmal nicht ausbleiben. Für den morgigen Tag war jedenfalls Kontrastprogramm angesagt: Er würde sich mit seinen Malsachen nach Versailles begeben und versuchen, das Schloss und die Gärten auf Aquarellpapier zu bannen. Sonst nichts. Es konnte nicht schaden, wenn er es zwischendurch etwas ruhiger angehen ließ.

Später, als er sich nach seinem ersten (und letzten, da exorbitant teuren) Abendessen im Hotel ins Bett legte, nahm er sich vor, künftig etwas zurückhaltender zu sein, sowohl hinsichtlich der Unterkünfte als auch, was das Sightseeing-Tagespensum anging. Wenn er in dem Stil weitermachte, waren sowohl seine Energieressourcen als auch seine finanziellen Mittel bald erschöpft. Aber noch während er allmählich einschlummerte, durchströmte ihn zum ersten Mal seit Isobels Tod ein angenehm warmes Gefühl – das Gefühl von Zufriedenheit. Blieb nur zu hoffen, dass es nicht deplatziert war und eine Weile anhalten würde. Das war sein letzter Gedanke an diesem Abend, dann schlief er ein.

KAPITEL 8

Versailles, Paris

Mai

Träume wiegen nichts.

Marie Antoinette (1755–93)

Nach der Erfahrung im Louvre war Timothy etwas ernüchtert und darauf eingestellt, auch von Versailles enttäuscht zu sein. Umso größer waren seine Freude und seine Erleichterung, als er das prachtvolle Schloss des Sonnenkönigs und die dazugehörenden weitläufigen Gartenanlagen mit eigenen Augen sah. Er war begeistert, von den Dimensionen genauso wie von all dem Prunk und der ehrwürdigen Atmosphäre, die einem das Gefühl verlieh, Ludwig XIV. und seine Gemahlin könnten jeden Augenblick in einer goldenen Kutsche vorfahren. Vor seinem geistigen Auge sah er die Höflinge in ihrer barocken Kleidung, die sich beim Anblick ihres Herrschers tief verneigten. Besonders beeindruckt war er vom Spiegelsaal und einem mit weißen Straußenfedern dekorierten Himmelbett. Anschließend suchte er sich draußen eine Bank mit Blick auf das Schloss und den Garten. Seine Laune war blendend, nicht zuletzt dank der Frühlingssonne, die wie schon am Vortag vom blassblauen Himmel lachte. Er setzte sich so hin, dass ihm die Sonnenstrahlen den Rücken wärmten, holte seine Malsachen aus der mitgebrachten Jutetasche und begann, eine Ecke des Schlosses und das Broderieparterre davor zu skizzieren. Er war etwas aus der Übung, die ersten beiden Versuche verwarf er sofort wieder, doch beim dritten war er mit dem Ergebnis dann schon ganz zufrieden. Vielleicht sollte er ja zusätzlich zur brieflichen Dokumentation in jeder Stadt, die er im Rahmen seiner Tour besuchte, die eine oder andere Sehenswürdigkeit auf diese Weise festhalten. Bei der Gelegenheit nahm er sich vor, abends an Rosie und Ace zu schreiben und ihnen mitzuteilen, dass alles in Ordnung war. Er hatte die beiden noch gar nicht angerufen, und Rosie würde sich Sorgen machen, obwohl er bereits angekündigt hatte, dass er sich nur sporadisch melden würde. Doch sein schlechtes Gewissen war vergessen, sobald er sich wieder in den Anblick des Schlosses vertiefte und sich seinem Aquarell widmete, das allmählich Form annahm.

Er war gedanklich ganz und gar in der Welt des 17. Jahrhunderts versunken, als ihn eine Stimme jäh in die Gegenwart zurückholte.

„*Ah, m'sieur. C'est magnifique!*"

Timothy fuhr herum und erblickte hinter sich eine schick gekleidete junge Dame, die ihre Sonnenbrille angehoben hatte und sich über seine Schulter beugte, um sein Bild zu betrachten. Sie trug einen engen schwarzen Rollkragenpulli, eine schwarze Hose und schwarze Stiefel und hielt eine rote Lederleine in der Hand. Der Hund am anderen Ende, ein missmutig dreinblickender Mops, schien die Begeisterung seines Frauchens für Timothys Bild allerdings nicht zu teilen. Der Fuß der Parkbank, auf der Timothy saß, war da schon interessanter, wie der Vierbeiner ohne zu zögern demonstrierte.

Seine Besitzerin schnalzte mit der Zunge. „*Je suis désolée! Mon chien est grossier!*"

Timothy war nicht ganz sicher, was genau das bedeutete, aber er verstand, was gemeint war und schüttelte den Kopf. „*Toutes les chiens est critiques!*", radebrechte er.

Die Frau lachte. „Sie kommen aus England?"

Timothy musterte sie ernüchtert. „Ist das so offensichtlich?“

Sie lächelte. „Nur wegen Ihres Akzents.“ Ihre Aussprache klang unverkennbar französisch – verführerisch und beinahe poetisch, wie er es bislang nur aus Filmen kannte.

Sie schob sich die Sonnenbrille ins dunkle, kinnlange Haar und deutete mit fragender Miene auf den Platz neben Timothy.

„Oh, bitte, setzen Sie sich.“

Sie nahm Platz. „Was für ein ’errlicher Tag.“

„Ja.“ Timothy nickte. *„Le soleil brille, et il y a beaucoup de nuages dans le ciel.“* In der Tat zogen einige flauschige Schäfchenwolken langsam über den Himmel.

Wieder lachte die Frau, ein helles, perlendes Lachen. Sie hätte durchaus in einem französischen Film mitspielen können, so attraktiv, wie sie war mit ihren hellgrünen Augen und den perfekten weißen Zähnen.

„Das ist aber auch schon alles, was mir vom Französischunterricht in Erinnerung geblieben ist.“

„Egal, es ist ein sehr nützlicher Satz“, erwiderte sie mit gespieltem Ernst.

„Ich habe diese Worte seit der Schulzeit nicht mehr ausgesprochen. Hätte nie gedacht, dass ich noch einmal die Gelegenheit haben würde, ihn anzubringen.“

„Sind Sie das erste Mal in Paris?“

Er nickte.

„Und, entspricht es Ihrer *Vision*?“

Sie sprach das letzte Wort französisch aus, was Timothy ungemein bezaubernd fand.

„Ich finde es wunderbar. Es ist so unglaublich … französisch.“

„Ah, oui!“

Sie betrachtete einen Augenblick schweigend sein Bild und dann das Motiv. „Sie 'aben, wie sagt man … Erfahrung in der Malerei?"

„Nicht viel. Ich bin zwar nicht ganz branchenfremd – ich war Grafikdesigner –, aber ich habe seit Jahren nicht gemalt. Ich wollte mal sehen, ob ich es noch kann."

„*C'est très bon*. Es ist sehr gut. Sie sollten es verkaufen."

Timothy gluckste. „Ich kann mir nicht vorstellen, dass das irgendjemand kaufen würde."

„Ich schon."

Er musterte sie skeptisch. „Das sagen Sie doch nur aus reiner Höflichkeit."

„Aber nein! Es gibt eine große Nachfrage nach solchen Bildern. Ich weiß es – ich verkaufe sie."

„Tatsächlich?"

„*Oui*. Ich 'abe eine kleine Galerie in der Nähe der Champs-Élysées."

Timothy hatte allmählich den Eindruck, veräppelt zu werden. Was wollte sie von ihm, diese bildhübsche Pariserin, die … beinahe seine Tochter sein könnte? Nun, zumindest war sie deutlich jünger als er; sicher nicht viel älter als vierzig. Vermutlich war das ihre Masche, um mit leichtgläubigen Touristen anzubandeln. Und das an seinem zweiten Tag in Paris. Es war wohl das Beste, wenn er jetzt ging. Er schraubte die Wasserflasche auf und begann, seine Pinsel zu säubern.

„Oh, tut mir leid, ich 'ab Sie in Ihrer *concentration* gestört. Wie un'öflich von mir. Dabei kennen wir uns gar nicht."

Er winkte ab. „Nein, nein, kein Problem. Sie waren sehr freundlich."

Die Frau hielt ihm die Hand hin. „Francine Faragon."

Timothy öffnete den Mund, um sich vorzustellen, und dann hörte er sich zu seiner grenzenlosen Verblüffung sagen:

„Tom. Tom Gandy." Huch? Was ist denn plötzlich in dich gefahren? fragte er sich und genierte sich sogleich für seine Unaufrichtigkeit.

„Schön, Sie kennenzulernen, Tom."

Sie zog eine Visitenkarte aus der Hosentasche. „Die gebe ich nicht allen Malern 'ier. Aber ich 'alte immer Ausschau nach Künstlern, deren Bilder ich in meiner kleinen Galerie verkaufen kann. Ich 'offe, es stört Sie nicht, dass ich Sie angesprochen 'abe."

„Ganz und gar nicht."

„Der Mann dort drüben", sie deutete auf einen älteren Herrn, der, angetan mit Baskenmütze und marineblauem Jackett, vor einer kleinen Staffelei saß und soeben versuchte, mithilfe eines Pinsels die Proportionen des Gebäudes vor ihm abzuschätzen. „Ein 'offnungsloser Fall. Er glaubt, er ist ... wie sagt man – ein Geschenk Gottes, aber seine Bilder sind grauen'aft. Sehr ... *qu'est-ce que c'est ‚brut'*?"

„Primitiv?"

„*Oui.* So etwas kommt bei meinen Käufern gar nicht gut an."

Wieder betrachtete sie Timothys Bild. *„C'est delicieux."*

Das Kompliment klang so aufrichtig, dass er sich für seinen Verdacht schämte. Offenbar hatte sie sich kein bisschen über ihn lustig gemacht, sondern war ernsthaft an ihm als Künstler interessiert. Gut möglich, dass sie tatsächlich jeden Maler hier ansprach, bei dem sie das Gefühl hatte, seine Werke könnten sich für ein paar Euro an den Mann oder an die Frau bringen lassen. Zweifellos stieg im Laufe des Sommers die Nachfrage nach solchen Souvenirs, und irgendwie musste sie ja für Nachschub sorgen.

Mittlerweile hatte sich ihr Mops ein paar Schritte entfernt und zerrte ungeduldig an der Leine. *„Proust! Viens ici!"*, ermahnte sie ihn und fuhr herum, als Timothy belustigt schnaubte.

„Proust?", wiederholte er.

„*Oui*. Eigentlich 'eißt er Jacques, aber beim Spazierengehen ist er unermüdlich. Er geht einfach immer weiter, wie ein Roman von Proust, deshalb 'abe ich ihn umbenannt."

Timothy lachte. „*Parfait!*" Es entstand eine kurze Pause, dann fügte er hinzu: „Tja, es ist sehr schmeichelhaft, dass Sie glauben, meine Werke wären gut genug für Ihre Galerie, aber ich fürchte, ich könnte Ihnen nicht genügend Bilder liefern, als dass sich der Aufwand lohnen würde, zumal ich wohl nicht allzu lange hier sein werde."

Francine legte den Kopf schief. „Ah ja?"

Er zögerte, beschloss dann aber in Anbetracht ihrer interessierten Miene, das etwas näher auszuführen: „Ich befinde mich auf einer Reise durch mehrere europäische Städte, hauptsächlich in Italien. Eine Art Mini-Grand-Tour. Paris ist meine erste Station. Ich bin erst vorgestern angekommen, und Ende der Woche geht es weiter."

„Und wo nächtigen Sie?"

„Im Plaza Athénée."

„*Mon dieu*!"

„Leider nur noch eine Nacht, dann muss ich in ein günstigeres Quartier umziehen."

Francine hob erstaunt eine Augenbraue. „Da werden Sie aber Ihre Ansprüche 'erunterschrauben müssen."

„Ach, ich bin ohnehin an einen etwas bescheideneren Lebensstandard gewöhnt."

„'aben Sie denn schon eine neue Unterkunft?"

„Noch nicht. Ich werde nachher mal meinen Reiseführer konsultieren."

Francine schien zu überlegen. „Also, ich 'offe, Sie finden es nicht aufdringlich, wenn ich Ihnen ein kleines 'otel empfehle. Es ist sehr sauber und sehr preisgünstig, und es gibt ein gutes Frühstück."

„Im Gegenteil, ich wäre Ihnen sehr dankbar."

„Darf ich mir Ihren *crayon* borgen?"

Timothy reichte ihr etwas belämmert den Stift und verfolgte, wie sie eine Adresse auf dem Deckblatt seines Malblocks notierte.

„Wenn Sie es nicht finden, rufen Sie mich in der Galerie an, dann 'elfe ich Ihnen."

Dann stand sie von der Bank auf und zog ein wenig an der Leine, um dem Mops zu signalisieren, dass es weitergehen konnte.

„Au revoir, Tom. Ich 'offe, wir sehen uns wieder. Ich würde mich freuen, wenn ich ein paar Ihrer Bilder verkaufen dürfte, aber wenn nicht, kein Problem. Es war schön, mit Ihnen zu plaudern. Viel Glück mit Ihrer Grand Tour. Klingt sehr aufregend." Sie winkte zum Abschied und machte sich auf den Weg zum Ausgang. Timothy sah ihr wie hypnotisiert nach.

In dem Brief, den er abends an Rosie und Ace schrieb, erwähnte er allerdings weder die Begegnung mit Francine Faragon noch die Tatsache, dass er sich ihr als Tom vorgestellt hatte.

KAPITEL 9

Paris

Mai

Ein Franzose kann sich alles erlauben,
solange er es nur richtig ausspricht.

Henry Higgins in *My Fair Lady* von Alan Jay Lerner, 1956

Als er morgens die Augen aufschlug, fiel ihm gleich als Erstes ein, dass er sich eine neue Bleibe suchen musste. Das Plaza Athénée hatte in den vergangenen drei Nächten all seine Erwartungen erfüllt. Gestern abend hatte er, in einer eleganten und dennoch bequemen *Bergère* in der Ecke der feudalen Hotellounge thronend, noch einmal die Gelegenheit genutzt, die illustren Gäste zu beobachten, ehe er in einem der kleinen Bistros in der Nähe des Hotels das Abendessen eingenommen hatte, um sein Budget zu schonen. Er hatte sich ein bisschen Luxus gegönnt, und jetzt galt es, den Gürtel enger zu schnallen und eine bescheidenere Unterkunft zu beziehen, bis er in ein paar Tagen weiterfuhr. Es gab noch so viel zu entdecken! Er hatte das Gefühl, nur einen winzigen Bruchteil der Stadt kennengelernt zu haben, aber das wenige, was er gesehen hatte, erfüllte ihn mit Begeisterung.

Er duschte, zog sich an und ging hinunter, um zu frühstücken, fest entschlossen, den Aufenthalt im Plaza Athénée bis zur letzten Sekunde auszukosten. Zumindest konnte man in Paris an jeder Ecke gut essen. In jedem der unzähligen Straßencafés gab es frische Brioches und Croissants, Pains au Chocolat und Baguettes mit Schinken und Käse, und dazu köstlichen Kaffee. Timothy beschloss, sich derlei Genüsse künftig auch zu Hause nicht mehr zu versagen, obwohl sich diese Entscheidung vermutlich verheerend auf sein Gewicht auswirken würde.

Nachdem er seine Tasse geleert hatte, tupfte er sich die Mundwinkel mit der großen Damastserviette ab und deponierte sie seufzend auf dem Tisch. Prompt sah ein dienstbeflissener Kellner zu ihm herüber. „Alles in Ordnung, *m'sieur*?"

„Ja, alles bestens, danke. Ich finde es nur schade, dass mein Aufenthalt schon zu Ende ist. Ich habe mich hier sehr wohlgefühlt."

„Dann bleiben Sie doch noch, *m'sieur*. Sie werden es nicht bereuen", erwiderte der Kellner mit einem spitzbübischen Lächeln.

„Das würde ich zu gern, aber ... Na ja, alles muss einmal ein Ende haben."

„Pardon?"

Timothy lächelte. „Es war ganz wunderbar hier, wirklich ein Genuss, aber ich muss weiterziehen." Er erhob sich vom Tisch und schüttelte dem etwas überraschten Kellner die Hand.

„Beehren Sie uns bald wieder, *m'sieur*. Wir 'aben 'ier viele Gäste, aber die netten sind uns am liebsten."

„Ich fühle mich geschmeichelt. Und ich hätte nichts dagegen, wiederzukommen. Es gibt da ein, zwei Leute, denen ich das Hotel zu gern zeigen würde."

„Jederzeit, *m'sieur*." Der Angestellte deutete eine Verbeugung an, Timothy tat es ihm nach, und sie schmunzelten. Dann ging er zum Empfang hinaus, um seine Rechnung zu begleichen.

Eine halbe Stunde später stand er mit seinem Gepäck auf dem Bürgersteig vor dem Hotel. Man hatte angeboten, ihm ein

Taxi zu rufen, doch er hatte abgelehnt, und es war ihm peinlich gewesen, nach dem Weg zu dem kleinen Hotel zu fragen, das ihm Francine empfohlen hatte. Hoffentlich war es überhaupt ein Hotel. Wie hieß es noch gleich? Er warf noch einmal einen Blick auf die Adresse, die sie auf seinem Malblock notiert hatte. *Hôtel La Cocotte, Rue de la Planchette.* Hinter dem Namen würde man ja eher ein Bordell vermuten.

Sie hatte zwar die Telefonnummer dazugeschrieben, aber er hatte nicht reserviert, für den Fall, dass es ihn optisch nicht ansprach. Er wollte zu Fuß hingehen – allzu weit war es ja nicht – und sich erst einmal einen Eindruck davon verschaffen. Wenn es irgendwie zwielichtig aussah, würde er sich eben etwas Passenderes suchen.

Die Rue de la Planchette war eine kleine Seitenstraße der Avenue de l'Opéra, die Lage war also günstig. Von dort waren viele Sehenswürdigkeiten fußläufig zu erreichen. Als er sich der Adresse näherte, ließ zunächst nichts darauf schließen, dass sich dort ein Hotel befand, doch dann bemerkte er zwischen einem Hutladen und einer Patisserie eine flaschengrüne Markise über einer schmalen Treppe mit reich verzierten schmiedeeisernen Handläufen. Rechts und links der schwarz lackierten Tür hing je ein unauffälliges Messingschild mit der Aufschrift *Hôtel La Cocotte.*

Dass die Schilder auf Hochglanz poliert waren, wertete Timothy als gutes Zeichen. Er hob den Kopf und spähte zu den vier Stockwerken über den Läden hinauf. Vor den schwarzen Fensterrahmen waren kleine Blumenkästen befestigt, in denen grüner Efeu sprießte – zwar nicht ganz so üppig wie im Innenhof des Plaza Athénée, trotzdem wirkte es gewissermaßen wie eine Miniaturversion des Nobelhotels.

Lächelnd erklomm er die zwei steinernen Stufen und drückte auf die Messingklingel an der Wand. Ein Summen ertönte, und die Tür schwang auf. Er betrat einen schmalen Korridor, der in einen kleinen, aber überraschend hellen Innenhof mündete. Genau genommen handelte es sich um ein etwa zwölf Quadratmeter großes Atrium mit Glasdach, eine Konstruktion, die gut hundert Jahre alt sein musste. Hinter einem Schreibtisch in der Ecke saß eine ältere Dame, die sich das silbergraue Haar zu einer Art Zuckerwatteturm hochgesteckt hatte. Sie war schwarz gekleidet und hatte eine Brille umgehängt, deren Band sich mit einer Halskette aus großen Malachitkugeln verheddert hatte. Ihre Miene wirkte so alarmierend streng, dass Timothy es schon fast bereute, geklingelt zu haben. Prompt überkam ihn das gleiche Gefühl wie an dem Tag, an dem er sich an der Universität eingeschrieben hatte – eine Mischung aus Angst und Einsamkeit, hervorgerufen durch die fremde Umgebung, so fern der Heimat.

Die alte Dame erhob sich und lächelte. „*Bonjour.*“

„*Bonjour*. Ähm … *Avez-vous une chambre*? *Madamoiselle Faragon* … ähm …” Er konnte sich nicht daran erinnern, was „empfohlen“ auf Französisch hieß, aber er zerbrach sich unnötig den Kopf, denn sein Gegenüber beherrschte seine Muttersprache, und zwar akzentfrei.

„Ah, Sie müssen der Engländer sein, von dem Francine erzählt hat. Sie hat Sie bereits angekündigt. Tom, richtig?“

„Mein lieber Schwan, Sie sprechen aber gut Englisch“, bemerkte Timothy erleichtert.

„Das will ich hoffen, schließlich bin ich in England zur Welt gekommen und habe bis zu meinem dreißigsten Lebensjahr dort gewohnt. Ich habe einen Franzosen geheiratet.“ Sie streckte ihm die Hand hin. „Pamela Lamont. Ich habe das Hotel vor fünf Jahren von meinem Mann geerbt, und jetzt betreibe ich es im Alleingang.“

„Verstehe …“

„Tja, und schon kennen Sie meine komplette Lebensgeschichte, obwohl Sie eben erst zur Tür reingekommen sind. Francine meinte, Sie bräuchten ein Zimmer. Stimmt das? Ich habe nämlich nur noch eines, und wenn Sie nicht gleich zuschlagen, bin ich spätestens zu Mittag ausgebucht. Paris im Frühling eben. Ich habe nur acht Zimmer, alle mit Bad, und die stehen selten leer. Kontinentales Frühstück ist inbegriffen – Gebäck und Tee oder Kaffee. Um die übrigen Mahlzeiten müssten Sie sich selbst kümmern. Wie lange wollen Sie bleiben?"

„Ähm, ich weiß es noch nicht genau. Etwa eine Woche, wenn das in Ordnung geht."

„Bezahlung im Voraus, bitte, oder per Kreditkarte, vorausgesetzt, Ihr Konto ist gedeckt. Ich kann es mir nicht leisten, Leute zu beherbergen, die ihre Rechnung nicht bezahlen. Nicht, dass ich diesbezüglich bei Ihnen Bedenken hätte."

„Darf ich mir das Zimmer mal ansehen?"

„Natürlich, aber Sie müssen schon allein raufgehen, meine Beine nehmen den Weg ins oberste Stockwerk nur auf sich, wenn es unbedingt nötig ist. Lassen Sie Ihr Gepäck ruhig hier. Keine Sorge, bei mir ist es sicher", fuhr sie fort, als sie seinen skeptischen Blick bemerkte. „Nur zu – die Treppe rauf, vierter Stock, Zimmer acht. Es ist auf der rechten Seite."

Sie drückte ihm einen Schlüssel in die Hand, an dem ein großer Lederanhänger befestigt war, damit man auch ja nicht Gefahr lief, ihn bei der Abreise in der Hosentasche zu vergessen.

„Ähm … Gut, danke."

„Bis gleich." Madame Lamont griff nach einer französischen Ausgabe der Vogue und begann, darin zu blättern.

Timothy kam sich vor wie ein Schuljunge, und dennoch hatte die alte Dame mit ihrer nüchternen, direkten Art etwas Liebenswertes.

Als er die vierte Etage erreicht hatte, war er ziemlich außer Atem, aber ihm entging nicht, dass das spartanisch eingerichtete Treppenhaus blitzsauber war und der Messinghandlauf auf dem schwarzen Eisengeländer frisch poliert aussah. Sehr vielversprechend.

Er steckte den Schlüssel ins Schloss und öffnete gespannt die Tür zu Zimmer Nummer acht. Sein Blick fiel sogleich auf das Metallgestell des Doppelbetts, das in der Sonne glänzte. Hm. Erst die Schilder am Eingang, dann das Treppengeländer und nun das Bett – wie es aussah, hatten Madame Lamont oder ihre Putzfrau ein Faible für blankpoliertes Messing. Auf dem Nachttisch stand eine Tiffanylampe, abgesehen davon gab es in dem kleinen Raum einen Kleiderschrank, eine weiß gestrichene Kommode und einen Stuhl. Zwei Rosendrucke von Redouté zierten die Wände. Durch eine schmale Tür gelangte man ins Badezimmer, das mit WC, Waschbecken und Bidet ausgestattet war. Die Einrichtung war einfach, aber sauber und ordentlich. Timothy trat an das von bodenlangen weißen Stores flankierte französische Fenster und öffnete es. Eine kühle Brise wehte herein, sodass sich die Vorhänge leicht blähten, und von der Straße drang Verkehrslärm herauf. Er beugte sich über den Efeu im Blumenkasten aus dem Fenster und spähte nach rechts und links. Die Aussicht war nicht gerade berühmt, aber immerhin waren in der Ferne die Türme der Notre Dame auszumachen. Ansonsten blickte man von hier oben auf diverse Gebäude und Geschäfte aus den unterschiedlichsten Epochen. Er schloss das Fenster wieder und sah sich um. Als luxuriös konnte man das Zimmer zwar nicht bezeichnen, aber es roch angenehm sauber und war gemütlich und für Timothys Zwecke vollkommen ausreichend. Seine Gedanken kreisten ohnehin bereits um die Abreise. Wie lange sollte er bleiben? Er wollte sich Paris in aller Ruhe ansehen, andererseits konnte er es kaum erwarten, endlich nach Italien zu kommen und die nächsten Städte auf seiner Liste zu besichtigen. Er hatte sich vorgenommen, dem Schicksal die Zügel zu übergeben und die Bestimmung der Reisegeschwindigkeit äußeren Einflüssen zu überlassen, aber das war einfacher gesagt als getan. Und immer wieder musste er an die Zuhausegebliebenen denken, insbesondere an Rosie und das Baby. Wie sehr sich sein Leben geändert hatte! Und doch war tief in ihm noch alles beim Alten. Es gelang ihm nicht, seine persönlichen Befindlichkeiten zu vergessen, sein Unbehagen und die Gewissensbisse abzuschütteln, die ihn plagten, weil er im Gegensatz zu Isobel noch lebte. Das musste sich ändern, sonst würden seine negativen Gedanken die gesamte Reise überschatten. Er musste sich eben noch mehr ins Zeug legen.

Madame Lamont eröffnete ihm mit bedauernder Miene, dass er sein Gepäck selbst nach oben tragen müsse, merkte aber an, das werde ja bestimmt kein Problem darstellen, schließlich wirke er noch recht jung und fit. Dass auf seiner Kreditkarte der Name Timothy Gandy stand, trug ihm einen neugierigen Blick von ihr ein, doch sie steckte die Karte mit einem Schulterzucken ins Lesegerät und gab sie ihm nach beendigter Transaktion kommentarlos zurück.

Es war ein eigenartiges Gefühl, seine Sachen in den Schrank zu hängen. Während des dreitätigen Aufenthalts im Plaza Athénée hatte er das meiste im Koffer gelassen. Aber nachdem er sich nun für eine Woche im Hôtel La Cocotte eingemietet hatte (unter anderem deshalb, weil er befürchtete, eine Weiterreise am Wochenende könnte sich tendenziell problematischer gestalten), lohnte es sich, wenn er sich hier wohnlich einrichtete. Es kam ihm ganz gelegen, dass Madame Lamont aus England stammte und er nicht von Anfang an die ganze

Zeit Französisch sprechen musste, auch wenn damit ein Stück Lokalkolorit verloren ging. Wobei er die alte Dame wohl nicht allzu oft zu Gesicht bekommen würde, da sie die oberen Etagen anscheinend so gut wie nie betrat. Die Reinigung der Zimmer erledigte eine junge Frau, hatte sie gesagt, und falls er etwas waschen lassen wollte, kostete das extra und dauerte zwei Tage. Man musste die betreffenden Wäschestücke lediglich in die Tüte mit der Aufschrift *Blanchisserie* stecken, die im Schrank bereitlag.

Als er nach dem Auspacken nach unten kam, hörte er zwar Stimmen, doch Madame Lamont saß nicht mehr an ihrem Schreibtisch. Die Tür zu der Erdgeschosswohnung dahinter stand offen und gab den Blick frei auf einen Vogelkäfig mit einem blaugelben Ara und ein bequem aussehendes, weiß gepolstertes Fauteuil mit bunten Kissen. An einer hellblau gestrichenen Wand hing ein abstraktes Gemälde in grellen Farben – eine ungewöhnliche Wahl für eine Dame von ... tja, was? Siebzig? Achtzig? Schwer zu sagen.

Timothy legte behutsam den Schlüssel auf den Tisch, dann ging er durch den Korridor zur Tür und trat hinaus auf die Straße. Er war noch keine drei Schritte weit gekommen, da ertönte eine vertraute Stimme: „Tom! Sie 'aben meinen Rat also befolgt?"

Diesmal war sie ohne Proust unterwegs und trug einen aparten kamelbraunen Mantel mit Bindegürtel. Ihre schwindelerregend hohen Stöckelschuhe schienen den eleganten Hüftschwung, der ihm schon bei der ersten Begegnung aufgefallen war, noch zusätzlich zu betonen. Timothy war etwas überrascht, als sie zu ihm trat und ihn mit Küsschen-links-Küsschen-rechts begrüßte. Nun, da sie sich gegenüberstanden, konnte er ihr von einem dunklen Bob eingerahmtes

Gesicht besser betrachten als am Vortag, als sie neben ihm auf der Parkbank gesessen hatte. Ihre Lippen waren wie gestern leuchtend rot geschminkt, und wenn sie lächelte, zierten zwei Grübchen ihre Wangen. Am bemerkenswertesten fand er jedoch ihre lebhaften grünen Augen und die langen Wimpern. All das versuchte er möglichst zu ignorieren, während sie sich erkundigte: „Und, 'aben Sie schon Ihr Zimmer bezogen?"

„Ja, ich habe gerade ausgepackt. Madame Lamont macht einen sehr … sympathischen Eindruck."

Francine warf den Kopf in den Nacken und lachte. „Sie wirkt etwas streng, aber sie 'at ein großes 'erz. Sie ist eine tolle Freundin. Sie und Patrice, ihr verstorbener Mann, 'aben mir bei der Gründung meiner Galerie sehr ge'olfen."

„Ihre Galerie ist ganz in der Nähe, richtig?"

„*Oui*, gleich 'ier um die Ecke. Kommen Sie mal vorbei, wenn Sie Zeit 'aben. Und, was machen Sie 'eute?"

„Ich glaube, heute spiele ich Tourist und mache eine Bootsfahrt auf der Seine."

„*Ah, oui*. Aber essen Sie nicht auf dem *Bateau Mouche*, es ist nicht so gut wie in den kleinen Cafés und Restaurants." Sie zögerte. „Ich kann Ihnen gern eines empfehlen, aber das wäre wohl wirklich zu aufdringlich von mir. Sie wollen sich bestimmt lieber selbst auf Entdeckungsreise machen."

„Nein, nein", beruhigte Timothy sie. „Ich bin dankbar für jeden Insidertipp. Auf diese Weise erspart man sich viel Ärger und Enttäuschung."

Sie strahlte ihn an. „Also gut, wenn es Sie nicht stört …"

„Ganz und gar nicht. Ich finde es sehr liebenswürdig, dass Sie sich um mich kümmern." Er überlegte. „Sagen Sie, wo genau befindet sich Ihre Galerie? Morgen habe ich noch nichts vor und könnte Sie dort besuchen."

„*Merveilleux*! Sehen Sie die *Confiserie* dort an der Ecke?" Sie deutete auf die andere Seite der Avenue de l'Opéra, wobei ihm ihre langen Finger und die sorgfältig manikürten, dunkelrot lackierten Nägel auffielen. Sie trug keinen Ehering. „Einfach die kleine Straße rein, die Galerie Bleu ist auf der rechten Seite."

Timothy warf einen Blick auf seine Armbanduhr, und dann sagte er zu seiner eigenen Überraschung: „Haben Sie vielleicht Lust, heute Abend mit mir essen zu gehen?"

Francine musterte ihn etwas verdutzt, und Timothy spürte, wie er rot anlief. Wann war ihm das zuletzt passiert? Vermutlich als Teenager. Womöglich war sie verheiratet und fand seinen Vorschlag absolut unschicklich!

„*Mais oui!* Das wäre sehr schön."

„Gut, dann … ähm … Tja, ehrlich gesagt habe ich keine Ahnung, wo wir hingehen könnten", stotterte er verlegen.

Francine schüttelte den Kopf. „Kein Problem. Ich 'ole Sie im 'otel ab, um *sept heures et demi* … 'alb acht. Es gibt ganz in der Nähe eine kleine Brasserie, die nicht allzu teuer ist. Wie klingt das?"

„Hervorragend. Vorausgesetzt, es macht Ihnen wirklich –"

„*Bon*", unterbrach sie ihn. „Ich freue mich darauf, Tom." Damit hauchte sie ihm einen flüchtigen Kuss auf die Wange, drehte sich um und verschwand.

KAPITEL 10

Café Lautrec, Paris

Mai

Es wissen alle klugen, weltgewandten Frauen:
Dem Franzosen kannst du niemals trauen.

Noel Coward, *Conversation Piece*, 1933

Wie vereinbart erwartete ihn Francine kurz vor halb acht an der Rezeption des Hôtel La Cocotte, besser gesagt, sie stand in der Tür zu Madame Lamonts Wohnung und plauderte auf Französisch mit der alten Dame.

Timothy hörte schon auf der Treppe ihre Stimmen, durchsetzt vom Geschrei des Papageis, der diesmal nicht in seinem Käfig, sondern auf einer Stange gleich neben der Wohnungstür saß und krächzend den Song *Under the Bridges of Paris* zum Besten gab. Die ganze Szene wirkte bizarr. Es war schon erstaunlich – innerhalb einiger weniger Tage war er in eine völlig neue Welt eingetaucht und fast unbemerkt in das Leben fremder Menschen hineingezogen worden, und das, obwohl er doch eigentlich als unabhängiger Beobachter unterwegs war, der alles aus sicherer Distanz verfolgte.

Zögernd trat er an die Tür und lugte hinein.

„*Bonsoir*", murmelte er und nickte Madame Lamont zu.

„Ah, Mr. Gandy … Wir sind verwirrt", stellte die Hotelbesitzerin fest.

„Verwirrt?"

„Jawohl. Francine kennt Sie als Tom, aber auf Ihrer Kreditkarte stand Timothy. Wie heißen Sie denn nun?"

Timothy räusperte sich verlegen. Jetzt musste er wohl oder übel die Karten auf den Tisch legen.

„Tja, Mam'selle Faragon, ich fürchte, ich habe Sie angeschwindelt."

Francine hob eine Augenbraue.

„Also, eigentlich heiße ich Timothy, aber irgendwie erschien mir dieser Name schon immer etwas zu ..."

„Unmännlich?", beendete Madame Lamont den Satz für ihn.

„Genau. Und deshalb habe ich gestern einfach ... nun ja, die Gelegenheit ergriffen, einen Neustart zu wagen, indem ich mich Tom nenne, was im Nachhinein betrachtet natürlich ausgesprochen albern war." Er zuckte die Achseln, in der Hoffnung, dass das einigermaßen glaubwürdig klang.

„Verstehe." Die alte Dame beäugte ihn mit strenger Miene. „War das alles, oder haben Sie uns noch mehr mitzuteilen?"

„Das war alles. Ich wollte nicht ... Ich meine, ich würde niemals ..."

Madame Lamont lachte leise. „Hab ich's nicht gesagt, Francine? Er ist kein Gauner."

Jetzt war es Francine, die errötete. „*Madame Lamont*!"

„Das war wohl kein guter Start", räumte Timothy ein, doch Francine zuckte die Schultern.

„Kein Problem. Wenn Sie lieber Tom genannt werden wollen, dann nenne ich Sie eben so."

„Wie gesagt, inzwischen finde ich es selbst albern. Ich schätze, ich wollte gewissermaßen ein neues Kapitel aufschlagen. Einfach alles hinter mir lassen", gestand Timothy.

„Was denn genau, Mr. Gandy?", hakte Madame Lamont nach.

„Mein Leben in England. Eine Weile jedenfalls."

„Das klingt ja äußerst mysteriös." Die alte Dame musterte ihn mit unverhohlener Neugier.

„Es ist alles ganz harmlos“, versicherte er ihr und sah auf seine Armbanduhr. „Wollen wir, Francine? Ich erzähle Ihnen alles beim Essen.“

„Keine *bobards* mehr?“

Timothy sah hilfesuchend zu Madame Lamont.

„Flunkereien“, übersetzte diese.

„Keine Flunkereien mehr. Nur die Wahrheit.“ Er deutete mit dem Kopf zur Tür.

Francine lächelte ihn an. „Timothy“, murmelte sie und schüttelte den Kopf. „Das ist viel schwieriger für mich als Tom.“ Sie hakte sich bei ihm unter. *„Au'voir, madame. À bientôt.“*

„À bientôt, ma petite. Oh, and *m'sieur*?“

Timothy drehte sich noch einmal um. „Ja?“

„Seien Sie vorsichtig.“

Beim Essen war Timothy um einen jovialen, unbeschwerten Umgangston bemüht. Dass sie hier zusammensaßen, hatte nichts zu bedeuten. Es ging lediglich darum, sich bei Francine erkenntlich zu zeigen, weil sie ihm bei der Suche nach einer neuen Unterkunft geholfen hatte. Die kleine Brasserie, in der sie sich befanden, war der Inbegriff eines französischen Restaurants: Auf den Tischen standen kleine Lampen mit feuerroten Lampenschirmen, an den Wänden hingen Plakate der Cancan-Tänzerin La Goulue, und auch sonst erinnerte alles an Alphonse Mucha und Henri de Toulouse-Lautrec.

„Ich 'offe, es gefällt Ihnen“, bemerkte Francine. „Es ist sehr … französisch, *non*?“

„Allerdings. Ich hatte etwas Moderneres erwartet.“

Sie runzelte die Stirn. „Oh, Sie sind enttäuscht?“

„Nein, ganz und gar nicht. Es ist wirklich sehr französisch, und ich bin ja schließlich hier, um Frankreich – genauer gesagt Paris – kennenzulernen.“

Ihre Miene erhellte sich wieder. „Und, wurden Ihre Erwartungen erfüllt?"

„Mehr als das."

Francine musterte ihn fragend.

„Nun, ich … ich hätte nicht gedacht, dass alles hier so anders sein würde, obwohl Frankreich ja gar nicht so weit von Großbritannien entfernt ist."

Sie schenkte ihm ihr Wangengrübchenlächeln. „Also, Tom … Sie 'aben gesagt, Sie werden mir alles über sich erzählen."

„So, hab ich das?"

Sie brach ein winziges Stück knuspriges Baguette ab, tauchte es in Olivenöl und steckte es sich in den Mund, ohne Timothy auch nur eine Sekunde aus den Augen zu lassen, was ihn beträchtlich aus der Ruhe brachte.

„Tja, wo soll ich anfangen …"

„Am Anfang?"

„Da muss ich aber ziemlich weit ausholen. Also, ich bin Witwer und habe drei erwachsene Kinder, und seit ein paar Monaten auch ein Enkelkind. Meine Frau ist voriges Jahr ganz plötzlich gestorben …"

„Das tut mir leid."

Timothy lächelte. „Ich wäre immer furchtbar gern verreist, aber …"

„Aber Ihre Frau 'atte keine Lust?"

„Nein, sie hatte Flugangst und … na ja, sie war immer so schrecklich beschäftigt. Wir hatten kaum je die Zeit, um wegzufahren."

Francine nippte an dem Weißwein, der vor ihr stand. „Und jetzt 'olen Sie alles nach?"

„Gewissermaßen, ja. Ich hatte schon lange den Wunsch, einmal die Grand Tour zu absolvieren, so wie zahlreiche junge Adlige im 18. Jahrhundert ganz Europa bereisten, um sich kulturell fortzubilden … und das Essen und den Wein zu genießen."

„Und die Frauen?"

„Nun ja, das vermutlich auch, obwohl das genau genommen nicht offiziell dazugehörte. Es wird sich wohl einfach … so ergeben haben."

„So wie bei uns?", sagte sie mit einem schelmischen Schmunzeln.

Er zögerte und überlegte, wie er die Bemerkung auffassen sollte. „Äh, vermutlich, ja."

Francine lachte. „Keine Sorge, Tom, das war bloß ein Witz. Es ist sehr freundlisch, dass Sie mich zum Essen ausführen."

Timothy atmete erleichtert auf. Er hatte bereits befürchtet, es könnte ernster werden, als ihm lieb war. Francine war unglaublich attraktiv, und es war aufregend und sehr ungewohnt, mit einer so schönen Frau, die seine Gesellschaft zu genießen schien, an einem Tisch zu sitzen.

Sie ließen sich ihren Spargel und die gebratene Seebrasse schmecken.

Während Francine nur gelegentlich an ihrem Sancerre nippte, war Timothy bereits beim dritten Glas Rotwein, als der Käse serviert wurde, und ihm war bewusst, dass seine Wangen infolge des Alkoholkonsums glühten, aber egal – es war ein wunderbarer Abend.

Sie sprachen vor allem über seine geplante Reiseroute, wobei ihm Francine einiges empfahl, das er sich auf keinen Fall entgehen lassen sollte, darunter die von Ghiberti geschaffenen Türen des Baptisteriums in Florenz und die Aussicht auf die Stadt von den Hügeln von Fiesole aus sowie die Pferde von San Marco in Venedig.

„Ich beneide Sie", gestand sie, nachdem er alle Städte aufgezählt hatte.

„Ah ja? Es klang gerade so, als hätten Sie das alles bereits gesehen."

„Schon, aber einiges davon nicht ... in angenehmer Gesellschaft."

Er musterte sie fragend.

„Ich war damals nicht besonders glücklich."

„Nein?"

„Nein. Ich war elf Jahre mit einem Mann zusammen, den ich sehr geliebt 'abe, aber er war kein guter Mann. Na ja, es läuft im Leben eben nicht immer alles so, wie wir es uns er'offen. Inzwischen bin ich ganz zufrieden allein. Sehr zufrieden." Sie lächelte. „Und Sie, waren Sie glücklich in Ihrer Ehe?"

„Äh, ja. Schon."

„Das klingt aber nicht sehr überzeugend. Wie lange waren Sie ver'eiratet?"

„Über dreißig Jahre."

„*Alors*! Das ist *sehr* lange."

„Ja, allerdings."

Francine betrachtete ihn eingehend. „Warum 'abe ich das Gefühl, dass Sie nicht besonders ... zufrieden waren?"

„Nun ja, dreißig Jahre sind eine lange Zeit", erwiderte Timothy ausweichend. „Da ändert sich so einiges. Menschen ändern sich. Das ist alles. Ich hatte großes Glück. Ich habe drei Kinder ..."

„Lieben Sie sie?"

„Natürlich, obwohl sie alle total verschieden sind. Mein Sohn ist Anwalt und ebenfalls verheiratet, und meine ältere Tochter ist Bibliothekarin in Oxford. Sie ist recht distanziert, eine Einzelgängerin, aber sie mag ihre Arbeit sehr. Leider sehe ich sie nicht allzu oft."

„Und das dritte Kind?"

„Rosie. Sie ist die Jüngste und lebt mit ihrem Freund zusammen, den ich sehr gut leiden kann. Er arbeitet bei einem Naturschutzverein."

Francine nickte.

„Die beiden haben wie gesagt kürzlich Nachwuchs bekommen, die kleine Elsie. Ein etwas altmodischer Name, aber die sind ja jetzt interessanterweise wieder groß in Mode."

„Und Rosie ist Ihr Liebling?"

„Ach, ich finde, man sollte nie –"

„Aber ich sehe es Ihnen an. Rosie 'aben Sie besonders gern, richtig?"

„Ist das so offensichtlich? Also, ja, zu ihr habe ich den besten Draht. Sie versteht mich. Eltern versuchen ja immer, keinem Kind den Vorzug zu geben, aber manchmal muss man sich ganz einfach eingestehen, dass man sich einem von ihnen näher fühlt als den anderen. So war es jedenfalls bei mir. Nicht, dass ich es so gewollt hätte – es wäre mir bedeutend lieber gewesen, wenn ich mich mit ihnen allen so gut verstanden hätte, aber ... Na ja, Isobel war immer der Meinung, bei Oliver und Alice hätte ich mir weniger Mühe gegeben."

„Und Sie sehen das anders?"

„Ja. Ich habe alles versucht, aber irgendwann wird einem bewusst, dass man eben nicht auf der gleichen Wellenlänge ist und es ganz einfach nicht mehr Nähe geben kann. Also habe ich versucht, eine Art Kompromiss zu schließen. Ich war für die beiden da, wenn sie auf mich zukamen, und ansonsten hatte ich keinerlei Erwartungen. Meine Beziehung zu Rosie ist viel herzlicher, als ich erwartet hatte, und darüber bin ich sehr froh."

Francine hielt dem Kellner ihr leeres Glas hin, und er schenkte ihr nach. „Und Isobel? Wie war sie so?"

„Sie ... Allmählich müssen Sie sich doch zum Seelenklempner degradiert fühlen. Wollen Sie sich das wirklich alles anhören?"

„Aber ja, sonst 'ätte ich Sie nicht gefragt."

„Gut. Also, Isobel war fröhlich, lebhaft und starrsinnig, und sie hat für die Kinder absolut alles getan. Ich schätze, das Problem war, dass unsere Ehe irgendwann einfach nur noch eine reine Zweckgemeinschaft war."

„Sie 'aben Sie nicht geliebt?"

„Oh, doch, natürlich. Aber wir hatten uns in den letzten paar Jahren unserer Ehe einfach auseinandergelebt. Manchmal habe ich mich gefragt, ob sie mich eigentlich überhaupt noch wahrnimmt. Und ich habe den Grund dafür bei mir gesucht. Ich dachte, ich hätte mich nicht genug angestrengt, sei zu nachgiebig gewesen. Und weil ich das Gefühl hatte, dass es bereits zu spät war, um daran noch etwas zu ändern, habe ich beschlossen, mich mit dem zufriedenzugeben, was wir hatten. Außerdem musste ich doch an die Kinder denken. Mir ist durchaus klar, dass in jeder Ehe früher oder später der Alltag einkehrt – die Verliebtheit der ersten Zeit kann schließlich nicht ewig anhalten. Aber bei uns gab es kaum noch Gemeinsamkeiten, als Isobel ... als sie gestorben ist. Wenn ich ganz ehrlich sein soll, habe ich das Gefühl, versagt zu haben."

Timothy wandte den Blick ab. „So, jetzt habe ich aber genug gejammert und mich im Selbstmitleid gesuhlt." Er nahm einen Schluck Wein. „Das Leben geht weiter, und es hat mich hierhergeführt, in die aufregendste Stadt der Welt."

Francine musterte ihn prüfend. „Aber irgendwann werden Sie nach England zurückkehren. Und was dann?"

Timothy sah sie an. „Keine Ahnung. Darüber zerbreche ich mir den Kopf, wenn es so weit ist. Jedenfalls muss es im Leben Wichtigeres geben, als Kleiderschränke aufzustellen."

„Pardon?"

„Ach, nichts. Ich bin handwerklich recht geschickt, und

dieser Umstand bietet mir die Möglichkeit, meine Kinder zu unterstützen. Alle drei."

„Sie 'aben noch weit mehr drauf."

„Meinen Sie?"

„Sie sind zur Malerei berufen. Sie 'aben einen guten Blick."

„Und Sie? Malen Sie nicht?"

„Nein." Francine schüttelte lächelnd den Kopf. „Interior Design – das war meine Berufung."

„War?"

„Irgendwann 'atte ich keine Lust mehr auf komplizierte Kunden mit ... wie sagt man? Mehr Geld als Geschmack? Also 'ab ich eine Galerie eröffnet, und diese Arbeit macht mir viel mehr Spaß. Meistens jedenfalls."

„Und ..." Timothy zögerte. „Gibt es keinen Monsieur Faragon?"

„Nicht mehr."

Timothy wartete ab. Sollte er nachhaken?

„Wir 'aben uns getrennt. Vor einem Jahr. Er war ... ist Schauspieler. Französische Filme. Sie werden ihn nicht kennen. Wir 'atten auch sehr wenig gemeinsam am Schluss. Außerdem bin ich eine ... wie sagt man? One-Woman-Man?"

„One-Man-Woman meinen Sie vermutlich."

Francine lächelte schief. „Genau. Für mich gibt es nur einen. Alain dagegen war kein One-Woman-Man."

„Oje."

„Genau. Oje." Sie grinste. „Und deshalb bin ich jetzt eine One-Dog-Woman."

„Ein Jammer", murmelte Timothy unwillkürlich. „Ähm, ich meinte damit bloß, dass Sie wirklich etwas Besseres verdient haben", schob er etwas verlegen hinterher.

Francine runzelte mit gespielter Entrüstung die Stirn. „Wenn Proust das 'ört!"

Timothy lachte. „Bitte bestellen Sie ihm von mir, dass ich mich in aller Form entschuldigen möchte und dass er mit seinem Frauchen großes Glück hat."

„Aber glauben Sie, er weiß es zu schätzen? *Non*!", echauffierte sie sich mit einer wegwerfenden Geste. „Er ist genau wie alle anderen Männer. Er verdient mich nicht, so viel steht fest."

„Kaffee?", fragte Timothy.

„Non, merci."

„Pfefferminztee?"

Francine hob eine Augenbraue. „Wie 'aben Sie das erraten?"

„Sie sehen irgendwie aus wie ein Mädchen, das gern Pfefferminztee trinkt."

„Mädchen?"

„Na ja, ich meine, Sie sind deutlich jünger als ich und …"

„Ich fühle mich geschmeichelt, aber ich bin schon vierzig."

„Also doch ein Mädchen."

„Tom, fänden Sie es sehr … aufdringlich, wenn ich Ihnen einen Kaffee bei mir zu 'ause anbiete?"

„Äh, nein, aber …"

„Dann kommen Sie mit. Ich wohne über der Galerie. Es ist nicht weit zu Fuß. Ich zeige Ihnen … Wie sagt man? Meine Briefmarkensammlung?"

Timothy lachte. Er konnte sich nicht erinnern, wann er zuletzt die Gesellschaft einer Frau derart genossen hatte.

KAPITEL 11

Galerie Bleu, Paris

Mai

Ein Kuss kann ein Komma sein, ein Fragezeichen oder ein Ausrufezeichen. Diese grundlegenden Satzzeichen sollte jede Frau beherrschen.

Mistinguett (französische Schauspielerin, 1875–1956)

Das große Gemälde an der Wand war das Erste, was ihm in ihrer Wohnung auffiel. Es ähnelte dem Bild, das bei Madame Lamont hing. „Ungefähr so habe ich es mir vorgestellt."

„*Pardon*?"

„Ihren Geschmack. Ich bin davon ausgegangen, dass Sie ein Fan von moderner Kunst sind, und ich hatte recht."

„Bin ich so berechenbar?"

„Nein, gar nicht. Im Gegenteil. Ich meine nur … Sie kleiden sich so elegant, und Sie haben … Elan. Oder vielmehr … Chic. Genau, das meine ich. Chic."

„Vielen Dank. Ich fühle mich geschmeichelt."

Timothy kam sich vor wie ein linkischer Teenager, der von seiner allerersten Freundin nach Hause eingeladen wurde. Francine lächelte ihn an. „Setzen Sie sich. Ich mache Kaffee. Sie wollen doch Kaffee?"

„Gern."

Sie verschwand in der kleinen Küche, die sich im Wohnbereich in der ersten Etage befand. Der Weg zur Treppe führte durch die Räumlichkeiten der Galerie, sodass er auf dem Weg nach oben einen flüchtigen Blick auf die zahlreichen Bilder an den Wänden hatte erhaschen können. Es waren ausschließlich Ansichten von Paris, darunter der Eiffelturm, der Arc de Triomphe, die Tuilerien und der Bois de Boulogne. Es gab einige Skulpturen auf weißen Sockeln und ein paar abstrakte Werke, ansonsten handelte es sich größtenteils um gegenständliche Kunst – die Sorte Andenken, die gut betuchte Touristen gern aus der Stadt der Liebe mit nach Hause nahmen. In einem Regal lagerten in Zellophan verpackte Drucke für die weniger begüterten Käufer.

Oben in ihrer Wohnung nutzte Timothy die Tatsache, dass er kurz allein war, um sich etwas umzusehen. In der Mitte des Raumes standen sich zwei weiße Sofas gegenüber, ein Louis-Vuitton-Koffer diente als Couchtisch. Die beiden Beistelltische waren aus Glas, die darauf stehenden Lampen mit Teedosensockeln und großen elfenbeinweißen Schirmen verströmten ein kühles, gedämpftes Licht. Über einem gläsernen Konsolentisch an der Wand hing ein riesiges Gemälde mit maritimem Thema, das einem das Gefühl vermittelte, aus einem Panoramafenster über die Häuser der Stadt hinweg bis direkt zum Atlantik zu blicken. Es zeigte das Meer in einem klaren Licht, wie nach einem Sturm, wenn sich die Wogen wieder geglättet haben und der Strand wie frisch gewaschen wirkt, und über dem Wasser erstreckte sich zartblau und blassgelb der Himmel.

Auf dem Boden neben dem Sofa lagen, ordentlich übereinandergestapelt, mehrere Ausgaben von Vogue und Elle. Timothy setzte sich und versuchte den Basiliskenblick einer Napoleonbüste zu ignorieren, die wie die Statuen unten in der Galerie auf einem weißen Sockel ruhte und ihn kritisch zu beäugen schien.

„Da ist jemand, der Sie begrüßen will", rief Francine aus der Küche, und schon vernahm Timothy das Tapsen von Hundepfoten auf den blank geputzten Bodendielen. Proust bog hechelnd und schnüffelnd um die Ecke, warf dem Besucher einen genauso verächtlichen Blick zu wie bei ihrer ersten Begegnung in Versailles und rollte sich in einem runden Körbchen unter der Glaskonsole zusammen.

Dann ertönte leise Musik – *La Mer* von Charles Trenet –, und Timothy schnaubte belustigt.

„Sie legen sich ja wirklich sehr ins Zeug, um mir Paris von seiner französischsten Seite zu zeigen", stellte er fest, als Francine mit einem Tablett hereinkam.

„Aber natürlich! Die Rolling Stones wären ja wohl eher unpassend, oder?"

„Ein bisschen, ja." Timothy lehnte sich auf dem Sofa zurück. „Ich mag diese Stadt wirklich *sehr*."

„Und ihre Bewohner?"

„Auch. Es heißt ja immer, die Leute in Paris seien so griesgrämig und unfreundlich, aber meiner Erfahrung nach sind sie ausgesprochen … nett, wenn man sich nur ein bisschen Mühe gibt, zum Beispiel mit der Sprache."

„Nett?", wiederholte Francine und ließ sich zu seiner Überraschung neben ihm nieder, statt auf dem zweiten Sofa Platz zu nehmen.

„Ja."

Sie nahm eine filigrane Kaffeetasse vom Tablett und hielt sie ihm hin. „Milch? Zucker?"

„Weder noch, danke." Lächelnd nahm er die Tasse entgegen. „Hübsch haben Sie es hier."

Francine griff nach ihrem Pfefferminztee, streifte die schwarzen Stöckelschuhe mit den signalroten Sohlen ab und setzte sich mit untergeschlagenen Beinen hin. Ihre Figur kam in ihrem kleinen Schwarzen perfekt zur Geltung. Dazu trug sie eine schwarze Strumpfhose und eine schlichte Perlenkette in derselben Farbe. Timothy kam die ganze Situation absolut surreal vor. Er konnte sich nicht entsinnen, wann er zuletzt einer so schönen Frau so nahe gewesen war. Ihr Parfum weckte in ihm eine Erregung, die er geflissentlich zu ignorieren versuchte.

Einen Augenblick herrschte verlegenes Schweigen, dann sagte sie: „Tja, bald steht Ihnen die nächste Etappe Ihres großen Abenteuers bevor. Wie fühlen Sie sich, Tom? Sind Sie aufgeregt?"

Timothy fragte sich, ob die Doppeldeutigkeit beabsichtigt war. Er holte tief Luft und sagte: „Ja, schon. Aufgeregt und ein bisschen nervös. Ich bin gespannt, was mich erwartet und ob es mich und meine Einstellung zum Leben verändern wird."

„Wollen Sie das denn?"

Er schwieg einen Augenblick. „Ja, das will ich. Wenn ich zurückkomme, möchte ich ein anderer Mensch sein als der, der ich bei meinem Aufbruch war. Ich möchte wieder positiver denken. Und ich möchte ein bisschen mehr über mich selbst herausfinden." Er zögerte, dann fragte er: „Klingt das seltsam für einen Mann meines Alters? Normalerweise sind es doch eher Leute zwischen zwanzig und dreißig, die sich selbst finden wollen."

Francine schüttelte den Kopf. „Aber nein. Wenn sich das Leben so radikal ändert, ist es doch ganz natürlich, sich zu fragen, was die Zukunft bringen wird."

Er nippte an seinem Kaffee. „Gut. Bisweilen überkommt mich das Gefühl, dass ich vollkommen den Verstand verloren habe und mich vielleicht einfach damit begnügen sollte –"

„Kleiderschränke aufzubauen?"

Er musterte sie erstaunt.

„Das 'aben Sie vorhin erwähnt", erklärte Francine. „Vergessen Sie nie, dass Sie mehr sind als bloß ein 'andwerker für Ihre Kinder."

Der Rotwein vorhin hatte offenbar seine Wirkung getan, denn Timothy beugte sich zu Francine und gab ihr einen Kuss auf die Wange.

„Das war schön."

„Sie sind sehr liebenswürdig", sagte er. „Und ich bin Ihnen ausgesprochen dankbar. Einen schöneren Start für meine Grand Tour hätte ich mir wirklich nicht wünschen können."

„Gern gesche'en", murmelte sie.

Timothy stand auf. „Und jetzt sollte ich besser gehen, sonst sperrt mich Madame Lamont womöglich aus, und dann muss ich die Nacht unter einer der Brücken von Paris verbringen."

Francine nickte und erhob sich ebenfalls. „Die sind nicht so toll, wie man immer 'ört. Ich komme mit runter."

„Nicht nötig, ich finde schon allein raus."

„Aber ich muss 'inter Ihnen abschließen."

„Ach, richtig."

Schweigend gingen sie hinunter. In der Galerie war es nun dunkel, Timothy konnte nur noch die schemenhaften Umrisse der von den Straßenlaternen erhellten Skulpturen und die bizarren Formen ihrer Schatten ausmachen. Als er sich an der Tür umdrehte, um Francine eine gute Nacht zu wünschen, legte sie ihm die Arme um die Taille, stellte sich auf die Zehenspitzen und küsste ihn auf den Mund. Dann lehnte sie die Stirn an seine Brust und murmelte: „Ich wünschte, du könntest bleiben."

Timothy drückte sie sanft an sich. „Ich auch." Er ließ die Arme sinken und verharrte noch einen Augenblick, ehe er in die Pariser Nacht hinaustrat, und auf dem Weg zurück zum Hôtel La Cocotte war ihm, als könnte er noch immer hören, wie Charles Trenet sein *La Mer* säuselte.

KAPITEL 12

Musée Rodin, Paris

Mai

In Paris redet man nicht,
man sieht nur schön aus … und isst.

Henry „Chips“ Channon, Tagebuch, 1951

Timothy schwirrte nach den Ereignissen des vorangegangenen Abends noch immer der Kopf, als er sich tags darauf in die Rue de Varenne aufmachte. Francine hatte ihm einen Besuch im Musée Rodin ans Herz gelegt und prophezeit, es würde ihm bestimmt besser gefallen als der überlaufene Louvre. Sie hatte ihm geraten, gleich morgens hinzugehen, und genau das tat er nun.

Wieder war ein Tag vergangen, ohne dass er sein Handy eingeschaltet (geschweige denn zu Hause angerufen) hatte. Das mochte egoistisch von ihm sein, und es belastete ihn, dass er nicht zu erreichen war, falls Rosie ihn brauchte – oder Alice, was noch unwahrscheinlicher war. Aber Rosie kannte den Grund für seine Entscheidung, und Oliver und Vita legten vermutlich ohnehin keinen großen Wert darauf, ihn zu kontaktieren. Immerhin hatte er sich vorhin im Hotel die Zeit genommen, seiner Jüngsten einen Brief zu schreiben.

Liebe Rosie,

ich hoffe, bei Euch ist alles bestens und Ihr habt euch schon etwas eingelebt.

Es wird Dich freuen zu hören, dass die „schönste Stadt der Welt“ ihrem Namen bis jetzt alle Ehre gemacht hat. Versailles zum Beispiel hat mich sehr beeindruckt mit all seinem Prunk und seiner erhabenen Atmosphäre – es hätte mich nicht überrascht, wenn plötzlich der Sonnenkönig und sein Gefolge in reich verzierten Kutschen um die Ecke gebogen und die anwesenden Touristen auf die Knie gefallen wären. Vom Louvre war ich ein bisschen enttäuscht, allerdings weniger vom Museum selbst (obwohl ich die Glaspyramide etwas gewöhnungsbedürftig finde) als vielmehr von den unglaublichen Menschenmassen dort. Man konnte im Grunde gar nichts sehen. Außerdem wirkte die Mona Lisa etwas unspektakulär, wobei ich wegen all der Studenten mit ihren Selfie-Sticks wie gesagt kaum einen Blick darauf erhaschen konnte. So, genug gemeckert; ich gehe einfach ein andermal hin, wenn es etwas ruhiger ist. Dafür war die Bootsfahrt auf der Seine einfach herrlich, und auch Notre Dame fand ich sehr imposant – das düstere Kirchenschiff, die atemberaubend hohen Säulen, der Weihrauchduft (Eure Mutter hätte die Nase gerümpft!) … Aber am allermeisten hat mich Napoleons Grab im Invalidendom beeindruckt. Es ist bombastisch.

Und stell Dir vor: Ich habe wieder angefangen zu malen. Nur ein paar kleine Aquarelle von diversen Sehenswürdigkeiten als persönliche Souvenirs von meiner Grand Tour, die Dir (und mir) hoffentlich lange Freude bereiten werden. Der Lektüre von Joseph Addison werde ich mich wieder widmen, sobald ich in Monaco bin – Monte Carlo war sein erster Halt, für mich wird es der zweite. Vorerst lasse ich mich einfach treiben. Heute werde ich mir das Musée Rodin ansehen, es ist mir von jemandem vor Ort empfohlen worden.

Meine drei Nächte im Plaza Anténée habe ich sehr genossen, aber inzwischen bin ich in ein deutlich günstigeres Hotel namens La Cocotte umgezogen. Es ist klein, aber zentral gelegen, und die Besitzerin ist Engländerin! Ich werde noch bis kommenden Dienstag bleiben. Ich ziehe es vor, unter der Woche zu reisen, da ist weniger los. In Monaco werde ich noch einmal in einem recht noblen Hotel absteigen, nämlich im Hôtel Hermitage. Wenn schon, denn schon. Abgesehen davon habe ich keine weiteren Unterkünfte im Voraus gebucht, weil ich mich nicht zu sehr festlegen wollte. Ich möchte die Freiheit haben, weiterzureisen, wenn ich so weit bin. Ehrlich gesagt, würde ich es in Paris ja durchaus noch eine ganze Weile aushalten. Schon die zahlreichen Boulevards in ihrem frühlingshaft grünen Kleid sind eine reine Augenweide, und inzwischen fühle ich mich pudelwohl in dieser aufregenden Stadt.

Mach Dir also meinetwegen keine Sorgen. Ich denke oft an Dich und Ace und Klein Elsie. Geht es ihr gut? Ich hoffe, sie beschert Euch nicht allzu viele schlaflose Nächte, wenn sie zahnt. Ich habe mir fest vorgenommen, ihr ein Souvenir mitzubringen, etwas, das sie an ihren verrückten Großvater erinnern wird, der urplötzlich zum Weltenbummler mutiert ist, als sie noch ein Baby war.

Das war's auch schon für heute. Ich melde mich wieder, wenn ich in Monaco bin. Auf dem Weg dorthin wird mich Charles Trenet begleiten – kennst Du ihn und seine Chansons? Sie sind unverkennbar französisch und spiegeln die Atmosphäre ganz wunderbar wider. Übrigens habe ich, als ich neulich mit meinen Malsachen im Schloßpark von Versailles saß, eine sehr sympathische Galeristin kennengelernt. Sie wollte doch glatt wissen, ob ich einverstanden wäre, wenn sie ein paar meiner Aquarelle in ihrer Galerie verkauft! Ist das zu fassen? Gut möglich, dass ich ihr ein oder zwei Bilder überlasse –wer weiß, vielleicht kann ich mir vom Erlös ja sogar ein Eis kaufen!

So, das war's jetzt aber wirklich. Ich denke oft an Euch und kann es kaum erwarten, Euch wiederzusehen.

Dein Dich liebender Dad xxx

Madame Lamont stattete ihn mit einer Briefmarke aus, sodass er den Brief auf dem Weg zur Rue de Varenne aufgeben konnte. Bei der Ankunft am Musée Rodin erfuhr Timothy, dass ein Teil des ohnehin recht kleinen Gebäudes wegen Renovierungsarbeiten gesperrt war, und er fragte sich, ob sich eine Besichtigung in diesem Fall überhaupt lohnte. Doch er beschloss, trotzdem kurz hineinzugehen. Er bereute es nicht. Das Haus zeichnete sich durch eine angenehm intime Atmosphäre aus und beherbergte eine Vielzahl an Ausstellungsstücken, von denen ein Teil vorübergehend im Anbau untergebracht war. So sah er sich, als er um eine Ecke bog, völlig unerwartet Van Goghs Porträt von Père Tanguy gegenüber. Es hing gleich neben einer Fenstertür, durch die die Sonnenstrahlen auf die dick aufgetragene Farbe fielen, und der alte Mann schien durch den Betrachter hindurchzublicken, als wäre er tief in Gedanken versunken. Timothy schüttelte den Kopf. Wie erfrischend, dieses Gemälde hier bewundern zu können statt in den düsteren, beengten Räumlichkeiten eines altehrwürdigen Museums! Es hatte dem Gemälde ganz offensichtlich nicht geschadet, ein gutes Jahrhundert im hellen Tageslicht zu verbringen.

Von den zahlreichen Skulpturen aus Bronze und Marmor, die teils auf dem Boden, teils auf einfachen Podesten standen, berührte ihn besonders ein aus weißem Marmor gehauenes Liebespaar, das in der Mitte einer Art Loggia platziert war. Dank der Sonne kamen die Konturen besonders gut zur Geltung – die einander zugewandten Körper, die Hand des Mannes, die auf dem milchweißen Oberschenkel der Frauengestalt lag. Der Kuss. Timothy hatte die Skulptur gleich erkannt, obwohl er sie noch nie mit eigenen Augen gesehen hatte. Minutenlang stand er regungslos davor und betrachtete das Paar, das in leidenschaftlicher Umarmung dasaß und über seine Liebe zueinander alles um sich herum vergessen zu haben schien.

Die hier dargestellte Zärtlichkeit erinnerte ihn wieder an den gestrigen Abend, wobei er im Grunde kaum an etwas anderes gedacht hatte, seit er morgens die Augen aufgeschlagen hatte. Wie lange war es her, dass ihm jemand diese Art von Zärtlichkeit hatte angedeihen lassen? Dass ihn jemand auf den Mund geküsst hatte? Er wusste es nicht. Zu lange. Während er die große Plastik umrundete, regten sich zwei höchst gegensätzliche Empfindungen in ihm – zum einen Traurigkeit, weil die körperliche Liebe in seinem Leben in letzter Zeit gar keine Rolle mehr gespielt hatte, zum anderen ein Gefühl der Erregung, das Francine mit ihrem Abschiedskuss gestern Abend geweckt hatte. Er hätte zu gern geglaubt, dass mehr daraus werden könnte, sagte sich jedoch, es sei bestimmt bloß eine Geste der Dankbarkeit gewesen, etwas, an das man sich eine Weile gern erinnert und es dann am besten verdrängt. In ein paar Tagen würde er Paris und Francine hinter sich lassen, und es war höchst unwahrscheinlich, dass sich ihre Wege je wieder kreuzten. Und überhaupt war die ganze Angelegenheit für Francine bestimmt bloß eine flüchtige Begegnung. Ein netter kleiner Flirt mit einem Engländer, mehr nicht. So waren sie eben, die Französinnen. Oder?

KAPITEL 13

Cimetière de Montmartre und Bois de Boulogne, Paris

Mai

Was nicht klar ist, ist nicht Französisch.

Antoine de Rivarol, *Discours sur l'Universalité de la Langue Française*, 1784

An den darauffolgenden zwei Tagen traf sich Timothy nicht mit Francine – er hielt es für das Klügste, eine Weile auf Distanz zu gehen. Er nahm sich einen Tag Zeit, um das linke Seineufer und den Friedhof von Montmatre zu erkunden, wobei er sich hin und wieder setzte, um eine Skizze anzufertigen. Ihm war gar nicht bewusst gewesen, wie viele Schriftsteller, Künstler und Musiker dort bestattet waren: Hector Berlioz, Edgar Degas, Émile Zola, Jacques Offenbach, der exzentrische Operettenkönig und Vater des Cancan. Er entdeckte auch die letzte Ruhestätte des Balletttänzers Vaslav Nijinsky, auf der die Statue eines Harlekins saß, und als er gleich darauf das Grabmal des Komödianten Georges Feydeau passierte, war ihm, als wollte ihn das Schicksal auf die Absurdität der Begegnung mit Francine hinweisen.

Den Abend verbrachte er mit schmerzenden Beinen auf seinem Zimmer, las ein wenig in seinen Reiseführern und legte dann letzte Hand an zwei kleine Aquarelle, von denen das eine Notre Dame aus der Ferne zeigte und das andere den Blick über den Friedhof, im Vordergrund Nijinskys Grabmal mit dem Harlekin. Was für ein überaus passendes Sinnbild für den ersten Teil seiner Grand Tour.

Tags darauf beschloss er, einen Spaziergang im Bois de Boulogne zu unternehmen, um den Kopf frei zu bekommen. Gleich morgens um neun Uhr brach er auf. Seine Zeit in Paris ging allmählich zu Ende, in zwei Tagen würde er nach Monaco weiterreisen. Die Zugfahrkarte und die drei Nächte im Hôtel Hermitage hatte er längst gebucht, damit er dort nicht womöglich stundenlang seinen Koffer durch die Straßen ziehen musste. Wenn er wollte, konnte er sich danach ja immer noch nach einer günstigeren Unterbringung umsehen. Dank Francine hatte das in Paris hervorragend geklappt, aber es war zu bezweifeln, dass ihm dieses Glück ein zweites Mal widerfahren würde. Wobei drei Tage wahrscheinlich ohnehin vollkommen ausreichten, um alle Sehenswürdigkeiten abzuklappern, die der Tummelplatz der Millionäre zu bieten hatte.

Eine Weile marschierte er in zügigem Tempo zwischen den Seen und in den bewaldeten Teilen des Parks umher und genoss die dort herrschende Ruhe, doch leider fand ausgerechnet jetzt die Schönwetterphase der vergangenen Tage ein jähes Ende. Bedrohliche Wolken zogen auf, begleitet von entferntem Donnergrollen, und wenig später öffnete der Himmel seine Schleusen. Timothy suchte unter ein paar Kiefern Zuflucht vor dem heftigen Regenschauer und atmete tief den wohltuenden Duft der nassen Erde ein.

Infolge des Unwetters kamen seine Malutensilien erst am frühen Nachmittag zum Einsatz. Sobald es etwas aufgeklart hatte, zückte Timothy seinen Skizzenblock und begann, den sich ihm bietenden Ausblick auf einen Hügel mit einem japanisch aussehenden Zierbau, umrahmt von Bäumen und Wasser, auf Papier zu bannen, in der Hoffnung, dabei auf andere Gedanken zu kommen. Er blieb bis zum späten Nachmittag, und als er mit seinem Werk schließlich einigermaßen zufrieden war, packte er seine Siebensachen zusammen, schulterte seine Jutetasche und kehrte zurück ins Hotel.

Die Tür zu Madame Lamonts Wohnung stand einen Spaltbreit offen, er konnte sie drinnen herumwerkeln hören. Da er sie nicht stören wollte, erklomm er leise die Treppe zu seinem Zimmer. Dort angelangt, stellte er die Maltasche in die Ecke und öffnete das Fenster, um etwas frische Luft hereinzulassen, dann wusch er sich Gesicht und Hände und sank erschöpft auf das Bett.

Timothy schreckte hoch. Eigentlich hatte er sich bloß ein wenig ausruhen wollen, aber er musste eingedöst sein. Offensichtlich machten sich nun die Strapazen der vergangenen Tage bemerkbar. Er fühlte sich noch immer etwas benommen, aber doch erfrischt nach seinem Nickerchen. Wie lange mochte er wohl geschlafen haben? Er sah auf die Uhr. Es war bereits acht. Zwei volle Stunden also. Ihm knurrte der Magen – kein Wunder, nachdem das Mittagessen ausgefallen war. Er würde sich auf die Suche nach einer Bar oder einem kleinen Café machen und nach einem leichten Abendessen früh zu Bett gehen. Was sollte er morgen unternehmen? Er konnte Francine ja nicht ewig aus dem Weg gehen. Oder wäre das klüger? Sollte er das, was zwischen ihnen war (von einer Beziehung zu sprechen wäre definitiv übertrieben), beenden, ehe es richtig angefangen hatte?

Er rief sich in Erinnerung, was Oliver und Vita von seiner Reise hielten. Wie würden sie wohl über das denken, was sich vor zwei Tagen zwischen ihm und Francine abgespielt hatte? Wie würde Rosie dazu stehen? Andererseits war ja eigentlich nicht viel passiert. Was war schon ein Kuss? Eine Geste freundschaftlicher Verbundenheit, das war alles. Und doch konnte er sich des Eindrucks nicht erwehren, dass mehr dahintergesteckt hatte. So kreisten seine Gedanken unaufhörlich um Francine, auch wenn es ihn kein bisschen weiterbrachte.

Schließlich stand er auf und griff nach Addisons Reisebericht, doch diesmal wollte sich ihm der Sinn der antiquierten Texte nicht so recht erschließen, zumal sie mit lateinischen Epigrammen durchsetzt waren: *Aggeribus socer Alpinis atque arce Monoeci Descendens. Vergil.*

Latein hatte er in der Schule nicht gelernt, und der einzige Vergil, der ihm je untergekommen war, war der aus der Scifi-Serie *Donnervögel*. Peinlich berührt angesichts seiner Unwissenheit, klappte er das Buch zu und legte es auf die Kommode.

Er überlegte gerade, was er nun mit dem angebrochenen Abend anfangen sollte, als jemand vorsichtig an seine Tür klopfte. Seltsam. Bis jetzt hatte sich Madame Lamont hier oben nicht blicken lassen. Er machte auf und sah sich zu seiner Verblüffung Francine gegenüber. Sie weinte, ihre Augen waren gerötet.

Erst sprach sie nur Französisch, und zwar so rasch, dass er kein Wort verstand. Er führte sie zum Bett und zückte ein Taschentuch, genau wie beim Abschied von Rosie vor einer knappen Woche in St Pancras. Als ihre Tränen allmählich versiegten, putzte sich Francine geräuschvoll die Nase und warf ihm einen entschuldigenden Blick zu. Timothy machte eine beschwichtigende Geste, und sie tupfte sich mit dem Taschentuch eine letzte Träne von der Wange.

„Erzähl mir, was passiert ist. Langsam“, sagte Timothy.

„Es tut mir leid. Ich ’ätte dich nicht belästigen sollen. Du ’ast mit der ganzen Angelegen’eit nichts zu tun. Warum solltest du dich für meine Probleme interessieren?“

„Weil wir … befreundet sind“, sagte er, dabei hatte er sich auch gerade gefragt, warum sich Francine bei ihm ausweinte statt bei Madame Lamont, die sie deutlich länger und besser kannte und die außerdem gleich unten im Erdgeschoss wohnte.

„Ich 'atte keinen besonders guten Tag 'eute", schniefte Francine.

„Dachte ich mir schon", murmelte Timothy und grinste schief, um die Stimmung ein wenig aufzulockern.

„Du verstehst nicht … Vor zwei Jahren, als ich die Galerie eröffnet 'abe, musste ich einen Kredit aufnehmen. Die Raten sind teuer, aber ich 'abe mir ausgerechnet, dass das kein Problem werden sollte. Im ersten Jahr war auch alles in Ordnung. Ich 'abe viel verkauft."

„Verstehe." Timothy ahnte bereits, was sie als Nächstes sagen würde.

„Dieses Jahr, unter Monsieur Hollande, lief es nicht so gut. Ich 'abe viel weniger eingenommen … Und wenn ich die längst fälligen Raten nicht bis Ende der Woche bezahle, muss ich die Galerie schließen und aus meinem *Appartement* ausziehen. Ich werde alles verlieren …" Ihre Augen füllten sich erneut mit Tränen.

Timothy drückte ihr beruhigend die Hand. „Kannst du nicht verhandeln? Ein bisschen mehr Zeit herausschinden?"

Francine schüttelte den Kopf.

„Hast du schon mit Madame Lamont darüber geredet?"

„Das würde nicht viel bringen." Sie sah bekümmert zu ihm hoch.

„Ich dachte, sie ist eine gute Bekannte von dir?"

„Weil ich ihr das Geld schulde."

Timothy musterte sie ungläubig. „Und sie droht damit, dich auf die Straße zu setzen?"

„*Oui.* Jede Freundschaft 'at ihre Grenzen, sagt sie, und dass sie auch an sich denken muss."

„Du meine Güte! Das ist ja furchtbar!“

Francine putzte sich erneut die Nase, sichtlich darum bemüht, sich wieder etwas zu beruhigen. „Es tut mir leid. Ich ’ätte dir das nicht erzählen sollen, aber ich war gerade bei ihr, und ich musste mit jemandem reden.“

„Wie viel bräuchtest du denn, damit du bleiben kannst?“

„Zwanzigtausend Euro.“

„Puh, das ist eine Menge Geld. Und wie lange könntest du damit weitermachen?“

„Noch ein Jahr. Inzwischen läuft das Geschäft wieder besser, und das ’abe ich ihr auch gesagt, aber sie meinte, sie kann nicht mehr warten. Ich ’abe versucht, sie mit Bildern zu bezahlen, aber das will sie nicht mehr.“

„Soll ich vielleicht mit ihr reden?“

Francine schüttelte den Kopf. „Lieber nicht. Sie soll nicht wissen, dass ich es dir erzählt ’abe. Sie würde bestimmt sagen, dass dich das nichts angeht.“

Timothy stand auf. „So, wir gehen jetzt erst einmal etwas essen, und dann überlegen wir uns einen Ausweg.“

„Ich glaube nicht, dass es einen gibt.“

„Wer weiß. Los, komm mit.“

Er ergriff ihre Hand und zog sie vom Bett hoch. „Willst du dich noch kurz frisch machen?“

Sie nickte.

„Nur zu.“ Er deutete auf das Bad und nahm seine Jacke vom Haken an der Tür. „Ich warte unten vor dem Eingang auf dich.“ Sie wollte protestieren, doch Timothy war bereits draußen im Treppenhaus. Auf dem Weg nach unten hoffte er, Madame Lamont möge ihm über den Weg laufen, doch der Platz hinter ihrem Schreibisch war leer, und durch die geschlossene Tür zu ihrer Wohnung drang kein Laut, nicht einmal das Krächzen des Papageis.

In einer Bar in der Nähe bestellten sie eine Flasche Beaujolais, und während sie sich über die größte Käseplatte hermachten, die Timothy je gesehen hatte, erklärte ihm Francine, wie sie Madame Lamont kennengelernt hatte: Der mittlerweile verstorbene Monsieur Lamont war der Patenonkel von Francines Exmann Alain gewesen. Als Francines Ehe in die Brüche gegangen war, hatten die Lamonts ihr unter die Arme gegriffen und ihr das Geld für die Finanzierung der Galerie und des darüber liegenden Apartments vorgestreckt, weil sie sich für ihn geschämt hatten. Dann war Monsier Lamont gestorben, und Alain hatte angefangen, Unruhe zu stiften. Er hatte gegenüber Madame Lamont mehrfach behauptet, er habe die Trennung nie gewollt und es sei alles Francines Schuld, denn sie habe ihn betrogen und nicht umgekehrt.

„Und warum hat sich die Situation jetzt so plötzlich zugespitzt?“, fragte Timothy. Francine ließ den Kopf hängen.

„Weil Madame Lamont uns neulich Abend gesehen ’at. Sie war bei Freunden zum Essen eingeladen, und ihr Taxi ist genau in dem Moment bei mir vorbeigefahren, als wir uns verabschiedet ’aben.“

„Aber sie kann doch unmöglich annehmen … Ich meine, es war doch nur ein einziger Kuss.“

„Egal. Jetzt glaubt sie Alain. Das Maß ist voll, ’at sie gesagt, und dass ich gefälligst die Finger von ihren ’otelgästen lassen soll.“

„Aber … Sie liegt total falsch!“

„Das wissen wir beide, aber …“

„Ich werde zu ihr gehen und alles aufklären. Ich werde ihr sagen, dass wir nur gute Freunde sind.“

„Das ’abe ich ihr auch gesagt, aber es ist sinnlos. Sie wird dir nicht glauben. Sie ’at gesagt, sie ist mit ihrer Geduld am

Ende. Wenn sie ihr Geld bekommt, wird sie noch einmal – wie sagt man? – ein Auge zudrücken. Wenn nicht, muss ich ge'en."

Timothy nippte an seinem Wein und überlegte kurz, ehe er sagte: „Und was, wenn ich dir das Geld leihe?"

KAPITEL 14

Opéra Garnier, Paris

Mai

Mir ist egal, in welcher Sprache eine Oper gesungen wird, Hauptsache, es ist eine, die ich nicht verstehe.

Edward Appleton (englischer Physiker), Observer, 1955

Am darauffolgenden Abend sahen sie sich eine Vorstellung in der Opéra Garnier an. Francine hatte darauf bestanden, ihn einzuladen. Sie hatte gesagt, das sei das Mindeste, um sich für seine Hilfsbereitschaft zu bedanken, die sie immer wieder als „*incroyable*“ und „*magnifique*“ bezeichnete. Timothy wurde zwar das Gefühl nicht los, voreilig, unbedacht und unverantwortlich gehandelt zu haben, aber das war ihm egal. Er wollte Francine helfen. Besser gesagt, er hatte es bereits getan. Die zwanzigtausend Euro waren schon auf ihrem Konto. Wann immer Timothy Madame Lamonts Wohnungstür passierte, war sie geschlossen, und von drinnen war kein Laut zu hören, doch Francines Erleichterung war groß, denn die alte Dame hatte ihr widerstrebend gestattet, ein weiteres Jahr zu bleiben. Das Unheil war vorerst abgewendet.

„Was wird denn gespielt?“, erkundigte sich Timothy.

„*Die Zauberflöte* von Mozart.“

„Ach, kenne ich. Einige Stücke daraus jedenfalls.“

„Magst du Opern?“

„Nicht alle. Mozart gefällt mir, die schweren Sachen mag ich weniger. Wagner zum Beispiel, oder Richard Strauss.

Damit kann ich leider nicht viel anfangen."

„Gib Wagner noch eine Chance", riet ihm Francine, die sich bei ihm eingehängt hatte. Timothys Gemütszustand konnte mit Fug und Recht als euphorisch bezeichnet werden – zum einen, weil er ihr aus der Klemme hatte helfen können, zum anderen, weil sie seine Gesellschaft sichtlich genoss. Blieb nur zu hoffen, dass das nicht bloß an seiner Finanzspritze lag.

„Zu Wagner fällt mir ein Zitat ein", sagte er.

„Nämlich?"

„Wagner hat schöne Momente ... aber schlimme Viertelstunden, oder so ähnlich."

Francine kicherte. „Wer auch immer das gesagt 'at, sollte Wagner ebenfalls noch eine Chance geben."

Sie erklommen die spektakuläre Marmortreppe im Inneren des Opernhauses. „Es ist alles so riesig! Ich hatte ja keine Ahnung", staunte Timothy, überwältigt von der Pracht und Erhabenheit des Gebäudes.

„Nimm dich in Acht vor dem Phantom", witzelte Francine. „Die Opéra Garnier ist nämlich der Originalschauplatz von *Das Phantom der Oper*."

Auch als sie schließlich auf ihren Plätzen saßen, fühlte sich Timothy klein und unbedeutend inmitten all dieser barocken Opulenz. Die schiere Größe und schwülstige Überladenheit des hufeisenförmigen Zuschauerraums, das Gemurmel des Publikums auf den Parkettsitzen und in den Logen, die bis knapp unter die Decke reichten, der glitzernde Kronleuchter – all das schürte seine Aufregung nur noch zusätzlich. Die wuchtigen Säulen und Pilaster glichen hohen Baumstämmen, gekrönt von kunstvoll gestalteten Skulpturen, die Kuppel zierte ein Gemälde von Chagall, das sich stilmäßig nicht so recht in diese Anhäufung von Gold und rotem Samt einfügen wollte.

Doch nichts von alledem konnte sich messen mit der Schönheit der Frau, die neben ihm saß. Heute trug Francine eine Seidenbluse und eine dunkelbraune Hose, kombiniert mit einem milchweißen Überwurf aus Kaschmir. Ihr schwarzes Haar glänzte, und er konnte sich gar nicht sattsehen an ihren roten Lippen, ihren ebenmäßigen Zähnen, ihren grünen Augen.

Als die Lichter ausgingen und das Orchester die ersten Takte der Overtüre anstimmte, lächelte sie ihn an und drückte seinen Arm.

Es war alles viel zu viel, zu früh, das war ihm insgeheim klar, aber es war ihm egal. Ihre Hand ruhte die ganze Zeit über auf seinem Arm und verströmte eine intensive Wärme. In der Pause tranken sie Sekt in der Bar, die ebenfalls sehr üppig ausgeschmückt war.

„Und, gefällt es dir?“, erkundigte sich Francine.

„Sehr sogar“, erwiderte Timothy. „Es ist unbeschreiblich. Nicht nur das Gebäude und die Oper selbst, sondern vor allem die Gesellschaft.“

Francine schlug die Augen nieder. „Das ist sehr freundlich von dir. Zu freundlich.“

Er hob mit dem Zeigefinger ihr Kinn an, sodass sie ihn ansehen musste. „Ohne dich wäre mein Aufenthalt in Paris nur halb so schön geworden. Danke.“

Sie küsste ihn sanft auf die Wange und betrachtete ihn, dann sagte sie mit glänzenden Augen: *„Sérendipité.“*

„Ein glücklicher Zufall, meinst du?“

„Sehr glücklich sogar, jedenfalls für mich.“

Timothy drückte schweigend ihre Hand, und dann verkündete ein Klingeln das Ende der Pause und sie begaben sich wieder auf ihre Plätze. Im zweiten Akt wurde Timothy jäh von einer merkwürdigen Unruhe erfasst. Während die Königin der Nacht ihre berühmte Rachearie schmetterte, überkam ihn das Gefühl, einen furchtbaren Fehler gemacht zu haben. Er hatte Francine doch erst vor ein paar Tagen kennengelernt, und jetzt saß er hier mit ihr, und es hatte ganz den Anschein, als könnte es schon bald ziemlich ernst werden zwischen ihnen.

„Verstoßen sei auf ewig,
Verlassen sei auf ewig,
Zertrümmert sei'n auf ewig
Alle Bande der Natur"

sang die Königin der Nacht. Die drohenden Worte waren an ihre Tochter gerichtet, und obwohl Timothy die Bedeutung des deutschen Texts nicht erfasste, drang die Botschaft dennoch in sein Unterbewusstsein.

Er fragte sich, was seine Kinder wohl von seiner Entscheidung halten würden. Nun, eigentlich konnte er sich ihre Reaktionen lebhaft vorstellen: Oliver und Vita würden ausflippen, und selbst Rosie würde wohl nur schwer nachvollziehen können, was ihn geritten hatte, einer Frau, die fünfzehn Jahre jünger war als er und die er noch nicht einmal eine Woche kannte, mal eben zwanzigtausend Euro zu leihen. Sie kämen zweifellos zu der Überzeugung, dass er nicht mehr alle Tassen im Schrank hatte und dringend in eine geschlossene Anstalt eingewiesen gehörte. Vielleicht hätte er besser in Francines Galerie investieren sollen, statt ihr das Geld einfach so zu geben. Nein. Er hatte keine Gegenleistung fordern wollen. Das hätte er nicht übers Herz gebracht. Hatte er etwa den Kardinalfehler gemacht und zugelassen, dass das Herz über den Verstand regierte? Natürlich hatte er das, aber sein

Bauchgefühl sagte ihm, dass er richtig gehandelt hatte. Eigentlich war er kein impulsiver Mensch, aber in diesem Fall …

War seine Entscheidung töricht gewesen? Wer wusste das schon? Sie war zumindest ausgesprochen leichtsinnig.

Er gab sich große Mühe, all diese Gedanken aus seinem Kopf zu verbannen, als Francine ihn hinterher fragte, ob er noch mit in ihre Wohnung kommen wolle. Die Stimme der Vernunft riet ihm davon ab, doch als Francine die Tür hinter ihnen schloss, ihm die Arme um die Taille legte und ihn zärtlich küsste, wusste er, er war verloren. Ihre zarte Haut, ihr Duft und die Wärme, die von ihrem Körper ausging, weckten in ihm Gefühle, von denen er nicht gehofft hatte, sie je wieder erleben zu dürfen.

Sie schob ihm die Jacke von den Schultern und begann, sein Hemd aufzuknöpfen, während sie sanft an seiner Unterlippe knabberte.

Ob sie wohl spüren konnte, wie heftig sein Herz pochte? Bestimmt. Ihr Körper war an seinen geschmiegt, ihr Atem streifte seine Wange. Träumte er, oder war es möglich, dass das alles tatsächlich geschah? Dass es *ihm* geschah? Ehe er sichs versah, machte er sich auch schon an den Knöpfen ihrer Bluse zu schaffen, schob die Hände darunter und liebkoste durch das seidene Unterhemd ihre Brüste. Francine wich einen Schritt zurück und sah ihm unverwandt in die Augen, während sie aus der Bluse schlüpfte und das Unterhemd auszog. Dann stand sie mit entblößtem Oberkörper vor ihm, schwer atmend wie er, die Lippen leicht geöffnet. Sie streckte die Arme nach ihm aus, ganz langsam und bedächtig, und Timothy trat zu ihr, legte ihr die Hände auf die Schultern und presste ihr die Lippen auf den Mund, mit all der Leidenschaft, die sich in den Jahren der Enthaltsamkeit in ihm aufgestaut hatte. Ihre Bewegungen wurden fahriger, drängender, und binnen Minuten waren sie beide nackt und lagen im Bett, verloren im Verlangen nach einander.

KAPITEL 15

Appartement Galerie Bleu und Gare de Lyon, Paris

Mai

Mit dem Herzen sieht man besser als mit dem Kopf.

Französisches Sprichwort

Sein letzter Tag in Paris erinnerte Timothy an seinen Aufbruch in England vor über einer Woche, obwohl diesmal alles ganz anders war. Er hatte ernsthaft in Erwägung gezogen, seine Grand Tour abzubrechen und bei Francine zu bleiben, schließlich war er niemandem Rechenschaft schuldig und musste sich nicht sklavisch an seinen Reiseplan halten. Doch als er morgens neben ihr erwachte, strich sie ihm über die Wange und sagte: „Du wirst mir fehlen, Tom."

Er wusste ihre Worte nicht so recht zu deuten und hatte einen grauenhaften Moment lang das Gefühl, sie könnte ihn bloß an der Nase herumgeführt haben, um an sein Geld zu kommen und ihn jetzt, da ihr Problem gelöst war, als überflüssig erachten. Doch nein, solche Gedanken waren seiner unwürdig, von Francine ganz zu schweigen. „Ich muss ja nicht fahren."

Francine legte ihm den Zeigefinger auf die Lippen. „Doch, du musst. Du 'ast einen Plan. Deine Grand Tour." Dann, als ahnte sie, dass er Zweifel an ihren Absichten hegte, fuhr sie fort: „Ich werde 'ier sein, wenn du zurückkommst, und dann musst du mir alles 'aarklein erzählen."

Er rollte sich auf die Seite, um sie zu betrachten. Am liebsten hätte er in diesem Augenblick die Zeit angehalten. Sie lagen im Bett, ihre nackten Körper nur Zentimeter voneinander entfernt. Er ließ die Finger über ihren warmen Leib wandern, über ihre zarte Haut, von den Rippen hinunter zur schmalen Taille und noch weiter. Als seine Hand auf ihrem schlanken Oberschenkel zu liegen kam, fiel ihm aus heiterem Himmel Rodins weiße Marmorplastik ein, und es gelang ihm nur mit Mühe, die Tränen zurückzuhalten – Tränen der Erleichterung, Tränen der Freude über diese Gelegenheit, Gefühle zu zeigen, auch auf die Gefahr hin, womöglich verletzt zu werden.

Francine beugte sich zu ihm und küsste ihn vorsichtig auf die Stirn, dann drehte sie sich um und spähte zum Wecker auf dem Nachttisch. Es war Viertel vor acht. „Wann geht dein Zug?"

Timothy zuckte die Achseln. „Ist doch egal. Ich kann fahren, wann immer ich so weit bin."

„*Non*. Du 'ast schon dein Ticket. Wann fährt er ab?"

„Um elf Uhr neunzehn."

Sie stieg aus dem Bett und ging ins Bad. Er sah ihr nach, und beim Anblick ihres perfekten nackten Körpers mit den weiblichen Rundungen genau an den richtigen Stellen schlug sein Herz unwillkürlich schneller. Selbst in seinen kühnsten Träumen hatte er nicht mit einer solchen Begegnung gerechnet. Nicht zu fassen, wie radikal sich sein Leben innerhalb weniger Monate geändert hatte! Die Erinnerung an das Davorliegende versetzte ihm einen Stich. Er drehte sich auf den Rücken und starrte an die Decke. Sollte er bleiben? Im Moment war ihm so gar nicht danach zumute, an seinem Plan festzuhalten. Was konnte schöner sein, als tagsüber Paris zu besichtigen und nachts diese atemberaubende Frau zu lieben?

Seine Gedankengänge wurden unterbrochen, als sie in einem eleganten elfenbeinweißen Seidenpyjama aus dem Bad kam.

„Ein Schlafanzug?“, fragte er unwillkürlich.

„Oui. Normalerweise schlafe ich nie nackt, aber für dich ’abe ich eine Ausnahme gemacht.“ Sie ließ sich mit einem schelmischen Grinsen auf der Bettkante nieder und strich ihm eine Haarsträhne aus der Stirn.

„Ich kann es noch gar nicht so recht glauben“, murmelte er. „Ist es wirklich passiert?“

Sie legte die Hand auf seine nackte Schulter. „Ich glaube schon. Ich ’offe es.“

„Ich wollte nicht –“

Wieder legte sie ihm den Zeigefinger auf die Lippen. „Ich weiß. Ich doch auch nicht.“

„Wir sind schon ein seltsames Paar.“

Francine legte die Stirn in Falten. „Versteh mich nicht falsch, wenn ich sage, dass du weiterfahren musst. Ich genieße es, mit dir zusammen zu sein. Mehr als das ... Aber ich will nicht, dass du meinetwegen deine Pläne änderst.“ Die Knöpfe des Pyjamaoberteils standen offen, sodass Timothy von der Seite ihre linke Brust erspähen konnte. Er hob die Hand, um sie sanft zu liebkosen und sah Francine in die Augen, wartete auf ein Zeichen von ihr. Sie legte kurz die Hand auf seine Finger, dann stand sie auf und trat ans Fenster, um die Jalousie zu öffnen und das Morgenlicht hereinzulassen.

„Das Wetter ist traum’aft. Du wirst auf der ganzen Fahrt bis zur Provence die Landschaft sehen können.“

„Mir gefällt die Landschaft hier auch ganz gut“, sagte er, und dann, wohl wissend, dass er damit ihren Unmut erregen würde: „Komm wieder ins Bett. Nur für ein paar Minuten. Oder auch etwas länger.“

Francine verdrehte die Augen, doch dann huschte das Lächeln, das er so entwaffnend fand, über ihr Gesicht. Sie sorgte mit einem eleganten Schulterzucken dafür, dass das seidene Oberteil von den Schultern rutschte und auf den Boden flatterte, stieg aus der Pyjamahose und trat ans Bett.

„Wir 'aben nicht mehr viel Zeit", flüsterte sie ihm ins Ohr und übersäte sein Gesicht mit Küssen. Timothy hatte das Gefühl, sie müsste durch das Laken hindurch sein Herz klopfen sehen. Es wäre ziemlich peinlich, wenn er jetzt den Löffel abgab, hier, in ihrem Bett – von der Leidenschaft dahingerafft mit fünfundfünfzig in den Armen einer Französin, die fünfzehn Jahre jünger war als er. Andererseits gab es weit unangenehmere Arten zu sterben.

Da die morgendliche Rushhour bereits vorbei war, dauerte die Fahrt zum Gare de Lyon zum Glück nicht allzu lange. Trotzdem befürchtete Francine, Timothy könnte seinen Zug verpassen. Sie bestand darauf, ihn zum Bahnsteig zu bringen, und lenkte ihn auf dem Weg dorthin mit ihren Fragen erfolgreich von dem Chaos ab, das in seinem Herzen herrschte, von seiner Unentschlossenheit, seinen Zweifeln und der ungewissen Zukunft.

„Wie lange wirst du unterwegs sein?", wollte sie wissen.

„Gute sechs Stunden."

„Kannst du durchfahren?"

„Nein, ich muss in Nizza umsteigen."

„Gab es keinen direkten Zug?"

„Doch, aber erst am Nachmittag, und dann wäre ich zu spät angekommen. Ich will schließlich mein Hotel gebührend genießen."

„*Mon Dieu*! Ich 'abe ganz vergessen zu fragen, wo du wohnen wirst."

„Ich habe drei Nächte im Hôtel Hermitage gebucht. Das

sollte reichen, um Monaco zu sehen. Ich wollte mir noch einmal etwas Luxus gönnen. In Florenz werde ich mir dann eine günstigere Unterkunft suchen, so wie hier. Wobei ich hier ja nicht lange suchen musste, weil mir eine überaus freundliche Pariserin ein sehr nettes Hotel empfohlen hat."

Francine lächelte. „War mir ein Vergnügen."

„Mir auch. Apropos, Madame Lamont war ziemlich schweigsam, als ich ausgecheckt habe. Sie konnte mir gar nicht richtig in die Augen sehen, was für sie ja höchst ungewöhnlich ist."

„Ich wäre ja mit reingekommen, aber –"

„Ach, es war bestimmt besser, dass du draußen im Taxi gewartet hast. Ich wollte die Sache nicht unnötig verkomplizieren. Ich glaube, so überstürzt bin ich noch nie aus einem Hotel abgereist. Zum Glück hatte ich schon fast alles gepackt, bevor du mich gestern abgeholt hast, und die Rechnung war ja auch schon bezahlt. Madame Lamont hat gleich bei meiner Ankunft meine Kreditkarte verlangt."

„Und dabei ist ihr gleich dein Name aufgefallen", sagte Francine abwesend. „Timothy."

„Genau." Er sah ihr in die Augen. „Es ist seltsam, diesen Namen aus deinem Mund zu hören. Ich habe mich schon total an Tom gewöhnt."

„Wie wirst du dich in Monaco nennen?"

„Wer weiß? Hector? Vaslav?"

Sie lachte. „Vaslav? Wie kommst du denn darauf?"

„Über diesen Namen bin ich erst neulich gestolpert. Apropos …" Er öffnete den Reißverschluss an der großen Außentasche seines Koffers und holte einen mit Karton verstärkten braunen Umschlag heraus, den er Francine reichte. „Ein Geschenk."

„Das ist wirklich nicht nötig! Du 'ast mir doch schon das schönste Geschenk über'aupt gemacht."

„Versprochen ist versprochen."

Sie öffnete den Umschlag und entnahm ihm eines der raufaserigen Blätter aus seinem Aquarellblock. Es war das Bild, das auf dem Friedhof von Montmartre entstanden war – der verlassen wirkende Harlekin vor dem ovalen Grabstein, und über ihm ein von Sonnenstrahlen durchfluteter, vergissmeinnichtblauer Himmel.

„Nijinsky", murmelte sie.

„Für dich, für die Galerie. Du kannst es natürlich auch behalten, wenn du willst. Das überlasse ich ganz dir", sagte er leichthin, dabei wünschte er sich nichts sehnlicher, als dass sie dieses Erinnerungsstück behalten möge.

Francine schüttelte den Kopf. „Es ist wunderschön. Das wird nicht verkauft. Es kommt in mein *Appartement*. Ich werde es … wie sagt man? 'üten wie meinen Augapfel."

„Dann ist es dir nicht zu traurig?"

„Es ist sogar sehr traurig. Er ist verrückt geworden. Ein tragisches Ende. Er war ein großartiger Tänzer." Sie lächelte und fügte hinzu: „Aber er 'at schöne Erinnerungen 'interlassen, genau wie du." Sie wurden von einer Melodie aus der Lautsprecheranlage unterbrochen, die Timothy an eine englische Fernsehwerbung für Joghurt erinnerte. „Ich sollte wohl einsteigen, ehe es zu spät ist. Aber ich könnte natürlich auch …"

Francine schob das Bild zurück in den Umschlag und legte ihm eine Hand auf den Arm. „Du bekommst dein Geld zurück, Tom. So, und jetzt rein mit dir."

Timothy betätigte den Türöffner. Es war ein qualvoller Augenblick. Er wollte nicht weg. Aber er musste – es wäre vollkommen verrückt gewesen, seine Grand Tour gleich nach der ersten Etappe abzubrechen, wegen einer Frau, die er kaum kannte. Schließlich hatte er jahrelang davon geträumt zu reisen. Er musste Paris – und Francine – hinter sich lassen und sein großes Abenteuer fortsetzen, auch wenn es ihm undenkbar erschien, dass das, was ihn erwartete, auch nur halb so schön werden konnte wie das, was er bisher erlebt hatte.

Er stellte sein Gepäck noch einmal ab und schlang die Arme um Francine. „Ruf mich an. Jederzeit. Meine Nummer hast du ja."

Sie nickte. „Du musst mich auch anrufen." Er öffnete den Mund, doch sie kam ihm zuvor. „Ich 'abe meine private Festnetznummer auf deinen Skizzenblock geschrieben." Sie küsste ihn behutsam auf die Lippen. „Und jetzt geh, *mon chéri. Bon voyage.*"

Timothy griff nach seinem Koffer und der Reisetasche, stieg in den Doppeldeckerwaggon und suchte rasch seinen Platz, der sich in der oberen Etage befand – zum Glück auf der richtigen Seite. Schon schlossen sich die Türen. Seine Augen suchten den Bahnsteig nach Francine ab, und einen bangen Moment lang dachte er, sie sei bereits gegangen, doch dann erspähte er sie in einiger Entfernung schräg vor sich und begann, wie verrückt zu winken. Sie sah ihn nicht, der ersehnte allerletzte Blickkontakt würde ihm wohl verwehrt bleiben. Der Zug setzte sich gemächlich in Bewegung, und da plötzlich entdeckte sie ihn und trabte los. Sie lief ein paar Meter neben ihm her, dann wurde der Zug allmählich schneller. Das letzte, was Timothy von ihr sah, war der Luftkuss, den sie ihm mit Tränen in den Augen zuwarf, die schmale Hand hoch in die Luft gestreckt. Er lehnte sich seufzend in seinem Sitz zurück.

Wie er sie hasste, die Abschiede an Bahnhöfen!

KAPITEL 16

Paris – Monte Carlo

Mai

Die Riviera ist mehr als bloß eine sonnige Gegend für düstere Gestalten.

W. Somerset Maugham (1874–1965)

Der Vorteil einer langen Zugfahrt besteht darin, dass man reichlich Zeit zum Nachdenken hat. Doch selbst die längste Zugfahrt der Welt hätte wohl nicht ausgereicht, um das in Timothys Kopf herrschende Durcheinander zu entwirren. Bei der Planung seiner Reise war er, gemütlich zu Hause in Sussex sitzend, davon ausgegangen, dass er in aller Seelenruhe eine Stadt nach der anderen abklappern und sich auf jede neue Etappe freuen würde. Er hatte weiß Gott nicht vorgehabt, sich Hals über Kopf zu verlieben. Doch genau das war geschehen. Was für ein Narr er doch war! Tja, wie hieß es so schön: Alter schützt vor Torheit nicht. War er der lebende Beweis dafür, dass das Sprichwort stimmte? Schon jetzt verspürte er das dringende Bedürfnis, Francine anzurufen und ihr zu sagen, wie sehr sie ihm fehlte. Er atmete ein paarmal tief durch und kramte sein Handy heraus. Ihre Nummer stand auf seinem Skizzenblock. Nein. Entschlossen steckte er das Telefon wieder ein. Er konnte Francine unmöglich anrufen. Das wäre illoyal gegenüber Rosie gewesen, zu der er gesagt hatte, er würde lediglich Briefe schreiben. Das Telefon war für absolute Notfälle reserviert. Er durfte nicht schwach werden. Er hatte sich geschworen, auf seiner Grand Tour auf moderne Kommunikationstechnologien zu verzichten.

Andererseits konnte er sein Verhältnis zu Francine nicht mit dem zu seiner Tochter vergleichen. Rechtfertigte das einen Anruf? War es nicht absurd, ohne die Annehmlichkeiten des 21. Jahrhunderts auskommen zu wollen, wenn er quasi auf Knopfdruck hätte Francines Stimme hören können? Es war ja nicht so, als würde er zum Briefeschreiben noch Feder und Tintenfass verwenden. Ach, immer diese Entscheidungen!

Draußen zog derweil die Landschaft vorüber – Obstplantagen und Weingärten, von Pappelalleen gesäumte schnurgerade Landstraßen, winzige Dörfer und riesige Felder. Es schienen kaum große Städte an der von ihm gewählten Route zu liegen, und auch nicht allzu viele kleine. Die endlose Weite der Landschaft überraschte ihn – er hatte nicht erwartet, dass sich Frankreich diesbezüglich so deutlich von England unterscheiden würde, zumindest auf dem ersten Teil der Strecke, wo das Klima noch ähnlich wie zu Hause war. Doch schon jetzt kam ihm dort draußen alles fremd vor, selbst ohne jegliche Hinweise auf Besiedlung oder industrielle Nutzung. Die Gegend wirkte öde und verlassen, gerade so, als wären etwaige Eigenheiten der Natur samt und sonders weggefegt worden. Ab und an erspähte er dann doch Indizien dafür, dass die Gegend nicht gänzlich unbewohnt war: ein von Betonufern gebändigter Bach etwa, der eine Weile parallel zu den Gleisen verlief, ehe er unter der Trasse hindurchtauchte, um seine Reise in einer anderen Richtung fortzusetzen.

Lyon. Endlich eine Stadt; ein Name, den er kannte. Reisende stiegen aus und ein, es wurde voller. Sie passierten mit Graffiti besprühte Mauern und Lagerhallen (immerhin das war wie zu Hause), und dazwischen immer wieder Äcker, grauer Lehmboden und grüne Wiesen, die ganz anders wirkten als die von

Zäunen oder anheimelnden Steinmauern umgebenen Koppeln und Felder in England. Der Himmel war nun blassgrau, die diesigen Lichtverhältnisse passten zu seiner Stimmung. Strahlendes Azurblau und eitel Sonnenschein wären ihm lieber gewesen, aber wie es schien, hatte er das alles in Paris zurückgelassen, in mehrfacher Hinsicht. Bei einer Bahnangestellten, die einen kleinen Wagen mit Snacks vorbeischob, erstand er Kaffee und ein kleines Baguette, das er gierig verschlang. Ihm knurrte der Magen, nachdem das Frühstück ausgefallen war. Dann begann er, einen Brief an Rosie zu schreiben, doch er war unkonzentriert und nicht so recht bei der Sache, also starrte er stattdessen aus dem Fenster, wo anstelle der Apfelplantagen nun immer häufiger Orangen- und Olivenhaine zu sehen waren. Und ehe er sichs versah, hatten sie das Burgund und die Rhône-Alpen hinter sich gelassen und näherten sich der Provence und der Côte d'Azur.

Wie verheißungsvoll das klang! Côte d'Azur. Da dachte man an glitzernde Meeresbuchten, an elegante Jachten, an Stuckvillen ... und an runzelige alte Damen mit Pudeln.

Ob sich seine Erwartungen erfüllen würden? Vielleicht gelang es ihm ja in den kommenden Tagen dank der wärmenden Sonne der Riviera, die Gedanken an Francine zu verdrängen. Wenn nicht, würde er wochenlang herumlaufen wie ein liebestoller Teenager, und die Erinnerungen an die unmittelbare Vergangenheit würde seine Vorfreude auf all das trüben, was noch vor ihm lag. Wie sollte er unter diesen Umständen seine Grand Tour, das größte Abenteuer seines Lebens, in vollen Zügen genießen? Und dann war da noch die leise Stimme der Vernunft (oder war es gar Isobel, die aus dem Jenseits zu ihm sprach?), die Zweifel an Francines Aufrichtigkeit, an ihren Motiven anmeldete. Es war Francine gegenüber unfair, und er schämte sich dafür, trotzdem war er nicht in der Lage, diese Gedanken aus seinem Gehirn zu verbannen. Er tröstete sich mit der Tatsache, dass diese paar Tage in Paris auf ewig zu den schönsten seines Lebens zählen würden, und sollten sie ihn zwanzigtausend Euro gekostet haben, so war das eben nicht zu ändern. Natürlich hoffte er inständig, dass er sich täuschte. Er wollte ihr so gerne glauben, dieser umwerfend gut aussehenden Französin, die so plötzlich in sein Leben getreten war und seine Geisteshaltung komplett umgekrempelt hatte, nur um ebenso abrupt wieder zu verschwinden. O Gott, was würden seine Kinder denken? Schluss damit! Er musste sich zusammenreißen.

Monaco und Monte Carlo sind weltweit ein Synonym für die extravagante Zurschaustellung von Reichtum und leichtsinniger Verschwendungssucht, las er in seinem Reiseführer. Hm. Die Formulierung „leichtsinnige Verschwendungssucht" passte durchaus auch auf ihn. Dass er drei Tage in einem der teuersten Hotels des gesamten Fürstentums logieren würde, verursachte ihm nach wie vor Schuldgefühle, obwohl er sich alle Argumente, die dafürsprachen, sich etwas Luxus zu leisten, immer wieder mantraartig vorgesagt hatte: Er hatte es sich verdient, und außerdem hätte Joseph Addison wohl kaum in einer schäbigen monegassischen Bruchbude gehaust.

Aber das hätten Oliver und Vita sicher nicht gelten lassen. Er fragte sich, was seine Familie wohl trieb, während er durch halb Europa gondelte. Oliver stand vermutlich gerade in einem seiner schicken Anzüge im Gerichtssaal und redete sich den Mund fusslig, die Brust selbstgefällig herausgestreckt, die Hände am Revers; und Vita vergnügte sich bestimmt beim Bridge oder beim Tennis, dem Beispiel ihrer verstorbenen Schwiegermutter folgend. Beim Abendessen würden sie sich dann über ihn das Maul zerreißen. Vielleicht aber auch nicht. Gut möglich, dass sie überhaupt nicht an ihn dachten, ganz nach dem Motto „Aus den Augen, aus dem Sinn“. Aber das war eher unwahrscheinlich. Oliver war jede Gelegenheit recht, um über seine Mitmenschen herzuziehen, vor allem, wenn es sich dabei um seinen Vater handelte.

Kaum hatte Timothy den Satz zu Ende gedacht, schämte er sich, weil er seinem Sohn gegenüber so ungnädig war. So schlimm war Oliver nun auch wieder nicht ... Na ja, eigentlich doch. *Ach, Isobel, wenn du mich jetzt sehen könntest* ... Was würde wohl die unnahbare Alice sagen, sollte sie je von den Ereignissen der vergangenen Tage erfahren? Er schauderte. Und Rosie und Ace? Selbst seine Lieblingstochter, die bisher stets am meisten Verständnis an den Tag gelegt hatte, wäre zweifellos irritiert von seinem Verhalten, musste es doch aus ihrer Sicht absolut untypisch für ihn wirken.

Als er aus dem Fenster sah, stellte er fest, dass sie nun an der Küste entlangfuhren. Die Sonne schien auf ockerfarbene Villen und einsame Buchten zwischen Felsenklippen, in denen kleine Wellen über Sandstrände leckten.

Der nächste Halt war Nizza. Dort musste er umsteigen, und nach kurzer Weiterreise würde er bald in Monaco eintreffen. Es war höchste Zeit, die schrille Rachearie der Königin der Nacht, die er noch immer im Ohr hatte, durch freundlichere Töne zu ersetzen. Doch alles, was ihm in den Sinn kam, war Charles Trenet und sein melancholisches *La Mer*, und das war nun nicht gerade hilfreich, denn es würde ihn an Francine erinnern und seine schwermütige Sehnsucht nur noch weiter schüren. Er brauchte dringend einen fröhlicheren Soundtrack, am besten einen richtig albernen Ohrwurm, der ihn auf andere Gedanken brachte. Doch was? Monaco ... Monte Carlo ... Ha! Vor vielen Jahren, als Schuljunge, hatte er einen Film gesehen, der in Monte Carlo spielte – mit Tony Curtis und der hübschen Susan Hampshire, die ihm sehr gefallen hatte, nicht zuletzt wegen ihrer wunderschönen, dunklen Augen und ihrem verschmitzten Blick. *Monte Carlo Ralley*, so hatte der Film geheißen. Während sich Timothy die Handlung in Erinnerung rief, gelang es ihm tatsächlich, Francines Antlitz, das ihn bis jetzt hartnäckig begleitet hatte, durch das von Susan Hampshire zu ersetzen. Wie ging noch gleich der Titelsong? Da-da-da da-daa … Ach ja:

Wir erreichen das Ziel meilenweit vor dem Rest.
Unsre Kiste kutschiert uns direkt aufs Podest.
Ja, ganz zweifellos, auf sie ist Verlass.
Monte Carlo, wir kommen! Das wird ein Spaß!

Ihm war beinahe, als könnte er die raue Stimme von Jimmy Durante hören. Ein lächerliches Musikstück mit einem hirnrissigen Text, der ihm prompt ein Grinsen entlockte. Bei der Gelegenheit fiel ihm auch ein, dass er vor Isobels Tod mit dem Gedanken gespielt hatte, sich einen Oldtimer zuzulegen, in der Hoffnung, dass die Frührente leichter zu ertragen war, wenn er mit Autobasteleien und gelegentlichen Spritztouren beschäftigt war. Das hatte er über all den einschneidenden Veränderungen seit dem vergangenen Herbst vollkommen vergessen. Er könnte sich ja in Monaco einen schönen Wagen mieten und damit ein Stück an der Küste entlangfahren. Genau! Eine hervorragende Idee. Allerdings sollte er vielleicht lieber ein schnittiges Cabrio wählen als einen Oldtimer, der womöglich unterwegs liegen blieb. La Grande Corniche. Bestimmt hätte Joseph Addison das an seiner Stelle auch getan, natürlich auf einem Pferd oder in einer Kutsche. Timothy würde die Unternehmung lediglich an die heutigen Gegebenheiten anpassen.

Die heitere Titelmelodie des Films vergnügt vor sich hinsummend, stieg er in Nizza aus und begab sich zu dem Gleis, von dem der Anschlusszug nach Monaco abfuhr. Vergessen waren der sentimentale Charles Trenet und die Verwünschungen der Königin der Nacht. Die Planung seiner Spritztour bot die ideale Ablenkung. Im Hotel konnte man ihm bestimmt bei der Buchung eines Mietwagens helfen. Was sollte er nehmen? Einen BMW? Einen Mercedes? Nein. Es musste mindestens ein Lamborghini sein, oder ein Aston Martin – jedenfalls ein Wagen mit einem klingenden Namen, wie James Bond ihn fuhr. Aber kein Ferrari, die waren ihm seit jeher zu protzig gewesen.

Und dann sah er Francine vor sich, auf dem Beifahrersitz, mit Chiffonschal und Sonnenbrille, wie Grace Kelly vor all den Jahren ... Es war vergebliche Liebesmüh, sie vergessen zu wollen, damit würde er sich wohl oder übel abfinden müssen.

KAPITEL 17

Hôtel Hermitage, Monaco

Mai

Wir sind stolz darauf, unseren anspruchsvollen Kunden eine überragende Auswahl an exklusiven Jachten bieten zu können und garantieren eine effiziente und diskrete persönliche Betreuung für alle, die sich konkurrenzlose technische Ausstattung und unvergleichlichen Luxus leisten können.

Cockburn Yachts, Broschüre, 2016

„Nichts leichter als das", sagte der Portier des ehrwürdigen Hôtel Hermitage, als sich Timothy erkundigte, ob er ihm einen Leihwagen für einen Tagesausflug organisieren könne, und drückte ihm einen Prospekt mit einer Auswahl an Mietautos in die Hand. „Ich werde alles in die Wege leiten. Morgen früh steht der Wagen vor dem Hotel für Sie bereit – oder auch übermorgen, falls Ihnen das lieber ist."

Timothy ließ sich in einer Ecke der Terrasse nieder, von der aus man einen fantastischen Blick auf die schnittigen Superjachten im kleinen, hufeisenförmigen Hafen von Monaco hatte, und studierte die geschmackvoll gestaltete Broschüre. Also: Bentley, Lamborghini oder Aston Martin? Dann kamen ihm Zweifel, nicht zuletzt aufgrund der Preise in der rechten Spalte. Vielleicht war das doch etwas übertrieben. Er sollte es lieber bleiben lassen, zumal er eine derartige Erfahrung zu gern mit jemandem geteilt hätte.

Er ließ den Prospekt sinken und hob die Sonenbrille etwas

an, um die Aussicht auf den verschwenderischen Reichtum im Hafen besser genießen zu können. Das waren keine bescheidenen Segelboote, sondern riesige Motorjachten mit Horden von Angestellten, die meisten davon junge Frauen, die – mit eng geschnittenen Poloshirts und sehr knappen Shorts bekleidet – offenbar den lieben langen Tag damit beschäftigt waren, ihren ohnehin bereits blitzblanken Arbeitsplatz vom Bug bis zum Heck auf Hochglanz zu polieren. Einige dieser Schiffe hatten vier oder fünf Decks und waren nicht nur mit Pool, Jaccuzi und Hubschrauberlandeplatz ausgestattet, sondern auch mit überdachten Essbereichen, die größer waren als die Hotelterrasse, auf der er gerade saß. Seite an Seite ankerten diese Ungetüme dort im tiefblauen Wasser am Fuße der felsigen Abhänge, über die sich Monte Carlo erstreckte und an denen die Häuser und Hotels so peinlich genau übereinandergestapelt waren wie Äpfel am Stand eines Obsthändlers.

Timothy seufzte tief, dann nippte er an dem eiskalten Bier, das ihm ein Kellner serviert hatte, und dabei tat er einen Schwur: Jetzt war endgültig Schluss mit den ständigen Schuldgefühlen. Er hatte sein Leben lang hart gearbeitet. Er war seiner Frau treu gewesen und hatte seine Kinder nach bestem Wissen und Gewissen großgezogen. Und nun ließ er es eben einmal ordentlich krachen. Na und? Was hatte das Leben denn für einen Sinn, wenn ein mehr oder weniger ungebundener Mann wie er heutzutage nicht ein bisschen Spaß haben und selbst bestimmen durfte, wofür er sein Geld ausgab?

Er hob sein Glas, um einer unsichtbaren höheren Macht zuzuprosten und beglückwünschte sich zu seinem Beschluss, wohl wissend, dass derart tief greifende Veränderungen nicht über Nacht vollzogen wurden. Aber immerhin hatte er sich mit dem Thema jetzt endlich einmal auseinandergesetzt.

Allmählich brach die Dämmerung herein. Es würde noch ein paar Stunden dauern, bis es dunkel wurde, aber der zartrosa gefärbte Himmel über dem Mittelmeer kündete bereits von der bevorstehenden Nacht – seine erste Nacht an der Riviera. Vor dem Abendessen wollte er noch einen kurzen Spaziergang unten am Hafen machen und sich die Jachten aus der Nähe ansehen. Im Moment gab es besonders viele tolle Exemplare zu bestaunen, denn in einer Woche fand in Monaco der Grand Prix statt. Ein Grund mehr für Timothy, seinen Besuch hier nicht unnötig in die Länge zu ziehen. Das Formel-1-Rennen machte sich auch bei den Auslastungsquoten der Hotels bemerkbar – er verdankte sein Zimmer nur dem Umstand, dass jemand storniert hatte.

Bis jetzt war ihm das Schicksal hold gewesen. Paris hatte seine kühnsten Erwartungen übertroffen und ihn überdies dazu angeregt, wieder mit dem Malen anzufangen, ganz zu schweigen vom größten Glück überhaupt, der Begegnung mit Francine. Er leerte sein Bierglas und ging auf sein Zimmer, um sich umzuziehen, und dann zog er los, um Monte Carlo bei Sonnenuntergang zu erkunden und die Reichen und Schönen in Aktion zu beobachten.

Bei seinem Spaziergang im Hafen musste er alle paar Meter anhalten, so sehr faszinierte ihn der Anblick der Jachten. Was mochte ein derartiges Prachtexemplar wohl kosten? Und wer konnte sich so etwas leisten?

Er passierte einen jungen Mann in dunkelblauem Sakko und ordentlich gebügelter weißer Hose, der am Fuße einer Passerelle aus Teakholz und glänzendem Chrom stand. Der Besitzer war das wohl nicht, denn er hatte ein Klemmbrett unter dem Arm und einen Stapel Broschüren in der Hand. *Wer nicht wagt …* Timothy fasste sich ein Herz und machte kehrt.

„Einen wunderschönen guten Abend", sagte er und rechnete halb damit, von dem geschniegelten jungen Burschen ignoriert zu werden.

Doch dieser erwiderte den Gruß sogleich. „Wirklich herrlich heute, nicht? Und laut Wetterprognose soll es morgen genauso schön werden." Seine Aussprache ließ darauf schließen, dass er eine elitäre Privatschule besucht hatte, was Timothy im ersten Moment überraschte, andererseits waren derartige Qualifikationen vermutlich die Grundvoraussetzung für eine Anstellung im obersten Marktsegment. Mit der Ausdrucksweise eines Straßenhändlers aus dem East End hatte man da bestimmt denkbar wenig Chancen.

„Das ist ja ein richtiges Prachtstück." Timothy deutete mit dem Kopf auf den glänzenden marineblauen Rumpf der Jacht, die hinter dem jungen Mann in den Himmel aufragte. Auf den drei stufenförmig angeordneten Decks in elegantem Milchweiß standen allenthalben Glastische und gepolsterte Sitzmöbel, gläserne Schiebetüren gewährten einen Blick in das luxuriöse Innere. Da und dort funkelten kleine Lichter, gerade so, als hätte eine Fee ihren Sternenstaub über der Jacht verstreut.

„Ja, nicht? Sie könnte Ihnen gehören, wenn Sie möchten, Sir", sagte sein Gegenüber und zwinkerte ihm vielsagend zu.

Timothy lachte und musterte den jungen Mann interessiert. Er sah aus, als wäre er Mitte zwanzig, allerhöchstens dreißig, und er stammte zweifellos aus gutem Hause, und doch war er hier in Monte Carlo, wo die Schickeria regierte, nur ein einfacher Verkäufer – wenn auch einer für ausgesprochen hochpreisige Güter. Sein Haar war frisch geschnitten, und das gestärkte weiße Hemd brachte seinen bronzefarbenen Teint hervorragend zur Geltung. Er hatte perfekte Manieren und wusste sich korrekt zu kleiden, wie es schien – die Manschetten ragten exakt einen Zentimeter aus den Ärmeln seines maßgeschneiderten Sakkos hervor.

„Und was müsste ich für dieses Schmuckstück hinblättern?“, erkundigte sich Timothy.

„Oh, das kann ich Ihnen leider nicht sagen, Sir.“

„Sie meinen, wer nach dem Preis fragt, kann sich so eine Jacht ohnehin nicht leisten?“

„Ganz recht.“ Der junge Mann warf einen kurzen Blick über die Schulter, dann zwinkerte er Timothy erneut zu und sagte lächelnd: „Dreißig Millionen Euro für Sie, Sir.“

„Gütiger Himmel!“

Jetzt kam der Angestellte allmählich in Fahrt, und da vorerst keine anderen Interessenten in Sicht waren, fuhr er fort: „Das Preis-Leistungs-Verhältnis ist unschlagbar, Sir. Manche dieser Jachten kosten über hundert Millionen. Für die teuerste, die ich bis jetzt verscherbelt … ich meine, verkauft habe, musste der neue Besitzer hundertfünfzig Millionen hinblättern.“

„Und wie lange hat man so eine Jacht dann für gewöhnlich? Ich meine, verlieren diese Schiffe nicht rasend schnell an Wert?“, fragte Timothy.

Sein Gegenüber nickte eifrig, sichtlich erfreut darüber, einen so wissbegierigen Zuhörer gefunden zu haben. „Die Leute, die sich solche Prestigegüter leisten können, zerbrechen sich wegen Kinkerlitzchen wie Wertverlust und dergleichen nicht den Kopf. Nach zwei, drei Jahren kaufen sie sich eine neue Jacht – oder lassen sich gleich eine bauen. Die meisten sehen das nicht als Investition, sondern eher als Möglichkeit, Geld zu verpulvern. Immobilien und Investitionen haben sie schon mehr als genug. Eine Jacht ist der pure Luxus. Ein Statussymbol.“ Er zuckte die Achseln und fügte mit gedämpfter Stimme hinzu: „Auch wenn uns beiden das etwas befremdlich erscheinen mag.“

„Sie sagen es."

Der junge Mann hielt ihm die Hand hin. „Archie Bedlington, Agent für Cockburn Yachts."

„Timothy Gandy, Grafikdesigner im Ruhestand, auf dem Weg nach Florenz, Venedig und Rom."

„Ah, die Grand Tour."

„Genau." Timothy war erleichtert, seine Motive nicht näher erläutern zu müssen. „Es ist schön, mal jemanden kennenzulernen, dem die Grand Tour ein Begriff ist."

„Das haben wir in der Schule gemacht. Im Geschichtsunterricht durchgenommen, meine ich. Waren es nicht die Mitglieder der Dilettante Society, die durch Europa gereist sind, um sich kulturell weiterzubilden? Ich hatte keine Ahnung, dass es so was noch gibt."

„Nun, nicht offiziell, schätze ich. Ich wollte einfach seit jeher eine Europareise machen, und jetzt hat es sich umständehalber endlich ergeben. Monaco ist meine zweite Etappe. Davor war ich in Paris, und nächste Woche geht es weiter nach Italien."

„Klingt wundervoll. Da wünsche ich Ihnen viel Glück." Archie warf einen Blick auf seine Armbanduhr, ein teures Modell von Cartier. „So, Feierabend. Ich hab mir mal wieder vollkommen vergeblich die Beine in den Bauch gestanden."

„Sie meinen, jemand hat einen Besichtigungstermin mit Ihnen vereinbart und ist nicht aufgetaucht?"

„Genau. Sie glauben gar nicht, wie oft mir das passiert." Er zuckte die Schultern. „Meine Kunden sind sehr beschäftigt, müssen Sie wissen. Sie haben furchtbar viel zu tun", fügte er mit einem ironischen Grinsen hinzu.

„Kann ich mir vorstellen." Timothy ließ den Blick über die Jacht wandern, die auf den Namen Odyssey getauft war. „Man kann sehr viel Zeit mit Nichtstun verbringen."

„Möchten Sie mal kurz an Bord gehen?“, fragte Archie.

„Ich?“

„Ja. Sie scheinen ein ganz respektabler Bursche zu sein, und ich habe gerade nichts zu tun, außer in einer Bar ein kaltes Bier nach dem anderen zu kippen. Außerdem wäre es eine gute Übung für mich, ich habe nämlich erst vor ein paar Wochen angefangen. Sie könnten den kritischen potenziellen Kunden mimen, wobei Sie unter uns gesagt eine Spur zu gebildet klingen. Nuscheln Sie gelegentlich ein bisschen, dann ist es authentischer. Und bitte seien Sie möglichst pingelig, Mr. Gandy. Nörgeln Sie rum, was das Zeug hält, selbst wegen der kleinsten Kleinigkeiten.“

Timothy lachte und folgte Archie über die eleganteste Laufplanke, die er je betreten hatte, und plötzlich erschien es ihm ziemlich lachhaft, dass er sich wegen seiner drei Nächte in einem Fünfsternehotel Vorwürfe gemacht hatte. Die Millionäre und Milliardäre, die sich hier tummelten, gaben ohne mit der Wimper zu zucken dreißig Millionen Euro für eine Superjacht aus!

Die Besichtigungstour war eine Offenbarung. Die Kabinen – Archie nannte sie „Suiten“ – waren regelrechte Prunkgemächer. Jede einzelne war mit einem riesigen Bett und einem eigenen Bad ausgestattet. In den Bädern herrschte eine opulente Mischung aus Marmor und Spiegeln – überhaupt war hier alles verspiegelt: Türen und Wände, teils sogar die Decke! Die Lackmalerei und Einlegearbeiten an den Türen zeugten, wie Timothy zugeben musste, von großem handwerklichen Geschick, wenngleich er persönlich einen etwas schlichteren Stil bevorzugte.

Auch im Salon (den man laut Archie auf keinen Fall als Wohnzimmer bezeichnen durfte) dominierten glatte, glänzende Oberflächen; zwischen den zahlreichen cremeweißen Ledersofas und Fauteuils standen Beistelltische aus Messing und Glas. Eine große, natürlich blitzblank polierte Tafel war für ein Abendessen gedeckt, das heute wohl nicht mehr serviert werden würde, nicht ein einziger Fingerabdruck verunzierte Porzellan, Gläser oder Besteck. In diversen Vitrinen an den Wänden standen Keramiken und Skulpturen, die laut Archie beim Kauf mit übernommen werden konnten.

Das i-Tüpfelchen war jedoch der gigantische Kristalllüster, der über der zentralen Treppe hing. Er ging über drei volle Etagen, und der Gesamteindruck war zwar nicht ganz nach Timothys Geschmack, aber unleugbar spektakulär.

Mit Einbruch der Dunkelheit schalteten sich an Bord noch mehr Lichter ein – hier ein paar funkelnde Deckenstrahler, dort einige strategisch platzierte Lampen, ja, selbst der Whirlpool auf dem Oberdeck war beleuchtet und nahm sich vor dem noch warmen, dunklen Teakholz aus wie ein großer, türkis schimmernder Halbedelstein.

„Was ist mit den Motoren?", fragte Timothy.

„Oh, die wollen nicht viele Interessenten sehen. Folgen Sie mir." Archie führte ihn mehrere Treppen aus rostfreiem Stahl in den Schiffsbauch. Auch hier war alles blitzsauber, obwohl sich doch garantiert so gut wie nie ein Besitzer oder Besucher hierher verirrte.

Selbst im riesigen Maschinenraum schimmerte und glänzte alles.

„Ich komme mir vor wie in einem Operationssaal", bemerkte Timothy.

„Wenn Sie einen OP an Bord haben wollen, sollten Sie sich die Jacht nebenan ansehen. Die kostet allerdings deutlich mehr, nämlich fünfundachtzig Millionen Euro."

Nicht zum ersten Mal blieb Timothy der Mund offen stehen. Er war schlicht überwältigt in Anbetracht von so viel Extravaganz, Pomp und Prasserei.

„Sie sind aber nicht besonders kritisch, Sir“, zog Archie ihn auf. „Es muss doch irgendetwas geben, das Ihnen missfällt.“

„Na ja, die Farbe der Handtücher im Bad der Master Suite ist nicht ganz mein Fall. Ich war noch nie ein Fan von Lila.“

„Keine Sorge, Sir, die lasse ich bis morgen austauschen, kostenlos natürlich.“

„Wie großzügig“, murmelte Timothy.

Sie beendeten ihre Tour auf dem Oberdeck, nachdem sie noch den Fitnessraum, das Kino, die Bordküche und sogar das Quartier der (achtköpfigen) Crew besichtigt hatten. Letzteres wirkte zwar verglichen mit den Räumlichkeiten, die dem Besitzer und seinen Gästen vorbehalten waren, eher spartanisch, aber jeder Normalsterbliche hätte diese Art der Unterbringung vermutlich als luxuriös, wenn auch eine Spur beengt, bezeichnet.

„Und wie läuft das mit den Angestellten?“, erkundigte sich Timothy.

„Die können wir Ihnen gern vermitteln“, versicherte ihm Archie. „Sie sind alle in Vollzeit beschäftigt, die Gehälter belaufen sich insgesamt auf eine Summe von einer Viertelmillion Dollar jährlich. Zur Reduzierung der Kosten vermitteln wir Ihnen gerne Leute, die die Odyssey chartern, während Sie sie nicht nutzen, falls Sie das wünschen. Aber nur die wenigsten Besitzer haben gern fremde Menschen an Bord.“

Timothy schüttelte den Kopf. „Erstaunlich“, murmelte er.

„Hier.“ Archie hielt ihm eine großformatige Hochglanzbroschüre hin, die neben Skizzen von den Grundrissen der diversen Decks auch zahlreiche Farbfotos von den imposantesten Suiten enthielt. Die Bilder zeigten die Odyssey außerdem auf hoher See und in einer azurblauen karibischen Lagune, umgeben von ihren „Toys“, darunter zwei Jetskis, ein kleines Motorboot und weiterer Firlefanz, mit dem sich der neue Besitzer und seine Gäste vergnügen konnten.

„Ähm, danke … Ich hoffe, Sie erwarten jetzt nicht, dass …"

Archie schüttelte den Kopf. „Nur ein kleines Andenken. Es ist schön, die Jacht zur Abwechslung mal jemandem zu zeigen, dem das alles wirklich imponiert und der die handwerkliche Meisterleistung der Ausstatter bewundert. Die meisten Interessenten sind ehrlich gesagt ziemlich verwöhnt und schwer zu beeindrucken."

Sie begaben sich zur Passerelle, die nun beleuchtet war, wohl um etwaigen beschwipsten Passagieren im Dunkeln ein sicheres Aussteigen zu ermöglichen.

„Und den Rest des Abends verbringen Sie in einer Bar, und morgen stehen Sie dann wieder hier, in der Hoffnung, potenzielle Käufer herumführen zu dürfen?", fragte Timothy.

„Genau. Darf ich Sie vielleicht auf ein Bier einladen, zum Dank dafür, dass Sie sich als Übungsobjekt zur Verfügung gestellt haben?"

„Aber nein, das ist wirklich nicht nötig."

„Sie würden mir damit einen Gefallen tun. Ich könnte dringend noch etwas zivilisierte Gesellschaft gebrauchen."

Timothy wollte den freundlichen jungen Mann nicht enttäuschen, also willigte er ein und ging mit ihm in eine nahe gelegene Bar. Dort herrschte allerdings ein fürchterliches Gedränge, und der Lärm machte jede Unterhaltung praktisch unmöglich. Schon nach ein paar Minuten gaben sie lachend auf.

Timothy schüttelte ungläubig den Kopf. „Haben Sie schon gegessen?", schrie er.

„Nein, ich –"

„Dann kommen Sie doch zum Abendessen in mein Hotel, als kleines Dankeschön für die interessante Besichtigungstour. Ich wohne im Hermitage."

„Du liebe Zeit!“, stieß Archie hervor. „Wahrscheinlich könnten Sie sich diese Jacht ja doch leisten.“

„Wenn ich erst die Hotelrechnung bezahlt habe, ganz sicher nicht mehr“, entgegnete Timothy. „Dabei bleibe ich nur drei Nächte. Also, wie wär's so gegen neun? Ich habe einen Tisch auf der Terrasse reserviert. Es ist bestimmt kein Problem, wenn Sie mir Gesellschaft leisten.“

Archie fand sich wie erwartet pünktlich um fünf vor neun in der Hotellobby ein. Statt dem schicken Blazer und der weißen Bundfaltenhose trug er nun eine hellbraune Stoffhose und ein weißes Leinenhemd, über seinen Schultern hing ein rosaroter Kaschmirpullover. Timothy konnte den dezenten Duft seines exklusiven Rasierwassers ausmachen, als er ihn begrüßte und auf die Terrasse führte. Die elfenbeinweißen Leinendecken auf den Tischen dort flatterten leicht in der warmen Brise.

„Sollen wir schon mal etwas trinken?“

„Gern.“

„Noch ein Bier?“, fragte Timothy. „Diesmal mit Unterhaltung.“

„Was nehmen Sie?“

„Ich werde meine Ankunft an der Riviera mit einer Margarita feiern. Sind Sie dabei?“

„Also gut, wenn Sie meinen …“

„Es geht doch nichts über einen belebenden Drink nach einem anstrengenden Tag, der Ansicht war schon P.G. Woodhouse. Schließlich habe ich eine lange Zugreise hinter mir, und Sie wurden von einem potenziellen Kunden versetzt.“

„So was kommt vor. Ich habe gelernt, es mir nicht zu Herzen zu nehmen.“

Sie nahmen an dem Tisch Platz, den man ihnen zugewiesen

hatte, und es dauerte nicht lange, da brachte ihnen der Kellner ihre Cocktails und zwei große Speisekarten.

Timothy hob sein Glas. „Auf Sie – und einen erfolgreichen Verkaufstag morgen."

„Ich mache mir keine allzu großen Hoffnungen." Archie trank einen Schluck und stellte das Glas ab. „Ah, das tut gut."

„Wie kommt es eigentlich, dass Sie in Monte Carlo Jachten verkaufen? Ich meine, diese Tätigkeit ist doch etwas ungewöhnlich für einen jungen Mann, der auf einer Privatschule war."

Archie lächelte. „Ist das so offensichtlich?"

„Nein, ehrlich gesagt, habe ich nur geraten. Ich hoffe, Sie nehmen es mir nicht übel."

„Sie liegen durchaus richtig. Stowe. Auf der Uni habe ich dann gekniffen. Es war irgendwie nicht das Richtige für mich. Ich bin kein Akademiker, und Prüfungen sind nicht so mein Fall. Dafür bin ich recht gesellig. Ich bin ein Jahr durch Afrika gereist und habe diverse gemeinnützige Projekte unterstützt. Als ich wieder zu Hause war, habe ich mich auf Arbeitssuche gemacht. Ich habe in einige Branchen reingeschnuppert und alles Mögliche ausprobiert, vom Immobilienmakler bis zum PR-Fuzzi, bis mir schließlich ein alter Schulfreund eine Stelle in seinem Familienimperium angeboten hat." Er zuckte die Achseln, als wollte er sagen „Tja, und hier bin ich nun ..." und nippte erneut an seiner Margarita. „Und was ist mit Ihnen, Mr. Gandy? Wie kommt es, dass Sie Zeit für derart ausgedehnte Reisen haben? Für einen Rentner kommen Sie mir reichlich jung vor."

Timothy bedankte sich für das offensichtlich vollkommen ernst gemeinte Kompliment und begann, zu erzählen. Um Knappheit bemüht, schilderte er, was ihn bewogen hatte, auf Wanderschaft zu gehen, erwähnte, dass er wieder angefangen hatte zu malen und deutete auch an, dass zumindest zwei seiner Kinder wegen seines „tollkühnen“ Unterfangens an seiner geistigen Gesundheit zweifelten. Archie äußerste sich mitfühlend – wie es schien, hatte auch er schon die Erfahrung gemacht, dass man seine Pläne und Vorstellungen hin und wieder auch gegen den Widerstand anderer Familienmitglieder durchsetzen musste.

„Sie sollten sich hier niederlassen“, bemerkte er.

„Ha! Was für eine Vorstellung …“ Timothy ließ bewundernd den Blick über das glitzernde nächtliche Monte Carlo wandern. Auf den hell erleuchteten Jachten im Hafen unter ihnen steppte bereits der Bär. „Gefällt Ihnen Ihr Leben hier?“, fragte er. „Ich meine, verkaufen Sie gern Jachten?“

„Nun, ich habe erst vor Kurzem damit angefangen, aber es ist definitiv besser, als in Fulham Immobilien zu verhökern, schon weil es in Monaco wärmer ist. Dafür ist die Klientel deutlich … schwieriger.“

„Wie viele Jachten haben Sie denn bis jetzt verkauft?“

„Zwei.“

„Bloß?“

„Keine große Ausbeute auf den ersten Blick, ich weiß, aber in den meisten Fällen müssen wir eine Menge Überzeugungsarbeit leisten, bis der potenzielle Käufer zu dem Schluss kommt, dass wir genau die richtige Jacht für ihn haben. Es kann Wochen, Monate, manchmal sogar Jahre dauern, bis der Deal zustande kommt. Es ist eine Herausforderung, aber ich finde es sehr befriedigend, einen reichen Mann dazu zu bringen, dass er sich von einem ordentlichen Batzen Geld trennt.“

„Sind die Käufer überwiegend männlich?“

„Fast ausschließlich. Und die meisten haben sich ihre Kohle hart erarbeitet und sind sehr darauf bedacht, sich nicht über den Tisch ziehen zu lassen. Man muss sich ihr Vertrauen erarbeiten und ihnen suggerieren, dass es ein richtig gutes Geschäft ist. Was abgesehen davon auch immer zieht, ist das Macho-Argument – jeder will unbedingt eine größere und neuere Jacht als seine Rivalen haben."

„Verstehe. Ich nehme mal an, in Ihrer Branche lernt man viele Leute kennen?"

„Allerdings. Ich könnte mich jeden Abend zum Essen oder in eine Bar einladen lassen oder meinerseits potenzielle Klienten auf Firmenkosten zum Essen ausführen, aber ich versuche, mich zurückzuhalten, meiner Leber zuliebe."

„Sehr vernünftig. Ich weiß es zu schätzen, dass Sie meinetwegen eine Ausnahme machen. Das ist alles ausgesprochen aufschlussreich für mich."

Der Kellner trat an den Tisch, um ihre Bestellung aufzunehmen, dann plätscherte die Unterhaltung weiter munter dahin. Während sie sich Muscheln, Räucherlachs und Lammkoteletts schmecken ließen, plauderten sie über Timothys Reisepläne und Archies Ambitionen. Es klang nicht danach, als hätte Archie vor, in nächster Zeit eine Familie zu gründen. Er hatte in den vergangenen Jahren einige Beziehungen gehabt, die jedoch allesamt nur ein paar Wochen gehalten hatten. Superjachten schienen einen beträchtlichen, wenngleich nicht allzu langlebigen Reiz auf das weibliche Geschlecht auszuüben, wobei nicht ausgeschlossen sei, dass aus einer seiner Bekanntschaften demnächst eventuell mehr würde, sagte er. Zugleich betonte er, vorerst sei er mit seinem Junggesellendasein ganz zufrieden. Seine Eltern seien gleichermaßen frustriert wie verblüfft über seine mangelnden Karrierepläne, mischten sie sich aber zumindest nicht in sein Leben ein – wohl, weil sie hofften, dass er früher oder später zur Vernunft kommen und sich sowohl eine feste Partnerin als auch einen Job in London suchen würde. Zurzeit sah es zwar nicht danach aus, aber Archie hielt es für das Beste, ihnen ihre Illusionen nicht zu rauben.

„Und was willst du machen, wenn du mal groß bist?", erkundigte sich Timothy beim Kaffee und zwinkerte ihm zu. Inzwischen waren sie übereingekommen, sich zu duzen.

„Keine Ahnung. Darüber muss ich noch ein Weilchen nachdenken", erwiderte Archie. „Ich bin ja erst sechsundzwanzig. Ich hab's nicht eilig. Ich möchte gern noch etwas mehr von der Welt sehen, ehe ich mich festlege. Am liebsten wäre mir ein Posten bei einer wohltätigen Organisation. Ich habe eine längere Zeit in einer Schule in Ghana gearbeitet, das war ganz schön hart und hat mir die Augen geöffnet. Jetzt brauche ich erst einmal ein bisschen Erholung, und zwar am anderen Ende des Spektrums. Wobei ich nach der Armut, die ich in Afrika erlebt habe, hin und wieder richtig schockiert bin in Anbetracht der Summen, mit denen hier jongliert wird. Wenn ich daran denke, wie vielen Menschen in Not man damit helfen könnte ..."

Er verstummte einen Augenblick, tief in Gedanken versunken. Dann erhellte sich seine Miene. „Aber ich möchte das Leben von seinen extremen Seiten kennenlernen. Ich glaube, das wird mich reifen lassen und mir bei der Entscheidung, was ich später machen soll, helfen. Ich möchte gern etwas bewirken. Aber erst möchte ich mich wie gesagt noch ein bisschen belohnen, so wie du, schätze ich, auch wenn die Umstände anders gelagert sind als bei dir. Ich würde mir zwar gelegentlich niveauvollere Gesellschaft wünschen, aber ich werde fürstlich entlohnt, das Wetter ist toll, und mein Job fordert mich auf anregende Weise. Es ist eine Bestätigung, wenn es mir gelingt, meinen Kunden ein paar Millionen aus dem Kreuz zu leiern. Leisten können sie es sich. Wenn ich nur eine Jacht im

Monat verkaufe, ist das ein ganz ordentlicher Schnitt. Klingt alles etwas widersprüchlich, oder?“

„Es klingt für mich, als wüsstest du sehr genau, was du willst. Aber ich glaube dir gern, dass es schwierig ist, die Erfahrungen, die du in Afrika gemacht hast, mit all dem verschwenderischen Luxus hier in Einklang zu bringen.“

„Das ist es tatsächlich. Interessanterweise ist es hilfreich, wenn ich an die unzähligen Leute denke, die diese Jachten gebaut haben. Die Käufer mögen Milliardäre mit mehr Geld als Geschmack sein, aber dank ihnen finden viele Menschen mit den unterschiedlichsten handwerklichen Fähigkeiten eine Arbeit – Schreiner und Elektriker, Monteuere und Schleifer ... Das ist nun mal der Lauf der Welt, so seltsam das auch sein mag. Selbst jemand, der mit Superjachten an sich nichts anfangen kann, muss zugeben, dass sie eine wichtige Rolle in der Weltwirtschaft spielen.“

„Stimmt, und sie sind richtige kleine Kunstwerke“, pflichtete Timothy ihm bei. „Nur eben unvorstellbar teure und geradezu absurd extravagante Kunstwerke.“ Er hatte von der Flasche Pauillac, die sie sich teilten, schon deutlich mehr intus als sein Gegenüber.

„Würdest du auf einer Jacht leben wollen?“, fragte Archie.

„Warum nicht? Eine Weile zumindest. Wobei ich auf lila Handtücher und überdimensionale Kronleuchter gut und gern verzichten kann und mir das süße Nichtstun früher oder später bestimmt zum Hals raushängen würde. Ich kann nicht den ganzen Tag tatenlos rumsitzen.“

„Meinst du, du könntest eine Jacht verkaufen?“

„Ganz sicher nicht. Niemals. Ich hätte keinen blassen Schimmer, was ich den Interessenten erzählen soll.“

„Du unterschätzt dich, glaube ich. Du kommst schnell mit Leuten ins Gespräch ...“

„Hm, danke."

„Das ist mein voller Ernst. Ich glaube, du würdest bei unseren begüterten Klienten sehr gut ankommen."

Timothy hob abwehrend die Hände. „Ich bin gar nicht auf Jobsuche! Aber danke für das positive Feedback. Ich wäre ein schauderhafter Verkäufer. In diesem Bereich fehlt mir jegliches Selbstvertrauen."

„Keilermethoden sind in unserer Branche ohnehin unerwünscht. Man muss lediglich sympathisch rüberkommen und ein bisschen Small Talk machen." Er zögerte. „Morgen um elf habe ich wieder einen Besichtigungsgtermin. Komm doch einfach vorbei. Du musst gar nicht viel sagen, einfach nur dabei sein. Es wird maximal zwei Stunden dauern, und ich würde mich über Verstärkung freuen."

„Ich glaube kaum, dass ich dir –"

„Sei einfach du selbst. Du musst gar nicht so tun, als wüsstest du über alles genauestens Bescheid. Weis einfach auf die handwerklichen Meisterleistungen hin, die du so bewundert hast. Und um das Bad mit den lila Handtüchern kannst du ja einen großen Bogen machen."

In dieser Nacht konnte Timothy eine ganze Weile nicht einschlafen. Durch das offene Fenster drangen selbst um diese Uhrzeit noch gelegentlich Gesprächsfetzen von der Terrasse herauf, unterbrochen vom Motorengeräusch vorbeifahrender Autos. Er lag im riesigen Bett seines opulenten Zimmers und fragte sich, ob er nun endgültig den Verstand verloren hatte. War er verrückt geworden, oder genoss er lediglich eine nie gekannte Freiheit? Wie lange konnte dieses Abenteuer noch gut gehen?

Was Francine wohl gerade tat? Wo mochte sie sein und mit wem? Lag sie wie er im Bett, in ihrer Wohnung in Paris, und fragte sich, was er so machte?

Immer wieder kreisten seine Gedanken um die Ereignisse der vergangenen Tage, bis ihm schließlich die Lider schwer wurden. Er schloss die Augen und glitt hinüber in einen tiefen, traumerfüllten Schlaf.

KAPITEL 18

Port Hercules, Monaco

Mai

Wenn ich höre, dass ein reicher Mann als schillernde Figur beschrieben wird, dann heißt das für mich, er ist ein Faulpelz mit Geld.

Jimmy Cannon, New York Post, 1955

Auch tags darauf, als Timothy vor der blitzblanken Laufplanke der Odyssey stand und sich in Erinnerung rief, dass man dazu Passerelle sagte, fragte er sich, worauf um alles in der Welt er sich da eingelassen hatte. Er hätte jetzt auch mit einem Aston Martin oder Lamborghini über die Grande Corniche brausen können ... wobei er diesbezüglich nach wie vor unentschlossen war und wegen der exorbitanten Kosten Skrupel hatte. Andererseits – und das war untypisch für ihn – fand er es aufregend, zur Abwechslung einmal etwas Verrücktes zu tun. Er hatte ja nichts zu verlieren. Er musste nur er selbst sein, und wenn er gefragt wurde, was er hier wollte, sollte er sich einfach als Berater ausgeben, hatte Archie gesagt.

Dass er keinen blassen Schimmer von Jachten hatte, tat offenbar nichts zur Sache. Wichtig war nur, dass er gelassen blieb und sich um ein höfliches, freundliches Auftreten bemühte.

Von Monaco hatte er bisher zwar noch nicht allzu viel gesehen, aber der Hafen lag schließlich im Zentrum des Fürstentums, und in ein paar Stunden würde er den Prinzenpalast oben auf dem Felsen und den Botanischen Garten besichtigen, und danach würde er sich um den Mietwagen kümmern.

Seine Gedankengänge wurden von Archie unterbrochen, der auf der anderen Seite der Passerelle stand. „Ich habe dir noch gar nicht erzählt, wen wir herumführen."

„Nein." Timothy fühlte sich wie ein Schuljunge, der seine Umwelt zum Narren gehalten hat und im Begriff ist, vom Direktor entlarvt zu werden.

Archie warf einen Blick auf sein Klemmbrett. „Mr. und Mrs. Ballantyne aus Aberdeen. Er handelt mit Gebrauchtwagen. Ist vor dreißig Jahren ins väterliche Unternehmen eingestiegen und hat Filialen im gesamten Südosten von England eröffnet."

„Ein Missionar", murmelte Timothy.

„Wie bitte?"

„Na, ein Schotte, der den Leuten im Süden demonstriert, wie man zu Geld kommt. Sag mal, woher weißt du das alles? Rufen dich diese Leute vorab an und sagen ‚Tag, ich heiße Ballantyne und kann mir Ihre Jacht leisten, weil mir eine Reihe von Gebrauchtwarenhandlungen in Südengland gehört'?"

Archie schüttelte den Kopf. „Wir stellen im Vorfeld ein paar Nachforschungen an, um die Kandidaten auszusortieren, mit denen wir nur unsere Zeit verschwenden würden."

„Und Mr. Ballantyne kann sie sich leisten? Die Odyssey, meine ich."

„Durchaus. Er hat mehrere Hundert Millionen auf der hohen Kante."

Timothy pfiff anerkennend. „Und was soll ich machen? Ich meine, wo soll ich mich platzieren?"

Archie lachte. „Wo immer du willst. Rück ihnen nicht zu sehr auf die Pelle, bedräng sie nicht … Ich weiß schon, das würdest du ohnehin nicht tun. Plauder einfach ein bisschen mit ihnen und mach sie bei Gelegenheit auf die Qualität der Ausstattung aufmerksam."

Timothy nickte. „Alles klar. Und wenn es ans Eingemachte geht, werde ich mich vornehm im Hintergrund halten. Ich möchte dich auf keinen Fall bei der Arbeit behindern."

„Keine Sorge, sollte es tatsächlich so weit kommen, was ich ohnehin bezweifle, werde ich mich mit Mr. Ballantyne in das Herrenzimmer neben dem Salon zurückziehen. Wahrscheinlich sagt er, dass er es sich noch überlegen muss und mich anrufen wird. Das Wichtigste ist, dass sie sich wohlfühlen. Der Steward hat Laurent Perrier kühl gestellt. Das sollte sie in Kauflaune versetzen."

Timothy wollte sich gerade erkundigen, ob er schon mal einschenken sollte, da waren auf dem Steg zwischen den stattlichen Motorjachten schwere Schritte zu vernehmen. Die potenziellen Käufer waren im Anmarsch.

Mr. Ballantyne war Mitte fünfzig, wog knappe hundert Kilo und erinnerte mit seiner bulligen Statur an einen Rugbyspieler. Genau so ging er auch: breitbeinig, großspurig, von einer Seite zur anderen schwankend. Seine Waden waren ungefähr so dick wie Timothys Oberschenkel, sein kahlrasierter Kopf glänzte in der Sonne, und seine Miene glich der einer Bulldogge, die gerade eine Wespe verschluckt hat. Er war zu stark parfümiert, und er trug ein marineblaues Poloshirt, das über seiner breiten Brust und den ebenso breiten Schultern spannte, und dazu knielange Bermudashorts in Knallrosa sowie Wildledermokassins in derselben Farbe.

Mrs. Ballantyne, eine kurvige Blondine Mitte dreißig, sah aus, als wäre sie geradewegs einer der frivolen Fünfzigerjahre-Postkarten von Donald McGill entsprungen. Das Dekolleté ihres türkisfarbenen Badeanzugs setzte ihre beträchtliche Oberweite hervorragend in Szene, dazu trug sie wie ihr Mann knallrosa Shorts, die allerdings femininer geschnitten waren. Sie hatte eine große geblümte Badetasche dabei, gerade so, als wäre sie auf dem Weg zum Strand. Timothy versuchte ein Grinsen zu unterdrücken, während sie in ihren atemberaubend hohen Riemchensandalen etwas wackelig über den Steg trippelte. Für ihre hochtoupierte und von einem rosa Chiffonschal zusammengehaltene Frisur hatte sie morgens zweifellos eine ganze Weile vor dem Spiegel gestanden. An ihren gebräunten Armen klimperten haufenweise goldene Armreifen, an ihrer Halskette baumelte ein Anhänger von Tiffany. Eine mit Strasssteinen verzierte Sonnenbrille von Bulgari vervollständigte den Look.

Timothy riskierte einen Blick zu Archie, der es jedoch tunlichst vermied, ihn anzusehen.

„Mr. Ballantyne?"

„Der bin ich."

Die beiden schüttelten sich die Hand.

„Mrs. Ballantyne?"

Die Frau schob sich kichernd die Sonnenbrille ins Haar. „Hallöchen! Schön, Sie kennenzulernen. Sie müssen Archie sein."

„Ganz recht."

Auch Mr. Ballantyne nahm nun die Sonnenbrille ab und hakte sie mit dem Bügel in den Ausschnitt seines Poloshirts. Dann musterte er Archie von Kopf bis Fuß, deutete mit dem Kopf auf die Odyssey und brummte mit missmutiger Miene: „Das ist sie also."

„Ja, das ist sie", bestätigte Archie mit einer schwungvollen Geste, um ihm die majestätische Jacht zu präsentieren. „Und das ist mein Kollege Timothy. Wir werden Ihnen gemeinsam die Jacht zeigen."

Timothy streckte Mr. Ballantyne etwas nervös die Hand hin, und als dessen Pranke seine Finger zusammenquetschte, fragte er sich unwillkürlich, ob er damit wohl je wieder einen Pinsel würde halten können.

Mrs. Ballantynes Händedruck glich dafür dem einer Wasserleiche. „Tagchen! Sehr erfreut“, flötete sie.

„Sollen wir gleich mal an Bord gehen?“, schlug Archie vor.

„Uns wird wohl nichts anderes übrig bleiben, oder? Über die Laufplanke hier?“

Archie nickte. „Die Passerelle“, korrigierte er.

„War ja klar, dass Sie ’nen gestelzten Ausdruck dafür haben … Obwohl Sie mir nich aussehen wie ’n Jachtbesitzer.“ Ballantyne bohrte Archie unsanft den fleischigen Zeigefinger in die Rippen. Das gab garantiert einen hübschen blauen Fleck. „Ich hab mir mit neunzehn meinen ersten Ferrari zugelegt, Freundchen. Da sagen Sie nichts mehr, was?“

Damit betrat er entschlossen die Passerelle, die unter seinem Gewicht nach drei Schritten derart zu schwanken begann, dass seine Göttergattin und Archie, die hinter ihm gingen, beinahe ins Hafenbecken katapultiert wurden und Mrs. Ballantyne mit einem leisen „Huch!“ das Geländer umklammerte.

Timothy, der das Schlusslicht bildete, massierte sich unauffällig die Hand, um die Blutzirkulation wieder in Gang zu bringen. Wenn man die beiden so sieht, käme man nicht auf den Gedanken, dass sie steinreich sind, dachte er. Mrs. Ballantyne trug zwar auffälligen Schmuck, der jedoch keinen sonderlich wertvollen Eindruck machte. *Tja, auch Multimillionäre waren eben nur Menschen wie du und ich – zwei Arme, zwei Beine und diverse Vorlieben und Neigungen.*

Mr. Ballantyne winkte ab, als ihm der junge Steward, der an der Tür zum Salon stand, Champager anbot, Mrs. Ballantyne dagegen nahm das Glas Laurent Perrier mit den Worten „Schönen Dank, Schätzchen!“ entgegen und ließ, während sie daran nippte, den Blick über die feudale Inneneinrichtung wandern. „Sehr schick, nicht, Trevor? Wunderhübsch, diese Kissen.“

Mr. Ballantyne verdrehte die Augen und wandte sich an Archie: „Haben Sie vielleicht 'n Bierchen, Kumpel? Ich bin am Verdursten."

Archie nickte dem Steward zu, dieser verschwand unverzüglich und kehrte gleich darauf mit einem frisch gezapften Bier zurück.

„Ich hoffe mal, es ist kalt", brummte Ballantyne und nahm das Bleikristallglas mit der schäumenden Flüssigkeit entgegen, verschmähte jedoch die dazu gereichte Serviette. Er trank einen großen Schluck und stieß einen zufriedenen Seufzer aus.

„Sie kommen aus Aberdeen?", erkundigte sich Timothy.

„Ursprünglich ja."

„Ach, Sie wohnen nicht mehr dort?"

„Mein alter Herr ist aus Schottland, aber wir sind nach Essex gezogen, als ich fünf oder sechs war. Man muss schließlich expandieren." Er deutete auf seine Frau. „Da haben wir uns kennengelernt."

„Verstehe."

„Damit eines klar ist, bevor Sie loslegen: Ich lass mich nicht so leicht in die Tasche stecken. Ich weiß, was ich will, und ich hab kein Geld zu verschenken. Sie werden mir alles haarklein erzählen, von der Motorenkapazität und der maximalen Fahrtgeschwindigkeit über die laufenden Kosten für die Besatzung bis hin zum wöchentlichen Klopapierverbrauch. Haben wir uns verstanden?"

„Jawohl", entgegnete Archie mit bemerkenswerter Gelassenheit, wie Timothy fand.

„Gut. Wo fangen wir an?"

Archie schaltete auf Verkäufermodus, und seine unaufdringlich informativen, genau auf den potenziellen Käufer zugeschnittenen Ausführungen kamen so überzeugend rüber, dass sich Timothy ein- oder zweimal bei dem Gedanken ertappte, ob er nicht doch selbst in die Odyssey investieren sollte. Dann fiel ihm wieder ein, warum er hier war – er sollte dekorativ herumstehen, möglichst oft lächeln und sicherstellen, dass sich die Ballantynes wie zu Hause fühlten.

Archies sorgfältig ausgearbeitete Tour zielte darauf ab, die Jacht von ihrer Schokoladenseite zu präsentieren und mit allerlei überraschenden oder bemerkenswerten Details aufzuwarten. Timothy entging nicht, dass sich Mrs. Ballantyne gelegentlich von ihnen entfernte und um eine Ecke spähte oder eine Schranktür öffnete. Das schien eine unter Ehefrauen weit verbreitete Angewohnheit zu sein, wobei es offenbar keinen Unterschied machte, ob sie ein Haus besichtigten oder eine Jacht.

Im Esszimmer stellte sich Mr. Ballantyne, flankiert von Archie und Timothy, ans Fenster, um den Ausblick zu begutachten. „Was ist das?“, sagte er und deutete auf etwas in der Ferne.

Archie folgte seinem Blick in der Befürchtung, sein Klient könnte eine andere Jacht gesehen haben, die ihm interessanter erschien. Wie es der Zufall wollte, spähte Timothy just in diesem Moment über die Schulter und traute seinen Augen kaum, als er sah, wie Mrs. Ballantyne, die am Tisch stehen geblieben war, einen Salzstreuer aus massivem Silber und die dazugehörige Pfeffermühle unauffällig in ihrer Badetasche verschwinden ließ. Er wandte sich kurz ab und sah dann erneut zum Tisch. Kein Zweifel – sowohl der Salzstreuer als auch die Pfeffermühle fehlten.

Mrs. Ballantyne tat nun, als wäre sie in die Betrachtung eines großen Gemäldes vertieft, das über dem Sideboard an der Wand hing. „Wunderhübsch“, sagte sie leichthin, als sie Timothys Blick registrierte. „Ich mag Pferde. Sie auch?“

„Äh, ja“, stotterte er, weil er nicht wusste, was er sonst sagen oder tun sollte.

Sollte er durchblicken lassen, dass er sie bei dem Diebstahl beobachtet hatte? Nein, dann wäre garantiert die Hölle los. Er wollte Archie auf keinen Fall die Tour vermasseln. Vielleicht war Mrs. Ballantyne ja kleptomanisch veranlagt? Gut möglich, dass ihr Mann um das Problem wusste. Vielleicht aber auch nicht. Wie auch immer, die Angelegenheit war höchst verzwickt.

Timothy spürte, wie ihm der kalte Schweiß ausbrach. Er kramte sein Taschentuch heraus und tupfte sich damit über die Stirn.

„Ziemlich heiß heute", murmelte er.

„Tja, wir sind in Monte Carlo", erwiderte Mrs. Ballantyne etwas spöttisch.

Archie drehte sich um und schlug vor, als Nächstes die Suiten für die Gäste eine Etage tiefer zu besichtigen. „Wunderbar", flötete die Frau des Multimillionärs und ließ im Vorbeigehen prüfend den Finger über eines der polierten Sideboards gleiten. Die Tasche mit dem Diebesgut hielt sie fest an sich gedrückt.

Auf dem Weg zur Treppe überlegte Timothy fieberhaft, was er unternehmen sollte. Es war wohl das Beste, wenn er sich etwas zurückfallen ließ und Mrs. Ballantyne im Auge behielt, allerdings so, dass sie es nicht merkte. Wo waren eigenlich der Steward und seine Kolleginnen abgeblieben? Wahrscheinlich hatten sie die Anweisung erhalten, sich rarzumachen, damit sich die Käufer nicht eingeschüchtert fühlten oder angesichts ihrer bloßen Anwesenheit an die Personalkosten erinnert wurden.

Wie aufs Stichwort erkundigte sich Mr. Ballantyne mit seiner forschen Art, wie groß eigentlich die Besatzung der Odyssey sei, als Archie die beiden in eine Suite führte. Timothy positionierte sich derweil draußen im Korridor hinter einem Paravent aus grob geflochtenem Material, um durch die Löcher spähen zu können, ohne selbst gesehen zu werden. Und tatsächlich: Während sich Mr. Ballantyne drinnen mit Archie unterhielt, schlich seine Frau aus dem Schlafgemach zurück in den Korridor, wo auf einem Beistelltisch gegenüber dem Eingang zur Suite eine Glasfigur von Lalique stand, blickte flüchtig nach rechts und links und steckte sie in ihre Tasche.

Timothys Herz klopfte, als würde es gleich zerspringen. Was sollte er tun? Was konnte er tun?

Gleich darauf kamen auch die beiden Männer aus der Suite. Mrs. Ballantyne trat zu ihnen. „Hat was, nicht wahr, Trevor?", flötete sie.

„Ja, ganz nett", stimmte ihr Mann zu. „Die Einrichtung ist ein bisschen schäbig, aber ich nehme an, das eine oder andere kann man austauschen lassen?"

„Selbstverständlich", erwiderte Archie, ohne auch nur eine Spur Unterwürfigkeit oder Gereiztheit an den Tag zu legen.

Sie beendeten die Tour auf dem Sonnendeck, wo sich dann auch endlich wieder eine Stewardess blicken ließ. Die junge Frau deponierte zwei Silbertabletts mit Kaffee und Häppchen auf dem Couchtisch, der vor einer U-förmigen Wohnlandschaft mit marineblau und weiß gestreiften Bezügen stand, und schenkte ihnen ein.

Archie bedeutete Mr. Ballantyne, er solle Platz nehmen, worauf dieser seinen massigen Körper bereitwillig auf einem gepolsterten Fauteuil parkte und sich sogleich über die Canapés hermachte. „Gibt's nich noch 'n kaltes Bier, Schätzchen?", nuschelte er mit vollem Mund. „Archie und ich haben einiges zu besprechen." Die Stewardess lächelte und zog erneut los, um das gewünschte Erfrischungsgetränk zu holen. Mrs. Ballantyne fragte, ob sie sich „mal eben die Nase pudern“ dürfe, worauf Archie sagte: „Aber natürlich. Timothy, könntest du Mrs. Ballantyne zur Master Suite hinunterbringen?“

Timothy nickte. „Aber gern. Wenn Sie mir bitte folgen würden …“

Sie kicherte und ließ sich von ihm noch einmal unter Deck führen, wobei sie wie vorhin die Träger ihrer Umhängetasche umklammerte.

Und was nun? fragte sich Timothy, während er sie zur Master Suite geleitete und die Tür hinter ihr schloss.

Sie hatte mindestens drei Gegenstände von beträchtlichem Wert entwendet, wenn nicht noch mehr. Ihre Tasche wirkte deutlich voller als am Anfang der Tour, aber er schien der Einzige zu sein, der das bemerkt hatte. Archie würde es ihm wohl kaum danken, wenn er Stillschweigen bewahrte und ihn erst von den Diebstählen unterrichtete, nachdem die Ballantynes von Bord gegangen waren, denn dann bekäme seine Firma die gestohlenen Sachen vermutlich nicht wieder. Und was, wenn er Mrs. Ballantyne hier unten zur Rede stellte, wo sie allein waren? Wenn sie geständig war und ihm ihre Beute aushändigte, würde er vielleicht noch mal ein Auge zudrücken und sie laufen lassen. Andererseits durfte man diese diebische Elster eigentlich nicht ungeschoren davonkommen lassen. Und ganz abgesehen davon, stand zu befürchten, dass sie ihrem ohnehin ziemlich kritischen Ehemann davon abraten würde, die Odyssey zu kaufen.

Ihm blieb keine Zeit mehr, sich darüber den Kopf zu zerbrechen, denn schon öffnete sich die Tür und Mrs. Ballantyne trat heraus, ihre Tasche an sich gepresst. Ehe er auch nur ein Wort sagen konnte, sagte sie: „So, ab aufs Sonnendeck“ und marschierte zielstrebig zur Treppe.

Auf dem Weg nach oben klopfte sich Timothy unentschlossen mit der Hand auf den Oberschenkel, als würde ihm das beim Nachdenken helfen.

Als sie wieder bei Archie und Mr. Ballantyne angelangt waren, hob dieser den Kopf und fragte: „Na, was meinst du?“

„Ich find's wunderhübsch, Trevor. Eigentlich ist die Odyssey doch genau das, was wir suchen, nicht? Die Ausstattung ist sehr … ähm … exklusiv.“

Ihr Mann nickte. „Ja, schon, wobei wie gesagt einiges erneuert gehört.“

„Das Klo da unten war jedenfalls 'ne Wucht!“

Und diese Leute wollten Multimillionäre sein? Seltsam. Aber Archie hatte gesagt, dass die Agentur routinemäßig Erkundigungen über sämtliche Interessenten einholte, also musste wohl alles seine Richtigkeit haben.

Und dann kam Timothy die zündende Idee. „Mrs. Ballantyne, Sie sollten unbedingt noch den Whirlpool ausprobieren, während Mr. Bedlington und ich mit Ihrem Mann das Geschäftliche erledigen.“ Er deutete auf das mit blubberndem Wasser gefüllte Becken, das sich unmittelbar hinter ihnen befand. Auf dem Beistelltischchen daneben waren mehrere zusammengerollte Badetücher zu einer Pyramide aufgestapelt. „Wir haben ihn vorhin extra für Sie angeworfen, und inzwischen müsste das Wasser genau die richtige Temperatur haben.“

Archie musterte ihn konsterniert, Mrs. Ballantyne murmelte: „Ich weiß nicht recht …“

„Nur keine falsche Bescheidenheit.“ Timothy schnappte sich das oberste Frotteetuch und drückte es ihr in die Hand. „Das gehört alles zum Prozedere.“

„Oh …“

„Ganz recht, O für Odyssey.“ Timothy deutete auf das Monogramm. „Schick, nicht?“

„Aber …“ Mrs. Ballantyne zierte sich noch immer, und Archie hatte sichtlich Mühe, sich auf das Gespräch mit ihrem Mann zu konzentrieren. Er blickte Timothy leicht besorgt an, während dieser, an Mrs. Ballantyne gewandt, fortfuhr: „Den Badeanzug haben Sie ja bereits an, und hinterher können Sie unten in der Master Suite duschen.“ Allmählich kam er in Fahrt. „Alle ernsthaft interessierten Klienten sind der Ansicht, dass es nicht ausreicht, sich eine Jacht bloß anzusehen. Wer so viel Geld investiert, will die Ausstattung selbst testen, was ich absolut nachvollziehbar finde. Ganz unter uns gesagt, können Mr. Bedlington und ich auf den ersten Blick zwischen potenziellen Käufern und … wie soll ich es ausdrücken … Wichtigtuern unterscheiden. Ernst zu nehmende Klienten achten auf jedes noch so winzige Detail, genau wie Ihr Ehemann uns das mit seinen zahlreichen Fragen und Kommentaren demonstriert hat.“

Mrs. Ballantyne fühlte sich sichtlich unwohl in ihrer Haut, und Archie, der die Szene konzentriert verfolgte, war offenbar krampfhaft darum bemüht, die Contenance zu wahren. Vermutlich war er bereits zu dem Schluss gekommen, dass Timothy ein bisschen zu viel Sonne abbekommen hatte und fürchtete um sein Geschäft.

„Na gut, dann …“, murmelte Mrs. Ballantyne, worauf Timothy erneut das Wort ergriff.

„Die Umkleidekabine ist dort hinten, die schmale Tür links neben der gläsernen Schiebetür. Ich sage der Stewardess, sie soll Ihnen noch ein Glas Champagner bringen. Sie werden sehen, es gibt nichts Schöneres, als unter der Sonne der Riviera in einem Whirlpool zu sitzen und Laurent Perrier zu trinken.“

Nun war ihr Widerstand gebrochen. Sie erhob sich und stolzierte mit der Badetasche über der Schulter zur Umkleidekabine.

Archie warf Timothy einen warnenden Blick zu, darum bemüht, die Situation irgendwie zu retten. Zweifellos bereute er es bereits bitterlich, einen durchgeknallten britischen Frührentner an Bord geholt zu haben, der sich allem Anschein nach urplötzlich für einen begnadeten Verkäufer hielt.

Zwei Minuten später stöckelte Mrs. Ballantyne wieder an ihnen vorüber, diesmal mit einem Frotteetuch um die Hüften, unter dem zwei ausgesprochen wohlgeformte, gebräunte Beine hervorlugten. Sie stellte zögernd ihre Strandtasche auf den Tisch neben dem Beckenrand, legte das Badetuch daneben und stieg ins Wasser.

Ha! dachte Timothy triumphierend. Es war ihm tatsächlich gelungen, sie von ihrer Tasche zu trennen. Jetzt galt es, sorgfältig den nächsten Schritt zu planen. Inzwischen hatte Archie das Gespräch mit Mr. Ballantyne wieder aufgenommen und zählte noch einmal sämtliche Annehmlichkeiten der Odyssey auf, wohl in der Hoffnung, den Prozess der Entscheidungsfindung damit ein wenig zu beschleunigen. Vermutlich konnte er es kaum erwarten, das Ehepaar Ballantyne und vor allem Timothy wieder loszuwerden.

Mrs. Ballantyne, die nun hoheitsvoll im Whirlpool thronte, nahm das Glas Champagner, das man ihr reichte, und wirkte allmählich wieder etwas entspannter.

„Jetzt brauchen Sie nur noch ein paar Canapés, Mrs. Ballantyne." Timothy sprang auf und hörte, wie Archie verhalten stöhnte, als er sich das silberne Tablett mit den Räucherlachs- und Kaviarhäppchen schnappte und es Mrs. Ballantyne unter die Nase hielt.

„Oh, vielen Dank, sehr liebenswürdig", flötete sie sichtlich angetan und steckte sich einen der mit Kaviar gefüllten Mini-Blini in den Mund. Timothy drehte sich wieder um, wobei es ihm gelang, wie zufällig mit dem eckigen Griff des Silbertabletts an einem Träger ihrer geblümten Tasche hängenzubleiben, sodass diese vom Beistelltischchen kippte und direkt vor Archie auf das frisch geschrubbte Teakdeck plumpste.

Der Salz- und Pfefferstreuer und die Lalique-Figur kullerten heraus, und eine Sekunde lang schien die Welt stillzustehen. Dann überschlugen sich die Ereignisse. Mrs. Ballantyne erhob sich mit einem Schreckensschrei aus dem schäumenden Wasser des Whirlpools, während ihr Ehemann von seinem Sitzmöbel aufschoss und Archie in schönster Rugbymanier einen kräftigen Stoß versetzte, sodass dieser quasi einen Rückwärtssalto vollführte, der sein Weltbild im wahrsten Sinne des Wortes vollends auf den Kopf stellte. Eine junge Stewardess eilte herbei, um nachzusehen, was der Aufruhr zu bedeuten hatte, verzog sich jedoch beim Anblick von Mr. Ballantyne, der mit der Wucht eines Londoner Doppeldeckerbusses in voller Fahrt auf sie zukam, blitzartig wieder in den Salon.

Mrs. Ballantyne hatte derweil mit der Geschwindigkeit einer Gazelle und der mühelosen Eleganz eines Delphins einen Sprung aus dem Whirlpool vollführt und legte nach einem Satz über ihre nun leere Tasche einen olympiareifen Sprint ans andere Ende des Decks hin. Dort stellte sich ihr eine Angestellte in den Weg, die den Fitnessraum der Odyssey offenbar etwas öfter frequentierte als ihre Kollegin im Salon, worauf die Flüchtende kurzerhand über die Reling hechtete, mit einem Schrei in der Tiefe verschwand und, sobald sie wieder aufgetaucht war, zügig auf den am weitesten entfernten Bootssteg zukraulte.

Mr. Ballantyne schien kein so guter Schwimmer zu sein, möglicherweise scheute er den Sprung ins brackige Wasser des Hafenbeckens aber auch wegen seiner deutlich fülligeren Statur, jedenfalls suchte er zu Fuß das Weite.

Und da Archie zwar wieder auf den Beinen war, sich aber in den Trägern von Mrs. Ballantynes Tasche verheddert hatte, war Timothy der Einzige, der den Gauner noch stoppen konnte.

Er hatte schon früh erkannt, dass sich sein Mangel an Muskelmasse gelegentlich durch Schnelligkeit und Geistesgegenwart ausgleichen ließ. Wie ein Torero, der dem sich nähernden Stier ausweicht, trat er zur Seite, als wollte er Mr. Ballantyne ungehindert passieren lassen, stellte ihm allerdings im letzten Moment ein Bein und brachte ihn auf diese Weise zu Fall. Dann ließ er sich rittlings auf ihm nieder, angelte sich die Tasche, die Archie wütend beiseite gekickt hatte, und fesselte Ballantyne mit den Trägern die Hände hinter dem Rücken zusammen.

Dieser setzte sich zur Wehr, indem er kräftig mit den Beinen strampelte, wobei er Timothy mit der Ferse knapp über dem rechten Auge traf.

Archie eilte herbei und setzte sich auf Mr. Ballantynes Beine, um weitere Attacken zu unterbinden, was dem besiegten Bösewicht eine ganze Reihe unflätiger Ausdrücke entlockte.

Und da saßen sie dann und sahen sich mit weit aufgerissenen Augen an, während die beiden Stewardessen über den Bootssteg stürmten, um die Polizei zu holen und eine Kirchenglocke in der Ferne zwölf Uhr Mittag schlug.

KAPITEL 19

La Grande Corniche, Monaco

Mai

Komm, wir holen die Karre und wienern die Felgen,
da geraten gleich alle bei ihrem Anblick ins Schwelgen.
Wir polier'n sie auf Hochglanz, jeder Rostfleck muss weg,
denn niemand bewundert ein Automobil voller Dreck.

Ron Goodwin, *Monte Carlo Ralley*, 1969

„Das ist wirklich das Mindeste, was wir für dich tun können", hatte Archie gesagt. Seine Firma übernahm die Kosten, und Timothy hatte darauf bestanden, dass sich Archie einen Tag Urlaub nahm und ihn begleitete. Schon deshalb, weil ein derart nobler Autoverleih einem Mann mit einem blauen Auge wohl kaum einen Wagen vermieten würde.

„Wir sind ein bisschen wie Thelma und Louise", bemerkte Timothy, als er mit Archie in einem Bentley Continental die Grande Corniche entlangflitze. Der Wind zerzauste ihnen das Haar, und vor ihnen erstreckte sich die einladende Küste der Riviera.

„Wie wer?", fragte Archie.

„Ist nicht weiter wichtig. Ich hoffe nur, unser Abenteuer endet anders."

Archie hatte keine Ahnung, worum es ging, und der Fahrtwind erschwerte die Unterhaltung noch zusätzlich.

Die mit Spitzkehren gespickte Straße schlängelte sich oben an der felsigen Küste entlang, und zu ihrer Linken erstreckte sich funkelnd und schimmernd das silbergrüne Meer, so weit das Auge blickte. Jetzt fehlt nur noch Francine, dachte Timothy. Sie war nach wie vor allgegenwärtig, aber zumindest konnte er sich nun, wann immer ihn die Sehnsucht allzu sehr quälte, die Ereignisse des vergangenen Tages in Erinnerung rufen – das half ihm, die Gedanken an sie ein wenig in den Hintergrund zu drängen.

„Warum fahren wir eigentlich hier entlang und nicht nach Osten?", fragte er Archie.

„Weil diese Strecke interessanter und spektakulärer ist."

„Und unser Fahrtziel heißt Nizza?"

„Nicht ganz. Ich kenne jemanden in Saint-Jean-Cap-Ferrat, da werden wir zu Mittag essen."

„Mein lieber Schwan, du weißt, wie man Freunde verwöhnt", sagte Timothy, der am Steuer des luxuriösen Cabrios saß. Man konnte zwar nicht gerade behaupten, dass er raste, aber für einen ordentlichen Adrenalinkick sorgte das Tempo allemal. In den geradezu aberwitzig spitzwinkligen Haarnadelkurven war Vorsicht geboten, zumal er versuchte, den Blick möglichst oft über die atemberaubende Umgebung schweifen zu lassen, ohne ihn zu lange von der Straße abzuwenden. „Ich komme mir vor wie James Bond", stellte er fest.

„Du siehst auch ein bisschen aus wie er. Muss am Veilchen liegen."

Timothy boxte seinen Mitfahrer in die Rippen. Schon seltsam – er kannte Archie gerade mal zwei Tage, und trotzdem war ihr Umgang miteinander schon so vertraut. Es stimmte ihn traurig, dass er mit Oliver nie solche Momente erlebt hatte, aber auch diesen Gedanken verdrängte er gleich wieder.

Dann und wann hielt er in einer Parkbucht an, um die Aussicht zu bewundern, und Archie wies ihn auf landschaftliche Besonderheiten oder interessante Villen hin. Nach etwa zwei Stunden erreichten sie die etwas tiefer gelegene Halbinsel Cap-Ferrat, und Archie lotste Timothy in eine von Säulenzypressen gesäumte Schotterstraße, an deren Ende eine blassrosa Villa lag.

Timothy stieg aus und verharrte einen Moment lang, um den Blick auf das Mittelmeer zu genießen, das in der Mittagssonne glitzerte, als wäre die Wasseroberfläche mit Milliarden von Diamanten gespickt.

„Traumhaft. Einfach traumhaft. Ich kann durchaus verstehen, dass du hier leben und arbeiten willst."

„Nicht übel, was?", ertönte eine laute Stimme von der großen Terrasse auf der linken Seite des Hauses, unter der sich ein nach Süden hin abfallender Olivenhain erstreckte.

Die beiden Männer fuhren herum und erblickten eine Frau in fortgeschrittenem Alter mit einem großen Strohhut auf dem Kopf. Sie trug einen Badeanzug und darüber eine Tunika aus einem halb transparenten, geblümten Stoff sowie eine locker geschnittene Seidenhose in Zartrosa. Mit weit ausgebreiteten Armen kam sie ihnen entgegen, und Archie trat zu ihr, umarmte sie und gab ihr auf jede Wange einen Kuss.

„Hallo, Tantchen. Schön, dich zu sehen." Dann machte er sich von ihr los und deutete auf seinen Begleiter. „Das ist Timothy."

„TIMOTHY!", stieß sie in ohrenbetäubender Lautstärke hervor. „Der Held der Stunde! An mein Herz, Sie wunderbarer Mann!"

Timothy kam der Aufforderung nach und ließ ihre stürmische Begrüßung widerstandslos über sich ergehen – alles andere wäre ihm unhöflich erschienen.

Nach einer unerwartet kräftigen Umarmung küsste ihn die in eine Parfumwolke gehüllte Hausherrin geräuschvoll auf beide Wangen, wie sie es bereits bei Archie getan hatte, dann hielt sie ihn auf Armeslänge von sich, um ihn eingehend zu betrachten. „Ich muss schon sagen, es überrascht mich etwas, dass es Ihnen gelungen ist, diesen Tunichtgut zu überwältigen! Nach Archies Bericht von Ihrem mutigen Eingreifen hatte ich Sie mir deutlich muskulöser vorgestellt.“ Ihre Aussprache hatte etwas Aristokratisches, und ihre ganze Art wirkte ungemein liebenswürdig und zuvorkommend.

„Das war mehr Glück als Mut.“

„Unsinn. Archie hat mir in groben Zügen am Telefon erzählt, was vorgefallen ist, und jetzt will ich die ganze Geschichte hören, bis ins kleinste Detail. Mir nach.“

Sie drehte sich um und steuerte zielstrebig, wenn auch aufgrund des Alters und ihres Gewichts eine Spur schwerfällig, auf die steinerne Terrasse über den Wipfel der Oliven- und Orangenbäume zu. Ihre von üppigem Grün umgebene Villa hoch über dem schimmernden Blau des Mittelmeers war praktisch das einzige Gebäude weit und breit.

Wieder blieb Timothy stehen, um sich am Panorama zu ergötzen. „Der Ausblick kann sich sehen lassen, nicht?“, sagte die alte Dame. „Nehmen Sie doch Platz. Wir genehmigen uns jetzt erst einmal einen Drink.“

Sie deutete auf drei große Rattansessel mit dicker, gelbweiß gestreifter Polsterung, die unter einem quadratischen Sonnenschirm in Flaschengrün standen. Die Gastgeberin ließ sich auf dem Sessel in der Mitte nieder, dessen hohe Lehne einem Pfauenrad nachempfunden war, und griff nach einer silbernen Glocke, die auf dem Beistelltischchen danebenstand. „Jonathan!“, rief sie. „JONATHAN! Wir würden gern etwas trinken!“

Als hätte er schon darauf gewartet, erschien nur Sekunden später ein ebenfalls schon recht bejahrter Angestellter mit zurückgegeltem Haar, das eine Spur zu dunkel für sein Alter war. Der Hitze zum Trotz trug er eine schwarze Hose und ein hochgeschlossenes weißes Baumwollsakko mit Messingknöpfen. „Natürlich, Mylady. Was darf es sein?“ Der Aussprache nach stammte er aus London, und zwar aus dem östlichen Teil der Stadt. Höchst eigenartig, diesen Akzent hier in dieser exotischen Umgebung zu hören.

„Was wünschen die Herren?“, erkundigte sich die alte Dame.

„Ein kaltes Bier, bitte, Tantchen.“

Timothy nickte. „Da schließe ich mich an.“

„Zwei kalte Bier also, und für mich das Übliche bitte, Jonathan.“ Der Diener verbeugte sich und kehrte zurück ins Innere des Hauses, wobei er mit übertriebener Vorsicht über die Schwelle der Terrassentür hinwegstieg.

„Hach, ist das *schön*, dich mal wieder zu sehen, Archie, und was für eine Freude, Sie kennenlernen zu dürfen, Timothy.“ Sie erhob sich abrupt. „Du meine Güte, da rede ich wie ein Wasserfall, dabei habe ich mich ja noch gar nicht vorgestellt! Ich nehme an, Archie hat Ihnen nicht verraten, wer ich bin?“

Sie schob sich die große Sonnenbrille ins dichte und ordentlich frisierte silbergraue Haar und musterte Timothy fragend. „Ts, immer dasselbe …“, fuhr sie fort, da er nur schief lächelte. „Er rückt hier einfach mit irgendwelchen Leuten an – viel zu selten übrigens –, und jedes Mal muss ich feststellen, dass seine Begleiter keinen blassen Schimmer haben, wer diese verrückte alte Schachtel ist und woher Archie sie kennt.“

Timothy grinste. Er war gespannt auf die Auflösung des Rätsels.

„Ich heiße Rosamund Hawksmoor und war mit Archies Großmutter befreundet. Eigentlich bin ich also gar nicht Archies Tante, aber er nennt mich trotzdem so. Sie können gern Rosamund zu mir sagen.“

„Gern.“ Mehr fiel Timothy im Augenblick dazu nicht ein. Aber die redselige Rosamund mit ihrem unbändigen Mitteilungsdrang hätte ihn wahrscheinlich ohnehnin nicht zu Wort kommen lassen. Sie musste bereits Ende siebzig sein, vielleicht auch Anfang achtzig. Ihr Gesicht war zwar von tiefen Falten durchzogen, doch die hohen Wangenknochen und die elegante lange Nase verliehen ihm eine edle Note. Die Wimperntusche war zu dick und nicht besonders kunstvoll aufgetragen, und der Mund wies Spuren eines knallrosa Lippenstifts auf, dafür waren ihre Augen von einem so strahlenden Hellblau, wie es Timothy noch nie zuvor gesehen hatte. Zweifellos war sie in jüngeren Jahren eine atemberaubend schöne Frau gewesen, und dank der edlen Gesichtszüge wirkte sie selbst jetzt noch attraktiv. Alles deutete darauf hin, dass sie sich in ihrer Haut ebenso wohlfühlte wie auf ihrem herrschaftlichen Anwesen, auf dem sie liebend gern Gäste empfing, wie es schien.

„Wohnen Sie schon lange hier?“, erkundigte sich Timothy. Der Butler kehrte mit einem Tablett zurück, auf dem er zwei Biergläser und einen trockenen Martini balancierte. Er stellte das Tablett vorsichtig vor Rosamund und ihren Gästen auf dem Tisch ab und verzog sich wieder in die kühle Villa.

„Tja, wie lange bin ich jetzt hier, Archie?“, fragte sie und fuhr, ohne seine Antwort abzuwarten, fort: „Dreißig Jahre bestimmt … Jedenfalls so lange Archie auf der Welt ist.“

Timothy nahm einen Schluck von seinem kalten Bier und ließ den Blick über das Meer schweifen. „Ich war in meinem ganzen Leben noch nie an einem schöneren Ort.“

„Das sagen viele. Und ich schätze mich immer noch glücklich, dass ich hier leben darf. Mein Mann und ich haben die Villa gekauft, als er sich zur Ruhe gesetzt hat. Er ist in Frührente gegangen – ein schwerer Fehler. Jeder Mensch braucht eine Aufgabe. Drei Jahre später ist er gestorben. Sehr tragisch. Die Versuchung, einfach aufzugeben, war groß.“ Sie verstummte, als hätte die Erinnerung daran sie jäh eingeholt. Dann erhellte sich ihre Miene wieder. „Aber ich habe nicht aufgegeben. Ich habe einfach weitergemacht. Wie sagte Winston Churchill immer: ‚Augen zu und durch.'"

Ihre Worte versetzten Timothy einen Stich. Dieses Gefühl kannte er … Doch ehe er lange darüber nachgrübeln konnte, sagte Rosamund: „Ich bin damals zu dem Schluss gekommen, dass ich auch eine Aufgabe brauche, also habe ich angefangen zu schreiben. Romane. Leicht verkäufliche Schmonzetten ohne großen künstlerischen Wert, wie manche finden. Eine Unverschämtheit. Das Schreiben eines Buches ist mühselig und erfordert ein beträchtliches Maß an Disziplin und Engagement, vor allem, wenn man ständig Gefahr läuft, von der herrlichen Aussicht abgelenkt zu werden. Es ist bei Gott kein leicht verdientes Geld. Aber ich habe so einige Exemplare verkauft, seit ich vor über zwanzig Jahren damit angefangen habe." Sie nippte an ihrem Martini, als müsste sie ihre Kehle befeuchten. „Vormittags wird gearbeitet, nachmittags entspannt. So gestaltet sich mein Leben."

„Tante Rosamund ist erstaunlich erfolgreich", meldete sich Archie zu Wort. „Ihre Romane wurden in … wie viele Sprachen übersetzt?"

„Ungefähr dreißig. Tja, die Liebe ist eben auf der ganzen Welt gleich. Sie reißt Barrieren nieder."

„Sie schreiben also Liebesromane?", hakte Timothy nach. Er fand die unverwüstliche alte Dame mit ihrer unverkrampften Art schon jetzt ungemein sympathisch.

„Wenn Sie es so nennen wollen. Ich schreibe über ganz normale Menschen, die Ausnahmesituationen erleben. Über Menschen und ihre Beziehungen. Jede davon ist einzigartig, und doch gibt es immer Parallelen. Das Schreiben hält mich geistig fit. Die Alternative wäre … zu viele von denen hier."

Sie schwenkte ihr Martiniglas und genehmigte sich einen weiteren Schluck.

„Sehr bewundernswert."

„Eigentlich nicht. Ich hatte einfach Glück, und ich stelle fest: Je härter ich arbeite, desto mehr Glück habe ich."

Timothy lächelte sie an. Rosamund Hawksmoor hatte ihr Leben fest im Griff. Sie hatte den Verlust ihres Gatten überwunden und war gestärkt aus der Krise hervorgegangen. Und sie hatte es geschafft, für eine ausgeglichene Work-Life-Balance zu sorgen, wie es so schön hieß – sie arbeitete hart und genoss das Leben trotzdem in vollen Zügen.

„So, genug von mir. Jetzt will ich alles über die beiden Männer wissen, die im Hafen von Monte Carlo, der ja passenderweise Port Hercules heißt …", Rosamund gluckste vergnügt, „… zwei Verbrecher gestellt haben."

Archie schüttelte den Kopf. „Die Ehre gebührt allein Timothy. Ich war bis zum Schluss vollkommen ahnungslos."

„Nun, ich habe die Frau dabei beobachtet, wie sie bei der Besichtigungstour den Salzstreuer und die Pfeffermühle eingesteckt hat, aber ich hatte keine Ahnung, wie ich Archie informieren sollte. Er war ja vollauf mit diesem Gorilla beschäftigt, der, wie sich herausgestellt hat, kein Millionär war, sondern ein Betrüger."

„Ich dachte, ihr überprüft alle Interessenten vorher, Archie?", warf Rosamund ein.

„Tun wir auch, aber die beiden haben falsche Namen benutzt. Die echten Ballantynes sind tatsächlich Multimillionäre, und sie saßen nichtsahnend in Aberdeen, aber das haben wir dummerweise erst nachher erfahren. Die beiden Witzfiguren, denen wir die Odyssey gezeigt haben, waren …"

„Hochstapler."

„Genau."

„Ein schöner Ausdruck, nicht? Wird allerdings nur noch höchst selten verwendet. Heutzutage ist ja eher von ‚Identitätsdiebstahl' die Rede, wenn es um Kreditkartenbetrug und dergleichen mehr geht."

„Nenn es, wie du willst, Tantchen, es ist jedenfalls nach wie vor ein Problem. Aber wenigstens sitzen die falschen Ballantynes nun hinter schwedischen Gardinen. Oder eher monegassischen."

„Wie ist das denn nun genau vonstattengegangen? Ich will alles wissen", sagte Rosamund, die offensichtlich auch in puncto Alkoholkonsum ein Musterbeispiel an Disziplin war und sich weiter an ihrem ersten Martini festhielt.

Timothy dagegen ließ sich ein zweites Bier bringen, und dann berichteten Archie und er abwechselnd, was sich tags zuvor ereignet hatte. Besonders großes Vergnügen bereitete es Timothy, die ungläubige Miene zu beschreiben, mit der Archie ihn angesehen hatte, nachdem er die falsche Mrs. Ballantyne in seinem vermeintlichen verkäuferischen Überschwang zu einem Bad im Whirlpool animiert hatte.

„Und das blaue Auge?"

„Ach, da hat mich der Bursche dummerweise mit der Ferse erwischt, als ich mich auf ihn gesetzt hatte, um ihn zu fesseln. Aber Archie ist mir gleich zu Hilfe geeilt, und mit vereinten Kräften ist es uns gelungen, ihn zu bändigen, wofür er uns dann mit einer ordentlichen Schimpfkanonade bedacht hat."

„Na, kein Wunder, ihr habt ihm ja gehörig die Suppe versalzen. Wie ich höre, war er kein unbeschriebenes Blatt."

Timothy nickte. „Allerdings. Er hat es faustdick hinter den Ohren. Hätte ich gewusst, dass er schon wegen schwerer Körperverletzung im Gefängnis war, dann hätte ich mich wohl kaum mit ihm angelegt."

„Und verheiratet waren die beiden auch nicht?"

„Nein, sie sind Geschwister und stammen aus London, genauer gesagt aus dem East End."

„Hat man ihnen das nicht angehört?"

„Du weißt doch, drei Viertel meiner Kunden klingen so, Tante Rosamund", sagte Archie. „Außerdem hat er behauptet, er wäre in Essex aufgewachsen. Im Nachhinein betrachtet, hätte ich natürlich misstrauisch werden müssen, aber andererseits habe ich oft genug mit solchen Leuten zu tun – Männer, die sich hochgearbeitet haben. Ich hatte wirklich den Eindruck, er weiß, wovon er redet. Die Ausdrucksweise allein sagt noch nicht allzu viel über einen Menschen aus."

„Da hast du wohl recht. Tja, ich bin heilfroh, dass ich mich mit derart unangenehmen Individuen nicht auseinandersetzen muss. Nicht einmal in meinen Romanen kommen sie vor. Ich bin kein Snob, aber –"

Sie wurde von Jonathan unterbrochen, der höflich kundtat, das Essen sei nun aufgetragen.

Rosamund leerte ihr Glas und bedeutete ihren Gästen, ihr zu dem festlich gedeckten Esstisch zu folgen, bei dessen Anblick sich Timothy an die Odyssey erinnert fühlte, wenngleich hier alles noch eine Spur geschmackvoller wirkte: Bleikristallkelche, Damastservietten, glänzendes Besteck, hauchdünne Porzellanteller mit Silberrand … In der Tischmitte standen mehrere flache Schalen mit Blüten in unterschiedlichen Weißschattierungen sowie ein Korb mit frischen Brötchen.

Rosamund deutete auf ein Schüsselchen mit dicken Oliven. „Greift zu. Die sind aus dem Garten."

„Klasse", murmelte Timothy. Es kam ihm so vor, als würde sich sein Beitrag zur Unterhaltung im Wesentlichen auf eine Reihe nichtssagender Superlative beschränken.

Es gab einen mediterranen Salat, frischen Hummer und einen ebenso frischen Weißwein. Während sie aßen, erkundigte sich Rosamund bei Timothy eingehend nach seinem bisherigen Leben in England und seinen Plänen für die Zukunft. Nach dem angeregten etwa eineinhalbstündigen Austausch fühlte er sich erschöpft, aber auch merkwürdig erleichtert, gerade so, als hätte man ihm eine Last von den Schultern genommen. Es war eine richtige Wohltat, seine Geschichte einer einfühlsamen Zuhörerin zu erzählen, die älter war als er. Bei der Gelegenheit fiel ihm auf, dass er in letzter Zeit meist von jüngeren Leuten umgeben gewesen war, was zweifellos anregend war und ihm neuen Lebensmut gespendet hatte. Dennoch war es schön, zur Abwechslung nicht der Älteste in der Runde zu sein, jemand, der immer wohlüberlegt und vernünftig handelte, Ratschläge erteilte und Warnungen aussprach. Er genoss es, endlich einmal nicht derjenige zu sein, der die meiste Verantwortung trug. Wobei es wohl weder von Vernunft noch von Verantwortungsbewusstsein zeugte, einem Menschen, den man gerade mal ein paar Tage kannte, einen fünfstelligen Betrag zu leihen. Er bemühte sich, die Zweifel zu verdrängen, die ihn, gleich einer lästigen Mücke, sofort wieder plagten.

Die umtriebige Rosamund war ein gutes Beispiel dafür, dass es nach dem Tod eines geliebten Menschen immer irgendwie weiterging. Und wenn man für alles offen war, taten sich plötzlich ungeahnte neue Möglichkeiten auf.

Die ganze Zeit über konnte er sich des Eindrucks nicht erwehren, dass diese Frau, die eine so überwältigende Gastfreundschaft an den Tag legte, versuchte, ganz unauffällig seine Persönlichkeit zu erforschen. Es kam ihm so vor, als könnte sie nicht nur in seinen Kopf, sondern auch in sein Herz blicken. Normalerweise hätte ihn dieses Gefühl zutiefst verunsichert – wahrscheinlich hätte er sich früher oder später zurückgezogen, um der Inquisition eine Weile zu entgehen. In diesem Fall jedoch hatte es eine seltsam tröstliche Wirkung auf ihn. Es schien fast so, als hätte er in ihr eine Art verwandte Seele gefunden.

Nun, er würde ja sehen, ob er richtiglag.

KAPITEL 20

Villa Delphine,
Saint-Jean-Cap-Ferrat

Mai

Das Einzige, was meine Frau jemals aus dem Mittelmeerraum mitgebracht hat – aus dieser großen, intuitiven Kultur –, waren vier Flaschen Chianti, um Lampen daraus zu basteln.

Peter Shaffer, *Equus*, 1973

Nach dem Essen setzten sie die Unterhaltung noch eine ganze Weile fort. Das Themenspektrum reichte von den Immobilienpreisen in Monaco bis hin zum Grand Prix, der mit reichlich Jubel, Trubel, Heiterkeit, allerdings auch mit beträchtlichen Unannehmlichkeiten verbunden war.

„Bleiben Sie noch so lange, Timothy?", fragte Rosamund.

„O nein, bis dahin bin ich längst weitergereist. Ich mag Oldtimer, aber ich bin kein großer Formel-1-Fan. Für mich sind diese Rennen nichts weiter als ein laut summender Wespenschwarm, der sechzigmal im Kreis fliegt."

Rosamund nickte. „Geht mir genauso. Was ist denn die nächste Station auf Ihrer Grand Tour?"

„Pisa."

„Ach herrje."

„Wieso ach herrje?"

„Ich war seit jeher der Ansicht, dass Pisa nicht allzu viel zu bieten hat, mal abgesehen vom schiefen Turm, und es wimmelt vor Touristen. Glauben Sie mir, es lohnt sich nicht."

Timothy war verunsichert. „Eigentlich wollte ich dort eine Woche bleiben."

„Tun Sie das bloß nicht! In einer Viertelstunde haben Sie alles gesehen, was es dort zu sehen gibt, es sei denn, Sie sind ein Architekt, auf den tektonische Senkungen eine morbide Faszination ausüben."

„Oh."

„Tut mir leid, dass ich Ihrer Begeisterung einen Dämpfer versetzen muss. Wenn Sie Pisa unbedingt besuchen wollen, dann fahren Sie hin, und sei es nur, damit Sie es auf Ihrer Liste abhaken können."

„Nun, wenn Sie der Meinung sind, dass ich enttäuscht sein werde, dann –"

„Davon bin ich überzeugt. Ich kenne niemanden, der je auch nur ein gutes Wort über Pisa verloren hat."

„Verstehe." Timothy hatte es vorübergehend die Sprache verschlagen. Da gingen sie hin, seine Reisepläne.

„Haben Sie schon ein Hotel gebucht?"

„Nein. Ich hatte bloß in Paris und Monaco bereits vorab reserviert, unter anderem, weil ich mir in diesen beiden Städten eine richtig tolle Unterkunft gönnen wollte, puren Luxus. Auf dem Rest der Reise möchte ich die Freiheit haben, spontan entscheiden zu können, wann es weitergeht."

„Ein Glück. Wohin wollten Sie nach Pisa?"

„Nach Florenz."

„Ah, Firenze! Eine viel bessere Wahl. Ich an Ihrer Stelle würde Pisa auslassen und stattdessen eine Woche in Florenz verbringen – und in der Zeit haben Sie mit Sicherheit noch längst nicht alles gesehen."

„Hör auf, ihn rumzukommandieren, Tante Rosamund", mischte sich Archie ein, der die Unterhaltung eine Weile schweigend verfolgt hatte.

„Ich kommandiere niemanden rum. Ich möchte Timothy lediglich davor bewahren, dass er seine wertvolle Zeit mit der Besichtigung eines baufälligen und absolut uninspirierenden Gebäudes verschwendet."

Archie schüttelte grinsend den Kopf. „Tja, so ist Tante Rosamund: kein bisschen Durchsetzungsvermögen", witzelte er.

„Archie, geh doch eine Runde schwimmen, damit Timothy und ich uns ungestört unterhalten können, ja?" Sie deutete auf die Treppe, die in den Garten hinunterführte. „Los, los! Im Poolhaus liegen Badetücher bereit und sogar eine Badehose, falls dich plötzlich die Keuschheit überkommt."

Archie seufzte. „Ich dachte, gleich nach dem Essen soll man nicht schwimmen gehen?"

„Papperlapapp. Es ist wissenschaftlich erwiesen, dass dieses Argument vollkommen unbegründet ist. Also, ab durch die Mitte, mein Lieber!"

Archie erhob sich vom Tisch. „Lass dich von ihr nicht ins Bockshorn jagen!", sagte er zu Timothy, ehe er die beiden wunschgemäß allein ließ.

Sie sahen ihm nach, während er die von Agaven, Zitronenbäumchen und Myrten- und Lavendelbüschen gesäumte Treppe hinunterging, bis seine Gestalt zwischen den zerklüfteten Felsbrocken rechts und links des Schotterwegs verschwand. Minuten später signalisierte ihnen ein lautes Platschen, dass er in den Pool gesprungen war.

Erst da fragte Rosamund: „Also, Timothy, wovor laufen Sie davon?"

Er hatte ja bereits vermutet, dass sie ausgesprochen feine Antennen hatte, doch ihre Unverblümtheit überraschte ihn. „Wie kommen Sie darauf, dass ich vor irgendetwas davonlaufe?"

„Jeder läuft vor irgendetwas davon. Archie zum Beispiel –

er hat es endlich geschafft, sich von seiner gluckenhaften Mutter abzunabeln. Sie ist mir eine liebe Freundin, aber viel zu übergriffig. Sie kann es kaum erwarten, dass er sich endlich einen Job in London sucht und mit einem netten Mädel eine Familie gründet. Ich sage ihr immer wieder, sie soll ihn nicht drängen – er wird erst heiraten, wenn er so weit ist, und zwar eine Frau seiner Wahl. Nach Monte Carlo zu kommen, war wirklich das Beste, was er tun konnte. Und wenn er mal jemanden zum Reden braucht, weiß er, wo ich zu finden bin."

„Er besucht Sie also öfter?"

„Nicht allzu oft, nein. Er zieht es vor, allein zu sein. Nicht, dass er ein Einzelgänger wäre. Er ist bloß nicht auf die Gesellschaft anderer Menschen angewiesen. Ein bisschen wie Sie, nehme ich an. Oder täusche ich mich?"

Timothy schwieg einen Augenblick, dann sagte er: „Nein, Sie haben ganz recht."

Rosamund tätschelte ihm die Hand, die auf der Armlehne seines Stuhls lag. „Glauben Sie mir, ich weiß, was Sie durchmachen. Ich habe es auch erlebt. Ist allerdings schon eine ganze Weile her. Mit der Zeit wird es besser. Es vergeht nie ganz, aber irgendwann muss man die Geister der Vergangenheit abschütteln und nach vorn blicken. Alles andere wäre eine Verschwendung wertvoller Lebenszeit." Sie zögerte kurz, dann fuhr Sie fort: „Ich hoffe, Sie nehmen es mir nicht übel, aber ich habe den Eindruck, dass Sie nicht gerade … untröstlich sind."

„Ich … na ja, wir waren über dreißig Jahre verheiratet."

„Waren Sie glücklich?"

Jetzt war es Timothy, der zögerte, ehe er antwortete. „Ich war zufrieden."

„Sie hatten sich in Ihr Schicksal ergeben, richtig?" Sie nickte. „Verstehe. Tja, irgendwann ist die rosa Brille ab. Das lässt sich kaum vermeiden."

„Wir waren sehr verschieden“, schob Timothy etwas trotzig hinterher.

„Ah … Sie hatten ‚sich auseinandergelebt‘.“

„So was in der Art. Das alte Klischee.“ In seinen Worten schwang eine Mischung aus Schuldbewusstsein und Resignation mit.

„So geht es vielen Ehepaaren. Aber Sie sind zusammengeblieben wegen der Kinder?“

„Im Grunde ja. Wobei ich nicht glaube, dass Isobel an unserer Ehe auch nur das Geringste auszusetzen hatte. Wenn ich ihr gesagt hätte, was in mir vorgeht, wäre sie bestimmt total entgeistert gewesen. Sie hätte mir nicht geglaubt.“

„Ich könnte mir vorstellen, dass sie Ihnen Ihre Unzufriedenheit durchaus angemerkt hat, aber sie hat so getan, als wäre alles in bester Ordnung.“

„Gesagt hat sie jedenfalls nie etwas.“

„Ein reiner Schutzmechanismus. Die Vogel-Strauß-Taktik. Eine alberne Analogie, ich weiß, und sehr unfair gegenüber den Straußen, aber Sie wissen, was ich meine.“

Timothy lächelte matt. „Ja.“

„Und jetzt, wo Sie Ihre Grand Tour machen, fühlen Sie sich irgendwie erleichtert, und zugleich plagen Sie Gewissensbisse.“

Timothy sah ihr in die Augen. „Ihrer Aufmerksamkeit entgeht wohl gar nichts.“

„Das bringt meine Arbeit mit sich, Timothy. Ich versuche, die scheinbar bedeutungslosen Einzelheiten des Lebens zu verstehen und daraus Geschichten zu spinnen. Sie sind quasi der Aufhänger für meine Geschichten, von denen sich im Grunde jede um eine wahre Begebenheit rankt. Und auch wenn meine Romane nicht so ausgefeilt oder komplex sind wie ein Werk von Proust, finden sie bei meinen Leserinnen und Lesern durchaus Anklang.“

Der Name des französischen Schriftstellers erinnerte Timothy prompt an Francine. Erst jetzt fiel ihm auf, dass er in den vergangenen paar Stunden kaum an sie gedacht hatte. Höchst interessant. Wie auch immer, jetzt war sie wieder aufgetaucht – und mit ihr der missmutige Mops, obwohl Timothy auf den gut und gern hätte verzichten können.

„Habe ich etwas Falsches gesagt?", fragte Rosamund, der nicht entgangen war, wie er das Gesicht verzog.

„Nein, nein, keine Sorge, ich musste bloß gerade an jemanden denken."

„Das ist natürlich die nächste Gefahr für jemanden in Ihrem Alter."

„Was meinen Sie?"

„Dass man sich Hals über Kopf in jemanden verliebt, der womöglich überhaupt nicht zu einem passt."

Timothy schickte sich an, etwas darauf zu entgegnen, doch ihm fiel beim besten Willen nichts ein, also klappte er den Mund wieder zu. Er kam sich vor, als wollte er einen Goldfisch imitieren.

„Ach herrje, da hab ich wohl ins Schwarze getroffen."

„Nein, ich ... Nun ja ..."

„Verzeihung. Ich wollte nicht unhöflich sein. Es geht mich nicht das Geringste an. Wir haben uns gerade erst kennengelernt, und ich bin mal wieder viel zu neugierig. Kaffee?"

„Gern, danke."

„Kommen Sie mit." Rosamund erhob sich mit einiger Mühe von ihrem Stuhl und führte ihn wieder um die Ecke, dorthin, wo sie vorhin den Aperitif eingenommen hatten. Die Kissen auf dem Sessel mit der pfauenradartigen Rückenlehne waren in der Zwischenzeit aufgeschüttelt worden. Sie ließ sich darauf nieder, dann nahm sie die Sonnenbrille ab, griff nach dem großen Strohhut und setzte ihn so auf, dass ihre Augen vor der Sonne geschützt waren. „Sie halten mich bestimmt für ausgesprochen taktlos", sagte sie. „Leider habe ich nicht allzu oft die Gelegenheit, mich in Konversation zu üben. Meine Gespräche mit Jonathan beschränken sich zumeist auf die Themen Ernährung, Haushalt und die aktuellen Resultate diverser Pferderennen. Und ab dem späten Nachmittag ist an eine vernünftige Unterhaltung mit ihm nicht mehr zu denken." Sie führte mit der Rechten ein imaginäres Glas an die Lippen. „Gelegentlich machen mir ein paar Freunde ihre Aufwartung, und Archie kommt dann und wann vorbei, wenn er nichts Besseres zu tun hat – wenn ich mal einen Besucher wie Sie habe, stürze ich mich auf ihn wie eine hungrige Hyäne auf ihre Beute."

„Kein Problem, wirklich."

„Nehmen Sie sich in Acht, Timothy. Männer wie Sie sind hier an der Riviera das ideale Opfer für einen bestimmten Frauentypus."

„Ach ja?"

Rosamund nickte. „Da draußen tummeln sich eine Menge lustige Witwen – Anwesende ausgenommen", sie zwinkerte ihm zu, „die sich darum reißen würden, die Gesellschaft eines attraktiven, gut situtierten und auf den ersten Blick ungebundenen Mannes Mitte fünfzig genießen zu dürfen."

„Also, es ist weiß Gott nicht so, als würde ich im Geld schwimmen, verglichen mit den Bewohnern von Monaco jedenfalls."

„Geld haben diese Frauen selbst genug. Sie sind auf der Suche nach Männern, die nicht nur hinter ihrem Vermögen her sind."

„Und ich habe zu Hause eine Familie – drei erwachsene Kinder und eine Enkelin."

„Aber Ihre Kinder stehen längst auf eigenen Beinen, richtig?"

„Ja."

„Dann sind Sie praktisch ungebunden. Ihnen scheint nicht bewusst zu sein, dass …"

„Was?"

Rosamund lachte leise. „Haben Sie in letzter Zeit mal in den Spiegel gesehen?"

„Wozu?"

„Nun, Sie sind ein ausgesprochen gut aussehender Mann."

Timothy winkte ab. „Sehr freundlich, danke, aber Sie übertreiben."

„Ein ganz kleines bisschen vielleicht. Wie auch immer, lassen Sie sich von mir nicht reinreden. Ich will Ihnen auf gar keinen Fall die Flügel stutzen oder Ihnen den Spaß verderben. Genießen Sie es. Sie sind niemandem Rechenschaft schuldig. Aber seien Sie vorsichtig."

Timothy schnaubte ungläubig.

„Was ist los?"

„Sie sind schon die zweite … reife Frau innerhalb einer Woche, die das zu mir sagt."

„Tja, dann wird es wohl ein ernst zu nehmender Rat sein, oder?"

Sie wurden von Jonathan unterbrochen, dessen Nase nun die Farbe einer reifen Pflaume angenommen hatte. Eine Strähne seines mit Brillantine zurückgekämmten Haars hatte sich gelöst und baumelte über seinem rechten Auge. Kein Zweifel, er hatte ordentlich gebechert, seit er ihnen das Mittagessen serviert hatte. Schweigend stellte er das silberne Tablett mit dem Kaffee auf den Tisch und stützte sich auf dem Weg ins Haus schwer an den Rahmen der Terrassentür.

Rosamund tat, als würde sie es nicht bemerken. Sie musterte Timothy eingehend. „Und, was werden Sie machen, wenn Sie Florenz und Rom und Venedig besucht haben und sich in Sachen Kultur ein gewisser Sättigungseffekt eingestellt hat? Was erwartet Sie nach der Rückkehr von Ihrer großen Reise?"

„Wenn ich das wüsste", erwiderte er leise. „Ehrlich gesagt, habe ich keinen blassen Schimmer."

„Dachte ich mir."

Ihre Frage hatte eine aufrüttelnde, ernüchternde Wirkung auf ihn. Es kam ihm so vor, als wäre seine Grand Tour nur ein Vorwand gewesen, ein Trick, um die Zeit totzuschlagen und den Augenblick, in dem er sich endgültig mit der Gestaltung seiner Zukunft auseinandersetzen musste, noch etwas hinauszuschieben.

„Haben Sie seit Ihrem Aufbruch irgendetwas Besonderes erlebt?", erkundigte sie sich beiläufig.

„Nun, ich habe jemanden kennengelernt ..."

„Eine Frau?"

Er nickte.

„Verstehe."

„Sie kennen ja das Sprichwort ‚Alter schützt vor Torheit nicht' ..."

Rosamund lächelte. „Seien Sie nicht zu streng mit sich selbst. Was auch immer Sie erlebt haben, wird Sie noch lange beschäftigen – Wochen, Monate, wenn nicht sogar Jahre. Aber machen Sie sich keine Vorwürfe wegen der Vergangenheit, und genießen Sie das Leben, ganz egal, was Ihnen neugierige alte Schachteln wie ich sagen. Mein einziger Rat lautet: Überstürzen Sie nichts. Lassen Sie sich Zeit, aber versuchen Sie, das Beste aus dem Leben herauszuholen. Klingt etwas widersprüchlich, ich weiß."

Timothy überlegte kurz, dann fragte er: „Verfügen Sie über eine gute Menschenkenntnis, Rosamund?"

„Das will ich doch hoffen, bei all meiner Erfahrung ..." Sie legte die Hände in den Schoß. Timothy entging nicht, dass die

Haut dünn wie Papier war und von großen Altersflecken übersät. Am Ringfinger der linken Hand steckte ein schmaler Goldreif, den rechten zierte ein Ring mit einem großen, rund geschliffenen Stück Bernstein.

„Haben Sie schon mal jemanden kennengelernt, der Sie dazu gebracht hat, völlig irrational zu handeln – so irrational, dass Sie an Ihrem Urteilsvermögen gezweifelt haben?", fragte er.

Sie legte nachdenklich die Stirn in Falten. „O ja, einmal, als ich noch sehr jung war, und ein zweites Mal, als ich bereits verheiratet war. Ich habe mich zu Dummheiten hinreißen lassen, die … Nun, ich habe Fehler gemacht, aber die machen wir alle, nicht wahr?"

„Haben Sie sich wieder gefangen?"

„Über kurz oder lang, ja."

„Und waren Sie danach vorsichtiger?"

„Eine Weile, ja. Doch dann habe ich mir gesagt, dass ich nicht mein Leben lang auf Nummer sicher gehen kann. Man muss ab und an auch ein Risiko eingehen. Es ist wie bei der Grande Corniche – wenn man jede Kurve im Schneckentempo nimmt, kann zwar nicht viel schiefgehen, aber es macht auch nur halb so viel Spaß. Ich finde, hin und wieder ist ein bisschen Nervenkitzel durchaus vertretbar, meinen Sie nicht auch? Man darf nur nicht die Kontrolle verlieren und vom Weg abkommen, sonst stürzt man ab."

Timothy blieb ihr die Antwort schuldig. Er starrte schweigend auf das Meer hinaus und fragte sich, ob die Sache mit Francine auch nur eine Kurve gewesen war, die er eine Spur zu schnell genommen hatte. Just in diesem Moment kam Archie mit einem Handtuch um den Nacken vom Pool herauf. „Sollen wir uns dann auf den Rückweg machen? Heute geht das Abendessen auf mich."

Rosamund stemmte sich etwas schwerfällig vom Sessel hoch und sagte: „Zeig Timothy doch noch den Garten, bevor ihr losfahrt. Ich mache mich so lange etwas frisch, und wir treffen uns dann in zehn Minuten wieder hier, ja?" Damit verschwand sie im Haus.

Timothy stand ebenfalls auf und ließ sich von Archie zwischen den aromatisch duftenden Zypressen hindurch in den Garten führen. Der Kies knirschte unter ihren Sohlen, während sie durch den Olivenhain und den Orangengarten schlenderten und einen Seerosenteich passierten. Über den unermüdlichen Gesang der Zikaden hinweg drang gelegentlich das Rauschen der Brandung vom felsigen Ufer tief unter ihnen herauf. Wenn das nicht das Paradies war, was dann?

KAPITEL 21

La Grande Corniche

Mai

Genieße das beglückende Gefühl des Fahrtwinds im Haar, solange du kannst. Es ist vergänglich. Das Haar, nicht das Gefühl.

Thomas Maunder, *Passing Clouds*, 1992

Auf dem Rückweg übernahm Archie das Steuer. „Damit du dich voll und ganz an der Landschaft erfreuen kannst", sagte er und schob eine CD in die Stereoanlage des Bentley. Timothy lachte, als die berühmte Bond-Kadenz erklang. Shirley Bassey, Tom Jones und Matt Monro lieferten den perfekten Soundtrack zu ihrer Fahrt, untermalt vom Röhren des 4-Liter-V8-Motors und dem gelegentlichen Klagelaut einer Möwe. Timothy lehnte den Kopf an die Nackenstütze, hielt das Gesicht in die Sonne und genoss das Gefühl, den Wind im Haar zu spüren. Schon seltsam, was für eine große Rolle die Musik auf seiner Reise immer wieder spielte – erst Charles Trenet, dann die Arie aus Mozarts *Zauberflöte*, gefolgt vom Titelsong zur *Monte Carlo Rallye* und nun auch noch die Bond-Melodien.

Sie plauderten eine Weile, dann herrschte Schweigen – ein unbeschwertes, geselliges Schweigen –, und Timothy lauschte John Barrys charakteristischen Streicherarrangements, dem Motor und dem Pfeifen des Windes in seinen Ohren. Die Mischung aus Aufregung und Nervosität, die er vor einer guten Woche zum ersten Mal seit langer Zeit verspürt hatte, schien mittlerweile zu seiner ständigen Begleiterin geworden zu sein. Wann immer er an Francine dachte, begann sein Herz so heftig zu pochen, wie er es seit seiner Teenagerzeit nicht mehr erlebt hatte. Er empfand diesen emotionalen Zustand als beunruhigend, zugleich war er aber auch unheimlich erhebend, obwohl zu befürchten stand, dass sich die ganze Angelegenheit als vergänglich entpuppen und ihm über kurz oder lang zum Verhängnis werden würde. Etwas, das so traumhaft schön gewesen war, konnte gar nicht wahr sein, jedenfalls nicht für jemanden wie ihn. In seiner Welt passierte so etwas nicht. In seiner Welt regierten nicht Leidenschaft und Unberechenbarkeit, sondern Verlässlichkeit und Verantwortungsbewusstsein. Schon seltsam: Er hatte sich doch ganz bewusst auf dieses Abenteuer eingelassen, hatte sich im Vorfeld alles ganz genau überlegt. Warum entglitten ihm immer wieder die Zügel? Nun, vielleicht war ihm ja von nun an etwas Ruhe vergönnt. Er musste sich am Riemen reißen, musste vernünftig sein und Francine eine Weile vergessen. Bestimmt war sie ebenso verfahren. Es war eine kurze Liebelei gewesen, und dagegen war auch nichts einzuwenden. Er hoffte sehr, dass sie ihn nicht bloß benutzt hatte, aber ihm war klar, dass er das nicht hundertprozentig ausschließen konnte. Und dennoch …

Wie von weit her drang eine Stimme an sein Ohr: „Erde an Timothy …“

„Äh, was?“

„Ach, ich hatte nur den Eindruck, dass du in Gedanken Lichtjahre entfernt bist, und ich wüsste zu gern, was dir gerade so durch den Kopf geht.“

Sie befanden sich nun wieder auf der kurvigen Straße nach Monte Carlo hinunter und hatten die untergehende Sonne mal vor, mal hinter sich. In etwa einer halben Stunde würde der kupferrot glühende Himmelskörper hinter dem Horizont versinken. Es war ein spektakuläres Schauspiel, aber allmählich gewöhnte sich Timothy daran, mit Landschaften von schier atemberaubender Schönheit konfrontiert zu werden. Bis jetzt hatte er nur einen Bruchteil all dessen erblickt, was seine Reise auf Joseph Addisons Spuren an Sehenswertem bereithielt. Von Italien erwartete er sich diesbezüglich am meisten, und das hatte er alles noch vor sich. Wahrscheinlich sollte er von Monaco weniger beeindruckt sein, sollte die Nase rümpfen in Anbetracht der Leute, die diese Stadt anzog, und der protzigen Zurschaustellung von Reichtum. Aber das konnte er nicht. Bis jetzt kannte er zwar erst einen kleinen Teil des Fürstentums – im Grunde hatte er bloß Port Hercules und die Häuser an den Hängen darüber gesehen –, und obwohl ihm bewusst war, dass das alles nicht mehr war als ein von Steuerflüchtlingen bevölkerter Hafen an einer steilen, zerklüfteten Felsenküste, hatte es einen gewissen Charme. Morgen würde er den Botanischen Garten oben am Felsen besuchen, und das Mittagessen wollte er irgendwo in der Nähe des Fürstenpalasts einnehmen. Vielleicht konnte er danach ja alles etwas objektiver beurteilen.

„Ach, so interessant ist das gar nicht."

„Das wirst du wohl mir überlassen müssen."

„Ich habe gerade darüber nachgedacht, wie sehr sich mein Leben innerhalb einer einzigen Woche verändert hat."

„Zum Guten?"

„Wer weiß …"

„Was hast du morgen vor?"

„Morgen steht ein bisschen Sightseeing auf dem Programm. Das habe ich bis jetzt etwas vernachlässigt, weil ich so damit beschäftigt war, Jachten zu verkaufen – wenn auch mit mäßigem Erfolg …"

Archie verzog das Gesicht. „Ach herrje! Ich hatte vollkommen vergessen, dass du ja im Urlaub bist. Und jetzt hast du mir einen so großen Teil deiner Zeit geopfert. Tut mir leid."

Timothy betrachtete seinen jungen Freund, der heute ein rosa Poloshirt mit offenem Kragen und weiße Bermudashorts trug. Gut sah er aus mit seinem blonden Haarschopf, den hohen Wangenknochen, den hellblauen Augen und dem dank der Sonne seiner neuen Heimat gesunden Bronzeteint (kein Vergleich mit der mahagonifarbenen Lederhaut so vieler Grande Dames, die sich hier am Mittelmeer tummelten!).

Der klassische Privatschulabsolvent. Diesen hübschen Burschen würde sich garantiert bald ein ebenso hübsches Mädchen unter den Nagel reißen.

„Ich habe dir gar nichts geopfert, im Gegenteil! Gestern habe ich dank dir ein richtiges Abenteuer erlebt – eins, das mir, ehrlich gesagt, schon fast zu aufregend war –, und heute habe ich Cap-Ferrat von seiner schönsten Seite kennengelernt. Es gibt also wirklich nichts, wofür du dich entschuldigen müsstest!"

„Ich dachte bloß …"

„Schluss damit. Morgen habe ich noch mehr als genug Zeit, eine Runde um den Platz vor dem Casino zu drehen, drinnen ein paar Pfund zu riskieren und mir die Pflanzen oben im Jardin Exotique anzusehen, während du deine Jachten verkaufst."

„Erinnere mich nicht daran."

Timothy lachte.

„Ach, da fällt mir etwas ein." Archie zog einen etwas zerknitterten Briefumschlag aus der rechten Hosentasche seiner Cargo-Shorts und reichte ihn Timothy. „Den hätte ich beinahe vergessen. Rosamund hat ihn mir gegeben, ehe wir losgefahren sind. Er ist für dich – sie meinte, er könnte hilfreich sein."

„Den lese ich aber erst im Hotel; hier im Auto fliegt er mir womöglich aus der Hand, bei dem Tempo, in dem du die Kurven nimmst."

„Ich dachte, du brauchst deine tägliche Dosis Nervenkitzel. Wenn ich hier im Schritttempo entlangkrieche, macht es doch keinen Spaß."

„Genau das hat Rosamund auch gesagt", murmelte Timothy.

„Du musst lauter reden, sonst verstehe ich dich nicht. Die Musik und der Fahrtwind …"

Doch Timothy steckte nur wortlos den Brief ein und lehnte sich zurück, um die letzten Meter der Grande Corniche gebührend zu genießen und eine Weile seinen Gedanken nachzuhängen. Als sie sich wenig später zu *You only live twice* von Nancy Sinatra dem Jachthafen näherten, spiegelte die Musik wieder einmal haargenau seine Stimmung wider, während er seinen Gedanken nachhing. Allmählich war ihm das irgendwie suspekt. Er schüttelte unwillig den Kopf.

„Was ist los?", fragte Archie.

„Ach, nichts."

„Stört dich die Musik? Gefällt dir der Song nicht?"

„Doch, sehr sogar, es ist nur … manchmal passt die Musik, die ich höre, so gut zu dem, was gerade in mir vorgeht, dass es mir richtig unheimlich ist."

Inzwischen waren sie vor dem Hôtel Hermitage angekommen. Timothy stieg aus, und Nancy Sinatras leiser werdende Stimme begleitete ihn noch fast bis zu den gläsernen Eingangstüren. Tja, womöglich stimmte es ja – vielleicht konnte man tatsächlich zweimal leben?

KAPITEL 22

Hôtel Hermitage, Monte Carlo

Mai

Ratschläge sind selten willkommen,
und die, die sie am dringendsten benötigen,
wollen sie am wenigsten hören.

Lord Chesterfield, *Briefe an seinen Sohn*, 1748

Erst als sich Timothy frisch gemacht und umgezogen hatte, nahm er den Brief von Rosamund zur Hand, den Archie ihm gegeben hatte. Er fragte sich, wann sie ihn wohl geschrieben haben mochte, dann fiel ihm wieder ein, dass sie sich kurz zurückgezogen hatte, während er mit Archie im Garten gewesen war. Sie hatte ihn zum Abschied umarmt, dann hatte sie ihn auf Armeslänge von sich gehalten, ihm die Hände auf die Schultern gelegt und gesagt: „Manchmal ist es später, als man denkt, Timothy. Viel Glück." Damit hatte sie sich umgedreht und war gegangen. Sie würde ihm fehlen. Schade, dass sie sich nicht noch etwas länger hatten unterhalten können.

Er sah auf die Uhr. Viertel vor Acht. Archie wollte ihn um acht unten abholen. Sie würden in einem recht exklusiven Restaurant essen, hatte er gesagt.

Timothy riss den Umschlag auf und entnahm ihm einen dicken Bogen Briefpapier.

Villa Delphine,
Cap-Ferrat

Mein lieber Timothy,

bitte verzeihen Sie mir meine Vertraulichkeit vorhin. Ich lerne nur selten Menschen kennen, bei denen ich das Gefühl habe, dass wir (dem großen Altersunterschied zum Trotz) auf derselben Wellenlänge sind. Daher habe ich mich vermutlich dazu hinreißen lassen, etwas offener zu sein, als es die Höflichkeit eigentlich gebietet. Wie dem auch sei, ich wünsche Ihnen alles Gute für Ihre Grand Tour. Es war mutig von Ihnen, diese Reise anzutreten. Und ich möchte Ihnen dafür danken, dass Sie so nett zu Archie sind. Er ist ein ganz besonderer Junge, den ich sehr gern habe. Ich habe bei unserer Unterhaltung nicht erwähnt, dass ihn sein Vater, der schrecklich viel von ihm erwartet, ziemlich schlecht behandelt hat. Nicht, dass er gewalttätig geworden wäre – ich spreche von einem Verhalten, das man heutzutage wohl als seelische Grausamkeit bezeichnen würde. Er legt die Latte immer sehr hoch und stellt Anforderungen an den Jungen, die kaum zu erfüllen sind. Archie leidet sehr darunter, was er sich jedoch aufgrund der Erziehung, die er genossen hat, nicht anmerken lässt. Ich persönlich bin ja nicht hundertprozentig überzeugt, dass es gesund ist, wenn man lernt, seine Gefühle nicht zu zeigen. Archie spricht zwar nie darüber, aber er wird einmal ein großes Imperium erben, und seine Eltern hegen die Befürchtung, er könnte an Leute geraten, die ein Näschen für so etwas haben – die falschen Leute, meine ich. Ich weiß, er ist sich dessen vollauf bewusst und deshalb ausgesprochen vorsichtig in

Sachen Beziehungen – zu vorsichtig bisweilen. Aber wie Sie und ich wissen, ist jede Beziehung ein Geben und Nehmen.

Mir ist selbst nicht ganz klar, warum ich Ihnen das alles schreibe … Wahrscheinlich, weil ich an das gute alte Bauchgefühl glaube. Darauf ist eben doch meistens Verlass. Archie hat nicht allzu viele Freunde, und die Tatsache, dass er Sie mitgebracht hat, ist sehr aufschlussreich. Ihr unbeschwerter Umgang miteinander war für mich ein Novum – ich habe ihn in der Gesellschaft eines anderen Menschen noch nie so entspannt erlebt. Und ich glaube kaum, dass ich mir das nur eingebildet habe. Ich hoffe, ich habe Ihnen jetzt nicht den Eindruck vermittelt, dass Archie ein Faulpelz oder ein Taugenichts ist, der in Monte Carlo das süße Nichtstun genießt. So ist es nicht. Irgendwann wird er seinen Weg finden. Er könnte ohne Weiteres ein bequemes Luxusleben führen, doch er hat sich dagegen entschieden, wenngleich er sich nicht dem Willen seiner Eltern gebeugt hat, die ihn ohne zu zögern in ein Büro in London stecken würden, wenn sie könnten. Dabei wäre das sein Ende, da bin ich ganz sicher.

Im Grunde schreibe ich Ihnen also, um Ihnen zu danken. Sie mögen es für unnötig halten (ich bin sogar ziemlich sicher, dass Sie das tun, denn Sie scheinen mir ein ausgesprochen angenehmer und sympathischer Zeitgenosse zu sein), aber ich wollte einfach noch einmal zum Ausdruck bringen, dass Sie heute sowohl Archie als auch mir einen sehr schönen Tag beschert haben.

Ich hoffe, Sie sehen es mir nach, wenn ich Sie um einen Gefallen bitte. Ich möchte mich mit meinem Anliegen nicht direkt an Archie wenden, denn er soll sich zu nichts verpflichtet fühlen, aber vielleicht können Sie ihm gegenüber bei Gelegenheit erwähnen, dass mir seine Besuche sehr viel bedeuten? Das Leben einer Schriftstellerin ist zwangsläufig einsam, und selbst die schönste Aussicht kann nur ein begrenztes Maß an Inspiration und Stimulation liefern. Ich würde Sie damit nicht behelligen, wären die Umstände etwas anders gelagert. Ich will mich kurzfassen und Ihnen die unerquicklichen Details ebenso ersparen wie mein Selbstmitleid; nur so viel sei gesagt: Ich habe nicht mehr allzu lange zu leben. Archie hat keine Ahnung, und ich möchte auch nicht, dass er es erfährt, aber ich wäre Ihnen wie gesagt sehr verbunden, wenn Sie ganz beiläufig andeuten könnten, wie sehr ich seine Gesellschaft genieße. Er bringt einfach so viel Schwung in mein sonst doch recht eintöniges Leben.

Und dann möchte ich mich bei Ihnen noch für meine belehrende Art vorhin entschuldigen. Sie ist eine schlechte Angewohnheit von mir, die ich oft einfach nicht unterdrücken kann, wenn ich das Gefühl habe, etwas zu erkennen, was anderen verborgen bleibt (wobei es natürlich auch sein kann, dass Sie die Erkenntnis bloß klugerweise für sich behalten). Bitte befreien Sie sich von Ihren quälenden Gewissensbissen und versuchen Sie, nichts zu bereuen – weder jetzt, mit Mitte fünfzig, noch später –, und möge es Ihnen noch so unbesonnen, frivol oder unverantwortlich erscheinen! Solange niemand zu Schaden kommt, sollten Sie derartige Erlebnisse schätzen und genießen. Der Satz „Verbringe jeden Tag deines Lebens so, als wäre es dein letzter“ klingt so schrecklich abgedroschen, aber wie oft haben wir das Gefühl, dass unser Dasein von Traurigkeit bestimmt sein muss. Doch das stimmt nicht.

Und wenn ich im Laufe meines langen Lebens (ich bin

immerhin schon zweiundneunzig, was übrigens unser Geheimnis bleiben muss; verraten Sie es auf gar keinen Fall Archie!) etwas gelernt habe, dann, dass weder Luxus und Privilegien noch alles Geld dieser Welt eine Garantie für Zufriedenheit sind. Die Zufriedenheit muss aus uns selbst kommen. Nichts ist so schwierig zu erlangen, aber es lohnt sich, nach ihr zu streben und sie zu würdigen. Zufriedenheit ist realistischer als Glück (welches von Natur aus vergänglich ist) und lohnenswerter als Reichtum und Ruhm. Ich muss es wissen, ich war mit beidem gesegnet.

Herrje, jetzt habe ich schon wieder diesen belehrenden Tonfall angeschlagen. Bitte verzeihen Sie mir! Es war nicht meine Absicht. Ich möchte Sie lediglich in dem Bestreben bestärken, sich selbst zu finden – ich nehme mal an, dies ist Ihr Ziel. Das Reisen erweitert zweifellos den Horziont, wie Sie selbst merken werden, aber die meisten Reisenden, die sich mit dem Ziel der Selbstfindung auf den Weg machen, stellen bei ihrer Heimkehr fest, dass sie eigentlich schon immer wussten, wer sie sind. Klingt das einleuchtend? Vermutlich nicht.

So, ich hoffe, ich habe Sie nicht zu Tode gelangweilt. Möge das Glück Ihnen hold sein, mein Freund! Sie haben es verdient.

Mit den besten Grüßen
Rosamund Hawksmoor

KAPITEL 23

Jachtclub Monaco, Monte Carlo

Mai

Alle Menschen in meinem Alter sollten einen zwei Pfund schweren frischen Lachs erhalten, mit dem sie jedem jungen, schönen, glücklichen Menschen, der ihnen über den Weg läuft, bei Bedarf ordentlich eins überbraten können.

Richard Griffiths (Schauspieler), Independent, 2006

Als sich Timothy schließlich um Viertel nach acht in der Hotellobby einfand, herrschte in seinem Herzen wieder einmal das reinste Gefühlschaos. Wie sollte er Archie durch die Blume eröffnen, dass Rosamund bald sterben würde und ihn gern öfter sehen würde? Er entschuldigte sich bei Archie für das Zuspätkommen und gab an, seine Dusche sei defekt – keine gute Idee, denn Archie fand, in einem so noblen Hotel sei das ja wohl absolut inakzeptabel, und war nur mit Mühe davon abzuhalten, sich deswegen an der Rezeption zu beschweren. Timothy behauptete, das habe er bereits getan, der Concierge habe sich mehrfach für die Unannehmlichkeiten entschuldigt und ihm versichert, man würde ihm einen Preisnachlass einräumen. Ihm wurde ganz heiß bei diesem Lügengebilde, aber es war ja für einen guten Zweck.

Sowohl dieser kleine Zwischenfall als auch Rosamunds Anliegen waren vorübergehend vergessen, als ihm Archie unterwegs eröffnete, dass sie beim Abendessen nicht allein sein würden. „Ich hoffe, es macht dir nichts aus. Ich möchte dir gern jemanden vorstellen. Wir werden übrigens im Jachtclub von Monaco speisen."

„Oh … Ähm … Verstehe. Und du bist sicher, dass du mich dabeihaben willst?"

„Ja, das will ich. Ich bin sehr gespannt auf deine Meinung."

Timothy blieb wie angewurzelt stehen. Die Nacht war warm, und vom hell erleuchteten Hafen, wo die zahllosen Jachten sanft an ihrer Vertäuung zerrten, drang das metallische Klimpern der Takelage an den Masten herüber. „Wie kommst du darauf, dass ich eine qualifizierte Meinung –"

„Bitte, Timothy! Ich bin noch nicht bereit für ein *dinner à deux*, und mich würde wirklich interessieren, wie du darüber denkst."

„Ach so, es ist jemand, den du noch nicht allzu lange kennst?"

„Genau."

„Aber wie willst du meine Anwesenheit erklären? Du kannst mich ja wohl kaum als deine männliche Anstandsdame vorstellen."

„Keine Sorge, es wird kein Date im herkömmlichen Sinn, eher eine Art Geschäftsessen."

Timothy hob eine Augenbraue. „Das verstehe ich nicht."

„Na ja, es handelt sich um potenzielle Kundschaft, und …"

„Und wenn es nach dir ginge, könnte gern mehr daraus werden?"

„Richtig. Aber eigentlich sind uns Privatkontakte mit Klienten untersagt, also dachte ich, wenn du mit von der Partie bist, dann …"

„Dann sieht es eher nach einem Geschäftsessen aus als nach einem Date?"

„Genau."

„Gab es schon irgendwelche wie auch immer geartete Interessensbekundungen?"

„Ich glaube schon, aber ganz sicher bin ich nicht. Als ich gefragt habe, ob wir uns zum Essen treffen sollen, kam gleich eine Zusage, aber ich hatte ja auch sicherheitshalber einen Termin im Beisein eines Kollegen vorgeschlagen."

„Was?!"

„Entschuldige, aber ich war mir ziemlich sicher, dass du nichts dagegen hast. Also, zumindest habe ich das gehofft. Und ich wüsste es wirklich sehr zu schätzen, wenn du ..."

Timothy schüttelte den Kopf. „Und ich dachte schon, meine Tage als Verkäufer von Superjachten wären gezählt."

„Du musst auch gar nichts Fachspezifisches sagen oder tun, versprochen."

„Das will ich hoffen. Ich kann mir nicht vorstellen, dass meine Ansichten zu den lila Handtüchern von großem Wert sind."

„Oh, die habe ich durch elfenbeinweiße austauschen lassen."

„Na, dann hatte ich ja zumindest einen kleinen positiven Einfluss."

„Also, ist das okay für dich?" Archie musterte ihn mit beschwörender Miene. „Es wird nur etwa eine Stunde dauern. Danach können wir uns ja abseilen und zu zweit noch etwas trinken gehen. Ich ... Ich würde mich einfach sicherer fühlen, wenn du dabei wärst."

„Was? Wo bleibt denn dein Selbstbewusstsein? Du verkaufst Superjachten!"

„Ja, ich weiß. Beruflich fällt es mir ja auch nicht weiter schwer, selbstsicher aufzutreten. Aber im privaten Bereich ..."

Timothy lachte leise. „Also, hör mal! Wann hast du zuletzt in den Spiegel gesehen? Wie kann ein so charmanter, attraktiver junger Mann Angst vor einem Rendezvous haben? Ich wette, die hübschesten Mädels von Monaco reißen sich darum, mit dir auszugehen!"

„Genau da liegt das Problem. Die Auswahl ist zu groß. Das überfordert mich."

„Das habe ich schon gehört."

„Hm?"

„Ich sagte, ich glaube dir kein Wort." Timothy seufzte tief, dann klopfte er Archie auf die Schulter und sagte: „Also gut, gehen wir. Aber keine Beschwerden, wenn die Sache aus dem Ruder läuft und herauskommt, wer oder was ich wirklich bin."

„Nämlich? Ein guter Freund?"

„Nein, ein Hochstapler. Aber danke für die Vorschusslorbeeren. Ich meine, wir kennen uns gerade mal zwei Tage."

Archie lächelte. „Ich weiß. Schon seltsam, nicht? Aber … Na ja, wir verstehen uns so gut, und das, obwohl du deutlich älter bist als ich. Es kommt mir so vor, als wären wir Seelenverwandte."

„Na, na, nun übertreib mal nicht. Das Wort wird doch oft überstrapaziert. Einigen wir uns darauf, dass wir uns einfach sehr sympatisch sind."

„Wenn dir das lieber ist."

„Allerdings. Gut, dann mal los … Eines muss man dir lassen, Archie Bedlington: In Sachen Beharrlichkeit macht dir so schnell keiner etwas vor. Kein Wunder, bei deinem Namen."

Timothy öffnete die glänzende Tür des Jachtclubs von Monaco.

„Wie meinst du das?"

„Sag bloß, du hattest als Kind keine Ausgabe von *The Observer Book of Dogs*?"

„Ich fürchte, das war vor meiner Zeit."

„Hey, noch mehr Unverschämtheiten dieser Art, und du kannst das Dinner allein durchstehen. Also, der Bedlington Terrier ist bekanntermaßen ein ausgesprochen lebhafter, gutmütiger und anhänglicher Hund, und – typisch Terrier – er gibt niemals auf."

Archie grinste. „Das interpretiere ich als Kompliment."

„Übrigens ist diese Hunderasse sehr intelligent. Ursprünglich wurden Bedlington Terrier bei der Bekämfpung von Ratten und Mäusen eingesetzt."

„Na, ich weiß nicht recht."

„Ja, schon gut, halt du dich lieber an die Eigenschaften ‚gutmütig' und ‚anhänglich' und überlass die Schädlingsbekämpfung deinem trotteligen Sidekick."

„Danke! Auf dich ist eben Verlass."

„Wollen wir's hoffen." Timothy schüttelte resigniert den Kopf. „Also komm, Casanova. Ich bin schon sehr gespannt auf deine Eroberung."

Archie öffnete den Mund, als wollte er noch etwas sagen, doch er kam nicht mehr dazu, denn inzwischen hatten sie den Jachtklub betreten und wurden von einem Steward mit Handschlag begrüßt. „Ihr Gast ist bereits eingetroffen, Mr. Bedlington", sagte er und führte sie an den betreffenden Tisch.

Sie traten an den Tisch, Archies Date erhob sich und streckte Timothy die Hand hin. „Guten Abend, ich bin Sebastian Fraser. Meine Freunde nennen mich Basty."

Timothy schwirrte der Kopf. Eines konnte er sich immerhin zugutehalten: Für ihn machte es überhaupt keinen Unterschied, ob Archies neue Bekanntschaft ein Mann war oder eine Frau. Was war schon dabei? Das Wichtigste war doch, dass Archie jemanden gefunden hatte, der ihn verdiente und zu ihm passte und mit dem er rundum glücklich war. Timothy fragte sich flüchtig, ob Archie in ihre Freundschaft womöglich ein bisschen zu viel hineininterpretiert hatte, verwarf den Gedanken aber gleich wieder. Ahnte Rosamund etwas von Archies sexueller Orientierung? Konnte es sein, dass sie das Thema in ihrem Brief ganz bewusst ausgeklammert hatte, um die Freundschaft zwischen ihm und ihrem „ehrenamtlichen“ Neffen nicht zu gefährden? Nein. Ihr war bestimmt klar, dass Archies Präferenzen bei der Partnerwahl für ihn keine Rolle spielten. Zumindest hoffte er das. Tja, und hier saß er nun, mit diesen beiden außerordentlich attraktiven jungen Männern, quasi das fünfte Rad am Wagen, und wenn er ganz ehrlich sein sollte, fühlte er sich ein klein wenig unwohl in seiner Haut.

„Schön, dich zu sehen“, sagte Archie und schüttelte seinem Gegenüber etwas schüchtern die Hand.

„Gleichfalls.“

Herrje, wenn es in dem Ton weiterging, konnte das ein ziemlich langer Abend werden. Timothy überlegte fieberhaft, womit sich die Stimmung etwas auflockern ließe. Was sollte er tun? Was sollte er sagen? Wie sollte er sich verhalten? Er versuchte, ein entspanntes Lächeln aufzusetzen, hatte jedoch das Gefühl, dass es künstlich und einfältig wirkte.

„Soll ich uns etwas zu trinken kommen lassen?“, fragte er in dem Bestreben, sich nützlich zu machen.

„Ich habe eine Flasche Krug bestellt“, sagte Sebastian.

„Fabelhaft“, murmelte Archie.

Timothy lehnte sich zurück und schwieg. Eine belanglose Unterhaltung über das Wetter und die Umgebung wollte er nicht anleiern, das hätte in Anbetracht der Umstände wohl ziemlich verzweifelt gewirkt.

Die beiden Männer lächelten einander an, und Timothy entging nicht, dass sie leicht angespannt wirkten. Nervös. Er fühlte sich an seine Jugend erinnert, an die ersten Verabredungen. Die meisten hatten genau so geendet, wie sie angefangen hatten: mit verlegenen Blicken und allerlei Unklarheiten. Er musste intervenieren, musste dafür sorgen, dass etwas Schwung in die Angelegenheit kam, sonst war die Wahrscheinlichkeit groß, dass sich Archie diese Gelegenheit durch die Lappen gehen ließ.

„Sind Sie oft in Monte Carlo?“, erkundigte er sich bei Sebastian.

Der junge Mann lächelte freundlich. „Ja, ich komme jedes Jahr zum Grand Prix.“

„Ah, ja. Da geht es hier bestimmt ganz schön rund.“ Gott, wie banal das alles klang! Aber immer noch besser als betretenes Schweigen.

Der Kellner näherte sich mit einem silbernen Tablett, auf dem Gläser und eine Flasche Krug in einem Eiskübel standen. Er öffnete vorsichtig den Champagner und schenkte ein, dann deponierte er die Flasche wieder im Eiskübel und entfernte sich.

Sebastian ergriff eines der Gläser und prostete Archie zu. „*Salute*!“

Archie stieß mit ihm an und nahm einen kleinen Schluck. „Köstlich.“

Timothy schnappte sich sein Glas und leerte es in seiner wachsenden Verzweiflung gleich zur Hälfte. Lag es womöglich an seiner Gegenwart, dass sich die Unterhaltung derart zäh gestaltete? Er war gerade im Begriff, sich wortreich über die opulente Inneneinrichtung des neu eröffneten Jachtclubs auszulassen, da erhoben sich die beiden jungen Männer abrupt, und er fragte sich verwirrt, ob sie schon aufbrechen wollten. Doch dann vernahm er hinter sich eine Stimme: „Bitte entschuldigt, dass ich zu spät komme. Ich habe im Stau gesteckt. Abends ist der Verkehr echt ein Horror.“

Timothy drehte sich um und sah sich einer engelsgleichen Erscheinung gegenüber. Sie trug schmal geschnittene weiße Jeans und einen weiten, fließenden Pulli. Das lange blonde

Haar, das ihr locker über die Schultern fiel, schimmerte wie Gold, und ihre Augen waren leuchtend türkis. Sie bedachte Timothy mit einem umwerfend hübschen Lächeln, tätschelte Sebastian etwas gönnerhaft den Kopf, und sagte dann, zu Archie gewandt: „Wie unhöflich von mir, dich warten zu lassen … Es tut mir furchtbar leid. Als sich abgezeichnet hat, dass ich mich verspäten würde, habe ich Basty angerufen und ihn gebeten, dir Gesellschaft zu leisten."

Archie war rot angelaufen. „Äh … Überhaupt kein Problem, ehrlich", stotterte er. „Der Kellner hat eben erst den Champagner gebracht. Hier, für dich." Er hielt ihr ein Glas hin.

„Wunderbar, danke!"

Besagter Kellner erschien aus dem Nichts, um für die atemberaubende Erscheinung einen Stuhl zurechtzurücken, und sie ließ sich anmutig darauf nieder und nahm einen Schluck Champagner. Erst jetzt registrierte Timothy, dass sein Mund weit offen stand. Er klappte ihn zu und zwang sich zu lächeln, als der Engel mit einem genüsslichen Seufzen das Glas sinken ließ und zu ihm sagte: „Wir kennen uns noch gar nicht."

Da im Augenblick kein Wort herausbrachte, schaltete sich Archie ein: „Entschuldige, das ist …"

„Tim. Tim Gandy", vervollständigte Timothy seinen Satz.

Archie nickte und sagte: „Tja, wie gesagt, wir sind erst beim ersten Glas."

Timothy schaltete sich wieder ein. „Aber ich mache mich dann bald auf die Socken."

„Ach, bleiben Sie doch noch. Wer soll denn den ganzen Champagner trinken?", sagte der Engel und schenkte ihm erneut ein Lächeln, mit denselben verheerenden Folgen wie vorhin: Timothy war wie gelähmt und brachte kein Wort heraus.

„Also, ich muss leider los. Ich habe noch zu tun.“ Sebastian stand auf und hielt Timothy die Hand hin. „Hat mich gefreut, Sie kennenzulernen, Tim. Ich überlasse Sie jetzt Archie und meiner Schwester. Bei den beiden sind Sie in guten Händen.“ Dann fuhr er, zu Archie gewandt, fort: „Sieh zu, dass sie noch vor Mitternacht zu Hause ist. Schlag zwölf wird sie zur Bestie.“ Er zwinkerte ihnen grinsend zu.

„Frechdachs!“ Die junge Frau verpasste ihrem Bruder einen Klaps auf den Hintern, als er an ihr vorbeiging.

Timothy lehnte sich benommen zurück, verwirrt von dieser plötzlichen Wendung, betört von dem zarten Duft, der Archies „Bekannte“ umgab, und bezaubert von ihrer Schönheit.

„Ach, entschuldigt, ich habe euch ja noch gar nicht richtig vorgestellt“, sagte Archie, dem Timothys verdatterte Miene nicht entgangen war. „Serena, das ist Tim Gandy, ein guter Freund von mir.“

Serena. Was für ein überaus passender Name. Sie hielt Tim die Hand hin. „Sehr erfreut, Tim. Sie fungieren als Archies Anstandswauwau?“

„Nein, nein, ich bin bloß … Wir …“

Sie kicherte. „Kleiner Scherz. Archie hat mir bereits von Ihnen erzählt. Sie scheinen ja wirklich ein ganz besonderer Mensch zu ein.“

„Aber nein, ich … ähm … Eigentlich kennen wir uns erst seit –“

„Verzeihen Sie, ich wollte Sie nicht in Verlegenheit bringen. Sie essen doch mit uns?“

„O nein, auf keinen Fall, ich –“

„Ich bestehe darauf.“ Sie sah zu Archie. „*Wir* bestehen darauf, nicht, Archie?“

Archie nickte, doch Timothy fragte sich, ob er es nur aus Höflichkeit tat oder um seine Begleiterin nicht zu enttäuschen.

„Aber ich dachte …“

Archie beugte sich zu Serena rüber, um ihr einen Kuss auf die Wange zu geben, dann sagte er: „Ich musste Tim leider ein bisschen anflunkern: Ich habe behauptet, du wärst eine Klientin, weil ich wusste, sonst würde er nicht mitkommen.“

Timothy hob eine Augenbraue. „Heißt das etwa …?“

„Ich wollte unbedingt, dass ihr euch kennenlernt, aber mir war klar, dass du dich weigern würdest, mit uns zu essen, wenn du erfährst, wie die Dinge wirklich stehen. Serena und ich haben uns vor ein paar Jahren in Ghana kennengelernt. Danach sind wir wieder getrennte Wege gegangen – wir hatten beide das Bedürfnis, noch ein bisschen was zu erleben, ein paar Erfahrungen zu sammeln –, aber wir hatten immer lose Kontakt. Dann hat es Serena beruflich nach Monaco verschlagen, und seitdem sind wir zusammen. Sie war zwei Wochen in England und ist gestern zurückgekommen. Wie Sebastian ist sie in der Formel 1 tätig.“

„Verstehe“, sagte Timothy, obwohl er noch immer reichlich verwirrt war.

„Außer Sebastian weiß bis jetzt niemand von unserer Beziehung. Wir kommen beide aus ziemlich … elitär eingestellten Familien, und wir sind nicht sicher, wie unsere Eltern reagieren werden“, versuchte Serena die Situation zu erläutern. „Deshalb haben wir beschlossen, es langsam angehen zu lassen und uns vorerst etwas bedeckt zu halten.“

„Warum die Geheimniskrämerei?“, fragte Timothy. „Es ist doch nicht ungewöhnlich, dass die Eltern skeptisch sind.“

„Ja, schon, aber …“ Serena zuckte resigniert die Achseln. „Na ja, Archie und ich befinden uns diesbezüglich in einer … etwas ungewöhnlichen Situation.“

„Das glaub ich gern“, sagte Timothy bedächtig. Er konnte sich schon vorstellen, wo das Problem lag. „Ihr stammt beide aus einer wohlhabenden Familie, und eure Eltern haben

Angst, ihr könntet euch mit einem Partner einlassen, der …“, er suchte nach einer möglichst diplomatischen Formulierung, „diesen Umstand womöglich ausnützen könnte.“

Archie riss die Augen auf. „Wie hast du das erraten?“

„Ach, die liebe Rosamund ließ gestern eine entsprechende Bemerkung fallen“, gestand Timothy und nippte an seinem Champagner.

„Soso.“

„Aber über mich wissen Sie doch noch gar nichts“, warf Serena ein.

„Sagen wir mal, ich hatte einen leisen Verdacht.“

„Ist es so offensichtlich?“

„Nein, nicht unbedingt. Ich habe bloß meine Schlüsse gezogen – aus Ihrer Ausdrucksweise, Ihren guten Manieren, Ihrer Art, sich zu kleiden –“ Er verstummte abrupt. War er zu weit gegangen? „Tut mir leid, ich hoffe, das war jetzt nicht unhöflich oder anmaßend, aber meistens lässt sich relativ einfach erraten, aus welchen Verhältnissen jemand kommt. Hin und wieder täuscht man sich allerdings auch – das haben wir erst gestern selbst erlebt, stimmt's, Archie?“

Serena und Archie sahen sich an, und Archie sagte: „Wohl wahr. Und mit deiner Vermutung hast du voll ins Schwarze getroffen.“

„Was bereitet euch denn gar so viel Kopfzerbrechen? Wenn ihr sozusagen im selben Boot sitzt – was übigens nicht als Anspielung auf unsere Umgebung gemeint ist –, sollten eure Eltern doch eigentlich begeistert sein von eurer Partnerwahl. Aber gut, man kann nie wissen.“

Serena ergriff Archies Hand. „Wir hoffen, dass es uns gelingen wird, sie zu überzeugen. Aber wir wollen wie gesagt nichts überstürzen. Wir möchten einfach noch ganz zwanglos etwas Zeit miteinander verbringen, ehe wir …“

„Es an die große Glocke hängen“, sagte Archie.

„Ich freue mich für euch, und ich drücke euch die Daumen, dass alles gut wird.“ Timothy betrachtete Serena und verspürte einen leisen Anflug von Neid – weil Archie mit dieser bezaubernden jungen Dame einen richtig guten Fang gemacht hatte, aber auch, weil die beiden im Gegensatz zu ihm den größten Teil ihres Lebens noch vor sich hatten. Er leerte sein Glas und stand auf. „Also, vielen Dank für die freundliche Einladung, aber ich werde nicht zum Essen bleiben. Nachdem ihr euch zwei Wochen nicht gesehen habt, könnt ihr auf meine Gesellschaft bestimmt ganz gut verzichten. Es war mir eine Freude, Sie kennenzulernen, Serena.“ Er streckte ihr die Hand hin, worauf sie sich erhob und ihm einen Kuss auf die Wange hauchte. „Gute Wahl, Archie. Meinen Glückwunsch“, fuhr er fort, erneut berauscht vom Duft ihres Parfums und von der Wärme, die von ihr ausging. „Das gilt für euch beide. Passt gut aufeinander auf. Ich melde mich vor meiner Abreise noch mal.“

„Viel Spaß morgen“, sagte Archie. „Und danke. Für alles.“

Timothy winkte ab. „Ach, nicht der Rede wert. Gib Bescheid, wenn ich dir mal wieder helfen soll, ein paar Kriminelle dingfest zu machen.“ Er tippte sich grinsend mit Zeige- und Mittelfinger an die Schläfe und überließ die beiden ihrer trauten Zweisamkeit.

Auf dem Weg zum Hotel erfreute er sich erneut am Anblick der romantisch beleuchteten Stadt und am leisen Plätschern der Wellen, die an den eleganten Jachten leckten, und binnen kürzester Zeit war die leise Eifersucht, die er eben noch empfunden hatte, einem großmütigen Wohlwollen gegenüber dem jungen Paar gewichen. Es tat gut, zur Abwechslung über die Beziehungen anderer Menschen nachzudenken statt über die eigene. Blieb nur zu hoffen, dass sich Serena und Archie von ihren kritischen Eltern nicht in die Suppe spucken ließen. Er fragte sich, ob seine Kinder ähnliche Befürchtungen gehegt hatten wie die beiden und ob er auf ihre jeweiligen Partner auch so furchteinflößend gewirkt hatte. Die Umstände waren ja etwas anders gelagert gewesen als bei Archie und Serena. Aber Liebe war und blieb Liebe, wo sie auch hinfiel. Tja, und Alice? Ob sie wohl je die Liebe finden würde?

Dann kehrten seine Gedanken zu Rosamund zurück. Timothy nahm sich vor, ihrem Wunsch gemäß mit Archie zu reden, ehe er Monte Carlo verließ. Er würde ihm ans Herz legen, sie recht bald wieder zu besuchen, und er würde ihm raten, der weltklugen alten Dame von seiner Beziehung zu Serena zu erzählen.

Als ihm wieder einfiel, dass er anfangs irrtümlich angenommen hatte, Sebastian sei derjenige, der Archies Herz erobert hatte, schnaufte er belustigt. Nicht, dass es einen Unterschied gemacht hätte. Die Hauptsache war doch, dass man glücklich war, ganz egal mit wem. Dieser Auffassung war ja auch Rosamund, die ausgewiesene Liebesromanexpertin, und er konnte ihr nur beipflichten. Blieb nur zu hoffen, dass ihm ein Wiedersehen mit der sympathischen alten Dame vergönnt war – sie hatte ihm ungemein imponiert und zudem den Eindruck erweckt, als wüsste sie bestens Bescheid, was das Leben, die Liebe, das Universum und den ganzen Rest anging, um es mit Douglas Adams zu sagen. Gut, das war wohl etwas übertrieben, aber sie hatte definitiv mehr Ahnung davon als er. Er mochte bereits die Hälfte seines Lebens hinter sich haben, aber aus den Erfahrungen der vergangenen zehn Tage schloss er, dass er noch so einiges lernen musste.

KAPITEL 24

Jardin Botanique, Monte Carlo

Mai

Worauf ich hinaus will, ist das allgemeine Prinzip, dass das Leben die Kunst weit öfter nachahmt als die Kunst das Leben.

Oscar Wilde, *Der Verfall der Lüge*, 1891

Sein Spaziergang durch den Jardin Exotique de Monaco war nach der Hektik der vorangegangenen Tage eine angenehme Abwechslung und lieferte Timothy eine willkommene Gelegenheit, über den bisherigen Verlauf seiner Reise nachzudenken. Was für eine Fülle an abenteuerlichen Ereignissen und unerwarteten Zwischenfällen! Und wie viele Menschen er seit dem Aufbruch zu seiner Grand Tour schon kennengelernt hatte! Er hatte in den Unterhaltungen mit ihnen weit mehr über sie erfahren, als dies je bei seinen „Freunden" zu Hause der Fall gewesen war. Sein Bekanntenkreis in Sussex war überschaubar (ein Umstand, über den er nie groß nachgedacht hatte), dabei war er – seiner Ansicht nach jedenfalls – keineswegs menschenscheu. Es war durchaus vorgekommen, dass Arbeitskollegen ihn und Isobel zum Essen eingeladen hatten, aber nicht allzu oft, und meist war es bei einer einzigen Einladung geblieben. Er hatte es vorgezogen, sich über die Gründe dafür nicht den Kopf zu zerbrechen, vielleicht, weil er dann womöglich zu dem Schluss gekommen wäre, dass man ihn langweilig fand und seine Frau anstrengend. Seine Angewohnheit, negative Gedanken wie diesen auszublenden, war wohl eine Art Überlebensmechanismus, genau wie die Tatsache, dass er das Alleinsein als angenehm empfand und nicht darunter litt, wenn er zur Abwechslung einmal nicht unter Leuten war.

Im Laufe der vergangenen Woche war es ihm zu seiner eigenen Überraschung mühelos gelungen, Menschen kennenzulernen, und er hatte sich dabei sogar recht wohlgefühlt. Eigentlich war er als Student und in den ersten Ehejahren auch recht kontaktfreudig gewesen, aber vielleicht waren ihm die dafür nötigen Fähigkeiten im Zuge der Verwandlung zu einem ruhigen, zurückhaltenden Gatten ganz einfach abhandengekommen. Was auch immer der Grund für diesen Wandel gewesen sein mochte, er konnte nicht leugnen, dass er die Extrovertiertheit, die er neuerdings wieder an den Tag legte, stimulierend fand. Er fühlte sich lebendig und beschwingt, und seine Zeit mit Francine hatte ihm ein seelisches Hoch beschert, wie er es schon sehr, sehr lange nicht mehr erlebt hatte – länger, als er es sich selbst eingestehen wollte.

Seine Gedanken weilten bei ihr, während er im Botanischen Garten saß, zwischen turmhohen Kakteen und Palmen, die sich mit aller Kraft an die steilen Felsenabhänge zu klammern schienen. Wie es die Gärtner wohl schafften, hier ihre Arbeit zu tun? Kaum war ihm die Frage durch den Kopf gegangen, erhielt er auch schon die Antwort: Zwei mit Klettergurten ausgerüstete Männer seilten sich, mit Gartenscheren und Sägen bewaffnet, in einem besonders steilen Abschnitt des Parks ab. Das konnte man wohl mit Fug und Recht als Gärtnerei am Rande des Abgrunds bezeichnen.

Am Nachmittag besichtigte er den Fürstenpalast. Die Wachen davor trugen schneeweiße Uniformen, ihre ebenfalls weiße Kopfbedeckung – teils mit feuerrotem Federschmuck – wirkte wie die Albino-Variante der britischen Bobby-Helme.

Interessante Mischung, dachte Timothy. Halb englisch, halb französisch und durch und durch monegassisch. Wer diese Livree wohl entworfen haben mochte?

Während er einen der Wachhabenden vor dem Hintergrund des Torbogens skizzierte, spähte der Betreffende von Zeit zu Zeit unauffällig zu ihm hinüber – ob aus Neugier oder Argwohn konnte Timothy nicht genau sagen.

Das Bild wurde nicht schlecht, trotzdem hatte er wie so oft das Gefühl, dass es der Wirklichkeit nicht gerecht wurde. Egal, es war schließlich der Gedanke, der zählte, und sei das Ergebnis noch so stümperhaft. Es war als Geschenk für Archie gedacht – eine kleine Erinnerung an ihre Begegnung. Blieb nur zu hoffen, dass er sich darüber freuen würde. Wohlerzogen, wie er war, würde es sich der gute Junge bestimmt nicht anmerken lassen, falls es ihm nicht gefiel. Wahrscheinlich bin ich mal wieder viel zu selbstkritisch, dachte Timothy – eine Angewohnheit, die, wie ihm Rosie gelegentlich versicherte, jeglicher Grundlage entbehrte, aber auch sie konnte ihm die Zweifel an seinen Fähigkeiten nicht nehmen.

Als er fertig war, packte er seine Malsachen ein und postierte sich zwischen den Kanonen am rechten Rand des Vorplatzes, um das Panorama zu bewundern. Die Jachten im Port Hercules wirkten von diesem exponierten Aussichtspunkt aus wie Spielzeugboote. Vom anderen Ende des Platzes aus war das Fußballstadion zu sehen. Es nahm sich seltsam alltäglich aus inmitten der unzähligen Wohnblocks und Hochhäuser, die sich dicht an dicht bis an die steilen Felswände des Fürstentums drängten.

Monaco war schon ein ausgesprochen bizarrer Ort, obwohl – oder vermutlich gerade weil – er vor allem Leute anzog, die so reich waren, dass sie ihren Lebensmittelpunkt hierher verlegten, um ihr Geld vor dem Zugriff des Fiskus zu beschützen. Er fragte sich, ob es ihn, wenn er so vermögend wäre, auch hierherziehen würde, in eine Stadt, in der es zuging wie in einem Bienenstock. Wohl kaum. Da war ihm Sussex – oder ganz allgemein England mit seiner unglaublichen landschaftlichen Vielfalt – doch um Längen lieber.

Wie er so dort stand und aufs Meer hinausblickte, musste er an Archie und Serena denken, und an das, was sie erwartete. Er hatte nicht gewagt, sich nach ihrem Nachnamen zu erkundigen. Vielleicht erfuhr er ihn ja, wenn er sich nachher von Archie verabschiedete. Der Junge tat ihm leid – es musste anstrengend sein, einen Vater mit derart hohen Ansprüchen zu haben.

Obwohl als Nächstes Florenz – Firenze – auf dem Programm stand, stimmte ihn die bevorstehende Abreise aus Monaco, das Joseph Addison treffend als *von Natur sehr wohl befestigt* beschrieben hatte, ein klein wenig melancholisch. Er hatte überhaupt nicht damit gerechnet, im Rahmen seiner Grand Tour Freundschaften zu schließen, und dann hatte er gleich am Anfang Francine kennengelernt, gefolgt von Archie und Rosamund Hawksmoor, und jede dieser Begegnungen würde einen bleibenden Eindruck hinterlassen. Er hoffte auf ein Wiedersehen – nicht nur mit Francine, die ihn so in ihren Bann geschlagen hatte, dass er sich täglich mehrmals fragte, was sie wohl gerade tat, sondern auch mit Rosamund und Archie. Es wäre zu schade, wenn die beiden bald nur noch eine verblassende Erinnerung für ihn wären. Und erst recht die bezaubernde Serena … Er sah sie noch immer deutlich vor sich, ja, ihm war sogar, als könnte er noch ihr Parfum riechen. Bei der Erinnerung an den gestrigen Abend, an seinen Trugschluss in Bezug auf Sebastian und an Archies kleine List musste er erneut schmunzeln. Mit Serena schien er die Frau seiner Träume gefunden zu haben, und Timothy gönnte es ihm von Herzen. Sein eigenes Leben mochte zurzeit ein einziges Chaos sein, dennoch freute es ihn, wenn zumindest das seines jungen Freundes allmählich in ein ruhigeres Fahrwasser gelangte – sofern ihm Mr. Bedlington senior nicht in die Quere kam.

Timothy schulterte seine Jutetasche und machte sich auf den Weg zum Hotel, um dort ein letztes heißes Bad zu nehmen. Es war nicht auszuschließen, dass er heute zum letzten Mal in den Genuss solcher Annehmlichkeiten kam. Ab morgen musste er den Gürtel enger schnallen, schließlich sollten seine finanziellen Mittel noch ein paar Wochen ausreichen, zumal er jetzt zwanzigtausend Euro weniger auf dem Konto hatte als zu Beginn der Reise. Aber egal. Er hatte noch immer genügend Geld für seine Grand Tour – und für den Ruhestand danach. Da war es wieder, dieses Wort. Prompt fiel ihm Rosamund ein, die hatte wissen wollen, wovor er denn davonlief. Von Davonlaufen konnte keine Rede sein – im Gegenteil: Er steuerte mit Vollgas ins Frührentnerdasein. Er verdrängte den Gedanken, wie noch so einige andere, wohl wissend, dass es nichts nützte, sich jetzt den Kopf darüber zu zerbrechen.

Archie zeigte sich äußerst angetan von seinem Abschiedsgeschenk – er sagte, das Bild passe perfekt an die noch freie Wand seiner winzigen Wohnung und würde ihn immer an einige der aufregendsten Tage erinnern, die er hier erlebt hatte, in dieser Stadt, in der alle im Geld zu schwimmen schienen und wahre Freundschaft so selten war wie Schnee. Timothy prostete ihm gerührt zu. Sie saßen bei einem Bier in einem der kleinen Cafés an der Place du Casino und waren soeben übereingekommen, in Verbindung zu bleiben.

Timothy nutzte die Gunst der Stunde. „Apropos", sagte er, „ich hatte den Eindruck, Rosamund würde dich gern öfter sehen."

„Ich weiß." Archie nickte und verzog zerknirscht das Gesicht. „Jedes Mal, wenn ich mir vornehme, sie zu besuchen, kommt irgendetwas dazwischen."

„Sie hält sehr viel von dir, musst du wissen, und sie wünscht sich sehr, dass du glücklich bist."

„Hat sie das gesagt?"

„Unter anderem, ja."

Timothy zögerte, ehe er fortfuhr. „Sie ist eine faszinierende Frau. Aber sie wird nicht ewig leben, Archie, und ich glaube, sie ist ziemlich einsam. Es geht mich ja nichts an, und ich will mich weiß Gott nicht einmischen, aber … na ja, versuch einfach, etwas öfter bei ihr vorbeizuschauen, ja?"

„Du klingst ja fast wie mein Vater … Oder, nein, eigentlich doch nicht, er hätte es anders formuliert. Wobei er vermutlich gar nichts dergleichen gesagt hätte. Er hat keine besonders gute Meinung von Tante Rosamund. Er kann nicht viel mit ihr anfangen."

„Ich dafür umso mehr. Ich hoffe, ich habe auch einmal so viele Weisheiten auf Lager, wenn ich erst zweiundneunzig bin."

„Was?!"

„Ach, Mist, sie hatte mich gebeten, dir das nicht zu verraten. Erzähl ihr bloß nicht, dass ich mich verplappert habe, sonst glaubt sie, ich kann keine Geheimnisse für mich behalten, und das wäre mir gar nicht recht."

„Ich hatte sie durchaus auf Ende siebzig, Anfang achtzig geschätzt, aber …"

„Tja, ein Grund mehr, ihr häufiger deine Aufwartung zu machen."

„Das werde ich, versprochen."

Timothy blickte versonnen in sein Bier. Er zögerte. „Und noch etwas …"

„Was denn?"

„Auch das geht mich eigentlich nicht das Geringste an, aber mach dir nicht zu viele Gedanken wegen der Erwartungen deines Vaters. Es ist dein Leben. Er hatte seine Chance. Wenn ich in meinem Leben etwas bereue, dann weniger das, was ich falsch gemacht habe als das, was ich nicht gemacht habe." Archie hörte ihm aufmerksam zu, während er fortfuhr: „Versuch nicht um jeden Preis, das zu tun, was deine Eltern für richtig halten. Sei du selbst. Vor allem in der Liebe. So, das waren sie, meine weisen Worte zum Abschied. Rosamund hat mir welche mit auf den Weg gegeben, und jetzt gebe ich dir welche mit. Was wäre die Welt ohne Ratschlag-Recycling?"

Archie lehnte sich zurück. „Du wirst mir fehlen."

Timothy lächelte. „Danke. Ich habe die Zeit hier sehr genossen – viel mehr als erwartet. Und von Serena war ich übrigens sehr beeindruckt."

„Das freut mich. Ich bin ja selbst total beeindruckt von ihr. Keine Ahnung, was sie an mir findet."

„Nun hör mir mal gut zu: Ich bin ein wahrer Meister, was die hohe Kunst der Selbstkritik angeht, und ich kann dir versichern, sie bringt einen nicht weiter. Sei einfach froh darüber, *dass* sie etwas an dir findet, und versuch, sie glücklich zu machen."

„Aye, Käpt'n."

„Wann wollt ihr es euren Eltern sagen?"

„Ach, ich schätze, irgendwann im Spätsommer. Sobald wir uns dafür gewappnet fühlen. Im Moment wollen wir es einfach unbeschwert genießen. Ich finde es toll, dass sie jetzt hier ist und wir uns in den kommenden Wochen öfter sehen können. Aber wenn der Formel-1-Tross weiterzieht, muss sie natürlich mit. Und dann wird es wohl Zeit für ein paar Entscheidungen."

„Zum Beispiel, wer von euch den Job an den Nagel hängt?"

„Genau. Serena meinte, es würde ihr nichts ausmachen, aber ich hätte im Grunde auch nichts dagegen. Vielleicht sollten wir uns beide etwas Neues suchen, aber wir wissen noch nicht genau, was."

„Oder ihr wartet einfach auf eine glückliche Wendung, wie Mr. Micawber in *David Copperfield*."

„Bist du immer so fatalistisch?"

„Bisher war ich es eigentlich nicht, aber mir scheint, das ändert sich allmählich. Manchmal schmieden wir einfach zu viele Pläne – wir verfolgen blind unsere Ziele, sind der festen Überzeugung, dass sich alles genau unseren Vorstellungen entsprechend entwickeln wird, und dann werden wir ganz plötzlich daran erinnert, wie vergänglich das Leben ist. Es muss sich nur ein winziges Detail ändern, und schon fliegen uns all unsere Pläne um die Ohren."

„Ach herrje, du Armer."

„Nein, nein, ich rede nicht von mir. Also, jedenfalls nicht *ausschließlich*. Ich wollte damit bloß sagen, dass wir es uns schlichtweg nicht leisten können, auf Gedeih und Verderb an unseren Plänen festzuhalten. Manchmal eröffnen sich uns Möglichkeiten aus einer vollkommen unerwarteten Richtung. Versuch, flexibel zu sein und immer die Augen offen zu halten, damit du die Chancen, die sich dir bieten, erkennst – wobei es natürlich auch einen gewissen Mut erfordert, sie zu ergreifen." Timothy verstummte abrupt. „Ich klinge schon genau wie Rosamund. Oder eher wie irgend so ein Lebenshilfeguru. Trinken wir noch eins?"

Archie warf einen Blick auf seine Armbanduhr. „Wärst du mir sehr böse, wenn ich Nein sage? Ich bin mit Serena verabredet. Wir sind zu ein paar Drinks auf der Jacht eines Bekannten eingeladen, privat, nicht beruflich. Geht das in Ordnung?"

„Aber natürlich! Und du musst dich deswegen wirklich nicht entschuldigen. Amüsiert euch schön."

Archie leerte sein Glas. „Ehrlich gesagt, weiß ich nicht, was ich sagen soll. Ich hatte schon ewig nicht mehr so viel Spaß, und das verdanke ich nur dir. Schon seltsam, dabei …"

„Kennen wir uns noch nicht einmal eine Woche."

„Bemerkenswert, nicht?"

„Tja, so ist das nun mal. Mit manchen Leuten wird man nie so richtig warm, auch wenn man sie schon jahrelang kennt, und bei anderen hat man vom ersten Moment an das Gefühl, dass die Chemie stimmt."

„So wie neulich, als wir uns an der Laufplanke der Odyssey gegenübergestanden haben?"

„Passerelle. Ich habe viel gelernt in diesen paar Tagen, nicht nur über Jachten."

„Ich auch."

Sie standen auf und umarmten sich.

„Wir hören voneinander", sagte Timothy.

„Jep. Du hast ja meine Nummer, und ich deine ebenfalls. Aber keine Angst, ich werde dich nicht andauernd nerven."

„Red keinen Unsinn. Ruf an, wann immer dir danach ist. Ach, was ich dich noch fragen wollte …"

„Ja?"

„Wie heißt Serena eigentlich mit Nachnamen?"

Archie lächelte schief. „Derwentwater."

„Soso. Sie ist nicht zufällig mit dem Earl of Derwentwater verwandt?"

„Sie ist seine Tochter."

„Verstehe. Tja, dann …" Timothy hob die Arme.

„Was?"

„Also, ich kann mir kaum vorstellen, dass dein Vater irgendwelche Einwände gegen eure Verbindung erheben wird."

KAPITEL 25

Monte Carlo – Florenz

Mai

Finden Sie nicht auch, dass man bei seinem ersten Besuch in Florenz unbedingt ein Zimmer mit Aussicht haben sollte?

Edward M. Forster, *Zimmer mit Aussicht*, 1908

Während der siebenstündigen Zugreise von Monaco nach Florenz (ohne Zwischenstopp in Pisa, nachdem Rosamund Hawksmoor ihm so dringend davon abgeraten hatte), ließ Timothy Joseph Addisons *Anmerkungen über verschiedene Theile von Italien* in der Reisetasche und kramte stattdessen die anderen Bücher hervor, die er mitgenommen hatte: einen uralten Italien-Baedeker, einen aktuellen Reiseführer sowie eine zerfledderte Taschenbuchausgabe von Edward M. Forsters *Zimmer mit Aussicht*.

Auf dem Vorsatztitel stand Timothys Name, in der verschnörkelten Schrift seiner Jugend, die sich beträchtlich von der Art und Weise unterschied, wie er ihn heute schrieb, geprägt von seiner jahrelangen Tätigkeit als Grafikdesigner. Anhand der Jahreszahl daneben rechnete er aus, wie alt er gewesen war, als er das Buch zum ersten Mal gelesen hatte: gerade mal siebzehn. Nicht zu fassen, dass fast vierzig Jahre vergangen waren, bis er diese Reise endlich angetreten hatte! Ehe er sichs versah, hatte er sich festgelesen, aufs Neue fasziniert von der Geschichte rund um Lucy Honeychurch (die vor seinem geistigen Auge nun die Züge von Serena Derwentwater angenommen hatte) und ihrer etwas ältlichen Cousine und Anstandsdame Charlotte Bartlett (in ihrem Fall sah er aus unerfindlichen Gründen Francines Gesicht vor sich, obwohl die beiden temperamentmäßig weiß Gott nicht unterschiedlicher hätten sein können). Ob auch ihm das Glück beschieden sein würde, ein Zimmer mit Aussicht zu finden? Er würde es noch früh genug erfahren. Dann und wann ließ er das Buch sinken und bestaunte die karge und doch eindrucksvolle Landschaft vor dem Fenster, nur um sich wieder seiner Lektüre zu widmen, sobald eines der trostlosen Industriegebiete in Sicht kam.

Von Zeit zu Zeit konnte man die italienische Küste erspähen, dann wieder schlängelten sich die Schienen ins Landesinnere. Obwohl er sich vorkam wie ein übereifriger Schuljunge, notierte er sich die Haltestellen, die sie passierten – zumindest die, in denen der Zug so langsam fuhr, dass es ihm gelang, ihre klingenden Namen zu entziffern: Ventimiglia, Sanremo, Imperia, Diano Marina, Alassio, Finale Ligure Marina, Savona, Genova Brignole, Rapallo, Chiavari, La Spezia, Massa, Viareggio und Pisa Centrale, der letzte Halt vor Florenz (der berühmte schiefe Turm war vom Bahnhof aus jedoch nicht zu sehen). Die Liste mutete beinahe an wie eine katholische Litanei – all diese Vokale! Timothy begann unwillkürlich, die Melodie von *La Donna e Mobile* zu summen, hörte aber gleich wieder auf, als er merkte, dass ihn der wettergegerbte alte Italiener, der schräg gegenüber von ihm saß, über den Rand seines Il Tirreno hinweg missbilligend musterte. Timothy lächelte nervös und wandte sich wieder dem Roman zu. „*Das Leben*", *hat ein Freund von mir geschrieben*, „*ist eine öffentliche Darbietung auf der Geige, bei der man das Instrument im Weitergehen kennen- und spielen lernt.*" Er klappte das Buch zu und sah erneut aus dem Fenster.

Nur noch eine Stunde; am späten Nachmittag würde er in Florenz eintreffen. Zeit, den Reiseführer zu konsultieren. Er hatte sich drei Hotels herausgesucht, die ihm als Basislager für seinen Aufenthalt geeignet schienen. Auf dem Stadtplan sah es so aus, als wären sie allesamt vom Bahnhof Santa Maria Novella bequem zu Fuß zu erreichen. Unglaublich, sogar die Namen der Bahnhöfe klangen in Italien romantisch. Santa Maria Novella – damit konnte es St Pancras akustisch beim besten Willen nicht aufnehmen.

Wieder einmal hatte Timothy Glück: Gleich im ersten Hotel war ein Zimmer frei. Es befand sich in einer schmalen Seitenstraße der eindrucksvoll langen Via dei Calzaiuoli. „*Colazione* – kontinentales Frühstück – iste im Preise inkludiert“, erklärte der Besitzer, ein beleibter Italiener mit dunkler Haut, Stirnglatze und Hornbrille. Sein Name war auf ein tobleroneförmiges Holzschildchen gemalt, das auf dem kleinen Tresen in der Lobby stand: *Alberto Pollini – Proprietario*. Er lächelte nicht, erweckte aber einen freundlichen und höflichen Eindruck und reagierte auf Timothys gebrochenes Italienisch mit nicht minder gebrochenem Englisch. Timothy erklärte ihm, er brauche ein Zimmer mit Bad für fünf Nächte. Er ging davon aus, dass er in dieser Zeit alle Sehenswürdigkeiten abgeklappert hätte und dann getrost nach Rom weiterreisen könnte.

„*Va bene.*“ Signor Pollini nickte, und nachdem alle Formalitäten erledigt waren, stieg Timothy in den winzigen, klapprigen Aufzug und fuhr in die zweite Etage. Er hatte tatsächlich ein Zimmer mit Aussicht: Wenn er sich etwas aus dem Fenster beugte und nach rechts blickte, konnte er zwischen den steilen Ziegeldächern ein Stück der terrakottafarbenen Domkuppel erkennen. Es mochte nicht die Art von Aussicht sein, mit der man eine Miss Bartlett beeindrucken konnte, aber ihm genügte es. Außerdem würde er ohnehin kaum Zeit auf seinem Zimmer verbringen – im Grunde benötigte er es nur, um zu duschen (Badewanne gab es hier leider keine) und zu schlafen. Auch die kitschige Rosentapete störte ihn nicht weiter – nachts würde er sie ohnehin nicht sehen. Er packte seine Kleider aus und verteilte sie auf den klobigen Holzschrank und die Kommode, dann setzte er sich auf das Bett, um die Matratze zu testen. Sie machte einen bequemen Eindruck, und sowohl die Laken als auch die Handtücher in dem winzigen Bad waren blütenweiß.

Draußen ging bereits die Sonne unter, und durch das geöffnete Fenster war das mannigfaltige Läuten von Kirchenglocken zu hören, das in den kommenden Tagen sein ständiger Begleiter werden sollte: ein tiefes, dunkles Bimm-Bamm, gefolgt von den hellen Klängen eines Carillon. In jedem Turm, jedem Campanile schienen Glocken zu hängen, die mal einzeln, mal paarweise oder in ungerader Zahl erklangen, und zwar nicht in einer bestimmten Reihenfolge, wie Timothy es von englischen Kirchen gewohnt war, sondern bunt durcheinander – zumindest kam es ihm so vor. Es war alles sehr … italienisch. Er warf einen Blick auf seine Armbanduhr. Sechs Uhr. Zeit für einen kleinen Spaziergang vor dem Essen, von dem noch völlig offen war, wo er es einnehmen würde. Aber er brauchte keinen Plan. Er war in Florenz, der Stadt der Malerei, aber auch der Blumen und der Liebe, je nach Bedarf.

Als er das Hotel Gandolfo verließ, herrschte überraschend viel Verkehr. Autos und Busse, Räder und Motorroller flitzen rechts und links, vor und hinter ihm vorbei. Man musste andauernd zur Seite springen, wenn einem das Leben lieb war. Anfangs irritierte ihn der Trubel, mit dem er zwar in Monaco, nicht aber in Florenz gerechnet hatte, doch er gewöhnte sich rasch daran. *Zimmer mit Aussicht* war 1908 entstanden, zu einer Zeit, als noch Fußgänger und Pferdekutschen das Stadtbild beherrscht hatten, doch die Pferde, die langen Röcke und die gestärkten Kragen gehörten längst der Vergangenheit an. Florenz atmete nach wie vor Geschichte, aber der Charakter der Stadt hatte sich verändert. Sie wirkte dynamisch und wild entschlossen, die lähmende historische Gussform zu sprengen, schlug Kapital aus Kunst und Traditionen und lieferte zugleich eine moderne, zeitgemäße Interpretation derselben.

Timothy umrundete den Dom, widerstand aber der Versuchung, die Türen des Baptisteriums genauer zu betrachten. Das sparte er sich für morgen auf. Vorerst wollte er die Stadt quasi noch auf Armeslänge halten, wollte die Atmosphäre auf sich wirken lassen, ehe er sich mit den Details beschäftigte. Er spazierte ein Stück am Ufer des Arno entlang, bestaunte den Ponte Vecchio mit den unzähligen wabengleichen Fenstern der Läden, die sich aus der Entfernung ausnahmen wie ein Haufen wahllos übereinandergestapelter Puppenstuben. Er war überwältigt. Das war Italien in Reinkultur – geschichtsträchtige Bauwerke, eine melodische Sprache und eine Stadt, in der abends das Leben pulsierte.

Er lehnte sich an eine steinerne Balustrade und ließ den Blick über die dicht gedrängten Häuser wandern. Sie schienen regelrecht miteinander zu rangeln in dem Bestreben, die letzten goldenen Strahlen der mediterranen Abendsonne zu ergattern, die die Farben der Stadt – Ocker, Siena und Umbra – zum Glühen brachten. Wieder einmal musste er an Francine denken. Wie schön es doch wäre, wenn sie jetzt bei ihm sein könnte! Dann fielen ihm Rosie, Ace und Elsie ein, und die Erinnerung an die drei versetzte ihm einen Stich. Er hatte sie arg vernachlässigt. Seine neue Umgebung und seine neuen

Freunde hatten seine gesamte Aufmerksamkeit in Anspruch genommen. Aber er würde Rosie schreiben, noch heute Abend, gleich nach dem Essen.

Auf seinem Weg durch schmale Gassen und Seitenstraßen kam er an einem winzigen Bistro vorbei, in dem offenbar sämtliche Gäste Italiener waren – ein gutes Zeichen. Als er sich näherte, wurde gerade ein kleiner Tisch draußen auf dem Bürgersteig frei. Kaum hatte Timothy auf einem der Metallstühle Platz genommen, kam auch schon ein Kellner in schwarzer Weste und langer weißer Schürze, um das schmutzige Geschirr abzuräumen und ein paar Krümel vom weißen Tischtuch zu wischen. „Menu, *Signor*?“, fragte er.

„*Sì. Grazie.*“ Der Kellner nickte, und eine Stunde später hatte Timothy die besten Spaghetti Carbonara im Bauch, die er je gegessen hatte und dazu zwei Gläser eines ausgesprochen herzerwärmenden Barolo. Er bezahlte und schlenderte in der Dämmerung gemächlich zurück zum Hotel, wo er sofort den Stift zur Hand nahm und einen Brief an die Zuhausegebliebenen verfasste.

Hotel Gandolfo,
Firenze

Liebe Rosie, lieber Ace, liebe Elsie,

es tut mir sehr leid, dass ich mich nicht öfter bei Euch melde. Immer wieder nehme ich es mir vor, aber dann kommt doch wieder etwas dazwischen. Es gibt einfach so viel zu sehen, und es ist ständig etwas los. Zugegeben, das war der Sinn dieser Reise, aber ich sollte mir trotzdem die Zeit nehmen, Euch Bericht zu erstatten …

Timothy legte den Stift beiseite und überlegte. Ja, er hatte angekündigt, sich auf die schriftliche Verständigung zu beschränken, wie es die Reisenden des 18. Jahrhunderts getan hatten, und doch verspürte er plötzlich den Drang, eine vertraute Stimme zu hören. Er kramte das Handy hervor und betrachtete es. Wie sehr er sie hasste, diese kleinen Geräte, ohne die man heutzutage praktisch nicht mehr überlebensfähig war! Er fand es gruselig, dass Menschen unter dreißig ihre Umgebung kaum noch wahrnahmen, weil sie ständig auf ihre Smartphones starrten. Dass er keine Ahnung hatte, wie man die Dinger bediente, kam erschwerend hinzu.

Er drückte auf eine Taste an der Seite, wartete ab, bis das Display aufleuchtete, und tippte Rosies Nummer ein. Es klingelte, fast eine Minute lang, aber Rosie ging nicht ran, und auch die Mailbox schaltete sich nicht ein. Er beendete den Anruf und legte das Telefon weg. Zum ersten Mal seit Beginn seiner Grand Tour – seines großen Abenteuers – fühlte er sich einsam.

KAPITEL 26

Hotel Gandolfo, Florenz

Mai

Ich liebe die Sprache, das weiche Pseudolatein
Das von Frauenlippen schmilzt wie Küsse
Als sollt's auf Satin geschrieben sein
Mit Silben, die künden von des Südens Süße.

Lord Byron, *Beppo*, 1817

Das Frühstück im Hotel Gandolfo fiel zwar eher bescheiden aus, aber es schmeckte köstlich, denn er war endlich in Italien, und alles war frisch – die Brötchen, der Kaffee, das Gebäck, das Obst. Timothy fiel darüber her, als hätte er seit Tagen nicht gegessen. Die Portion Spaghetti Carbonara vom Vorabend war bloß noch eine schöne Erinnerung.

Serviert wurde das Frühstück in einem kleinen Raum im hinteren Teil des Hotels, in dem vier kleine Tische standen, an jeder Wand einer. An einem davon saß bereits ein einzelner Mann – allem Anschein nach ein italienischer Geschäftsreisender, denn er studierte einen dicken Stapel Computerausdrucke. Timothy wurde ein Platz in der Ecke zugewiesen, und der Tisch am Fenster, hinter dessen Spitzengardinen die karamellbraune Stuckvilla nebenan zu erkennen war, wurde von zwei älteren Damen in Beschlag genommen, die Timothy freundlich zunickten, als sie mit ihren Reiseführern in der Hand eintraten. Es entging ihm nicht, dass sie statt Kaffee Tee bestellten, wobei sie sich einer Mischung aus Italienisch und Oxford-Englisch bedienten, was ihn daran erinnerte, dass man englischen Diplomaten früher eingetrichtert hatte, stets mit einem deutlich hörbaren englischen Akzent zu sprechen, wenn sie sich in einer Fremdsprache unterhielten, um auf diese Weise die Überlegenheit ihrer Muttersprache zu unterstreichen. Er tat, als würde er in seinem uralten Baedeker lesen, wie Miss Honeychurch in Forsters Roman, lauschte dabei jedoch den beiden Damen aus England, die nun ihr Tagesprogramm diskutierten. Sehr gut, damit war zumindest schon mal klar, welche Sehenswürdigkeiten er heute meiden würde.

Aus den Gesprächsfetzen, die an sein Ohr drangen, schloss er, dass sie beide schon seit Längerem verwitwet waren und regelmäßig gemeinsam Kulturreisen in europäische Städte unternahmen. Hmpf. Sie absolvierten also wie er die Grand Tour, nur eben scheibchenweise und nicht in einem Rutsch.

Als er hörte, dass der Kellner die beiden mit Mrs. Winder und Mrs. Dawes ansprach, grinste er hinter seinem Baedeker in sich hinein. Das klang ja fast, als hätten sie sich Pseudonyme zugelegt! Wobei er ihnen eine derartige Frivolität eigentlich nicht zutraute, schon in Anbetracht ihres makellos frisierten Haars. Mrs. Winder hatte sich die grauen Haare zu einem Knoten hochgesteckt, Mrs. Dawes hatte einen blonden Bob. Beide trugen gediegene Stoffhosen und Seidenblusen – die eine in Elfenbeinweiß, die andere in Hellgrau –, und die obligatorische Perlenkette vervollständigte das Outfit. Sie legten auch auf Reisen sichtlich großen Wert auf ein gepflegtes Erscheinungsbild – das einzige Zugeständnis an den Urlaub war der Umstand, dass sie sich die Blusen nicht in den Hosenbund gesteckt hatten.

Obwohl sich Timothy große Mühe gab, ja nicht in ihre Richtung zu sehen, ließ sich ein Blickkontakt über kurz oer lang natürlich nicht vermeiden, und Mrs. Dawes nutzte sofort die Gelegenheit, indem sie ihn auf seinen schon etwas in die Jahre gekommenen Reiseführer ansprach.

„Äh, ja." Timothy zuckte die Schultern. „Ich habe oben noch einen neueren, aber ich wollte mal nachlesen, was man den Touristen früher hier so anempfohlen hat."

„Wann denn in etwa?", hakte Mrs. Winder nach.

„Um die Jahrhundertwende."

„So ungefähr 1908?", fragte sie mit einem vielsagenden Schmunzeln.

„Ganz recht." Er warf einen Blick auf das Impressum. „Der hier ist sogar von 1904."

„Vielleicht ist das ja genau derjenige, welcher …"

„Ich verstehe nicht ganz?"

„Nun, der, den Miss Honeychurch beim Frühstück konsultiert, worauf Miss Lavish ihr rät, sie solle sich ‚davon emanzipieren'."

„Herrje, ich bin durchschaut", sagte Timothy mit gespielt bestürzter Miene.

„Keine Sorge, Mr. …?"

„Gandy. Tim Gandy."

„Na, das macht doch auch den Reiz der Sache aus, nicht?", schaltete sich Mrs. Dawes ein. „Sehen Sie sich auch die Franziskanerkirche Santa Croce an?"

„Vermutlich, ja. Ich weiß allerdings noch nicht genau, wann. Ich hoffe nur, ich erlebe keine Messerstecherei, solange ich hier bin."

„Gott bewahre!"

Die beiden Damen lachten herzlich, dann stellten sie sich vor. „Wir sind alte Freundinnen, und seit dem Tod unserer Ehemänner verreisen wir gemeinsam. Ich heiße Sylvia Winder."

„Und ich bin Vera Dawes." Sie sprach es aus wie das englische Wort *doors*. „Bitte verkneifen Sie sich jeglichen Kommentar."

„Vera ist nämlich etwas tollpatschig, müssen Sie wissen. Im Grunde sollte ich alle paar Minuten ‚Mind the doors' rufen."

Wie aufs Stichwort ließ Mrs. Dawes das Messer fallen, sodass es laut klappernd auf ihrem Teller landete, und dann flatterte auch noch ihre Serviette auf den Boden.

Mrs. Winder seufzte. „Hab ich's nicht gesagt?"

Timothy lächelte höflich. „Wie lange werden Sie bleiben?"

„Bloß eine Woche." Wie es aussah, war diese Mrs. Winder nicht nur für die Kommunikation, sondern auch für die Organisation zuständig. Ihre Freundin wirkte deutlich zurückhaltender; sie beschränkte sich darauf, hin und wieder einen Satz zur Ergänzung hinzuzufügen. „Wir versuchen, jeden Tag ein paar der Sehenswürdigkeiten auf unsere Liste abzuarbeiten, aber es ist recht ermüdend. Außerdem hat Vera Asthma, und wir müssen darauf achten, dass es nicht zu anstrengend für sie wird."

„Abgesehen davon bin ich aber kerngesund", meldete sich ihre Begleiterin zu Wort. „Gestern haben wir die Uffizien besichtigt, und das war doch einiges."

„Ja, da hast du dich wacker geschlagen."

„Und, sind sie einen Besuch wert?", fragte Timothy, obwohl er ohnehin vorhatte, hinzugehen.

„O ja, keine Frage. Das dürfen Sie sich auf keinen Fall entgehen lassen."

„Was hat Ihnen denn am besten gefallen?"

„Die Anbetung der Könige von Da Vinci", antwortete Sylvia Winder wie aus der Pistole geschossen. „Ich liebe dieses Bild – ich habe eine Postkarte davon, die ich mir jedes Jahr zu Weihnachten auf den Kaminsims stelle. Es war eine Offenbarung, endlich das Original zu sehen. Es ist viel größer, als ich erwartet hatte. Die Geburt der Venus von Botticelli müssen Sie sich auch unbedingt ansehen. Das ist schon etwas ganz Besonderes – diese schlichte Klarheit, diese Lebendigkeit … Man hat das Gefühl, sie sieht einem geradewegs in die Augen."

„Und natürlich muss man auch *mein* Bild gesehen haben", fügte Mrs. Dawes stolz hinzu. „Den *anderen* Botticelli."

„Jaja." Ihre Begleiterin nickte ungeduldig.

„Ihr Bild?", wiederholte Timothy und musterte Vera Dawes fragend.

„Primavera", erklärte Mrs. Winder in einem etwas spöttischen Tonfall, worauf Mrs. Dawes kicherte wie ein Schulmädchen. „Das ist ihr kleiner Insider-Witz", schob Mrs. Winder leicht entnervt hinterher, dann besann sie sich wieder auf das eigentliche Gesprächsthema. „Und Michelangelos David ist natürlich ein Muss."

„O ja, den haben wir uns als Erstes angesehen – er steht in der Accademia. Sehr majestätisch. Die Skulptur ist riesig, müssen Sie wissen."

„Allerdings." Mrs. Winder legte die Stirn in Falten. „Leider war just zu der Zeit, als wir da waren, auch eine Frauengruppe aus Yorkshire dort. Die Damen waren hellauf begeistert von Michelangelos meisterhafter Darstellung des männlichen Körpers – Sie können sich sicher denken, welchen Teil der Anatomie sie ganz besonders bewundert haben –, und eine von ihnen sagte ziemlich laut: ‚Also, wenn das David ist, würde ich doch gern Goliath sehen.'"

Timothy unterdrückte ein Grinsen. „Du meine Güte", murmelte er und nahm einen Schluck Kaffee in dem Bestreben, sich seine Belustigung nicht anmerken zu lassen.

„Und wo wollen Sie heute hin, Mr. Gandy?"

„Ich glaube, als Erstes zum Dom. Ich werde mir die Türen des Baptisteriums ansehen und mich dann ein Weilchen in die Kirche setzen, um die Atmosphäre auf mich wirken zu lassen."

„Wie lange bleiben Sie?", erkundigte sich Mrs. Winder.

„Werden Sie genügend Zeit haben, um Firenze ausführlich zu erkunden?“

„Ich hoffe es. Ich habe fünf Nächte gebucht, das sollte reichen. Interessanterweise ist in meinem Baedeker ein Programm für exakt fünf Tage aufgelistet, wobei die Liste ziemlich umfangreich ist. Ich weiß noch nicht, ob ich mich an die vorgeschlagene Reihenfolge halten und alles besichtigen werde, was dort empfohlen wird.“

„Ja, das ist das Problem – es gibt einfach zu viel zu sehen, und man will schließlich nichts Wichtiges auslassen, nicht wahr?“ Mrs. Winder erhob sich. „Komm, Vera, wir haben wieder einiges vor heute. Wir dürfen nicht rumtrödeln, sonst ist der Vormittag im Nu rum.“

„Stimmt.“ Vera schien es nicht ganz so eilig zu haben, doch sie stand ebenfalls auf und wischte sich eine beträchtliche Menge Krümel von der Hose. Ihre Serviette lag noch immer unter dem Tisch. Sie nickte Timothy zu. „Ich nehme an, wir sehen uns morgen, Mr. Gandy.“

„Vermutlich, ja.“

„Da wir normalerweise recht zeitig ins Bett gehen, essen wir immer schon so gegen sechs zu Abend, und zwar in dem kleinen Café gleich gegenüber, falls Sie sich zu uns gesellen möchten.“

„Sehr liebenswürdig, danke, aber ich weiß noch nicht, wie meine Pläne für heute Abend aussehen.“ In Anbetracht ihrer leicht enttäuschten Miene fügte er hinzu: „Falls ich um diese Zeit in der Nähe sein sollte, komme ich gern dazu.“

„Wo bleibst du denn, Vera?“, rief Mrs. Winder von der Tür.

„Bin schon unterwegs, Sylvia.“

Diese Mrs. Dawes konnte einem ja echt leidtun. Timothy nahm den Baedeker zur Hand und vertiefte sich wieder in das Florenz des vorigen Jahrhunderts, war in Gedanken aber noch bei dem Gespräch gerade eben, mit dem womöglich der Grundstein für eine neue Reisebekanntschaft gelegt war. Es war an der Zeit, sich ein wenig abzuschotten, sonst mutierten die beiden Damen womöglich unversehens zu Miss Honeychurch und Miss Bartlett und drängten ihn in die Rolle des lästigen, wenn auch wohlmeinenden Mr. Emerson. Die Vorstellung ließ ihn schaudern.

An der ältesten Thür, im Süden gegenüber dem Bigallo, hat Andrea Pisano die Geschichte Johannes des Täufers und die christlichen Tugenden dargestellt, 1336 nach 6jähriger Ärbeit vollendet. Die Einfassung ist von Vittorio Ghiberti, dem Sohne des Lorenzo Ghiberti (1452-62), die Enthauptung des Täufers oben von Vincenzo Danti (1571).

Mit dem Baedeker in der Hand betrachtete Timothy ehrfürchtig die über sechshundert Jahre alten Türen mit den bemerkenswerten Bronzereliefs. Er fand ja schon das Alter des Reiseführers beeindruckend – und nicht zuletzt die Tatsache, dass ein Tourist zur Zeit Edwards VII. mit genau diesem Buch in der Hand hier gestanden und wie er diese Türen bewundert haben könnte.

Was war vor sechshundert Jahren in England los gewesen? Wer hatte 1403 auf dem Thron gesessen, als die achtundzwanzig Darstellungen auf der zweiten Tür entstanden waren, die dem Baedeker zufolge Szenen *aus dem Leben Jesu* zeigten? Timothy zermarterte sich das Hirn. Die Jahreszahl kam ihm aus dem Geschichtsunterricht bekannt vor, wenngleich sie nicht ganz so bedeutend war wie 1066 oder 1215. Sie war mit dem Tod eines Königs verknüpft. Nur, welches Königs? Der, über den Shakespeare geschrieben hatte. Ach, richtig, Heinrich IV., der in der Schlacht von Salisbury gestorben war. Oder war es Southampton gewesen? Nein, Shrewbury, genau! 1403, hundertfünfzig Jahre vor der Geburt von William Shakespeare. Nicht zu fassen. Was für eine Qualität! Was für eine Beständigkeit! Und erst die künstlerische Leistung – verglichen damit verblassten seine bescheidenen Versuche der Aquarellmalerei zu völliger Bedeutungslosigkeit.

Die Malsachen blieben den ganzen Tag in der Tasche. Timothy hatte keine Lust, an seine künstlerische Imperfektion erinnert zu werden. Da bewunderte er doch lieber die Arbeiten der zahlreichen Künstler und Handwerker, die in dieser Stadt schon so lange Bestand hatten und – so Gott wollte – locker noch weitere fünfhundert Jahre überdauern würden. Nach der ausführlichen Besichtigung von Brunelleschis gigantischem Kuppelbau und dem Gemälde des Jüngsten Gerichts hatte er Nackenschmerzen, und die Perfektion der beiden Meisterwerke sowohl hinsichtlich Ausführung als auch Wirkung hatte in seiner Brustgegend ein Gefühl der Enge hinterlassen.

Nach der Besichtigung von Dom und Baptisterium machte er sich auf den Weg zu den Uffizien. Er wollte zu Fuß gehen, die ganze Via dei Calzaiuoli entlang, da er aber inzwischen aus Erfahrung wusste, dass es nicht ratsam war, den ganzen Tag nichts zu essen, kaufte er unterwegs ein Ciabatta mit Schinken und Käse, das ihm schon deshalb wie eine Delikatesse vorkam, weil es nicht bloß in einer Papiertüte steckte, sondern in festes Butterbrotpapier gewickelt war, und setzte sich damit ein paar Hundert Meter weiter auf eine Bank am Flussufer, von der aus er die Umgebung beobachten konnte.

Das war also Italien, das Land, von dem er so viele Jahre geträumt hatte. Ein Land, dessen Sprache für ihn so melodiös klang wie keine andere. Italien, das Land vorzüglichen Essens, exquisiter Musik und traumhafter Landschaften. Der Himmel über ihm war leuchtend blau, der Fluss von einem erdigen Braun, und die Gebäude rings um ihn waren von einer unvergleichlichen architektonischen Eleganz. In einer solchen Umgebung schmeckte selbst ein schlichtes Sandwich einfach göttlich. Da saß er nun endlich, am Ufer des Arno, mit über fünfzig, und gönnte sich ein Mittagessen unter freiem Himmel. Und wie er so den Blick schweifen ließ, brannten ihm plötzlich Tränen in den Augen. Peinlich berührt wischte er sie fort und verdrückte den letzten Rest seines Mittagessens. *Il pranzo.* Selbst dieses einfache Wort klang wie Musik in seinen Ohren.

Endlich war alles genau so, wie er es sich ausgemalt hatte: Er war allein – und er genoss es. Er konnte sich Zeit lassen, konnte die Wunder Europas in seinem eigenen Tempo erkunden. Und dann sah er sie. Erst dachte er, seine Fantasie hätte ihm einen Streich gespielt. Er erhaschte nur einen flüchtigen Blick, dann verschwand sie hinter einer Reihe Sonnenschirme vor einem Straßencafé. Er stand auf und reckte den Hals, um besser sehen zu können. Nein, er musste sich getäuscht haben. Eine Fata Morgana. Zögernd setzte er sich wieder. Doch ein paar Minuten später kam sie aus dem Café, in einer Hand eine Tasse samt Untertasse, in der anderen einen Teller mit einem Panino. Sie ließ sich damit an einem der Tische nieder, nur fünfzehn oder zwanzig Meter von ihm entfernt. Timothy traute seinen Augen kaum. Er blinzelte ungläubig, dann stand er auf und ging auf sie zu.

Als er an ihren Tisch trat, hob sie den Kopf und nahm die Sonnenbrille ab. Sie wirkte überrascht. „Hallo, Dad", sagte sie mit einem matten Lächeln.

KAPITEL 27

Florenz

Mai

Die Kinder fangen wohl mit der Liebe zu ihren Eltern an, nach einiger Zeit aber richten sie ihre Eltern. Nur selten, wenn überhaupt, verzeihen sie ihnen!

Oscar Wilde, *Eine Frau ohne Bedeutung*, 1893

Die Tatsache, dass er sie nie verstanden hatte, verstärkte seine Verwirrung noch zusätzlich. Seit dem Tod ihrer Mutter hatte Alice in seinem Leben durch Abwesenheit geglänzt. Und jetzt war sie hier, weit weg von zu Hause, Lichtjahre entfernt von ihrem geliebten Oxford. Sie hatte nicht nur ihr vertrautes Umfeld in England verlassen, sondern sogar Staatsgrenzen überwunden. Es war … surreal.

„Was machst du denn hier?“, fragte er sie konsterniert, ohne lange darüber nachzudenken, dass das nicht gerade sehr erfreut klang.

„Darauf warten, dass du mir über den Weg läufst“, sagte sie leise. „Ich hoffe, du hast nichts dagegen …“

„Ich … na ja … Ich bin bloß …“ Er brachte keinen vernünftigen Satz heraus. Von den unzähligen Fragen, die ihm durch den Kopf schwirrten, setzte sich schließlich eine durch. „Hat Oliver dich hergeschickt?“ Wahrscheinlich war sie nur deshalb hier.

„Nein.“

„Oh.“ Prompt schämte er sich für seine Unterstellung. „Aber … Ich verstehe nicht ganz, was …“

„Oliver hat mich nicht *hergeschickt*. Er hat mich angerufen und mir erzählt, was los ist." Timothy verstand noch immer nur Bahnhof, also fuhr sie fort: „Die Bank hat uns kontaktiert, weil angeblich eine Menge Geld von deinem Konto abgegangen ist."

„Ach ja? Und was hat das mit Oliver oder dir zu tun? Warum hat die Bank nicht mich angerufen? Dafür habe ich mein Handy ja schließlich dabei."

„Sie haben's versucht, aber wie es aussieht, funktioniert es nicht. Hast du es schon mal benutzt?"

„Ich habe gestern versucht, Rosie anzurufen, aber sie ist nicht rangegangen."

„Um welche Uhrzeit?"

„Am frühen Abend."

„Wahrscheinlich hat sie gerade das Baby gebadet. Zu Hause war sie sicher. Kann aber auch sein, dass dein Handy kaputt ist."

Timothy setzte sich neben sie. „Entschuldige, aber können wir mal eben ein Stück zurückspulen? Ich habe dich seit der Beerdigung deiner Mutter nicht gesehen, und auch da nur ganz kurz. Du hast kaum ein Wort gesagt."

„Ich stand unter Schock."

„Wir standen alle unter Schock. Und dann bist du wieder nach Oxford abgezischt und hast seither keinen Ton von dir hören lassen."

„Du hättest dich ja auch mal melden können."

Timothy bedachte seine Tochter mit einem flehentlichen Blick.

„Ja, ich weiß, ich bin nicht sonderlich gesellig, aber …", setzte sie an.

„Und jetzt bist du auf einmal hier."

„Wir haben gerade Semesterferien. Oliver konnte nicht

weg, weil er mit einem wichtigen Fall beschäftigt ist, und Rosie erst recht nicht, wegen Elsie. Als die von der Bank angerufen und gesagt haben, dass von deinem Konto zwanzigtausend Euro abgehoben wurden, dachten wir, das geht bestimmt nicht mit rechten Dingen zu. Wir dachten, dass dir jemand die Kreditkarte geklaut hat – oder schlimmer noch, dass du ausgeraubt wurdest. Wir haben versucht, dich anzurufen, aber dein Handy war aus. Also mussten wir eine Entscheidung treffen. Rosie wusste, in welchem Hotel du in Monaco abgestiegen bist und hat dort angerufen, aber man konnte ihr nur sagen, dass du nach Florenz weitergereist bist. Und da ich die Einzige war, die Zeit hatte, bin ich hergekommen, um mich auf die Suche nach dir zu machen. Mir war klar, dass die Chancen, dich zu finden, äußerst gering sind, aber ich wollte es zumindest versuchen. Ich dachte, wenn ich mich in der Nähe der wichtigsten Sehenswürdigkeiten aufhalte, läufst du mir vielleicht zufällig über den Weg – wenn du noch am Leben bist.“

Wieder einmal erfassten Timothy Schuldgefühle. Alice war das mit Abstand am wenigsten abenteuerlustige von seinen Kindern. Sie hatte seit jeher sehr zurückgezogen gelebt, hatte sich abgeschottet – von allen, nicht nur von ihm –, und doch hatte sie ihre vertraute Umgebung verlassen und sich in die große weite Welt hinausgewagt, um nach ihm zu suchen. Weil sie befürchtet hatte, ihm könnte etwas zugestoßen sein. Was genau, das wollte er sich gar nicht weiter ausmalen.

„Ich weiß nicht, was ich sagen soll.“

„Ich bin einfach froh, dass es dir gut geht“, sagte sie matt.

Er betrachtete sie zum ersten Mal seit vielen Monaten. Sie war schrecklich dünn, und das kurz geschnittene dunkle Haar betonte ihre feinen Wangenknochen und ihre blasse Haut. Sie trug eine dunkelgraue Hose und einen dünnen grauen Pulli sowie eine schwarze Jacke und bequeme flache Schuhe, die ganz offensichtlich regelmäßig geputzt wurden.

Timothy ergriff ihre Hand und drückte sie sanft. Sie schenkte ihm ein kurzes, aber aufrichtig wirkendes Lächeln, dann entzog sie ihm die Hand, um einen Schluck Kaffee zu trinken.

„Wo bist du untergebracht?", fragte er.

„In einer winzigen *pensione* auf der anderen Seite des Doms."

„Wahrscheinlich ganz in der Nähe meines Hotels."

„Kann gut sein." Sie stellte die Tasse ab. „Also, hast du tatsächlich zwanzigtausend Euro abgehoben?"

„Ja, hab ich", antwortete Timothy ruhig.

„Warum? Was hast du damit gemacht? Ich weiß, du hast dir ein paar Nächte in schönen Hotels geleistet, aber so teuer kann das ja wohl auch nicht gewesen sein, oder?"

„Nein."

„Und was hast du dann mit dem Geld gemacht?"

„Ich ... habe es jemandem geliehen. Die Details möchte ich lieber für mich behalten."

„Was?" Alice riss die Augen auf. Ihre bislang eher teilnahmslose Miene war einer konsternierten Fassungslosigkeit gewichen. „Und wem?"

„Dazu möchte ich mich wie gesagt nicht äußern." Timothy versuchte, sich seine Verärgerung nicht anmerken zu lassen.

Sie sah ihm fest in die Augen. „Es geht dir aber schon gut, oder, Dad? Ich meine, wird dir hin und wieder schwummrig? Leidest du an Gedächtnisschwund? Kommt es vor, dass du dich nicht daran erinnern kannst, was du kürzlich gesagt oder getan hast?"

Timothy schüttelte unwirsch den Kopf. „Nein. Es geht mir blendend. Ich bin gesund und im Vollbesitz meiner geistigen

Kräfte. Ich habe einfach beschlossen, jemandem zu helfen, und ich finde, ich bin meinen Kindern keine Rechenschaft darüber schuldig. Das ist eine reine Privatangelegenheit."

„Da bin ich anderer Ansicht", erwiderte Alice. „Wenn wir das Gefühl haben, dass es dir nicht gut geht, dass du geistig nicht mehr ganz auf der Höhe bist, dann müssen wir uns womöglich Maßnahmen zu deinem eigenen Schutz überlegen."

Timothy schnaubte genervt. „Nun hör mir mal gut zu: Ich leide weder an Demenz noch an irgendeiner Form von geistiger Umnachtung, und ich kann dir versichern, es wird noch eine ganze Weile dauern, bis ihr einen gesetzlichen Vormund für mich ernennen müsst."

„Dann ist ja gut," sagte Alice indigniert. „Aber dir muss doch klar sein, wie das alles für uns ausgesehen hat."

„Gilt das auch für Rosie? Hat sie auch den Verdacht geäußert, dass ich nicht mehr ganz zurechnungsfähig bin?"

„Rosie war genauso besorgt um dich wie Oliver und ich. Wir dachten wirklich, dir sei etwas passiert. Was hast du erwartet, nachdem du quasi aus heiterem Himmel zu einer Reise quer durch Europa aufgebrochen bist? So etwas hast du schließlich noch nie gemacht."

Allmählich hatte Timothy die Nase voll. „Weil ich nie die *Gelegenheit* dazu hatte. Die ersten zwanzig Jahre unserer Ehe waren deine Mutter und ich damit beschäftigt, drei Kinder großzuziehen, und als ihr dann alle außer Haus wart, hatte sie keine Lust zu verreisen. Was habt ihr denn erwartet? Dass ich mich auch nach ihrem Tod an ihren Wünschen orientiere und den Rest meines Lebens artig zu Hause verbringe?"

Alice wich verlegen seinem Blick aus. „So war das nicht gemeint."

„Wie denn dann?"

„Ich habe das Gefühl, diese Unterhaltung führt zu nichts."

„Ich auch."

Alice leerte ihre Kaffeetasse. „Ich glaube, ich gehe jetzt besser. Ich habe meine Mission erfüllt. Ich habe zwar noch immer keine Ahnung, was mit dem Geld passiert ist, aber ich weiß jetzt zumindest, dass es dir gut geht."

„Ach so, im Grunde geht es also nur um das Geld?", fragte Timothy. „Um euer Erbe?" Kaum war es heraus, hätte er sich am liebsten die Zunge abgebissen.

„Das war jetzt eindeutig unter der Gürtellinie, Dad."

„Ich weiß. Entschuldige. Es ist bloß ... Oliver hatte mir vor meiner Abreise einen Brief geschrieben, in dem er behauptet hat, mein Verhalten sei unverantwortlich und verschwenderisch. Er meinte, ich soll an meine Kinder und an mein Enkelkind denken. Ich wollte nicht ..."

Alice stand auf. Ihr Sandwich hatte sie nicht angerührt. „Damit habe ich nicht das Geringste zu tun. Oliver mag mein Bruder sein, deshalb empfinde ich eine gewisse geschwisterliche Zuneigung für ihn, aber die ist nicht allzu groß. Er ist ein taktloser Trottel, und seine Frau eine kaltschnäuzige Xanthippe, aber er ist immer noch dein Sohn, und er war – zumindest in diesem Fall – ernsthaft um dein Wohlergehen besorgt. Wir haben vor Kurzem unsere Mutter verloren, und wir wollten nicht auch noch unseren Vater verlieren. Was du mit dem Geld gemacht hast, interessiert mich nicht die Bohne. Selbst wenn du es im Casino in Monte Carlo verloren haben solltest, wäre mir das herzlich egal. Ich wollte wirklich nur wissen, ob es dir gut geht."

Sie wandte sich zum Gehen, doch Timothy sprang auf und hielt sie am Arm zurück. „Nein, warte ... Es tut mir leid. Bitte, bleib hier."

Einen Moment lang sah es so aus, als würde sie sich losreißen und davonrennen, doch sie blieb, wo sie war. „Ich fliege morgen zurück", sagte sie und starrte ihn an, als wollte sie ergründen, was in seinem Kopf vorging. „Wenn du willst, können wir uns heute Abend zum Essen treffen."

„Gern." Seine Erleichterung war groß. „Sehr gern."

„Da drüben an der Ecke ist ein kleines Restaurant." Alice deutete in die entsprechende Richtung. „Es heißt La Riunione, passenderweise. Ich bin um acht dort."

„Gut." Wie in Trance registrierte er, dass sie ihm einen flüchtigen Kuss auf die Wange gab, ehe sie sich umdrehte und in den Touristenmassen verlor. Er sank in Zeitlupe auf seinen Stuhl, und vernahm wie aus weiter Ferne die Stimme des Kellners: „Caffè, *signor*?"

„Nein, danke", murmelte er benommen. Dann hob er den Kopf. „Haben Sie auch Brandy?"

KAPITEL 28

La Riunione, Florenz

Mai

Die Gedanken kleiner Mädchen hocken
unter ihren Kringellocken.

Phyllis McGinley, *What Every Woman Knows*, 1960

Timothy konnte sich nicht erinnern, bei der Aussicht auf die Begegnung mit einem seiner Kinder je derart nervös gewesen zu sein. Angespannt oder gereizt vielleicht, vor einem Treffen mit Oliver und Vita, aber nicht nervös. Jedenfalls nicht in diesem Ausmaß. Je näher der Stundenzeiger seiner Armbanduhr der Acht kam, desto schlimmer krampfte sich sein Magen zusammen. Das ist doch albern, sagte er sich. Alice war seine Tochter. Ja, sie hatten in den vergangenen Jahren wenig miteinander zu tun gehabt, aber sie war und blieb seine Tochter und sollte als solche keine ernsthafte Gefährdung für sein seelisches Gleichgewicht darstellen. Trotzdem war er aufgeregt und fahrig. Bei dem Gedanken an ihre sorgfältig geputzten Schuhe gab er sich besonders viel Mühe mit seiner äußeren Erscheinung, als könnte er auf diese Weise ihre Meinung von ihm beeinflussen. Zum Glück hatte er noch eine frisch gebügelte beigefarbene Stoffhose – dem Wäscheservice des Hôtel Hermitage sei Dank –, dazu zog er ein sauberes blaues Hemd und eine olivgrüne Canvasjacke an. Ehe er aufbrach, betrachtete er sich noch einmal prüfend im Spiegel, dann begab er sich nach unten – zu Fuß, weil er davon ausging, dass Mrs. Winder und Mrs. Dawes den Aufzug nehmen würden, falls sie überhaupt schon vom Abendessen zurück waren.

Wie es der Teufel wollte, kreuzten sich ihre Wege in der Lobby, direkt vor Signor Pollinis Tresen. „Oh, Mr. Gandy. Wir haben Sie beim Dinner vermisst“, bemerkte die unbedarfte Mrs. Dawes sogleich.

„Ja, tut mir leid, bei mir hat es etwas länger gedauert.“

„Und jetzt gehen Sie auch etwas essen?“, sagte Mrs. Winder forsch.

„Ganz recht.“ Er sah auf die Uhr. „Ich muss mich sputen, der Tisch ist für acht reserviert.“

„Ah ja. Wir wollten Sie fragen, ob –“

Timothy setzte ein freundliches Lächeln auf (so freundlich es unter den gegebenen Umständen eben ging) und schob sich an ihnen vorbei durch die Tür, ängstlich darauf bedacht, sich von den neugierigen alten Schachteln nicht länger aufhalten zu lassen. Er musste sich wirklich in Acht nehmen, sonst hatte er die beiden für den Rest seines Aufenthalts an der Backe, und der einzige Mensch, auf dessen Gesellschaft er im Moment Lust hatte, war irgendwo in Paris. Er schüttelte den Kopf. Jetzt stellst du dich erst einmal deiner Tochter, du Feigling, sagte er sich. Er atmete einmal tief durch, dann folgte er der Via dei Calzaiuoli zum Restaurant La Riunione.

Alice erwartete ihn bereits. Zu seiner Überraschung hatte sie sich umgezogen und trug nun eine royalblaue Canvasjacke über einem elfenbeinweißen Rollkragenpulli und dazu eine schwarze Hose. Ihre Wangen waren leicht gerötet, ihre Augen glänzten. Zum ersten Mal in seinem Leben fiel Timothy auf, dass seine mittlere Tochter, die sich so selten guter Gesundheit erfreut hatte (ob die Krankheiten nun eingebildet gewesen waren oder nicht) auf knabenhafte Weise attraktiv war. In den vergangenen Jahren hatte sie stets einen deprimierten, melancholischen Eindruck gemacht, jetzt jedoch wirkte sie zwar nicht gerade fröhlich, aber doch zumindest so entspannt wie noch nie. Vielleicht, weil sie inzwischen herausgefunden hat, dass ihr Vater nicht wie befürchtet tot in einem Straßengraben liegt, dachte er zerknirscht.

Er beugte sich zu ihr hinunter, um sie auf die Wange zu küssen, und sie wich ihm nicht aus. „Ich habe noch keinen Wein bestellt", sagte sie, während er Platz nahm. „Ich wusste nicht, ob du rot oder weiß bevorzugst."

„Was ist dir denn lieber?", fragte er vorsichtig.

Sie zuckte die Schultern.

„Rot?", schlug er zögernd vor.

„Meinetwegen."

„Schon seltsam …"

„Was?"

„Dass ich so gar nichts über deine Trinkgewohnheiten weiß. Oder sagen wir über deine Präferenzen in Bezug auf Wein."

„Das überrascht mich nicht – ich kann mich nicht erinnern, dass wir zu Hause je Alkohol getrunken hätten, außer vielleicht an Weihnachten, als ich alt genug war. Weißt du noch, was wir getrunken haben?"

Timothy schüttelte den Kopf, überrascht von ihrer Frage. „Mateus Rosé."

„Nein!"

„Doch. Mum hat die Flaschen gebraucht, um Lampen daraus zu basteln, für den Flohmarkt der Liberaldemokraten."

„Ich glaube, die Liberaldemokraten verdanken ihre Existenz eurer Mutter."

„Ich glaube, die Liberaldemokraten waren der einzige Grund dafür, dass Mum Alkohol getrunken hat."

Es entstand eine Pause; die Situation war für beide Seiten sichtlich ungewohnt.

Der Kellner brach das Schweigen. „*Vino, signor, signorina?*“

„*Sì. Grazie*“, sagte Alice. „*Una bottiglia di Brunello per favore.*“

Der Kellner nickte. „*Certamente, signorina.*“

Timothy versuchte vergeblich, sich seine Überraschung angesichts ihrer Italienischkenntnisse nicht anmerken zu lassen.

„Abendkurse“, erklärte Alice.

„Wusste ich gar nicht.“

„Es gibt vieles, was du nicht weißt, Dad.“

Timothy erwiderte nichts darauf. Wortlos wartete er ab, doch die Tirade blieb aus. Ein anderer Kellner brachte ihnen einen Brotkorb, ein Schüsselchen mit Olivenöl und zwei frische Gläser, stellte alles zwischen ihnen auf den Tisch und zog sich zurück. Wieder herrschte betretenes Schweigen, während der erste Kellner wieder auftauchte und Alice die bestellte Flasche Brunello di Montalcino unter die Nase hielt. Sie warf einen Blick auf das Etikett und nickte, dann verfolgten sie gemeinsam, wie er die Flasche entkorkte und ihr ein Schlückchen einschenkte. Nachdem sie den Wein probiert und dem Kellner signalisiert hatte, dass sie zufrieden war, füllte er ihre Gläser, deponierte die Flasche auf einem kleinen Beistelltisch und verschwand wieder in Richtung Küche.

Alice hob ihr Glas und sah ihrem Vater in die Augen. „*Salute.*“

„*Salute*“, wiederholte er.

Sie tranken und zögerten beide einen Moment lang, ehe sie – wie man das häufig beobachten kann – gleichzeitig zu reden anfingen.

„Wir hatten …“ sagte Alice, und Timothy im selben Augenblick: „Ich wollte …“

Sie brachen ab, und Timothy startete den Versuch, das Eis mit einer harmlosen Frage zu brechen: „Wie läuft es denn so in Oxford?"

„Wie immer", antwortete Alice. „Die Studenten kommen und gehen, aber sonst bleibt alles beim Alten."

„Und du? Bist du auch noch ganz die Alte?"

Alice sah ihn an. „Worauf willst du hinaus?"

„Ich seh schon, kein Small Talk in Oxford." Es war eigentlich nicht als Tadel gemeint gewesen, aber es brachte den Stein ins Rollen.

„Ich kann mir schon vorstellen, wie du über mich denkst", sagte Alice leise. „Du findest, dass ich ziemlich reserviert und egoistisch bin, und du glaubst, meine Familie wäre mir egal."

Timothy wollte widersprechen, kam aber nicht zu Wort.

„Tja, du irrst dich. Es mag dir nicht bewusst sein, aber ich habe schon sehr früh begriffen, dass ihr – du und Mum – überhaupt nicht zueinander passt. Oliver war das total schnuppe, und Rosie hat versucht, damit umzugehen, indem sie krampfhaft gute Stimmung verbreitet hat. Tja, aber ich habe sehr darunter gelitten. Mir ist schon klar, dass ich in euren Augen ein Schwächling ohne jeden inneren Antrieb war, aber Tatsache ist: Die Atmosphäre bei uns zu Hause hat mein Selbstwertgefühl komplett ruiniert."

„Was denn für eine Atmosphäre?", wandte Timothy ein. „Deine Mutter und ich haben uns nie gestritten oder angebrüllt. Ich habe immer sehr darauf geachtet, dass es bei uns harmonisch zugeht."

„Genau. Ich konnte förmlich zusehen, wie du dich immer mehr zurückgezogen hast, bis du praktisch unsichtbar warst. Wenn du glaubst, das hätte ich nicht gemerkt, dann täuschst du dich. Es war furchtbar für mich. Rosie hat nichts mitbekommen, die war noch zu jung, und Oliver war schon im Begriff, zu Hause auszuziehen. Aber ich stand im Epizentrum eurer missglückten Ehe, auch auf die Gefahr hin, dass es egoistisch klingt."

„Unsere Ehe war keineswegs missglückt."

„Ach, mach dir doch nichts vor, Dad! Du warst kreuzunglücklich! Du hast bloß Mittel und Wege gefunden, es zu verdrängen, das ist alles."

„Na ja, das war zu einem gewissen Teil –"

„Aus Rücksicht auf uns." Alice schüttelte seufzend den Kopf. „Du wärst überrascht, wenn du wüsstest, was Kinder alles merken, Dad. Sie spüren so etwas. Vor allem, wenn sie allmählich in die Pubertät kommen. In dem Alter ist mir jedenfalls klar geworden, dass zwischen Mum und dir einiges nicht so läuft, wie es laufen sollte. Nicht so, wie du es gern gehabt hättest. Glaub mir, es war kein Spaß für mich, dir dabei zuzusehen, wie du dich immer mehr in dein Schneckenhaus verkrochen hast. Vor allem, weil ich wusste, dass du auch ganz anders sein kannst. Ich konnte mich noch gut daran erinnern, wie du in die verschiedensten Rollen geschlüpft bist, wenn du mir Gutenachtgeschichten vorgelesen hast, als ich noch klein war. Aber irgendwann hast du aufgehört, mir vorzulesen. Du bist immer reservierter geworden, hast dich in deine eigene Welt geflüchtet – nicht nur vor Mum, sondern vor uns allen."

„Also, Rosie hat nie –"

„Rosie ist eine Heilige. Sie hat immer versucht, den Zusammenhalt in unserer Familie zu stärken. Zugegeben, was Oliver betrifft, hat sogar sie irgendwann das Handtuch geworfen, was mich nicht groß wundert, er ist nun mal ein unsensibles Trampeltier. Aber ansonsten hat sie nichts unversucht gelassen, um die Dinge am Laufen zu halten. Ich hatte in dieser Hinsicht längst nicht so viel Durchhaltevermögen wie sie. Für mich gab es nur einen Weg, mit all dem klarzukommen. Ich habe mich abgeschottet, weil ich das Alleinsein irgendwie tröstlich fand. Wahrscheinlich hab ich mir unbewusst ein Beispiel an dir genommen. Ich hab so getan, als wäre ich krank, hab mich mit einem Buch oben in meinem Zimmer verschanzt und bin in eine andere Welt abgetaucht, um der angespannten Stimmung zwischen euch zu entgehen. Inzwischen ist mir klar, dass das eine total bescheuerte Strategie war. Ehrlich gesagt, gibt es jede Menge Akademiker, die dem Alltag auf diese Weise entfliehen. Und auch wenn ich mich dafür schäme, es war meine Rettung. Das Leben in Oxford war genau das, was ich gebraucht habe. Dort habe ich zu mir selbst gefunden. Ich mag nicht immer glücklich sein mit dem Menschen, der ich bin, zu dem ich mich entwickelt habe, aber es war definitiv besser als … na ja, wer weiß."

Sie verstummte und griff nach ihrem Weinglas. „So, jetzt weißt du Bescheid. Deine menschenscheue Tochter hat dir ihr Herz ausgeschüttet."

Timothy saß wie vom Donner gerührt da. Es dauerte eine Weile, das alles zu verarbeiten. „Es tut mir aufrichtig leid", murmelte er schließlich.

„Schon gut, Dad. Das ist inzwischen alles Geschichte. Es ist Zeit, nach vorn zu blicken."

„Ich habe nur getan, was ich für –"

„Ja, ich weiß, du hattest die besten Absichten. Aber junge Menschen sind nun einmal viel feinfühliger, als man gemeinhin annimmt. In Oxford habe ich mit Hunderten von ihnen zu tun. Eigentlich haben fast alle einen seelischen Knacks, bedingt durch ihren Werdegang, ihren sozialen Hintergrund und die Probleme, die daraus erwachsen. Und sie kommen trotzdem zurecht, genau wie ich."

„Ich … ich schäme mich so."

„Dafür gibt es nicht den geringsten Grund. Du hast getan,

was du für richtig gehalten hast. Manchmal gehen kaputte Ehen eben nicht zu Bruch, sondern werden immer wieder gekittet, über Jahre hinweg. Ich schätze, mir sind die Bruchstellen einfach mehr aufgefallen als meinen Geschwistern."

Timothy fuhr sich mit der Hand über den Mund, dann sagte er: „Ich hatte ja keine Ahnung … Es überrascht mich, dass du die Reise hierher trotzdem auf dich genommen hast. Dass du überhaupt noch mit mir redest."

„Ich bin hergekommen, weil du mein Dad bist, und weil ich keine Mum mehr habe. Ich wollte dich nicht kritisieren, Dad, und ich gebe dir auch nicht die Schuld. Ich habe bloß versucht, dir mein Verhalten zu erklären."

„Verstehe. Tja, das ist jetzt ganz schön viel zu verdauen, nach all den Jahren. Ehrlich gesagt, hatte ich nicht mehr damit gerechnet, dass … Ich meine …"

„Du hattest die Hoffnung aufgegeben, was mich angeht."

„Nein, das nun auch wieder nicht, aber …"

„Du dachtest, *ich* hätte die Hoffnung aufgegeben, was dich und unsere Familie angeht? Ist es das?"

„Vermutlich, ja."

Sie wurden vom Kellner unterbrochen, der ihre Bestellung aufnehmen wollte. Timothy überflog unschlüssig die Speisekarte, unfähig, sich nach dem soeben geführten Gespräch auf die Essensauswahl zu konzentrieren.

„*Due prosciutto e melone e due spaghetti carbonara per favore*", sagte Alice, klappte die Speisekarte zu und hielt sie dem Kellner hin.

„Ich glaube, mir ist der Appetit vergangen", murmelte Timothy.

„Tja, mir nicht", erwiderte Alice. „Irgendwie fühle ich mich seltsam befreit, und außerdem habe ich seit Jahren keine Pasta mehr gegessen."

Als der Parmaschinken mit Melone serviert wurde, waren sie eine Weile einfach nur Vater und Tochter, die gemeinsam aßen – Alice mit sichtlichem Heißhunger, Timothy dagegen ziemlich abwesend. Dafür entfaltete der Wein allmählich seine entspannende Wirkung. Ein klein wenig zumindest. Wahrscheinlich hatte sich Alice bereits im Vorfeld ein Gläschen gegönnt, um sich Mut zu machen. Deshalb wohl auch die geröteten Wangen. Bestimmt war es ihr alles andere als leichtgefallen, sich ihm zu öffnen, nach all der Zeit. Es war das allererste Mal, dass sie mit ihm über ihre Gefühle gesprochen hatte – und er bezweifelte, dass es viele Menschen gab, denen dieses Privileg zuteilgeworden war.

Sie waren bereits mit dem Verzehr der Spaghetti beschäftigt, als Timothy sagte: „Was die zwanzigtausend Euro betrifft …"

Alice hielt mitten in der Bewegung inne, die volle Gabel in der Hand. „Du musst es mir nicht sagen, Dad. Du hast vollkommen recht, es geht nur dich etwas an."

„Ich möchte es dir trotzdem erzählen, auch wenn ich nicht genau weiß, warum. Also: Ich habe es jemandem geliehen. Jemandem, den ich erst vor Kurzem kennengelernt habe. Das mag ziemlich leichtsinnig gewesen sein, aber es war mir ein großes Anliegen."

Alice kaute, schluckte und nippte an ihrem Wein. „Ist es eine Frau?", fragte sie fast beiläufig.

Timothy zögerte, dann sagte er: „Ja."

Alice hob erneut das Weinglas an die Lippen. „Du musst eine sehr hohe Meinung von ihr haben."

„Ja."

„Tja, dann …"

„Du hältst es also nicht für idiotisch?"

„Wenn es um Liebe geht, sind wir alle Idioten."

Ihre Freimütigkeit verblüffte ihn.

„Nun, ich bin nicht sicher, ob man es Liebe nennen kann."

Alice hob ungläubig eine Augenbraue.

„Ich meine, ich hoffe nicht, dass es für euch so aussieht, als wäre ich dringend auf der Suche nach einem Ersatz für ..."

Alice legte das Besteck weg und beugte sich etwas über den Tisch. „Dad, du warst weiß Gott lange genug allein, und zwar nicht erst seit Mums Tod. Ich freue mich für dich, wenn du jemand anderen gefunden hast."

Sieh einer an. Die nächste Überraschung. Timothy leerte sein Glas Wein und stellte es behutsam ab. Ihm fehlten die Worte.

Alice nahm ebenfalls einen großen Schluck, dann sagte sie: „Du hast mich nie gefragt, ob es in meinem Leben jemanden gibt."

„Willst du denn, dass ich das tue?", fragte er vorsichtig. Er wollte ihr auf keinen Fall das Gefühl vermitteln, dass es ihn nicht interessierte.

„Du bist mein Vater. Du solltest zumindest in groben Zügen Bescheid wissen."

Timothy ging alles Mögliche durch den Kopf. Er überlegte, was er sagen konnte, um ihr den Weg zu ebnen, doch das war gar nicht nötig.

„Es gibt tatsächlich jemanden ... eine Frau. Eine Arbeitskollegin."

Er sagte nichts, wartete ab, ohne sich anmerken zu lassen, was in seinem Inneren vor sich ging.

„Bist du jetzt schockiert?"

„Nein", sagte er ruhig.

„Wir kennen uns jetzt seit einem Jahr und überlegen, ob wir zusammenziehen sollen." Sie musterte ihn neugierig. „Und du bist wirklich nicht schockiert? Oder zumindest ein bisschen überrascht?"

„Ich weiß nicht, was ich bin", murmelte Timothy. Er dachte einen Augenblick nach, dann fuhr er fort: „Doch, jetzt weiß ich, was ich empfinde: Erleichterung. Ich bin froh, dass du jemanden gefunden hast. Bis gestern warst du für mich so unendlich weit weg, dass ich fast das Gefühl hatte …"

„Dass ich gar nicht existiere?"

„Nein, das nicht. Du bist und bleibst meine Tochter. Aber ich hatte mich damit abgefunden, dass du eben deine Ruhe willst, und dass ich diesen Wunsch akzeptieren muss. Das war auch ‚kein Spaß für mich', wie du es formuliert hast, aber mir blieb ja gar nichts anderes übrig, als mich damit zu arrangieren, dass du ein Leben in Oxford all dem vorziehst, was wir – deine Mum und ich – dir bieten konnten."

„Tut mir leid."

„Na, du bist ja offenbar glücklich, auf deine Weise. Warum sollte mich das schockieren? Was wäre ich denn für ein Mensch, wenn mich das Glück meiner Tochter unglücklich machen würde?"

„Und du hast nie vermutet, dass …" Alice verstummte und zuckte die Schultern, als wäre es ihr peinlich, vor ihrem Vater offen über ihre sexuelle Orientierung zu reden.

„Du dich in eine andere Frau verlieben könntest?"

Sie nickte. Tränen waren ihr in die Augen gestiegen, die erste davon kullerte ihr bereits über die Wange.

„Ach, Alice! Was haben wir dir nur angetan? Wie konnten wir es so weit kommen lassen?"

Seine zärtliche Stimme erinnerte sie an früher, als sie noch ein kleines Mädchen gewesen war. Ungeduldig fuhr sie sich mit den Händen über die nassen Wangen, während ihr Vater reflexartig – und vergeblich – nach einem Taschentuch tastete. Er streckte den Arm aus, hob ihr Kinn an und wischte eine weitere Träne weg. „Ich habe kein Taschentuch dabei", murmelte er. „Die Welt geht wirklich vor die Hunde."

Sie lächelte tapfer und schniefte. „Gott, wie erbärmlich. Inzwischen sollte ich da wirklich drüber stehen."

„Ich bin froh, dass du mal Gefühle zeigst", sagte Timothy nachdrücklich, und dann: „Also, erzähl mir von ihr. Natürlich nur, wenn du willst." Er wollte nicht zu neugierig erscheinen.

Alice holte ein Papiertaschentuch aus der Hosentasche und tupfte sich damit die Augen trocken. „Sie heißt Pippa und unterrichtet Mathematik am St Catherine's College. Sie ist ein Jahr jünger als ich, und wir haben ähnliche Wertvorstellungen und Interessen – in den meisten Bereichen jedenfalls. Was Musik angeht, haben wir unterschiedliche Vorlieben – sie mag Country, ich Monteverdi, aber damit können wir leben."

„Und, bist du glücklich?"

„So glücklich wie noch nie."

„Dann bin ich es auch. Ich freue mich sehr." Er griff nach der Weinflasche, worauf der Kellner, der bereits auf dem Weg zu ihrem Tisch gewesen war, um ihnen nachzuschenken, auf dem Absatz kehrtmachte.

Timothy hob das Glas. „Auf dich und Pippa."

„Danke", murmelte sie verlegen, unfähig, ihm in die Augen zu sehen.

„Ich kriege keinen Bissen mehr runter."

„Ich auch nicht." Sie legte Löffel und Gabel hin und tupfte sich mit der Serviette die Mundwinkel ab. Und dann biss sie sich auf die Unterlippe und wandte den Kopf zur Seite, und in diesem Moment war Timothy, als hätte jemand die Zeit um fünfundzwanzig Jahre zurückgedreht. Er war wieder der Vater einer fünfjährigen Tochter, der er Gutenachtgeschichten vorlas, einer Tochter, die stets zaghaft und nervös wirkte und sich auf die Unterlippe biss, wenn sie verängstigt oder verunsichert war. Am liebsten hätte er sie in die Arme genommen, doch er begnügte sich damit, sie über den Tisch hinweg zu betrachten. „Du hast mir gefehlt."

Da endlich sah sie ihm in die Augen. „Du mir auch, Dad."

„Was für ein Tag."

„Ja. Ein Tag der Enthüllungen."

„Allerdings. Und eine erfreulicher als die andere."

„Findest du?"

„O ja. Ich habe heute viel gelernt – über mich selbst und über dich. Aber das Wichtigste ist, dass ich meine Tochter wiederhabe." Er brach ab aus Angst, womöglich voreilige Schlüsse gezogen zu haben. „Jedenfalls hoffe ich das."

Alice nickte zustimmend. „Auch wenn ich in Oxford bleibe?"

„Ja, auch dann. Jetzt weiß ich, dass du dort glücklich bist."

„Zufrieden", korrigierte sie ihn.

„Zufrieden, ja. Zufriedenheit ist ohnehin beständiger als Glück. Langlebiger."

„Und was ist mit dir?"

„Ach, zerbrich dir meinetwegen mal nicht den Kopf. Ich bin alt und erfahren genug; ich schlage mich schon irgendwie durch." Er grinste und tätschelte ihr die Hand. Sie betrachtete ihn, und es war offensichtlich, dass sie ihm kein Wort glaubte.

KAPITEL 29

Fiesole, Florenz

Mai

Dein Sohn ist dein Sohn, bis er geht die Ehe ein,
deine Tochter dagegen wird stets deine Tochter sein.

Altes Sprichwort

Der Flug nach Heathrow, den Alice für den darauffolgenden Tag gebucht hatte, ging erst am späten Nachmittag, deshalb schlug ihr Timothy vor, sie könnten den Vormittag ja noch gemeinsam verbringen. „Vorausgesetzt, du hältst es noch ein Weilchen mit mir aus."

Sie verdrehte die Augen und fragte, was er vorhatte. „Ich würde gern nach Fiesole fahren und mir Florenz von dort oben ansehen."

Sie nahmen einen orangefarbenen Bus mit der Nummer sieben, und gegen halb zwölf, als die Sonne schon hoch am Himmel stand, saßen sie auf einer niederen Mauer unter dem Kloster in Fiesole und genossen die Aussicht über die Dächer der Stadt zu ihren Füßen.

„Na, was hältst du davon?", fragte Timothy.

„Ich bin begeistert. Es ist wunderschön."

„Hier, Frau Bibliothekarin." Er drückte ihr seinen uralten Baedeker in die Hand. „Lies vor."

„Wo hast du denn den her?"

„Im Internet bestellt, auf einer Website für antiquarische Bücher. Ich wollte einen Reiseführer, der ungefähr so alt ist wie der von Lucy Honeychurch in *Zimmer mit Aussicht*."

„Wie romantisch", stellte Alice eine Spur überrascht fest. „Ich hatte keine Ahnung, das …"

„Ich mich für Literatur interessiere?"

„Für romantische Literatur."

„Na ja, es ist einfach eine ziemlich gute Story, nicht? Eine Geschichte von unterschiedlichen Menschen und den Missverständnissen, die zwischen ihnen entstehen können."

Seine Tochter musterte ihn argwöhnisch. „Ja, schon. Trotzdem ist es eine Liebesgeschichte."

„Ist das so schlimm?"

„Nein, gar nicht." Sie zuckte die Schultern und schlug das Impressum des Reiseführers auf, als wäre das Thema für sie damit erledigt. Ihr Vater erhob keine Einwände. „1904", las sie. „Er stammt also tatsächlich aus der Zeit, in der Forster gelebt und *Zimmer mit Aussicht* geschrieben hat."

„Und, was steht da zu Fiesole?"

Alice zitierte ein paar Abschnitte über den Dom, die zahlreichen Gemälde von Fra Angelico, die hier zu finden waren, über den Reliquienschrein des Romulus und das Kloster. „Hier steht, dass Fiesole 4.951 Einwohner hat. Oh, das ist lustig: Sie beschäftigen sich großenteils mit Strohflechterei, Fächer etwa ein halber, Körbchen ein Franc."

Sieh an, Alice hatte Sinn für Humor! Das war Timothy neu. Der von ihr gewählte Ausschnitt war amüsant und informativ zugleich. „Francs statt Lire? Eigenartig. Mal sehen, ob wir einen Fächer als Souvenir für dich auftreiben können."

„Dafür werde ich in Oxford aber nicht viel Verwendung haben."

„Das nicht, aber es wäre ein schönes Andenken an einen Kurztrip nach Florenz, den wir beide nie vergessen werden."

Alice klappte das Buch zu und sah ihn an. „Er war ein interessanter Bursche."

„Wer?"

„Forster."

„Soweit ich weiß, hat er in Cambridge studiert und nicht in Oxford, richtig?"

„Schon, aber das nehmen wir ihm nicht weiter übel", sagte sie mit ernster Miene, obwohl es ganz offensichtlich ironisch gemeint war, womit sie ihm schon wieder ein Lächeln entlockte.

„Er war noch ein Baby, als sein Vater gestorben ist, und er wuchs in einem Haus voller Frauen auf, bei seiner Mutter und den Schwestern seines Vaters."

„Der Ärmste", feixte Timothy. Hoffentlich verstand sie seine Scherze ebenfalls!

Alice tat, als hätte sie es nicht gehört. „Er war ziemlich fortschrittlich eingestellt – er vertrat die Auffassung, dass Frauen das Recht auf eine eigene Identität und eine eigene Meinung haben – eine Meinung, die man ernst nehmen und nicht geringschätzen sollte."

„Er war also ein Feminist?"

„Ganz recht." Sie ließ abwesend den Blick über die Dächer von Florenz schweifen. Timothy tat es ihr nach. So saßen sie da, jeder von ihnen eine Hand an der Stirn, um die Augen vor dem grellen Licht der Sonne zu schützen, die nun im Zenit stand. Sie hatten nicht daran gedacht, Sonnenbrillen mitzunehmen, aber Timothy war froh darüber, denn so konnte er seiner Tochter in die Augen sehen, während sie sich unterhielten. Die Vögel zwitscherten, Glockengebimmel setzte ein, erst im *Campanile* hinter ihnen, dann unten im Tal. Es war Mittag.

Er fragte sich, was sie wirklich über ihn dachte, ob sie Verständnis für ihn hatte oder ihn bedauerte. Er wurde einfach nicht ganz schlau aus ihr. Sie hatte jahrelange Übung darin, sich bedeckt zu halten, sich nicht in die Karten schauen zu lassen. Trotzdem hatte er in den vergangenen vierundzwanzig Stunden mehr über sie erfahren als in den vergangenen vierundzwanzig Jahren. Er musterte sie verstohlen von der Seite, während sie in die Betrachtung der italienischen Landschaft vertieft war. Ihre zarte Gestalt bildete einen starken Kontrast zu den von Zypressen bewachsenen schroffen Hügeln und den stämmigen alten Stuckvillen. Wie konnte ein derart zerbrechlich wirkendes Wesen so viel innere Kraft haben? Inwiefern war ihre Resilienz angeboren, wie viel davon war anerzogen? Er hatte den Verdacht, dass das Umfeld in diesem speziellen Fall den Löwenanteil ausgemacht hatte. Trug er die Verantwortung dafür, dass sie sich jetzt zu einer Frau hingezogen fühlte? Inwiefern hatte seine Einstellung gegenüber Isobel die Haltung seiner Tochter zum männlichen Geschlecht geprägt?

Diese Fragen lasteten schwer auf seinen Schultern, und zugleich war er erleichtert, weil sie sich ihm gestern Abend aus freien Stücken geöffnet hatte. Erleichtert auch, weil sie glücklich war – oder zumindest zufrieden, wie sie es formuliert hatte. Er durfte sie jetzt nicht zu sehr bedrängen, konnte nicht erwarten, dass sie den Schutzwall, den sie im Laufe der Jahre errichtet hatte, innerhalb von ein oder zwei Tagen komplett niederreißen würde. Er musste geduldig sein. Er würde die Tür offen halten, dafür sorgen, dass der Kontakt nicht abbrach und ihr signalisieren, dass es schön wäre, wenn sie dasselbe täte. Und er musste ihr klarmachen, dass es ihm vollkommen egal war, wo sie die Liebe gefunden hatte. Was zählte, war, dass in ihrem Leben nun eine gewisse Unbeschwertheit vorherrschte. Dass sie jetzt endlich begann, aus dem Vollen zu schöpfen, nachdem sie jahrelang nur vor sich hin vegetiert hatte, wie es schien.

Die Glocken waren verstummt, und sie spazierten ein Stück

talwärts, ehe sie in einem kleinen Café einkehrten und Kaffee und mit italienischem Käse belegte knusprige Brötchen bestellten. Alice biss nur ein- oder zweimal von ihrem ab, doch er widerstand der Versuchung, sie deswegen zu tadeln. Sie war schließlich kein kleines Kind mehr.

Auf der Fahrt zurück nach Florenz waren sie beide schweigsam und in Gedanken versunken. Entgegen seiner Erwartungen erkundigte sie sich nicht noch einmal nach der Frau, die ihm den Kopf verdreht hatte, und er war froh darüber. Er konnte sich in etwa vorstellen, was sie dachte: dass er ein emotional ausgehungerter, trauriger alter Knacker war, der einer Betrügerin auf den Leim gegangen war.

Wenn es nach ihm gegangen wäre, hätte sie ihm ruhig noch ein, zwei Tage Gesellschaft leisten können, doch sie machte keine Anstalten, ihren Aufenthalt zu verlängern, und er wollte sie nicht drängen. Dafür zeigte er ihr vor ihrer Abreise noch die berühmten Türen des Baptisteriums. Danach umarmten sie sich zum Abschied kurz, und er küsste sie auf beide Wangen, ehe sie ging. Er blickte ihr nach, sah, wie sie langsamer wurde und stehen blieb, sich umdrehte und noch einmal zurückkam. Sie baute sich vor ihm auf und sah zu ihm hoch.

„Du findest mich bestimmt ein bisschen seltsam."

Er schüttelte den Kopf. „Nein, ganz und gar nicht. Ich freue mich einfach für dich."

Alice lächelte. „Irgendwie witzig, dass du *Zimmer mit Aussicht* gelesen hast."

„Witzig? Warum?"

„Ich habe alles von Forster verschlungen. Irgendwie hat er es mir angetan." Sie zögerte. „Ein Satz ist mir besonders gut in Erinnerung geblieben."

Timothy musterte sie abwartend.

„Er soll einmal gesagt haben: *Wir müssen bereit sein, uns von dem Leben zu lösen, das wir geplant haben, damit wir das Leben finden, das uns erwartet.*“

Sie drückte ihm lächelnd den Arm, dann drehte sie sich um und verschwand in der Menge.

KAPITEL 30

Florenz

Mai

Denn was an einem Ort verschwindet,
wird von der Flut an andrer Stelle angespült.
Nichts ist verloren, das gefunden werden kann,
wenn man es sucht.

Edmund Spenser, *Die Feenkönigin*, 1596

Nach Alice' Abschied empfand Timothy eine gewisse Leere in seinem Inneren. Eine Art Nachhall. Ihm schwirrte so einiges durch den Kopf, das er gern gesagt hätte, aber vielleicht wäre das zu viel gewesen, hätte übereifrig statt fürsorglich auf sie gewirkt.

Als Allererstes brachte er sein Smartphone in einen Handyreparaturladen und erklärte dem Angestellten in seinem rudimentären Italienisch, dass es nicht mehr richtig funktioniere. Noch ehe er „blitzschnell" sagen konnte, geschweige denn *fulmineo*, hatte der Junge hinter dem Tresen – viel älter als fünfzehn konnte er kaum sein – die Abdeckung abmontiert und dem Gerät sowohl Sim-Karte als auch Akku entnommen. Timothy verstand von den Kommentaren, die er dabei maschinengewehrsalvenartig vom Stapel ließ, nur *batteria scarica*, also, dass der Akku leer war, aber als schließlich das Wort *riparato* fiel, schloss er daraus und aus der Miene seines Gegenübers, dass das Problem gelöst und das Telefon wieder einsatzfähig war.

Um zwanzig Euro erleichtert und mit einem neuen Ladekabel ausgestattet (das alte hatte der junge Mann ihm mit einem missbilligenden Blick unter die Nase gehalten), setzte er sich in ein Straßencafé und schickte Rosie eine kurze SMS, in der er ihr versicherte, es gehe ihm gut und er genieße seine Reise in vollen Zügen, es habe lediglich ein Problem mit seinem Handy gegeben, das nun aber behoben sei. Er hätte schrecklich gern mit ihr gesprochen, hielt es jedoch für ratsamer, noch ein, zwei Tage abzuwarten, bis Alice ihre Geschwister davon in Kenntnis gesetzt hatte, dass er geistig noch voll auf der Höhe war.

Dann rief er seine Bank an und erklärte der Dame am anderen Ende der Leitung, er sei durchaus noch im Besitz seiner Kreditkarte, und mit der fraglichen Transaktion habe alles seine Richtigkeit. Er entschuldigte sich dafür, dass er die Bank nicht über seine mehrwöchige Europareise informiert hatte, und obwohl er auf Nachfrage nicht genau angeben konnte, wie lange er denn noch unterwegs sein würde, gab sie sich schließlich zufrieden und wünschte ihm eine gute Reise.

So. Erledigt. Vorläufig jedenfalls. Dann leuchtete am Display eine Warnung auf, um ihm zu signalisieren, dass der Akku fast leer war. Kein Wunder. Er schaltete das Handy aus und nahm sich vor, es aufzuladen, sobald er abends im Hotel war. Vielleicht hatten seine Kinder ja doch recht, wenn sie an seiner Überlebensfähigkeit in freier Wildbahn zweifelten.

Am Nachmittag ging er in die Accademia, um sich endlich den berühmten David anzusehen. Er war von Michelangelos Skulptur mindestens genauso beeindruckt wie die Mitglieder der Frauengruppe aus Yorkshire. Bei der Erinnerung daran grinste er in sich hinein. Er überlegte kurz, ob er eine Skizze davon anfertigen sollte, ließ es dann aber bleiben. Es war nicht ratsam, sich mit dem Meister der Bildhauerei zu messen, und außerdem hätte er garantiert die Füße verpatzt. Mit Füßen hatte er seit jeher Schwierigkeiten gehabt.

Als er am späten Nachmittag ins Hotel zurückkehrte, lauerten ihm dort bereits die lustigen Witwen auf. Die waren ja ganz schön hartnäckig.

„Mr. Gandy, da Ihnen achtzehn Uhr gestern zu früh war, haben wir beschlossen, heute etwas später zu essen", verkündete die energische Mrs. Winder. „Wir haben einen Tisch für halb acht reserviert in der Hoffnung, dass Ihnen das besser passt."

„Tut mir leid, aber ich habe bereits andere Pläne. Trotzdem vielen Dank", erwiderte Timothy ziemlich brüsk, obwohl das sonst gar nicht seine Art war. Er lächelte flüchtig (und nicht sonderlich bedauernd) und machte sich auf den Weg zu seinem Zimmer, während die Damen ihm verstört und enttäuscht hinterhersahen.

Unter der Dusche ließ er die Ereignisse des Tages noch einmal Revue passieren. Zum ersten Mal seit seiner Abreise aus Paris war Francine nicht die einzige Frau, die seine Gedanken beherrschte. Er konnte noch immer nicht so recht fassen, dass seine Tochter hier aufgekreuzt war, noch dazu aus Sorge um ihn! Die kränkliche Alice hatte Entschlossenheit, Mut und Mitgefühl an den Tag gelegt. Dabei hatte er sich mittlerweile daran gewöhnt, dass nur eine seiner beiden Töchter in seinem Leben eine Rolle spielte. Rosie war für ihn einfach ungleich präsenter gewesen. Auf sie hatte er seine ganze väterliche Zuneigung konzentriert, während Oliver zum wunden Punkt mutiert war. An Alice hatte er seltener gedacht, und jetzt, da sie wieder in Erscheinung getreten war, machte er sich Vorwürfe, weil er sie sträflich vernachlässigt hatte. Zugleich war er erleichtert über die Rückkehr der „verlorenen Tochter", wobei der Vergleich hinkte, denn die alte, zurückhaltende Alice mit ihren Befindlichkeiten wäre niemals auf die Idee gekommen, ihr Erbteil auf Reisen zu verprassen. Timothy wickelte sich nachdenklich ein Badetuch um die Hüften und sank auf die Bettkante. Sobald er wieder in England war, würde er sie in Oxford besuchen – vorausgesetzt, sie war einverstanden. Er konnte sich allerdings nicht vorstellen, dass sie etwas dagegen hätte. Nicht, wenn ihr das, was sich in den vergangenen zwei Tagen zwischen ihnen abgespielt hatte, genauso viel bedeutete wie ihm.

Leise vor sich hin pfeifend trocknete er sich ab und zog sich an, dann lief er, immer zwei Stufen auf einmal nehmend, die Treppe hinunter, bereit, sich voller Elan in das Nachtleben von Florenz zu stürzen.

Es war genau halb acht, als er die Piazza della Signora überquerte. Inzwischen schämte er sich dafür, dass er die beiden Engländerinnen so eiskalt hatte abblitzen lassen. Andererseits war wirklich nicht einzusehen, dass sie annahmen, er stünde ihnen jederzeit zur Verfügung. Wie kamen sie dazu, ungefragt über seine Zeit zu verfügen? Es war ja nicht so, als würden sie gemeinsam Urlaub machen. Er würde höflichkeitshalber morgen oder übermorgen mit ihnen zu Abend essen, aber heute wollte er allein sein, und das war schließlich sein gutes Recht. Er musste nachdenken, sich überlegen, wohin es als Nächtes gehen sollte. Drei weitere Städte standen noch auf seiner Liste: Rom, Neapel und Venedig. So war es zumindest geplant gewesen, und es gab eigentlich keinen Grund, davon abzuweichen. Wobei er zugegebenermaßen schon mit dem Gedanken gespielt hatte, einfach nach Paris zurückzufahren.

Nein. Es wäre schade, seine Grand Tour so massiv abzukürzen, zumal Francine darauf bestanden hatte, dass er seine Reise fortsetzte. Wenn er es nicht tat, hatte er hinterher bestimmt das Gefühl, aufgegeben und sein Ziel nicht erreicht zu haben. Und außerdem wollte er die Städte ja tatsächlich sehen.

Er kam an einem Schreibwarenladen vorbei, in dem zart gemustertes handgefertigtes Briefpapier, Tinte in sämtlichen Regenbogenfarben und dergleichen mehr verkauft wurde. Durchs Schaufenster erspähte er eine große, stabil aussehende Mappe aus blau und rosa marmoriertem Karton, deren Ecken mit dunkelblauem Leder verstärkt waren. Sie wirkte so italienisch, so florentinisch, dass er sie einfach kaufen musste – und ein paar Tuschestifte dazu. Die Mappe eignete sich bestimmt hervorragend für die Aufbewahrung seiner Skizzen und Aquarelle. Bis jetzt hatte er seine Werke einfach im Skizzenblock belassen, wo sie jedes Mal, wenn er ihn zur Hand nahm, nass werden oder Flecken und Risse bekommen konnten.

Er ließ sich alles in braunes Papier einpacken und mäanderte dann mit seinem Paket eine Weile durch das Gewirr der schmalen Straßen in Richtung Arno auf der Suche nach einem Restaurant, in dem er ein leichtes Abendessen zu sich nehmen und dabei die Bewohner der Stadt beobachten konnte. Als er sich dem Ufer näherte, bemerkte er eine kleine Menschenansammlung. Offenbar war dort jemand zu Sturz gekommen. Da er nicht zu den Leuten gehörte, die in solchen Fällen stehen bleiben und glotzen, schickte er sich an, einfach vorbeizugehen, doch dann hörte er plötzlich, wie eine Frau mit zitternder Stimme sagte: „Ich verstehe das nicht. Ich bin doch die Gebrechliche von uns beiden." Das war doch Vera Dawes!

Hastig schob er sich zwischen den Umstehenden hindurch und erblickte neben ihr Sylvia Winder, die in Embryonalstellung auf dem Boden lag. Um ihren Kopf hatte sich eine Blutlache gebildet, die rasch größer wurde. Der Unfall musste eben erst geschehen sein, und keiner der Gaffer unternahm etwas. Timothy ging in die Knie und ergriff das Handgelenk der alten Dame. Ihr Puls war schwach. „*Ambulanza*!", schrie er. Niemand reagierte. „*Ambulanza*! *Immediato*!", rief er erneut, worauf zwei junge Männer davonspurteten, während sich Timothy zu der bewusstlosen Mrs. Winder hinunterbeugte und ihr zuflüsterte: „Keine Sorge, Mrs. Winder, gleich kommt jemand und kümmert sich um Sie. Es wird bestimmt nicht lange dauern." Er sah zu Vera Dawes hoch, die heftig schluchzte und am ganzen Körper zitterte. „Könnte sich bitte jemand um die Dame kümmern?", sagte er in seiner Muttersprache – sein Italienisch war inzwischen erschöpft.

Ein englischer Tourist mittleren Alters und seine Frau kamen der Aufforderung nach. „Kommen Sie, meine Liebe", sagte der Mann und führte Mrs. Dawes zu einer Bank in der Nähe, wobei er die üblichen Floskeln von wegen „das wird schon wieder" bemühte.

Timothy streichelte derweil Sylvia Winders Hand, die alarmierend kalt war.

Zehn Minuten später legten zwei Sanitäter ihren schlaffen Körper vorsichtig auf eine Trage, und nachdem sie die Verletzte in die Ambulanz verladen hatten, legten sie Vera Dawes eine Decke um die Schultern, halfen ihr ebenfalls in den Wagen und schlossen die Türen mit einem dumpfen Knall. Timothy durfte nicht mitfahren, also blieb ihm nichts anderes übrig, als zuzusehen, wie sich das Gefährt inmitten der Touristenmassen langsam einen Weg bahnte. Es bot einen seltsam anachronistischen Anblick inmitten all der eleganten historischen Gebäude von Florenz.

Die Menge zerstreute sich rasch, und schon bald stand er allein neben der Blutlache auf dem ausgetretenen Bürgersteig. Warum war er vorhin so unhöflich, so egoistisch gewesen? Hätte er mit den beiden zu Abend gegessen, dann wäre das alles vielleicht nicht passiert.

Er bückte sich und griff nach seinem Paket, das er vorhin neben Mrs. Winder abgelegt hatte. Eine Ecke war blutverschmiert, und er riss behutsam das Packpapier ab und entsorgte es in einem Mülleimer in der Nähe. Die Mappe hatte nichts abbekommen, die rosaroten und blauen Farbwirbel leuchteten in den letzten Strahlen der untergehenden Sonne, ehe sich jäh eine große, dunkelgraue Wolke davorschob. Timothy sah sich suchend nach einem Ladenbesitzer um, der bereit war, das Blut wegzuwischen. Vergeblich. Dann landete mit einem Platsch! ein erster Regentropfen auf seiner nagelneuen Mappe. Timothy bedeckte sie rasch mit seiner Jacke und flüchtete sich Schutz suchend unter die Markise eines Ladens in der Nähe. Minuten später war das Unwetter in vollem Gange. Ein heftiger Schauer ging über der alten Stadt nieder, Blitze zuckten im Minutentakt, laute Donnerschläge zerrissen die noch laue Luft und sorgten dafür, dass die Fensterscheiben in ihren Rahmen klirrten. Die Säuberung der Unfallstelle erübrigte sich damit – der Regen, der auf die Piazza niederprasselte, hatte das Blut binnen kürzester Zeit restlos weggewaschen.

Timothy drückte sich mit vor der Brust verschränkten Armen an das Schaufenster des Ladens und fuhr heftig zusammen, wann immer es donnerte. Er konnte nichts weiter tun als abwarten und vor sich hinbrüten. Was wäre, wenn? Wie stand es wohl um Mrs. Winder, und wie würde es nun weitergehen, für sie, für Vera Dawes und für ihn selbst? Nach zwanzig Minuten ließ der Regen endlich nach, und die Sonne blinzelte wie zum Abschied noch einmal kurz zwischen den Wolken hervor, die nun wieder heller und freundlicher wirkten.

Timothy wagte sich unter der Markise hervor und begab sich hinunter zum Ufer des Arno. Nach Essen war ihm nicht mehr zumute, dafür konnte er jetzt einen Drink vertragen. Er ging in eine Bar, bestellte einen Brandy und leerte das Glas in kleinen Schlucken, dann machte er sich auf den Weg zurück zum Hotel.

Signor Pollini saß hinter dem Tresen und telefonierte, als er dort ankam. „*Come sta lei*? *È morta*?! *Molto triste*", sagte er, und dann: „*Sì, grazie.*" Er legte auf und sah kopfschüttelnd zu Timothy hoch.

„Schlechte Nachrichten, *signor*. Mrs. Winder ... sie iste gestorben."

Timothy hatte nicht damit gerechnet, Vera Dawes tags darauf beim Frühstück zu sehen. Umso überraschter war er, als sie eine halbe Stunde nach ihm den Raum betrat. Er stand von seinem Platz in der Ecke auf. „Mein aufrichtiges Beileid."

Sie lächelte matt, mit Tränen in den Augen, während sie zu ihrem Tisch am Fenster ging und sich setzte.

„Würde es Ihnen etwas ausmachen ..." Sie deutete auf den leeren Stuhl, auf dem gestern noch ihre Freundin gesessen hatte. Ihre Unterlippe zitterte.

„Wie bitte?"

„Würden Sie sich freundlicherweise zu mir an den Tisch setzen?"

„Aber gern." Timothy erhob sich sogleich und kam ihrem Wunsch nach. „Und, wie geht es Ihnen?", fragte er wider besseres Wissen.

„Ich bin zimlich durch den Wind. Es kam alles so plötzlich."

Timothy überlegte, ob er sie nach dem Unfallhergang fragen sollte, doch das erübrigte sich, denn Mrs. Dawes lieferte ihm unaufgefordert einen umfassenden Bericht von den Ereignissen des gestrigen Abends.

„Eigentlich ist gar nicht viel passiert. Wir sind über die *Piazza* spaziert und haben uns die Häuser angesehen, wie jeden Tag, und dabei ist Sylvia gestolpert, wahrscheinlich über einen unebenen Pflasterstein. Sie ist hingefallen und mit dem Kopf auf dem Boden aufgeschlagen. Ich konnte eine Art Knacken hören … Ein grauenhaftes Geräusch! Sie hat nichts gesagt, nur leise gestöhnt, und dann haben sich auch schon die ganzen Leute um uns versammelt und … na ja, den Rest kennen Sie. Als wir im Krankenhaus ankamen, war sie schon von uns gegangen."

Sie schluchzte los, von Gefühlen übermannt, und zog ein bereits total durchnässtes Spitzentaschentuch aus dem Ärmel ihres Strickjäckchens.

„Ach je, ach je", schniefte sie. „Schon seltsam, dass es Sylvia erwischt hat und nicht mich – ich war schon immer viel kränklicher als sie."

„Und wie geht es jetzt weiter?", fragte Timothy. „Kann ich irgendetwas für Sie tun?"

Vera Dawes knüllte ihr Taschentuch zusammen und schüttelte den Kopf. „Ich glaube nicht, danke. Signor Pollini hat freundlicherweise angeboten, mir zu helfen. Das britische Konsulat in Florenz wurde dummerweise vor ein paar Jahren geschlossen, aber er weiß, was zu tun ist. Er ist sehr freundlich."

„Na gut, dann …"

Mrs. Dawes nickte dankbar.

„Kaffee?", fragte Timothy.

„Gerne."

Er stand auf und holte die Kanne von seinem Tisch.

„Sie werden bestimmt möglichst rasch abreisen wollen."

„Ja, sobald alle Formalitäten erledigt sind. Das war dann wohl mein letzter Urlaub. Im Gegensatz zu Ihnen könnte ich niemals allein verreisen."

Timothy zuckte verlegen die Achseln, dabei konnte er gar nichts dafür, dass er deutlich jünger und unabhängiger war als sie.

„Ich schätze mal, Ihr Verhalten von gestern Abend ist Ihnen unangenehm?", fuhr sie fort.

„Ein bisschen. Wenn ich Ihre Einladung nicht ausgeschlagen hätte …"

„Ich bitte Sie, Mr. Gandy, machen Sie sich deswegen bloß keine Gedanken! Ich hatte Sylvia schon gesagt, dass es unhöflich und aufdringlich war, Sie so zu überfahren. Sie konnte sehr resolut sein."

„Sie haben mir die Absage also nicht übel genommen?"

„Aber nein, gar nicht. Sylvia ist … war immer ziemlich energisch. Genau deshalb bin ich ja mit ihr verreist – sie war gut im Organisieren, ich dagegen bin in dieser Hinsicht eine Niete. Es gefiel ihr einfach, wenn sie bestimmen konnte, wo es langgeht, und mir war es ganz recht, dass ich mich um nichts kümmern musste."

„Wann genau reisen Sie denn ab?"

„Das erfahre ich, sobald Signor Pollini meinen Rückflug gebucht hat." Erneut kämpfte sie mit den Tränen. Als sie sich wieder gefangen hatte, sagte sie: „Wir sollten es uns nicht allzu sehr zu Herzen nehmen. Sylvia hatte ein langes, erfülltes Leben. Stellen Sie sich vor, sie war schon zweiundachtzig! Und zumindest ist alles ganz schnell gegangen."

„Schon, aber –"

„Es hat keinen Sinn, der Vergangenheit nachzutrauern. Wir müssen immer nach vorne blicken. Sylvias Sohn reist noch heute nach Florenz und kümmert sich um die Überführung, ich muss also nur zusehen, dass ich heil nach Hause komme. Das sollte doch zu schaffen sein."

Signor Pollini brachte ihr ein Kännchen Kaffee, einen Korb mit Gebäck und ein Schüsselchen Obstsalat. „Sehr aufmerksam, vielen Dank, Signor Pollini", sagte Vera, dann wandte sie sich wieder Timothy zu. „Was ist mit Ihnen, Mr. Gandy? Wohin fahren Sie als Nächstes?", erkundigte sie sich, wohl in dem Bestreben, mit dem Themenwechsel die Stimmung etwas aufzulockern.

„Ähm, ich … überlege noch“, stotterte Timothy, der auf die Frage nicht gefasst gewesen war. „Ich habe eine weitere Nacht hier gebucht, und danach wollte ich nach Rom, Neapel und Venedig, aber …“

„Aber noch ist alles offen.“

„Genau. Vielleicht fahre ich auch gleich nach Venedig und spare mir Rom und Neapel für ein andermal auf.“

„Es gibt ganz schön viel zu sehen, nicht? Da fühlt man sich bisweilen zwangsläufig überfordert.“

Timothy nickte, und wieder ertappte er sich bei dem Gedanken, dass er ja auch einfach nach Paris zurückfahren könnte. Er schob ihn beiseite und sagte: „Mir ist vorgestern mitten in Florenz überraschend eine meiner Töchter über den Weg gelaufen.“

Mrs. Dawes hob eine Augenbraue.

„Alice, die ältere der beiden. Sie hatte sich seit der Beerdigung meiner Frau vor ein paar Monaten nicht mehr bei mir blicken lassen, und jetzt ist sie extra hergekommen, um sich persönlich davon zu überzeugen, dass es mir gut geht“, sagte er gedankenverloren.

„Ist doch schön“, fand die alte Dame. „Man muss sehr darauf achten, sich nicht aus den Augen zu verlieren, nicht? Das kann ja leider recht schnell gehen.“

„Ja, allerdings.“

„Ich hab’s am eigenen Leib erfahren. Ich habe zwei Söhne, und die bekomme ich auch nur alle heiligen Zeiten zu sehen. Im Grunde nur zu Weihnachten, und manchmal selbst da nicht. Sie haben beide Familie und sind mit Frau und Kindern vollauf beschäftigt, und dagegen ist ja eigentlich auch nichts einzuwenden, aber ich fände es trotzdem schön, wenn sie mich etwas öfter besuchen würden.“

Wieder liefen ihr Tränen über die Wangen. Timothy nahm ihre Hand und drückte sie. Er hätte gern etwas Tröstliches gesagt, aber ihm wollte partout nichts Passendes einfallen. Viel mehr als ein aufmunterndes Lächeln konnte er ihr nicht bieten – und das erschien ihm unter den gegebenen Umständen herzlich wenig.

Tja, die lieben Kleinen … Die ersten zwanzig Jahre ihres Lebens drehte sich alles um sie, und dann? Er konnte nur hoffen, dass er sich, wenn er einmal so alt war wie Vera Dawes, nicht in einer ähnlich misslichen Lage befand wie sie. Schlagartig wurde ihm bewusst, dass es in erster Linie in seiner Hand lag, vorbeugende Maßnahmen zu ergreifen – eine aufschlussreiche Erkenntnis, die ihn bis zum Ende seiner Grand Tour begleiten und bis in die untersten Schichten seines Bewusstseins vordringen sollte. Er selbst bestimmte darüber, ob er künftig glücklich war oder nicht. Die Art von Isolation, an die er sich im Laufe seiner Ehe so gewöhnt hatte, galt es um jeden Preis zu vermeiden. Er hatte gewisse Pflichten seinen Kindern gegenüber, und wie sollte er, wenn er sie nicht erfüllte, auch nur das Geringste von ihnen erwarten? Ob es ihm wohl vergönnt sein würde, ein gutes Verhältnis zu ihnen zu haben, und zugleich eine Beziehung mit einer anderen Frau? Zu einer Frau, die seinen Kindern altersmäßig näher war als ihm selbst? Es würde sich zeigen.

KAPITEL 31

Santa Croce, Florenz

Mai

Die Kapelle der Medici, dieser guten und bösen Engel von Florenz, die Kirche Santa Croce, wo Michelangelo begraben liegt und wo jeder Stein in den Schiffen beredt vom Tod großer Männer spricht, die unzähligen Kirchen, außen oft nur unvollendete, plumpe Ziegelmassen, innen aber von heiterer Abgeklärtheit – auf Schritt und Tritt neue Glanzstücke.

Charles Dickens, *Bilder aus Italien*, 1846

Die ganze Zeit über hatte Timothy mit dem Gedanken gespielt, seinen Aufenthalt in Florenz zu verlängern, weil er so vieles noch nicht gesehen hatte – den Boboli-Garten, den Palazzo del Bargello, die Medici-Kapelle. Doch die Ereignisse der vergangenen vierundzwanzig Stunden hatten ihn aus der Bahn geworfen – erst das freudige und aufschlussreiche Wiedersehen mit seiner Tochter, dann der tragische Tod von Mrs. Winder. Mittlerweile war ihm die Lust auf Florenz vergangen, aber er konnte nicht abreisen, ohne Santa Croce gesehen zu haben, den „Pantheon von Florenz", die älteste Franziskanerkirche der Welt, deren Grundstein angeblich der heilige Franz von Assisi höchstpersönlich gelegt hatte und deren klingender Name eine ganze Reihe von Assoziationen bei Timothy weckte.

Da stand er nun, auf der *Piazza* vor der Basilika Santa Croce mit ihrer seltsam nüchternen neogotischen Fassade, die an ein überdimensionales Kartenhaus erinnerte. Diese Kirche hatte Lucy Honeychurch in *Zimmer mit Aussicht* also beim Frühstück in ihrem Baedeker nachgeschlagen. Während er zu dem Davidstern hoch über sich spähte, musste er an die Szene aus dem Roman denken, in der Lucy unversehens mit dem tödlich verwundeten Opfer einer Messerstecherei konfrontiert wird. Vor seinem geistigen Auge sah er das Blut, das aus dem Mund des Sterbenden quoll, und das Bild vermischte sich mit der noch allzu frischen Erinnerung an Sylvia Winder inmitten der immer größer werdenden Blutlache. Wieder einmal hatte das Leben die Kunst nachgeahmt. In diesem Augenblick traf er die Entscheidung, Florenz den Rücken zu kehren – aber erst musste er noch die Grabmäler von Michelangelo, Galileo Galilei, Machiavelli und Rossini sehen.

Nach der Besichtigung der Basilika schwindelte ihm ein wenig – kein Wunder, bei der weihrauchgeschwängerten Luft dort drinnen. Und dann all diese Eindrücke, die monumentalen, reich verzierten Grabstätten mit sienarot gesprenkelten Sarkophagen und zum Himmel aufblickenden Heiligen in marmornen Faltengewändern …

Timothy atmete ein paarmal tief durch, um seine Lungen mit frischer, wenn auch leicht von Autoabgasen durchsetzter Luft zu füllen. Es war definitiv klüger, das reichhaltige Angebot an Sehenswürdigkeiten in Florenz in kleinen Häppchen zu genießen, als sie alle am Stück zu besichtigen.

Er nahm seinen Block zur Hand und begann, die Basilika zu skizzieren. Diesmal wollte er seiner wachsenden Sammlung an handgemachten Souvenirs zur Abwechslung eine lavierte Tuschezeichnung hinzufügen. Die Investition in die neuen Stifte hatte sich gelohnt, es entstand ein ganz passables Abbild der vor ihm aufragenden Fassade. Er hatte das Gefühl, dass er allmählich besser wurde – seine Federführung konnte es zwar noch lange nicht mit Ptolemy Dean oder Matthew Rice aufnehmen, aber ganz verlernt hatte er es auch nicht. Nach eineinhalb Stunden klappte er zufrieden den Block zu. Wieder ein Werk für seine neue florentiner Zeichenmappe. Seine bescheidene Sammlung wuchs.

Mittlerweile war es ein Uhr mittags. Da er noch keinen Hunger hatte, schlug er den Weg zum Bahnhof Santa Maria Novella ein, um einen Blick auf die Fahrpläne zu werfen. Wohin sollte er denn nun fahren? Eigentlich stand als nächstes Rom auf seiner Liste, doch der Gedanke an noch mehr alte Geschichte reizte ihn im Moment wenig. Jetzt verstand er, warum sich die Reisenden, die die Grand Tour im 18. Jahrhundert absolviert hatten, so viel Zeit gelassen hatten.

In diesem Augenblick hätte er nichts lieber getan, als sich auf der Terrasse von Rosamund Hawksmoors Villa in Saint-Jean-Cap-Ferrat etwas auszuruhen, umgeben vom süßen Duft von Orangenblüten und Lavendel. Es kam ihm so vor, als wären sowohl sein Besuch bei der alten Dame und ihrem schnapsnasigen Butler als auch die Begegnung mit Archie und Serena schon eine halbe Ewigkeit her, von der Zeit mit Francine ganz zu schweigen. Empfand er noch dasselbe für sie? Ja, kein Zweifel, obwohl er sich mit eiserner Disziplin dazu gezwungen hatte, seine Reise fortzusetzen. Er hatte bewusst beschlossen, in den kommenden Wochen nicht die ganze Zeit von ihr zu träumen oder sich nach ihr zu sehnen – mit mäßigem Erfolg.

Seine Unentschlossenheit ärgerte ihn. Paris, Monaco, Pisa, Florenz, Rom, Neapel und Venedig, das waren die vorab festgelegten Ziele gewesen. Gut, Pisa hatte er auf Anraten von Rosamund übersprungen, dafür war er in Saint-Jean-Cap-Ferrat gewesen – also beinahe in Nizza. Es schadete doch nicht, etwas flexibel zu sein, oder? Außerdem hatte er den kleinen Schlenker sehr genossen, hatte in gewissem Sinne sogar davon profitiert. Rosamund hatte ihn zum Nachdenken angeregt, hatte seine Aufmerksamkeit auf Dinge gelenkt, die er bis dahin übersehen oder als selbstverständlich hingenommen hatte.

Er kam sich vor wie ein Neunzehnjähriger, der zwischen Schulabschluss und Universität ein Jahr blaumacht, mit dem Unterschied, dass er nicht ganz so lange unterwegs war. Stell dich gefälligst nicht so an, sagte er sich. Es wäre absolut idiotisch, Rom, die Wiege der europäischen Zivilisation, auszulassen. Je länger er darüber nachdachte, desto weniger war er geneigt, auf die Ewige Stadt zu verzichten. Dann schon lieber Neapel streichen. Er konnte ja vier – oder vielleicht auch fünf – Tage in Rom bleiben und dann direkt Venedig ansteuern, als letzte Station seiner Tour. Genau. Viel besser.

Am Bahnhof angekommen, stellte er überrascht fest, dass die Fahrt nach Rom nur eine gute Stunde dauerte, oder drei Stunden, wenn er einen Regionalzug nahm, der auch in den kleineren Ortschaften hielt. Heute Nachmittag würde er über den Ponte Vecchio zum Palazzo Pitti hinüber spazieren und den Boboli-Garten besichtigen, morgen Vormittag waren die Uffizien dran, und dann würde er sich in den Zug setzen. In den langsameren, damit er etwas Zeit zum Verschnaufen hatte.

Im Boboli-Garten erlebte er nach Langem wieder einmal eine Enttäuschung. Im Gegensatz zum Schlosspark von Versailles, wo man sich ins Zeitalter von Ludwig XIV. zurückversetzt fühlte, war im Boboli-Garten von der Anwesenheit der Medici kaum noch etwas zu spüren. Die Anlage war zwar durchaus gepflegt, aber die Atmosphäre war kein Vergleich zu der in Versailles. Irgendwie wirkte hier alles etwas marode, verstaubt und verlassen, obwohl die Hecken ordentlich geschnitten waren und an jeder Wegkreuzung sowie am Ende eines jeden Durchblicks eine Statue stand. Vielleicht lag es ja an ihm. Vielleicht hatte die Tragödie vom Vortag seine Laune getrübt. Er las nach, was in seinem Baedeker aus dem Jahre 1904 zum Boboli-Garten stand: *1550 unter Herzog Cosimo I. angelegt. Ein reizender Lustort, den sonntags eine fröhliche Menge belebt. Zahlreiche Vasen und Marmorbildwerke schmücken den Garten.* Hm. Wenn dem auch heute noch so war, konnte Timothy ja von Glück sagen, dass er nicht an einem Sonntag hergekommen war. Im Moment war der Andrang noch erträglich – es waren zwar etliche Touristen da, aber nicht so viele, dass man dauernd von ihnen angerempelt wurde.

Er setzte sich auf eine Bank in einer ruhigen Ecke, wo ihm die Sonne auf den Rücken schien, und kramte sein Handy hervor, um den Anruf zu erledigen, den er nun schon so lange vor sich herschob. Sein Herz klopfte unwillkürlich schneller, als er die Nummer wählte und ihre Stimme hörte.

„Hallo, Rosie", sagte er. „Ich bin's, Dad."

Schweigen, dann sagte Rosie leise: „Hallo, Dad." Zwei Worte, mehr nicht. Einen Augenblick brachte er kein Wort heraus. Dann fragte sie: „Bist du noch dran?"

Timothy atmete tief durch und räusperte sich. „Ja, bin ich."

„Gott, bin ich erleichtert. Wir haben uns solche Sorgen gemacht."

„Ich weiß. Entschuldige. Ich hab versucht, dich anzurufen, aber –"

„Kein Problem. Es geht dir gut, das ist das Wichtigste." Sie schwieg erneut, dann fragte sie: „Wo bist du denn gerade?"

„Ich sitze auf einer Parkbank in der Sonne, im Boboli-Garten in Florenz. Morgen geht es weiter nach Rom."

„Und, gefällt es dir? Ist es so interessant und aufregend, wie du es dir vorgestellt hast?"

„O ja. Es ist sogar noch aufregender als erwartet."

„Alice hat angerufen", berichtete sie. „Sie hat uns erzählt, dass alles okay ist und dass es ein Problem mit deinem Handy gab. Wir haben uns einfach über diese Abhebung gewundert – wir dachten wirklich, dir wäre etwas zugestoßen, aber Alice meinte, das sei alles geklärt. Kein Grund zur Sorge. Stimmt das?"

Er zögerte einen Moment, überrascht und dankbar dafür, dass Alice offenbar nicht ins Detail gegangen war. „Ja, es ist alles in Ordnung, wirklich." Und um seine fromme Lüge vor sich selbst zu rechtfertigen, fügte er hinzu: „Ich erzähle dir alles, wenn ich wieder zu Hause bin. Versprich mir, dass du dir keine Sorgen mehr machst. Ich bin bei bester Gesundheit."

„Und glücklich?"

„Ja. Sehr glücklich." Er hätte sie zu gern ins Vertrauen gezogen, zumal er sich ihr nach wie vor am nächsten fühlte, aber jetzt war nicht der richtige Zeitpunkt. Nicht am Telefon. Er wollte nicht damit herausplatzen, solange Tausende von Kilometer zwischen ihnen lagen.

„Wie schön." Es klang aufrichtig erfreut. Wie sehr er das vermisst hatte – ihre Stimme, ihre ehrliche, direkte Art. „Du fehlst uns. Elsie hat wieder einen Zahn gekriegt. Sie hat richtig dicke rote Apfelbacken."

Timothy stellte beschämt fest, dass er seine Enkelin über die Aufregung der vergangenen Tage beinahe vergessen hatte. „Ihr fehlt mir auch. Es ist so schön, deine Stimme zu hören. Gib Elsie einen Kuss von mir, und sag ihr, sie soll genauso artig sein wie ihre Mutter, als sie noch klein war."

„Mach ich. Ach, Dad, ich bin so froh, dass du dich gemeldet hast! Dummerweise muss ich dich jetzt abwürgen, wir sind nämlich gerade auf dem Sprung, Elsie liegt schon im Kinderwagen. Lass uns doch in ein paar Tagen noch mal etwas ausführlicher telefonieren, ja? Ich will dich nicht nerven oder so, ehrlich, aber wir waren wirklich ganz krank vor Sorge."

„Gut, ich melde mich wieder. Und hör auf, dir Sorgen zu machen. Ich bin erwachsen und kann sehr gut auf mich selbst aufpassen." Ähem. Meistens jedenfalls. „Ich rufe dich in ein paar Tagen aus Rom oder Venedig an."

„Klasse. Pass auf dich auf, Dad. Ich hab dich lieb."

„Ich dich auch, Liebes."

„Bye!"

„Bye."

Sie legten auf, und er lehnte sich auf der Bank zurück und spürte, wie die Anspannung der letzten Tage von ihm abfiel und ein lautes Schluchzen in seiner Kehle aufstieg. Lächerlich, dachte er und kramte ein Taschentuch hervor. Jetzt bist du weit über fünfzig und heulst hier rum wie ein Baby.

KAPITEL 32

Florenz – Rom

Mai

Die Eisenbahn und die Kirche mögen ihre Kritiker haben, aber beide sind das beste Mittel, einen Menschen ans Ziel zu bringen.

Wilbert Vere Awdry, Autor von *Thomas, die kleine Lokomotive* (1911-97)

Der Ausdruck entspannend traf es nicht ganz, aber irgendwie übten Bahnreisen stets eine beruhigende Wirkung auf Timothy aus, zumal die Züge in Italien tatsächlich pünktlich zu fahren schienen, was ja angeblich Mussolini zu verdanken war. Nach dem nicht ganz einfachen Prozess der Entscheidungsfindung war Timothy nun doch recht gespannt auf Rom – sowohl auf historische Stätten wie das Forum Romanum und das Kolloseum als auch auf romantisch anmutende Sehenswürdigkeiten der Neuzeit wie die Spanische Treppe und den Trevibrunnen.

Er brachte den Großteil der Fahrt damit zu, die bezaubernde ländliche Gegend vor dem Fenster zu betrachten, in die gelegentlich Industriegebiete eingebettet waren. Zwischendurch las er immer wieder ein paar Seiten in seinem abgegriffenen alten Baedeker. Mal ging es um allerlei Geschäfte, die Kupferstiche und dergleichen feilboten, mal um Fortbewegungsmittel (offene oder geschlossene Einspänner, Omnibusse, Dampftrambahnen und Pferdefuhrwerke), von denen bestimmt kein einziges mehr existierte. Als er umblätterte und sich mit dem Besichtigungsprogramm für einen vierzehntägigen Aufenthalt konfrontiert sah, fühlte er sich überfordert und klappte das kleine rote Buch wieder zu.

Der Zug hielt in Orvieto, ein Name, der ihm von diversen Besuchen in italienischen Restaurants ein Begriff war – ein erschwinglicher, frischer Wein, der hervorragend zu Fisch passte. Ob er hier in Italien, wo er hergestellt wurde, wohl anders schmecken würde? Ein einzelner Passagier – eine Nonne – stieg zu, und da sie sich mit ihrem kleinen, aber prall vollen Rollkoffer plagte, erhob sich Timothy und half ihr, das Gepäckstück auf der Ablage über den Sitzen zu verstauen. „Danke, DANKE!" Ihrer Aussprache nach zu urteilen, stammte sie aus Irland.

„Gern geschehen." Timothy setzte sich wieder, und obwohl im Waggon noch genügend andere Plätze frei waren, ließ sie sich direkt gegenüber von ihm nieder und strich die Falten ihrer Ordenstracht glatt, die nicht schwarz und bodenlang war, wie er das von früher kannte, sondern leuchtend weinrot mit weißem Kragen, der Rock reichte ihr nur bis knapp über das Knie. Dazu trug sie eine kurze schwarze Nonnenhaube mit einem weißen Rand, unter dem ein kastanienbrauner Haarschopf hervorlugte. Was für ein Gegensatz zu der strengen Kopfbedeckung von früher, bei der man ausschließlich das Gesicht hatte sehen können! Bekleidungstechnisch hatte sich bei den Ordensschwestern offenbar einiges getan.

Die Frau musste um die vierzig oder fünfzig sein, und sie rang nach Luft, als wäre sie gelaufen, um den Zug nicht zu verpassen. Ihre Wangen waren gerötet, und ihre hellen blauen Augen glänzten, als sie aus dem Fenster einen letzten Blick auf den Bahnhof warf, den sie bereits wieder verließen. Sie tastete mit der rechten Hand nach dem großen Silberkreuz, das an einer Kette um ihren Hals hing, und bewegte dazu kaum merklich die Lippen, als würde sie ein Gebet sprechen, vielleicht zum Dank dafür, dass sie den Zug noch erwischt hatte.

Timothy wandte sich wieder seinem Buch zu, doch es nützte nichts – die Nonne hatte beschlossen, sich den Umstand zunutze zu machen, dass sie den Zwängen ihres Ordens eine Weile entflohen war.

„Sie sind Engländer?“, fragte sie Timothy, sobald sie ihr stilles Gebet beendet hatte.

„Ja“, antwortete er höflich, lächelte sie an und versuchte, seine Lektüre fortzusetzen. Mittlerweile hatte er seinen aktuellen Reiseführer aufgeschlagen, um nachzusehen, wo sich das Hotel befand, auf das seine Wahl gefallen war. Diesmal wollte er in einem etwas größeren Haus nächtigen, in der Hoffnung auf etwas Anonymität.

„Ein wunderschönes Fleckchen Erde, nicht?“, bemerkte die Nonne. Wie es schien, würde sein Bedürfnis nach Ruhe vorläufig ungestillt bleiben.

„Ja, in der Tat.“ Auch dieser Versuch, die Unterhaltung im Keim zu ersticken, scheiterte.

„Fahren Sie nach Rom?“

„Ja.“

„Wunderbar. Ich auch. Ich habe eine Audienz beim Heiligen Vater.“

„Wie aufregend“, bemerkte Timothy aus reiner Höflichkeit. Sie weiter zu ignorieren, hätte ausgesprochen taktlos gewirkt.

„Ja, nicht? Auf dieser Reise jagt wirklich ein Highlight das nächste. Ich kann es kaum erwarten, den anderen Schwestern davon zu erzählen.“

Timothy gab sich Mühe, das Gespräch nicht durch zusätzlichen Input zu befeuern, doch der kindliche Enthusiasmus der Nonne machte es ihm schier unmöglich, sie nicht weiter zu beachten. Da er nicht ungehobelt erscheinen wollte, ließ er das Buch sinken und lächelte sie an. „Wie lange haben Sie denn Freigang?"

„Von wegen Freigang!", echauffierte sie sich mit gespielter Empörung, dann sagte sie: „Ich bin wegen guter Führung entlassen worden" und zwinkerte ihm zu.

Timothy lachte. „Und wo ist Ihr Orden?"

„In Dublin. Die Betlehemsschwestern. Ich bin Schwester Mary Agnes." Sie streckte ihm die Hand hin. Tim schüttelte sie und stellte sich mit einem breiten Lächeln vor: „Tim Gandy."

„Und woher kommen Sie, Timothy?" Sieh an, sie sprach ihn mit seinem vollen Namen an. Wahrscheinlich hatte er einen heiligen Namensvetter.

„Aus Sussex. Chichester."

„Ah ja. Hübsche Kathedrale mit einem ungewöhnlich hohen Turm." Sie lächelte noch breiter. „Allerdings anglikanisch", fügte sie hinzu und legte mit gespieltem Bedauern die Stirn in Falten.

„Richtig."

Inzwischen war sie nicht mehr so außer Atem, aber ihre Augen glänzten noch immer, als müsste sie jeden Moment explodieren vor Mitteilungsbedürfnis. Na ja, wahrscheinlich war das eine ihrer wenigen Gelegenheiten, sich zu unterhalten, ehe sie wieder in die Abgeschiedenheit ihres Ordens zurückkehrte. Sofern sie überhaupt einem Orden angehörte, in dem man ein Schweigegelübte ablegen musste. Eigentlich konnte er sich das nicht vorstellen, bei jemandem, der so extrovertiert war wie sie. Vermutlich gehörte sie einer Ordensgemeinschaft an, die viel Sozialarbeit leistete. Timothy bekam keine Gelegenheit, sie danach zu fragen, denn sie bombardierte ihn sofort weiter mit Informationen.

„In Italien findet man natürlich fast nur katholische Kirchen“, erklärte sie. „Den Dom von Orvieto beispielsweise.“

„Es gibt einen Dom in Orvieto?“

„Aber ja! Er wurde nach dem Blutwunder von Bolsena gebaut. Schon mal davon gehört?“

„Äh, nein, kann ich nicht behaupten.“

„Es hat sich vor sehr langer Zeit ereignet, aber es ist ziemlich bekannt.“

Timothy beugte sich gespannt nach vorn, während sie so begeistert zu erzählen begann wie eine Moderatorin im Kinderfernsehen.

„Also, es gab da im 13. Jahrhundert einen böhmischenPriester namens Peter von Prag. Der Gute war ein Zweifler, wie der ungläubige Thomas. Von dem haben Sie aber schon mal gehört, oder? Peter von Prag wollte nicht so recht glauben, dass die Hostie tatsächlich der Leib Christi ist, was ja, wie Sie sicher wissen, ein zentrales Merkmal des katholischen Glaubens ist. Auf seiner Pilgerreise nach Rom machte er in Bolsena Halt, und als er dort die Heilige Messe feierte und die Hostie brechen wollte, fing sie an zu bluten!“ Als sie sah, dass Timothy die Augenbrauen hob, rief sie: „Ganz im Ernst! Das Blut ist sogar auf den Boden und auf das Altartuch getropft.“

Allmählich kam sie richtig in Fahrt. „Tja, Peter wusste, dass sich Papst Urban IV. damals in Orvieto aufhielt. Das ist keine dreißig Kilometer weit weg, wobei man für diese Strecke im Jahr 1263 vermutlich einen halben Tag gebraucht hat. Er hat sich also auf ein Pferd gesetzt – oder vielleicht auch in eine Kutsche – ach so, nein, im 13. Jahrhundert wird es wohl eher ein Pferdefuhrwerk gewesen sein. Möglicherweise ist er auch zu Fuß gegangen, ich weiß es nicht genau. Als der Papst von dem Vorfall erfuhr, war er natürlich begeistert. Er hat Peter die Absolution erteilt und das Altartuch nach Orvieto bringen lassen, wo man es feierlich durch die Straßen getragen hat, und später hat er den Dom bauen lassen. Dort wird das Tuch jetzt in einem goldenen Reliquarium aufbewahrt. 1964 hat Papst Paul VI. es sich höchstpersönlich angesehen. Das war das erste Mal, dass ein Papst mit einem Hubschrauber geflogen ist." Sie verstummte abrupt und atmete tief durch. Ihre Wangen waren gerötet. „Na, was sagen Sie jetzt? Ist das nicht aufregend?"

„Sehr sogar." Timothy nickte. „Und, haben Sie das Reliquarium gesehen?"

„O ja."

„Und glauben Sie an Wunder?"

„Aber *selbstverständlich* glaube ich an Wunder, Timothy! Ich bin eine Ordensschwester, das allein ist doch schon ein Wunder." Wieder zwinkerte sie ihm zu.

„Das war eine tolle Geschichte."

„Höre ich da etwa Zweifel heraus?"

„Nein, ich meinte, sie ist wirklich bemerkenswert."

„Ja, nicht? Genauso bemerkenswert wie die Tatsache, dass ich hier bin, auf dem Weg zum Vatikan, und dass ich bald den Papst sehen werde."

„Sie sagten, Sie haben eine Audienz bei ihm?"

„Sozusagen."

„Ich bin sehr beeindruckt."

„Na ja, es ist ja keine Privataudienz. Ich werde wie zwanzigtausend andere Gläubige auf dem Petersplatz stehen und zu ihm hinaufschauen. Ich hoffe nur, dass dann kein hünenhafter Priester vor mir steht, sonst bin ich geliefert. Ich bin nämlich nur eins zweiundsechzig. Aber es wird auf jeden Fall ein besonderer Moment, und danach steige ich wieder ins Flugzeug und fliege zurück nach Dublin zu meinem Orden und meinem Gebetsleben." Sie lehnte sich zurück, sichtlich erschöpft vom Erzählen, und sah einen Augenblick aus dem

Fenster. „Herrje, wie unhöflich von mir – da rede ich stundenlang ohne Punkt und Komma und stelle Ihnen nicht eine einzige Frage."

„Ach, machen Sie sich deswegen mal keine Gedanken."

„Doch, natürlich. Wo wollen Sie hin? Ich meine, nach Rom, das weiß ich ja bereits, aber warum? Sind Sie im Urlaub? Haben Sie eine Familie? Und wenn ja, wo ist sie?"

Timothy erläuterte knapp die Umstände seiner Grand Tour, und Schwester Mary Agnes hörte ihm aufmerksam zu, ohne ihn auch nur ein einziges Mal zu unterbrechen, während er von Isobels Tod erzählte und davon, dass er sich mit dieser Reise einen lang gehegten Wunsch erfüllte. Er erwähnte auch kurz seine Kinder (ohne auf ihre höchst unterschiedlichen Persönlichkeiten einzugehen) und seine Enkelin.

„Wie schön! Ich wette, sie fehlen Ihnen alle sehr."

„Ja, schon", sagte er leise.

„Wie lange werden Sie denn in Rom bleiben?"

„Fünf Nächte, danach geht es weiter nach Venedig, und dann fahre ich nach Hause."

Sie nickte. „Verstehe. So eine Reise ist etwas Wunderbares."

„Allerdings."

„Es hat bestimmt Ihre Traurigkeit gelindert."

„Bis zu einem gewissen Grad, ja."

„Aber nicht ganz?"

„Nein, nicht ganz", gab er zu.

„Na ja, wie heißt es so schön: ‚Wenn Gott eine Tür schließt, dann öffnet er dafür ein Fenster.'"

„Äh, ja", sagte Timothy nicht sonderlich überzeugt.

„Das Problem ist nur, das er bisweilen mehrere Fenster öffnet, und dann muss man sich für eines von ihnen entscheiden, nicht?"

Timothy betrachtete sie eingehend. Was hatte es bloß mit

dieser Frau auf sich? Lag es daran, dass sie als Ordensschwester quasi berufsbedingt mit einem gewissen Maß an Charisma ausgestattet war – sei es nun real oder ein Produkt seiner Einbildung? Nein. Er hatte auch andere Nonnen kennengelernt, und keine von ihnen hatte so viel Vitalität und Lebenslust ausgestrahlt wie Schwester Mary Agnes, von ihrem Scharfsinn ganz zu schweigen. Vielleicht täuschte er sich ja auch – vielleicht war es eine Art selbsterfüllende Prophezeiung, aber ihre etwas klischeehaften Äußerungen trafen schon fast beunruhigend oft ins Schwarze.

„Stimmt doch, oder?", fragte sie, und Timothy war, als würden ihre hellblauen Augen direkt in seine Seele blicken.

Er versuchte, sich nicht anmerken zu lassen, was in ihm vorging. „Ja", antwortete er betont gelassen.

„Es gab übrigens auch einen Heiligen Timotheus."

Damit hatte sie wieder seine volle Aufmerksamkeit. „Tatsächlich?", fragte er interessiert.

„O ja. Er war ein Jünger des Apostels Paulus. Ein stiller, scheuer Mann, der dem Vernehmen nach oft unter Magenschmerzen litt."

„Wahrscheinlich war er deswegen so still und scheu."

Sie ignorierte seinen platten Witz einfach. „Der Apostel Paulus nannte Ihren Namenspatron ‚einen guten Mann'. Timotheus war der erste christliche Bischof von Ephesus, im ersten Jahrhundert nach Christus. Ein Star sozusagen."

„Sieh einer an. Tja, ich schätze, diesbezüglich stehen meine Chancen eher schlecht", scherzte Timothy in einem weiteren Versuch, die Stimmung etwas aufzulockern.

„Man kann nie wissen. Wer hätte gedacht, dass ich mal Ordensschwester werden würde?"

„War das nicht immer Ihr Berufswunsch?"

„Gütiger Himmel, nein! Früher dachte ich, das sind alles

Frauen, die in der Liebe enttäuscht worden sind. Aber ich wurde bald eines Besseren belehrt."

„Ah ja? Ich bin ganz Ohr."

„Ach, das ist eine ziemlich lange Geschichte, und wir sind gleich da."

Tatsächlich wurde der Zug bereits langsamer. Schwester Mary Agnes erhob sich und strich sich erneut den Habit glatt. „Wären Sie so nett, mir meinen Koffer runterzuheben? Ich glaube, ich komme nicht dran."

„Aber natürlich." Timothy stand auf, holte den Koffer von der Gepäckablage über ihnen und stellte ihn neben Schwester Mary Agnes ab.

„Vielen Dank, Timothy. Sie sind sehr liebenswürdig."

„War mir ein Vergnügen." Er griff nach seiner Reisetasche und reckte den Hals, um sich davon zu überzeugen, dass sich sein Koffer noch in dem Gepäckfach am Ende des Waggons befand. „Soll ich Ihnen beim Aussteigen behilflich sein?"

„Das wäre sehr nett."

Die Türen öffneten sich. Timothy schulterte seine Reisetasche, schnappte sich ihren Koffer und folgte Schwester Mary Agnes zum Ausgang. Nachdem sie ausgestiegen war, hob er ihren Koffer auf den Bahnsteig hinunter, dann holte er seinen eigenen, und gleich darauf marschierten sie nebeneinander den langen Bahnsteig entlang. Am Ende angekommen, blieb sie stehen. „Sie sollten eine Messe im Petersdom besuchen", sagte sie. „Ich weiß, Sie sind kein Katholik, aber ich könnte mir vorstellen, dass es Sie inspiriert – und sei es nur wegen der Musik."

„Gut, ich werde mein Möglichstes tun."

„Ja", sagte sie nachdenklich, „ich glaube, das werden Sie. Gott behüte Sie."

Sie waren schon fast am Ausgang angelangt, da fiel Timothy

noch eine Frage ein: „Was ist denn am Ende aus dem heiligen Timotheus geworden?“

„Oh, der fand ein tragisches Ende, aber ich an Ihrer Stelle würde mir das nicht allzu sehr zu Herzen nehmen. Er wurde immerhin achtzig oder so.“

„Und wie starb er?“

Schwester Mary Agnes schien zu spüren, dass er sie nicht gehen lassen würde, ehe sie seine Frage beantwortet hatte. „Er wurde gesteinigt.“

Timothy verkniff sich eine Bemerkung dazu, aber offenbar war ihm deutlich anzusehen, was er davon hielt.

„Tja, das Leben besteht eben aus Höhen und Tiefen, Timothy, das dürfen Sie nie vergessen. Aber wenn wir die Augen offen halten, können wir uns manchen Ärger ersparen. Ich halte es für sehr unwahrscheinlich, dass Sie das gleiche Schicksal ereilen wird. So, dann mal los, und immer schön artig bleiben, ja?“

Timothy schnaubte belustigt und streckte ihr die Hand hin. „Vielen Dank für die nette Gesellschaft und viel Glück auf dem Petersplatz. Ich hoffe, Sie ergattern einen Platz, von dem aus Sie seine Heiligkeit gut sehen können.“

„Ihnen auch alles Gute, Timothy. Möge Gott Ihnen beistehen und Sie leiten, wenn die große Entscheidung ansteht.“

„Die große Entscheidung?“

Sie nickte und zwinkerte ihm zum Abschied ein letztes Mal zu.

Inzwischen hatte neben ihnen ein schwarzer Wagen angehalten. Die hintere Tür öffnete sich, und Schwester Mary Agnes ergriff ihren Koffer, schwang ihn mühelos auf die Rückbank und hechtete mit der Agilität einer Olympionikin hinterher. Die Tür schlug zu, und das Fahrzeug fuhr davon, so flott, dass der dabei entstehende Luftstrom Timothy die Haare durcheinanderwirbelte.

Ein passender Abgang für einen derartigen Wirbelwind.

Er stellte sich in die Schlange am Taxistand und kramte nach seinem Taschentuch. Dabei stießen seine Finger zwischen den Stofffalten auf ein unbekanntes Etwas, das sich als eine zierliche Kette aus kastanienbraunen Kugeln mit einem winzigen versilberten Kreuz entpuppte. Ein kleiner Rosenkranz.

KAPITEL 33

Rom

Mai

Vom Lärm und Rauch und Reichtum Roms

Horaz, (65–8 v. Chr.) *Oden*, Buch 3, Nr. 29

Auf der Fahrt zum Hotel wurde Timothys Nervenkostüm einer harten Prüfung unterzogen. Er war schon in Anbetracht des Verkehrs in Florenz der Meinung gewesen, dass die italienische Fahrweise so einiges zu wünschen übrig ließ, aber da hatte er den todesmutigen Leichtsinn römischer Auto- und Taxifahrer noch nicht erlebt, die mit einer Hand das Lenkrad und mit der anderen ihren Rosenkranz umklammerten. Sein weißes Taxi raste die Via Cavour entlang (wann immer es der Stop-and-go-Verkehr erlaubte) und passierte das gewaltige Nationaldenkmal für Viktor Emanuel II., dann ging es über die Via del Corso zur Kirche Sant'Ignazio di Loyola, ehe sie schließlich in einer schmalen Seitenstraße vor dem Hotel Libellula hielten, über dessen elegantem Porticus eine rot-weiß-grüne Fahne im Wind flatterte. Eigentlich hätte es nach diesem Höllenritt genauso gut eine schwarz-weiß karierte Formel-1-Flagge sein können. Der noch recht junge Fahrer, dessen Gesicht zur Hälfte von einer großen Ray-Ban-Sonnenbrille verdeckt wurde, hatte sich, unablässig Kaugummi kauend, zwischen Autos, Fahrrädern und Motorrollern hindurchgeschlängelt, wobei er gelegentlich sogar auf den Bürgersteig ausgewichen war und mit schöner Regelmäßigkeit die Hupe betätigt hatte.

Timothy stieg mit weichen Knien aus dem Taxi und reichte ihm wortlos die verlangten achtundvierzig Euro. Der Portier nahm ihm das Gepäck ab, und er folgte ihm mit aschfahlem Gesicht in die mit Marmor ausgelegte und mit Spiegeln und Palmen ausgestattete Lobby. Dort war es angenehm ruhig, nur Vivaldis *Gloria* tönte gedämpft aus den Lautsprechern. Timothy checkte ein und bezog sein Zimmer in der dritten Etage – einen hellen, großen Raum mit cremeweiß gestrichenen Wänden. Er gab dem Portier ein Trinkgeld, schloss die Tür und ließ sich auf das große Doppelbett sinken, um erst einmal etwas zu verschnaufen. Als er eine halbe Stunde später die Augen aufschlug, stellte er erstaunt fest, dass er eingedöst war. Er stand auf und öffnete das Fenster, um zu lüften. Es war sechs Uhr, wie zur Bestätigung bimmelten in der Nähe Kirchenglocken.

Nach einer kurzen Katzenwäsche zog er ein frisches Hemd an, dann fuhr er mit dem Aufzug ins Erdgeschoss, nickte auf dem Weg nach draußen dem Portier zu und machte sich auf, um das abendliche Rom mit seiner Geräuschkulisse aus Hupkonzerten und Motorengebrumm zu erkunden.

In den ersten zwei Tagen erfüllte sich endlich sein lang gehegter Wunsch nach Ruhe. Nicht die Ruhe eines Einsiedlers, sondern die eines Touristen, der allein unterwegs und damit glücklich und zufrieden ist. Schon bald hatte er sich an den Lärm und die hektische Betriebsamkeit gewöhnt, die in den Straßen von Rom herrschten, mehr noch, er genoss das alles so richtig. Auf ihn wirkte das energiegeladene Alltagsleben der Ewigen Stadt angenehm anregend und erhebend.

Dank der zahlreichen Motive für Skizzen und Aquarelle wurde seine Mappe aus Florenz kontinuierlich dicker. Das Forum Romanum war viel größer, als er es sich ausgemalt hatte, und wenn der Verkehr in der Stadt ungehindert fließen konnte, glich das Kolosseum einem überdimensionalen Kreiselkunstwerk, in dessen Zentrum eine atmosphärische Ruhe herrschte. Timothy schauderte bei der Vorstellung, dass hier einmal Gladiatoren und Löwen gegeneinander gekämpft hatten, und beim Anblick der Gänge, durch die die Raubkatzen damals in die Arena gekommen waren, gefror ihm beinahe das Blut in den Adern. Die eindrucksvolle Spanische Treppe entlockte ihm ein Lächeln, nicht, weil er das Bauwerk an sich amüsant gefunden hätte, sondern weil dort, genau in der Mitte, gerade zwei Frischvermählte und ihre Familien für Fotos posierten: die Braut in einer Wolke aus weißem Tüll, den Schleier mit purpurroten Rosen im Haar festgesteckt, der Bräutigam in einem schmal geschnittenen italienischen Anzug, das dichte schwarze Haar mit Gel zurückfrisiert, die strahlend weißen Zähne ein Blickfang im Sonnenlicht. Auch die Angehörigen der beiden – Männer und Frauen jeglichen Alters und von unterschiedlichster Statur – hatten sich allesamt fein herausgeputzt, und die diversen Kleinkinder, die um die Hochzeitsgesellschaft herumwuselten, sahen aus wie Miniaturausgaben des Brautpaars. Ehe Timothy es sichs versah, hatte er ihnen auch schon in seinem besten Italienisch herzliche Glückwünsche ausgesprochen und erntete dafür überraschte und erfreute Blicke. Das junge Paar wirkte entspannt und unbeschwert; es stürzte sich voller Hoffnung in das Abenteuer, das mit der Eheschließung beginnt. Er seufzte wehmütig und machte sich vom Acker.

Am dritten Tag spazierte er über eine der Brücken, die den breiten, träge dahinfließenden Tiber überquerten, zum Vatikan hinüber. Auf dem Petersplatz ging es zu wie in einem Ameisenhaufen. Viele der unzähligen Touristen standen mit dem Rücken zur riesigen Kuppel des Doms und schossen mithilfe ihrer Selfie-Sticks Erinnerungsfotos. Bestimmt nahmen die meisten von ihnen die Sehenswürdigkeiten von Rom erst bewusst wahr, wenn sie später ihren Freunden und Verwandten zu Hause ihre Handyfotos zeigten.

Die Sixtinische Kapelle war ihm eine Spur zu bunt – sie erinnerte ihn an das Deckengemälde von Chagall in der Pariser Oper, obwohl entstehungsgeschichtlich vierhundertfünfzig Jahre dazwischenlagen. Umso mehr beeindruckte ihn der Petersdom mit seiner auf vier wuchtigen Säulen ruhenden Kuppel im Zentrum, und die hier herrschende ehrfürchtige Stille war eine Wohltat nach dem Sightseeingmarathon der vergangenen zwei Tage. Von irgendwo drangen gedämpfte Chorgesänge an sein Ohr, eine Melodie, die ihm erst fremd vorkam, wahrscheinlich irgendein modernes Kirchenlied, doch dann vernahm er die Notenfolge eines Musikstücks, das für ihn stets mit Rom und dem Vatikan verknüpft gewesen war: die atemberaubend hohe Sopranstimme von Allegris *Miserere*. Was für ein Timing! Er hatte sich durchaus hin und wieder ausgemalt, wie es wohl wäre, das Stück zu hören, wenn er im Petersdom war, hatte sich aber keine großen Hoffnungen gemacht. Solche erfreulichen Zufälle waren ja doch eher selten. Der Legende nach hatte das von Allegri 1638 geschriebene Stück anfangs nur in der Sixtinischen Kapelle aufgeführt werden dürfen, und selbst den Mitwirkenden war es strengstens untersagt gewesen, eine Kopie der Partitur anzufertigen. 1770 hatte dann der vierzehnjährige Wolfgang Amadeus Mozart das *Miserere* im Rahmen einer Messe gehört und die Noten nach seiner Rückkehr in die Heimat mit erstaunlicher Genauigkeit niedergeschreiben. Damit hatte er das Meisterwerk nach über hundert Jahren aus der Gefangenschaft in der Sixtinischen Kapelle befreit.

Timothy saß bewegungslos da und lauschte mit geschlossenen Augen. Die Schritte der Touristen auf den Marmorböden des gewaltigen Gebäudes nahm er kaum mehr wahr. Seine Sinne registrierten nur noch die himmlischen Klänge, die von der Kuppel des Petersdoms hoch über ihm widerhallten und sich kaskadenartig über ihn ergossen. Schließlich verstummte der Chor, und er war wieder umgeben vom Gemurmel unzähliger Nationen.

Timothy holte den Rosenkranz aus der Tasche und betastete die winzigen Kugeln. Seine Mutter hatte ihm einen lebenslangen Argwohn gegen den römisch-katholischen Glauben eingeimpft. Er selbst war mit der bescheidenen Low Church of England, der Kirche des kleinen Mannes, aufgewachsen, wenngleich es mit den regelmäßigen Gottesdienstbesuchen schlagartig vorbei gewesen war, sobald er nicht mehr zu Hause gewohnt hatte. Aber er dachte noch heute gern zurück an die Gebete im *Book of Common Prayer*, und dann und wann hatte er das Bedürfnis, mit einer Bitte an eine nicht näher bestimmte höhere Macht heranzutreten, aber das war auch schon alles. Er war kein Atheist, er wusste nur nicht genau, woran er glauben sollte, einmal abgesehen von der Macht des Guten. Ehrlichkeit und Loyalität, daran glaubte er. Auch die Bezeichnung Agnostiker traf nicht ganz auf ihn zu. Er hatte einfach irgendwann beschlossen, die Auseinandersetzung mit dieser Thematik auf später zu verschieben, genau wie in vielen anderen Bereichen seines Lebens, in denen er sich mit unlösbaren Problemen konfrontiert sah – und da gab es so einige.

Nach einer guten Stunde verließ er den Dom und ging zurück zum Tiber. Nachdem er sich von so viel ekklesiastischer Erhabenheit in ehrfürchtiges Staunen hatte versetzen lassen, benötigte er eine Stärkung. Er gönnte sich einen Cappuccino und ein süßes Blätterteigteilchen in einem Straßencafé, dann schlenderte er mit seinem Reiseführer in der Hand und der Jutetasche mit den Malsachen über der Schulter durch das Gewirr von Gassen und Durchgangsstraßen, an barocken Kirchen und glitzernden modernen Schaufenstern vorbei, bis er beim Trevibrunnen war. Schon auf dem Weg dorthin wurde Allegri allmählich von Frank Sinatra verdrängt, der *Three Coins in the Fountain* säuselte.

Der gigantische Brunnen bot mit seiner Darstellung des Meeresgottes Oceanus und diversen Tritonen und Hippokampen einen ausgesprochen imposanten Anblick. Die Tiere schienen direkt aus den schäumenden Wasserfällen herauszuspringen, die sich über die zerklüfteten Felsen ergossen, und die Nachmittagssonne zauberte Regenbogen in die Sprühnebel. Hinter dem Prunkstück barocker Baukunst ragte die Fassade des Palazzo Poli mit ihren korinthischen Säulen auf. Fans minimalistischer Architektur rümpften bei dem Anblick vermutlich die Nase, doch Timothy konnte gut nachvollziehen, warum sich Verliebte aus der ganzen Welt von diesem Brunnen magisch angezogen fühlten – altmodische, romantisch veranlagte Verliebte wie er jedenfalls.

Er setzte sich auf den Brunnenrand, fischte sein Portemonnaie aus der Hosentasche und entnahm ihm drei Euromünzen, um sie über die Schulter ins Wasser zu werfen. Eine für jede der drei Frauen in seinem Leben: Rosie, Alice und Francine. Welcher von ihnen würde der Brunnen Glück bescheren? Tja, diese Frage würde ihm wohl niemand beantworten können.

Und dann vibrierte plötzlich sein Handy. Er holte es aus der Tasche und warf einen Blick auf das Display. Eine SMS von Archie Bedlington.

Wollte nur kurz melden, dass Serena und ich uns verlobt haben. Alles Liebe, Archie x

KAPITEL 34

Rom

Juni

Ich warf drei Münzen in den Trevibrunnen,
wie es der Tradition entspricht.
Zwei trudelten sogleich in die Tiefe,
die dritte schien auf dem Weg nach unten einen
Augenblick zu schweben.
Ich fragte mich unwillkürlich,
was das bedeuten könnte.

Nancy Hart, *In My Dreams*, 1963

Tags darauf wurde ihm bewusst, dass er sich entscheiden musste, wann er nach Venedig weiterfahren wollte (das Hotel Libellula war nicht ausgebucht und daher erfreulich flexibel, was die Dauer seines Aufenthalts anging) und wo er dort nächtigen sollte. Vielleicht sollte er sich zum Abschluss noch einmal ein Nobelhotel gönnen.

Außerdem stand noch das versprochene Telefonat mit Rosie an, und im Übrigen wurde der Wunsch, mit Francine zu reden, allmählich übermächtig. Und dann benötigte er noch dringend ein paar Souvenirs. Joseph Addison – den er auf seiner Reise sträflich vernachlässigt hatte, obwohl er es doch gewesen war, der ihm den Anstoß dafür geliefert hatte – war mit Büsten und Marmorsäulen im Gepäck nach England zurückgekehrt. Timothy dagegen konnte bislang lediglich eine Zeichenmappe aus marmorierter Pappe aus einem schicken Schreibwarenladen in Florenz vorweisen. Andererseits hatte er mit Säulen und Büsten (ob nun aus Marmor oder was auch immer) ohnehin nicht viel am Hut.

Sein moderner Reiseführer empfahl für eine Shoppingtour die Via dei Condotti direkt gegenüber der Spanischen Treppe, und tatsächlich entpuppte sich die genannte Straße als eine wahre Fundgrube für italienische Erzeugnisse von A bis Z, oder eher von Prada bis Versace.

Timothy bestaunte die glänzenden Abendkleider in den Schaufenstern der Boutiquen, die funkelnden Schmuckstücke, die Lederhandtaschen und -jacken und vor allem das mannigfaltige Schuhwerk, das offenbar von Designern mit einer schier unerschöpflichen Fantasie erschaffen und von Kundinnen mit ebenso unerschöpflichen finanziellen Mitteln gekauft wurde. Dann schalt er sich selbst einen Kleingeist und erstand eine große braune Umhängetasche aus Leder für Rosie, weil sie stets Unmengen an Babykram für Elsie mit sich herumschleppte, und eine elegante schwarze Damengeldbörse für Alice – als sie neulich im Restaurant in Florenz bezahlt hatte, war ihm nämlich aufgefallen, dass ihre aktuelle schon reichlich zerfleddert wirkte. Blieb nur zu hoffen, dass seine Töchter diese eher praktischen Mitbringsel nicht als Kritik am Status quo auffassen würden.

Und für Oliver? Konnte er ohne ein Geschenk für seinen Sohn zurückkehren? Ja, das konnte er, aber er kaufte eine glitzernde Clutch für Vita in der Hoffnung, dass diese sie als angemessenes Versöhnungsgeschenk betrachten würde. Nicht, dass er es für nötig gehalten hätte, zu Kreuze zu kriechen. Mit etwas Glück hatten sich die Wogen geglättet, bis er wieder in England war, und dann konnte alles wieder seinen gewohnten Gang gehen, was auch immer das heißen mochte, nun, da Francine in sein Leben getreten war.

Oliver und Vita hatten sich ja schon vorher über seine angebliche Verschwendungssucht echauffiert. Wie würden sie wohl reagieren, wenn sie von Francine erfuhren?

Keine Panik, Timothy. Wieder einmal zerbrach er sich sinnlos den Kopf, machte sich Gedanken über die Zukunft, obwohl er noch gar nicht wusste, was sie für ihn bereithielt. Er hatte ja nicht die geringste Ahnung, welche Vorstellungen Francine hatte, was ihre Beziehung anging. Alles war vollkommen ungewiss. Vielleicht war es an der Zeit, den inneren Schweinehund zu überwinden und endlich Nägel mit Köpfen zu machen. In spätestens zwei Wochen war er wieder in England, und bis dahin gab es noch einiges zu klären und zu erledigen. Er konnte unmöglich mit so vielen offenen Fragen im Gepäck nach Hause fahren.

Also setzte er sich am späten Abend in der Abgeschiedenheit seines Zimmers hin und erstellte eine To-do-Liste, wie er das zu Hause auch oft tat.

Archie zur Verlobung gratulieren (Telefonat oder SMS?)
Hotel in Venedig? Cipriani zu teuer? Gritti Palace?
Zugticket nach England buchen
Wäsche waschen lassen
Francine – Anruf? Besuch?

Der letzte Punkt auf der Liste lag ihm am schwersten im Magen.

Kurz entschlossen setzte er sich auf das Bett, wählte ihre Nummer und lauschte mit heftig pochendem Herzen dem Tuten. Sie ging nicht ran. Er legte auf und überlegte einen Moment. Es war schon spät, bestimmt schlief sie bereits. Oder sie war ausgegangen. Kein Grund zur Besorgnis.

Da in dieser Hinsicht vorerst nichts zu machen war, stand er auf, öffnete das Fenster etwas weiter und lauschte eine Weile dem Verkehr unten auf der Straße. Dann ging er zurück zum Bett und schickte eine Nachricht an Archie:

Ich freu mich sehr für euch. Bestell Serena liebe Grüße. Sie ist ein Glückspilz, und du auch! Hast du es Rosamund schon erzählt?

Den letzten Satz löschte er wieder – er wollte schließlich nicht klingen wie Archies dominanter Vater. Stattdessen schrieb er:

Rosamund wird begeistert sein. Ich bin es auch. Alles Liebe! Tim x

Er löschte auch das x wieder, nur um es gleich noch einmal einzutippen. Es war lediglich Ausdruck einer Zuneigung väterlicher Art, und Archie war für ihn fast wie ein Sohn. Er würde es schon nicht missverstehen. Rosie verwendete diese minimalistische Grußformel andauernd. Timothy schüttelte lächelnd den Kopf und drückte auf *Senden*. Dass er sich aber auch immer so viele Gedanken machen musste!

So. Um die anderen Punkte auf seiner Liste würde er sich morgen kümmern. Zu schade, dass er Francine nicht erreicht hatte. Hoffentlich hatte er sie nicht zu lange hingehalten. Was, wenn sie schon die ganze Zeit auf einen Anruf von ihm wartete? Oder wenn sie die Hoffnung bereits aufgegeben hatte? Er hatte so oft mit sich gerungen, hatte im Grunde täglich den Wunsch verspürt, sie anzurufen und ihr zu erzählen, was er erlebt hatte, was er sich angesehen und wen er kennengelernt hatte. Und jedes Mal hatte er sich ihre Worte in Erinnerung gerufen: *Ich werde 'ier sein, wenn du zurückkommst, und dann musst du mir alles 'aarklein erzählen*. Doch wann würde es endlich so weit sein?

Plötzlich meldeten sich allerlei irrationale Befürchtungen, die jeden vernünftigen Gedanken verdrängten. Was, wenn ihr etwas zugstoßen war? Wenn sie jetzt, da sie sein Geld hatte, nichts mehr von ihm wissen wollte? Wenn sie sich mit ihrem Exmann versöhnt hatte? Er ging ins Bett, wälzte sich aber noch gute zwei Stunden unruhig hin und her, und selbst im Schlaf plagten ihn noch allerlei beklemmende, schwer zu deutende Fantasien.

Als er erwachte, zeigte die Armbanduhr, die auf dem Nachttisch lag, Viertel nach sieben. War das zu früh, um sie anzurufen? Nein. Auch wenn er riskierte, sie zu wecken – um diese Zeit würde sie zumindest zu Hause zu erreichen sein. Sie hatte ihm nur die Nummer des Festnetztelefons aufgeschrieben, nicht aber die Handynummer. Er sehnte sich danach, sie zu sehen, bei ihr zu sein. Er wollte ihre Nähe, ihre Berührungen spüren. Er wählte und wartete. Nichts. Vielleicht war sie unter der Dusche? Um acht versuchte er es erneut. Wieder ohne Erfolg.

Gut, dann würde er seine Pläne eben ändern und direkt nach Paris fahren. Venedig würde warten müssen. Er hatte Francine seit Wochen nicht gesehen und brauchte dringend einen Beweis dafür, dass er ihr genauso viel bedeutete wie sie ihm. Eine innere Stimme flüsterte ihm zu, dass sein Verhalten unvernünftig war. Dass er die Reise wie geplant fortsetzen und auf dem Rückweg in Paris haltmachen sollte. Doch mit Vernunft ließen sich seine Zweifel nicht ausräumen. Inzwischen hielt er es durchaus für möglich, dass er sie zu lange hatte warten lassen.

Nach dem hastig eingenommenen Frühstück sagte er dem Concierge, er werde im Laufe des Tages abreisen und ihn über die Details informieren, sobald er Genaueres wisse. Den prosaischen Gedanken, dass die Zeit nicht mehr reichen würde, um seine Kleider waschen zu lassen, verdrängte er kurzerhand. Ein Taxi brachte ihn zum Bahnhof, wo es vor Pendlern wimmelte, und eine etwas ungeduldige Angestellte am Fahrkartenschalter verriet ihm, dass es drei direkte Verbindungen nach Paris gab: der früheste Zug fuhr schon um neun und war um 19:49 Uhr in Paris, der nächste ging um 13:00 Uhr mit Planankunft um 23:19 Uhr, und der Nachtzug verließ Rom um 19:20 Uhr und kam am darauffolgenden Vormittag um halb zehn in Paris an. Den ersten Zug bekam er bestimmt nicht mehr – er hatte noch gar nicht gepackt –, und der zweite kam erst reichlich spät in Paris an, also entschied Timothy sich für den Nachtzug. Er würde Rom noch heute Abend verlassen und morgen früh auf gut Glück bei Francine vorbeischauen.

Er fuhr zurück ins Hotel, räumte sein Zimmer und gab das Gepäck beim Concierge in Verwahrung. Zum Malen war er viel zu aufgekratzt, deshalb begnügte er sich damit, an seinem letzten Tag in Rom die Via Appia und die Caracalla-Thermen zu besichtigen. Danach legte er einen kurzen Zwischenstopp in einem sonnigen Straßencafé ein. Auf dem Rückweg zum Hotel kam er an der Kirche Sant'Ignazio di Loyola vorbei, und obwohl sie eigentlich nicht Teil seines Besichtigungsprogramms war, fühlte er sich von ihrem majestätischen Portal magisch angezogen. Vielleicht, weil er sich nach Ruhe oder Trost sehnte, es konnte aber auch an dem Chorgesang liegen, der von drinnen an sein Ohr drang. Bei der Gelegenheit ging ihm auf, dass er in den letzten vierzehn Tagen mehr Kirchen von innen gesehen hatte als in den vergangenen zwei Jahren. Er ließ sich auf einer Bank nieder, spähte zu der Darstellung des Himmels und der Heiligen hinauf und schüttelte fasziniert den Kopf in Anbetracht der überwältigenden Schönheit dort oben. Vermutlich lag es an seiner Liebe zur Malerei, dass ihn die Fresken in italienischen Kirchen so ungemein beeindruckten. Dabei waren die üppige Pracht und der Detailreichtum dieser Gemälde nicht unbedingt sein Ding, doch der Stil passte perfekt zur barockartig überladenen römischen Architektur, und sie schien auch seinen derzeitigen Eindruck vom Leben perfekt widerzuspiegeln: Es war unablässigen Veränderungen unterworfen, reich an Vielfalt und von überwältigender Komplexität.

Rom würde ihm fehlen. Italien würde ihm fehlen. Aber dafür erwartete ihn am Ende seiner nächsten Zugfahrt zumindest eine etwas klarere Vorstellung davon, was die unmittelbare Zukunft für ihn bereithielt. Diese Aussicht fand er beinahe so erhebend wie die Betrachtung des Deckengemäldes über ihm, und zugleich flößte sie ihm eine Heidenangst ein.

KAPITEL 35

Rom – Paris

Juni

Mit der Liebe ist es wie mit den Masern –
je später man sie bekommt, desto schlimmer
erwischt es einen.

Douglas Jerrold, *The Wit and Opinions of Douglas Jerrold*, 1859

An Schlaf war nicht zu denken. Der Zug ratterte und holperte, und Timothy teilte sich sein Liegewagenabteil mit drei französischen Fußballfans, die sich auf der Heimreise von einem verlorenen Europacup-Match befanden und noch hellwach waren. Eigentlich hatte er auf ein Einzelcoupé gehofft, aber der Zug war praktisch ausgebucht gewesen. Er konnte von Glück sagen, dass er noch eine Pritsche in diesem Viererabteil ergattert hatte.

Zumindest ließen ihn seine drei Mitfahrer links liegen, und nachdem sie genügend Peroni getrunken hatten (was die Ansammlung leerer Bierflaschen auf dem Boden bezeugte), sanken auch sie auf ihre Liegen und schliefen laut schnarchend ein. Erst ärgerte sich Timothy, doch dann gelang es ihm, die Angelegenheit von der komischen Seite zu betrachten. Es war schon absurd: Da lag er nun, ein Witwer Mitte fünfzig, zusammengepfercht mit drei französischen Fußballfans in einem italienischen Nachtzug auf dem Weg nach Paris und fragte sich, ob eine Frau, die er vor ein paar Wochen kennengelernt hatte und nach der er sich mit jeder Faser seines Herzens sehnte, wohl ebenso viel Sehnsucht nach ihm hatte. Es war grotesk. Lächerlich. Spätestens jetzt hätte Oliver wohl mühelos einen Richter und ein paar Geschworene davon überzeugen können, dass sein Vater den Verstand verloren hatte.

Sobald es draußen vor den Jalousien dämmerte, rappelte er sich von seiner Pritsche auf und schleppte sich mit steifen Gliedern hinaus, um sich einen Sitzplatz zu suchen. Er trank einen Becher starken Kaffee; von seinem vertrockneten Baguette brachte er nur die Hälfte hinunter, aber auch das half schon ein wenig gegen das Gefühl der Leere im Magen.

Noch eine halbe Stunde bis Paris. Timothy beschloss, es ein letztes Mal bei Francine zu versuchen. Er wählte ihre Nummer, darauf gefasst, dass es wieder endlos klingeln würde. Doch nein, diesmal ging sie fast sofort ran. Sein Herz vollführte einen Sprung. Sie war es! „Francine? Hier ist Tom. Wie geht es dir?", fragte er, vergeblich darum bemüht, sich seine Euphorie nicht anmerken zu lassen.

Einen Augenblick herrschte Schweigen am anderen Ende, dann sagte sie: „Tom! Mir geht es gut. Und dir? Wie war deine Reise? Wo bist du?"

„Wenn ich dir sagen würde, dass ich in einem Zug von Rom nach Paris sitze und in einer Stunde bei dir sein kann, was würdest du dann sagen?"

Wieder schwieg sie, und einen grauenhaften Moment fürchtete Timothy schon, sie könnte ihm sagen, dass das alles ein großer Fehler gewesen war. Aber allem Anschein nach war sie bloß überrascht. „Kommst du zu meinem *appartement*?"

„Ja, vorausgesetzt, du bist dort. Ich nehme mir am Bahnhof ein Taxi."

„Dann sehen wir uns also in einer Stunde?"

„Ja. Ich freue mich darauf, dich zu sehen. Ich habe viel zu berichten."

„Wunderbar", sagte sie. „Dann bis gleich. Bye."

Das war's auch schon. Irgendwie hatte er sich ihr erstes Telefonat nach all den Wochen anders vorgestellt. Weniger nüchtern. Aber wahrscheinlich war das bei den zahlreichen Hintergrundgeräuschen hier kaum möglich. Außerdem war er müde und genervt von den mittlerweile erwachten Fußballfans, die sich auf der Suche nach einem Happen zu essen an ihm vorbeidrängten. Unter den gegebenen Umständen musste sich ein Telefonat zwangsläufig schwierig gestalten.

Francine schien ähnlich zu empfinden wie er, denn kaum hatte er das Handy wieder eingesteckt, klingelte es erneut, als hätte auch sie das Bedürfnis, noch ein, zwei zärtliche Worte auszutauschen. Aber es war nicht Francine; die Nummer auf dem Display hatte eine englische Vorwahl.

„Hallo?"

„Dad?"

„Ja?"

„Ich bin's, Rosie."

„Hallo, Liebes! Wo bist du denn? Was ist das für eine Nummer?"

„Ich bin mit Elsie im Krankenhaus."

Die Vorfreude, die ihn vorhin beim Klang von Francines Stimme erfasst hatte, verebbte jäh. „Was ist los?", fragte er mit einem flauen Gefühl im Magen.

„Sie wissen es nicht. Ich bin vorhin mit ihr hergefahren, weil es ihr die ganze Nacht so schlecht ging ... Sie könnte eine Hirnhautentzündung haben."

„Ach du liebe Zeit", stieß er entsetzt hervor und hätte sich dafür am liebsten geohrfeigt. „Sind sie sicher?"

„Nein, noch nicht", erwiderte Rosie mit zitternder Stimme. „Sie haben eine Lumbalpunktion gemacht, aber es wird noch eine Weile dauern, bis man mit Sicherheit sagen kann, ob es sich um eine bakterielle oder eine virale Meningitis handelt."

„Na, wenigstens ist sie in guten Händen", versuchte er seine Tochter zu trösten.

„Ja, schon ..." Sie wollte noch etwas sagen, doch ihr versagte die Stimme, und dann hörte er sie schluchzen. O Gott. Rosie, die stets positiv dachte, weinte, und seine Enkelin lag im Krankenhaus, dem Schicksal hilflos ausgeliefert.

„Ist Ace bei euch?", fragte Timothy.

„Nein."

„Warum nicht?"

„Er ist in Schottland und erstellt irgendein Umweltgutachten."

„Kann er nicht zurückkommen?"

„Er versucht es, aber er ist auf Taransay, und sie können ihm kein Boot schicken, weil es zu stürmisch ist. Ich weiß, ich könnte Oliver anrufen, aber ... "

Bei ihrem verzweifelten Tonfall krampfte sich unwillkürlich das Herz in seiner Brust zusammen. Sie war sein kleines Mädchen, und sie würde es immer bleiben. Nichts auf der Welt war wichtiger als sie. Timothy zögerte keine Sekunde. „Ich komme gleich in Paris an, das heißt, ich könnte ...", er sah auf die Uhr, „noch heute Nachmittag bei dir sein."

Rosie schluckte die Tränen hinunter. „Ich dachte, du bist in Rom?"

„War ich auch, aber inzwischen bin ich auf dem Weg nach Paris. Ich steige sofort in den Eurostar, und wenn ich keinen Platz kriege, fliege ich eben. Ich bin bei dir, so schnell es geht."

„Danke, Dad! Du bist ein Schatz. Ich will nicht, dass du deswegen deine Reise abbrichst, aber –"

„Ach was, Elsie ist viel wichtiger. Du gehst jetzt schön zurück zu ihr, und ich komme, so schnell es geht. Ich gebe Bescheid, sobald ich mehr weiß, ja?"

„Okay." Inzwischen klang sie wieder etwas gefasster. Offenbar hatte sie krampfhaft versucht, Ruhe zu bewahren, zumal Ace nicht da war, aber in so einer Situation stieß eben selbst Rosie an ihre Grenzen. „Ach, Dad, was täte ich nur ohne dich!"

„Halte durch, Liebes. Ich bin bald bei dir."

„Bye, Dad, und danke!" Es tutete, sie hatte aufgelegt.

Timothy starrte eine Weile aus dem Fenster, ohne die draußen vorbeifliegende Landschaft richtig wahrzunehmen. Dann versuchte er es noch einmal bei Francine. Er musste ihr erklären, was passiert war. Sie ging nicht ran.

KAPITEL 36

Chichester

Juni

Wer nie einen Vater erlebt hat, der seiner Tochter zu Hilfe eilt, der weiß nicht, was rasch bedeutet.

Richard Arncliffe, *Pater Familias*, 1949

Auf der Fahrt durch den nicht enden wollenden Kanaltunnel konnte Timothy an nichts anderes denken als an Elsie. Er hatte keinen Appetit, biss vor Nervosität die Zähne so fest zusammen, dass ihm schon der Unterkiefer schmerzte, und klopfte ungeduldig mit den Fingerspitzen auf das Fensterbrett.

Nachdem er London durchquert hatte, musste er noch die eineinhalbstündige Fahrt vom Bahnhof Victoria nach Chichester über sich ergehen lassen. Er probierte es noch zweimal bei Francine, ohne Erfolg. Nun, sie würde bestimmt zurückrufen. Er ließ das Telefon keine Sekunde aus den Augen, doch es wollte partout nicht klingeln. Stumm lag es auf dem Klapptisch vor ihm wie der sprichwörtliche Wasserkessel, der nicht kocht, wenn er unter Beobachtung steht.

Aber Timothy hatte jetzt ohnehin andere Sorgen. In den zwei, drei Minuten zwischen den beiden Telefonaten kurz vor seiner Ankunft in Paris hatten sich seine Prioritäten radikal verschoben. Es bestand kein Zweifel, wo sie lagen: Er nahm seine Vaterrolle ernst, hätte sie niemals als lästige Verpflichtung betrachtet oder als unwichtig abgetan. Das vorliegende Problem hatte nicht lange erörtert oder evaluiert werden müssen; er hatte aus dem Bauch heraus reagiert, weil er für seine Tochter und seine Enkelin da sein wollte. Erst jetzt wurde ihm bewusst, dass Elsie sonst keine Großeltern hatte –Ace hatte seine Eltern schon früh verloren.

Kurz nach halb vier rumpelte der Zug über den Bahnübergang und fuhr im Bahnhof Chichester ein, und gleich darauf verstaute Timothy sein Gepäck im Kofferraum eines Taxis und befahl dem Fahrer knapp: „St Richard's Hospital, bitte."

Er sah seine Tochter schon von Weitem neben dem Gitterbettchen sitzen, in dem Elsie tief und fest schlief. Rosie fuhr herum, als sie Schritte hinter sich vernahm. Ihre Augen waren gerötet, als hätte sie wieder geweint, und sie machte einen gehetzten Eindruck – eine Mutter, die sich der brutalen Wahrheit noch nicht stellen will. Sie schlang Timothy die Arme um die Taille, legte den Kopf an seine Brust und begann zu schluchzen.

Er streichelte ihr schweigend den Hinterkopf und wiegte sie behutsam ein wenig hin und her, fast als wollte er sie in den Schlaf wiegen. Nach einer Weile versiegten ihre Tränen, sie machte sich von ihm los und sah ihn an. „Danke, dass du gekommen bist."

Timothy schüttelte den Kopf. „Ist doch selbstverständlich. Mein Platz ist jetzt hier. Gibt es schon etwas Neues?"

„Nein. Es wird noch ein, zwei Tage dauern, bis man sagen kann, ob die Ursache bakteriell oder viral ist."

„Wo liegt da eigentlich der Unterschied?"

„Eine bakterielle Meningitis kann verheerende Folgen haben. Bleibende Hirnschäden zum Beispiel. Sie haben ihr für alle Fälle gleich mal Antibiotika gegeben ..."

„Und wenn sie eine virale Meningitis hat?"

„Dann wäre die Lage nicht ganz so ernst. Der Verlauf ist normalerweise weniger dramatisch."

Timothy warf einen Blick in das Gitterbett. „Sie scheint jedenfalls ganz friedlich zu schlafen."

Wieder nickte Rosie. „Wir müssen einfach das Untersuchungsergebnis abwarten." Sie klang resigniert und hilflos.

„Du hast getan, was du konntest. Du bist gleich mit ihr hergekommen."

„Das hat der Arzt auch gesagt. Es war gut, dass ich nicht allzu lange gewartet habe."

Timothy holte einen weiteren Stuhl, und sie setzten sich. „So, jetzt kümmern wir uns erst einmal um dich. Willst du dir ein Sandwich holen? Oder einen Tee?"

„Nein, ich habe keinen Hunger, und Tee haben sie mir schon mehrfach gebracht."

„Aber du musst auch auf deine Gesundheit achten. Du musst doch fit bleiben, für Elsie."

„Ich weiß, Dad, aber ich brauche wirklich nichts. Jetzt, wo du da bist, geht es mir schon viel besser." Ihre Miene erhellte sich ein wenig. „Warum warst du eigentlich in Paris und nicht in Rom? Nicht, dass ich mich darüber beschweren will – ich bin wirklich heilfroh, dass du so schnell kommen konntest."

„Ach, das ist eine lange Geschichte", winkte Timothy ab. „Hast du schon was von Ace gehört?"

„Er ist unterwegs und sollte heute Abend hier sein. Sie konnten ihm dann doch ein Boot schicken. Inzwischen komm ich mir albern vor, weil ich euch beide herbestellt habe."

„Unsinn. Dafür sind wir doch da. So gehört sich das in einer Familie – in einer funktionierenden Familie."

„Ja, schon …" Sie wirkte nachdenklich, aber zumindest eine Spur weniger bedrückt und angespannt als vorhin.

Timothy betrachtete seine schlafende Enkelin, deren winziger Brustkorb sich mit jedem Atemzug hob und senkte. „Sie wird also eine Weile hierbleiben müssen?"

„Zumindest bis wir das Ergebnis haben, ja. Wenn Viren der Auslöser waren, dürfen wir sie mit nach Hause nehmen. Zum Glück haben sie ihr gleich Antibiotika verabreicht, die bringen bei der viralen Form zwar nichts, aber wenn Bakterien die Ursache sind, ist es wichtig, rasch zu handeln. Ich hoffe nur …"

Wieder stiegen ihr Tränen in die Augen. Sie zog ein Knäuel Papiertaschentücher aus dem Ärmel ihrer ausgeleierten Wolljacke und putzte sich die Nase. „Herrje, was ist nur los mit mir, Dad? Ich bin doch sonst keine solche Heulsuse."

„Nein, du warst schon immer der kleine Sonnenschein unserer Familie."

„Tja, aber wenn es hart auf hart kommt …"

„Du bist eine Mutter. Auch Mütter dürfen mal Schwäche zeigen. Das beweist, dass ihnen nicht alles egal ist."

„Und Schwestern auch." Rosie schniefte und lächelte matt. „Das war ja mal eine Überraschung, was? Das mit Alice, meine ich."

„Das kannst du laut sagen."

„Ein Glück, dass ihr euch über den Weg gelaufen seid."

„Allerdings, in mehrfacher Hinsicht. Mir scheint, wir haben wieder zueinandergefunden. Du bist also über alles informiert?"

„Ja, sie kam auf dem Weg nach Oxford kurz bei uns vorbei. Ich dachte, mich tritt ein Pferd. Aber gut, dir ging es bestimmt ähnlich."

„Weißt du auch von …"

„Von Pippa? Ja."

„Und? Warst du überrascht?"

„Nein, gar nicht. Irgendwie habe ich es immer geahnt."

Timothy lehnte sich zurück. „Ich hätte es wohl auch ahnen müssen", murmelte er.

„Wie denn? Über so was reden Mädchen doch nicht mit ihren Vätern."

„Auch wieder wahr." Er dachte einen Augenblick nach. „Meinst du, eure Mutter hat es gewusst?"

„Nein, ganz sicher nicht. Die hätte bestimmt ein Riesentheater gemacht."

„Davon gehe ich aus, ja."

„Ich glaube, das war der Grund, warum sich Alice aus dem Staub gemacht hat", sagte Rosie. „Oder zumindest einer der Gründe."

Timothy verkrampfte die Finger ineinander. „Sie hat mir vor Augen geführt, dass ich als Vater versagt habe", murmelte er.

„Was?"

„Ich habe sie enttäuscht."

„Quatsch, du hast nichts ... Ich meine ... Das ist nicht fair von ihr."

„Sie war nicht unfair, nur ehrlich. Dank ihr habe ich verstanden, dass man mit passivem Verhalten mindestens genauso viel Einfluss auf ein Kind haben kann wie mit aktivem Eingreifen. Eure Mutter und ich haben eine Ehe geführt, die ... na ja, du hast es sicher auch gemerkt ... sagen wir mal, sie war ereignislos."

Rosie schwieg, hörte ihm jedoch aufmerksam zu.

„Du weißt ja, wie verschieden deine Mum und ich waren. Ich kann nicht behaupten, dass mir das Eheleben in den letzten Jahren viel Freude bereitet hat. Das wird dich vermutlich nicht überraschen. Aber ich hatte das Gefühl, dass ich nicht einfach aufgeben darf, schon aus Rücksicht auf euch. Auch, als ihr längst erwachsen wart. Es gab einfach nie den richtigen Zeitpunkt zu gehen – erst wart ihr noch zu klein, dann kamen wichtige Schulprüfungen, danach habt ihr studiert ... Es war eben immer etwas los, und ich wollte keine zusätzliche Belastung für euch sein."

„Und nachdem wir zu Hause ausgezogen waren?“

„Natürlich hätte ich dann gehen können, aber dann wäre doch eure Mutter ganz allein gewesen. Eine Frau mittleren Alters, die von ihrem Mann sitzen gelassen wurde. Das konnte ich ihr einfach nicht antun. Ich kenne genügend solche Fälle und weiß, wie viel Kummer so etwas verursachen kann.“

„Du bist also nur aus Pflichtgefühl bei ihr geblieben?“

„Zum Großteil, ja, aber auch aus Liebe. Ich habe sie durchaus geliebt, musst du wissen. Ich konnte noch das Mädchen erkennen, das ich geheiratet hatte, obwohl nicht mehr allzu viel davon übrig war. Wenn man so will, bin ich aus nostalgischen Gründen geblieben – und weil ich es herzlos gefunden hätte, sie zu verlassen.“ Er verstummte. Die kurze Reise in die Vergangenheit hatte alte Wunden aufgerissen.

„Viele Männer gehen trotzdem, spätestens, wenn die Kinder flügge sind.“

„Ich habe es hin und wieder in Erwägung gezogen.“ Timothy lächelte schief. „Manchmal habe ich mich gefragt, ob eure Mum es überhaupt merken würde, wenn ich nicht mehr da wäre. Aber so schwierig das Leben mit ihr auch war, ich glaube, ich hätte es nicht mit meinem Gewissen vereinbaren können, mich von ihr zu trennen.“ Er zuckte die Achseln. „Ganz schön erbärmlich, was?“

„Überhaupt nicht. Es beweist, dass du ein gutes Herz hast.“

„Ich fürchte, es steckte auch eine gehörige Portion Egoismus dahinter – ich wollte mich nicht mit Schuldgefühlen herumplagen. Wie man es auch dreht und wendet, die Entscheidung war alles andere als uneigennützig. Alice hatte schon recht mit ihrer Einschätzung meines Lebens.“ Er straffte die Schultern und atmete tief durch. „Na, egal, jetzt geht es erst einmal um dich und die kleine Prinzessin hier.“

Rosie betrachtete ihr Töchterchen. „Ja. Drück uns die Daumen."

Timothy stand auf, trat ans Fenster und schob die Hände in die Jackentaschen. „Ach, Gottchen ...", murmelte er und drehte sich zu Rosie um.

„Was ist?"

Er zögerte einen Augenblick, dann winkte er ab. „Ach, nichts."

„Jetzt sag schon."

„Ich weiß nicht recht. Das hältst du bestimmt für gefühlsduselig und übertrieben."

„Nach allem, was du mir gerade erzählt hast?"

„Du findest es albern, wetten?"

Rosie hatte keine Ahnung, worauf er hinauswollte.

„Vor ein paar Tagen habe ich jemanden kennengelernt", sagte Timothy. „Nicht, was du denkst", fuhr er hastig fort, als seine Tochter eine Augenbraue hob.

„Auf der Fahrt nach Rom bin ich im Zug mit einer irischen Nonne ins Gespräch gekommen, die auf dem Weg zum Vatikan war." Er schnaubte belustigt bei der Erinnerung daran. „Sie hieß Schwester Mary Agnes, und sie war eine richtige Plaudertasche, aber trotzdem ausgesprochen sympathisch. Sehr herzlich und humorvoll. Ihre Augen haben richtig gestrahlt. Wir haben uns nur etwa eine Stunde unterhalten, aber das Gespräch hat mich zum Nachdenken angeregt, in mehrfacher Hinsicht. Was sie gesagt hat, war so ... weise. Wie kann es sein, dass jemand, der angeblich total abgeschieden vom Rest der Welt lebt, ein so klares Verständnis davon hat? Vielleicht ermöglicht einem der Abstand ja eine objektivere Sichtweise. Wie dem auch sei, nachdem wir uns verabschiedet hatten, ging ich zum Taxistand, und da fand ich den hier in meiner Jackentasche." Er hielt ihr den Rosenkranz hin. „Sei so gut und steck ihn ein, ja?"

KAPITEL 37

Chichester

Juni

Eine Beziehung ist wie ein Hai.
Sie muss beweglich bleiben, um zu überleben.

Woody Allen, *Der Stadtneurotiker*, 1977

Die Erleichterung war groß, als sich herausstellte, dass Elsie „nur“ an einer viralen Meningitis erkrankt war. Ein paar Tage später durfte die Kleine nach Hause, und schon bald gingen die Dinge wieder ihren gewohnten Gang, jedenfalls für Rosie, Ace und Elsie. Timothy war im Gästezimmer des Hauses untergebracht, das er zig Jahre mit Isobel bewohnt und nun seiner Tochter und ihrer Familie überlassen hatte. Früher oder später würde er sich nach einer eigenen Bleibe umsehen müssen, wie das von Anfang an der Plan gewesen war. Bis zu seiner Grand Tour jedenfalls. Inzwischen hatte sich einiges getan.

Die Ereignisse der vergangenen Tage ließen seine Situation in einem völlig neuen Licht erscheinen. Sie hatten ihm vor Augen geführt, dass seine Familie auch jetzt noch eine große Rolle für ihn spielte, dass er nicht einfach alles hinter sich lassen konnte. Er hatte gewisse Pflichten – angenehme Pflichten zwar, aber trotzdem.

Er rief täglich bei Francine an – inzwischen hatte er es sogar geschafft, ihre Nummer im Adressbuch seines Mobiltelefons abzuspeichern –, aber sie ging einfach nicht ran. Warum rief *sie ihn* eigentlich nicht an? Sie hatte doch seine Nummer! War sie so enttäuscht, weil er sie versetzt hatte, dass sie nichts mehr mit ihm zu schaffen haben wollte? Sie musste doch gesehen haben, dass er sie immer wieder angerufen hatte. Warum hatte sie eigentlich keinen Anrufbeantworter? Wahrscheinlich aus Angst vor unangenehmen Nachrichten oder Drohungen von ihrem Exmann. Wirklich zu dumm, dass er in seiner anfänglichen Euphorie überhaupt nicht auf die Idee gekommen war, sie nach ihrer Handynummer zu fragen! Tja, damals hatte er eben angenommen, es würde vollauf genügen, wenn er wusste, wie er sie zu Hause erreichen konnte.

Nach ein paar Tagen hatte sich allmählich alles etwas eingespielt – Elsie lächelte wieder und hatte ordentlich Appetit. Bislang hatten sich ihre Gespräche in erster Linie um das Kind gedreht und darum, dass Timothy demnächst ein paar Immobilienmakler kontaktieren musste. Rosie hatte ihm versichert, es eile nicht, aber er wusste selbst, dass es nur eine Frage der Zeit war, bis er ihnen auf den Wecker ginge.

Auf die erhebliche Geldsumme, die er verliehen hatte, war noch keiner von ihnen zu sprechen gekommen, und Oliver und Vita würden sich sicher nicht blicken lassen, solange Elsie aufgrund ihres Gesundheitszustandes besonders pflgegebedürftig war.

Timothy zeigte Rosie und Ace seine Skizzen und Aquarelle, schwärmte von Florenz und Rom, erzählte von Archie, Serena und Rosamund und von seiner angeblich so heldenmütigen Verbrecherjagd zwischen den Superjachten von Monaco. Wenn er mit Rosie allein war, ging er etwas mehr ins Detail, berichtete vom Petersdom und von Allegris *Miserere*, vom Friedhof in Montmartre und den Türen des Baptisteriums, das er mit Alice in Florenz bestaunt hatte, und sie lauschte ihm wie gebannt und nippte gelegentlich an ihrem Kaffee. Ihr entging nicht, wie seine Augen glänzten, wenn er sich an das Gesehene erinnerte und daran, was er dabei empfunden hatte. Es war ein Glanz, den sie seit vielen Jahren nicht gesehen hatte.

„Aber nach Venedig hast du es nicht mehr geschafft?"

„Nein, nach Venedig habe ich es nicht mehr geschafft."

„Vielleicht können wir ja eines Tages zusammen hinfahren."

„Ja, das wäre schön", sagte er, aber sein Blick verriet, dass er in Gedanken meilenweit weg war.

Am vierten Tag nach seiner Rückkehr schnitt Timothy schließlich das Thema Francine an. Sie saßen beim Frühstück, Ace war bereits zur Arbeit gegangen.

„Würde es dir etwas ausmachen, wenn ich noch mal ein paar Tage wegfahre?"

„Aber nein. Was hast du vor?"

„Es gibt da … noch etwas zu erledigen."

Rosie wischte Elsie einen Klecks Haferbrei vom Kinn, dann musterte sie ihn prüfend. „Klingt ja sehr mysteriös."

„Das ist mir bewusst."

„Ist es etwas, über das ich Bescheid wissen sollte?", fragte sie beiläufig, ohne ihn anzusehen, ganz darauf konzentriert, Elsie von den Resten ihres Frühstücks zu befreien.

„Weiß ich noch nicht genau."

Rosie hob Elsie aus dem Kinderstuhl und setzte sie auf eine dicke Decke auf dem Boden. Mit den Spielsachen, die dort lagen, würde die Kleine hoffentlich eine Weile beschäftigt sein.

„Alice hat da neulich eine Andeutung gemacht", sagte Rosie und ließ sich auf dem Platz neben Timothy nieder.

„Und?"

Seine Tochter lächelte. „Ich werde dich nicht verurteilen, Dad. Das überlasse ich mal schön Oliver."

„Ich habe jemanden kennengeler –"

„Toll."

Ihre Reaktion verblüffte ihn.

„Du weißt doch noch gar nicht, was ich sagen will."

„Ich vertraue auf dein Urteil."

„Ich wünschte, das könnte ich auch", brummte er.

„Nun hör schon auf mit deinen Selbstzweifeln, Dad." Er ließ die Schultern hängen wie ein Kind, das getadelt wurde. „Sei einfach vorsichtig – aber nicht zu vorsichtig; du sollst das Leben ja schließlich genießen. Aber denk bitte nicht, dass du uns gegenüber irgendwelche Verpflichtungen hast und deswegen zurückstecken musst. Das ist vorbei."

„Aber ihr braucht –"

„Ja, natürlich brauchen wir dich immer noch, das war in den vergangenen Tagen ziemlich offensichtlich. Aber es muss doch einen Mittelweg geben, oder?"

„Das hoffe ich." Er überlegte, suchte nach Worten. „Dann fändest du es also in Ordnung, wenn …"

„Wenn du eine neue Liebe findest? Aber natürlich! Ich würde mich für dich freuen." Elsie ließ ein Gurgeln vernehmen. „*Wir* würden uns für dich freuen." Rosie lächelte ihren Vater an und fügte hinzu: „Du bist echt ein komischer Kauz, Dad. Aber ein sehr liebenswürdiger Kauz." Sie beugte sich zu ihm rüber und gab ihm einen Kuss auf die Wange.

„Ja, komischer Kauz trifft den Nagel auf den Kopf, würde ich sagen." Er zögerte kurz, dann sagte er: „Das Geld, das ich verliehen habe –"

Rosie fiel ihm sogleich ins Wort. „Dad, es geht uns wirklich nichts an, was du mit deinem Geld machst."

„Das sieht Oliver aber anders."

„Was Oliver denkt, ist mir total schnuppe, das habe ich dir dir doch schon vor deiner Reise gesagt. Er soll sich gefälligst aus deinen Privatangelegenheiten raushalten. Du hast all die

Jahre für uns gesorgt, finanziell und auch sonst in jeder Hinsicht. Wann wirst du endlich begreifen, dass es dein gutes Recht ist, dir jetzt auch mal etwas zu gönnen? Und wenn du dein ganzes Geld für Gemälde oder Antiquitäten ausgeben willst, oder meinetwegen auf der Pferderennbahn, dann tu das! Wobei ich das mit den Pferderennen zugegebenermaßen nicht für die allerbeste Idee halte." Sie zwinkerte ihm zu.

„Die letzte Frau, die mir zugezwinkert hat, war eine Nonne."

„Na bitte, Bestätigung von ganz oben. Ach, apropos ...", sie fischte den Rosenkranz aus der Tasche ihrer Strickjacke. „Ich finde, den solltest du mitnehmen." Sie ließ ihn auf seinen Handteller fallen.

„Mir scheint, jetzt könnte er *dir* ganz gute Dienste leisten."

KAPITEL 38

Paris

Juni

Die meisten Menschen sterben,
ohne je gelebt zu haben.
Zum Glück bemerken sie es nicht.

Henrik Ibsen (1828–1906)

Timothys Versuche, Francine zu kontaktieren, liefen weiterhin ins Leere, er konnte ihr also nicht mitteilen, dass er auf dem Weg nach Paris war. Er hatte etwas Wäsche zum Wechseln dabei und nur eine ungefähre Vorstellung davon, was er machen würde, nämlich zur Galerie Bleu fahren und ihr erklären, warum er in der Vorwoche nicht wie angekündigt zu ihr gekommen war. Blieb nur zu hoffen, dass sie seine Beweggründe nachvollziehen konnte und ihm verzeihen würde.

So nervös war er nicht mehr gewesen, seit Alice in Florenz aufgekreuzt war. Ihm war beinahe übel vor Aufregung, als er am Bahnhof Gare du Nord in ein Taxi stieg und sich in die Straße fahren ließ, in der Francine wohnte und arbeitete. Der Himmel war stahlgrau. Kein gutes Omen. Hätte er nicht strahlend blau sein können? Das hätte seine Stimmung garantiert gehoben.

Als sich das Taxi der Galerie näherte, sah er schon von Weitem, dass die Rollläden heruntergelassen waren. Er bezahlte den Fahrer, und als der Wagen davonbrauste und ihn mit seiner Reisetasche dort auf dem Bürgersteig zurückließ, fühlte er sich wie an seinem ersten Schultag: verängstigt und verlassen.

An der Innenseite der Tür hing ein Schild: *Fermé jusqu'à nouvel ordre.*

Fermé; geschlossen. Und was bedeutete der Rest? Zu dumm, dass seine Französischkenntnisse so lückenhaft waren. Er drückte auf den Klingelknopf neben der Tür, vernahm von drinnen ein gedämpftes Bimmeln. Keine Reaktion. Er versuchte es noch ein-, zweimal, dann gab er auf. Und was jetzt? Tja, jetzt hatte er im Grunde nur noch eine Möglichkeit. Er nahm seine Reisetasche und machte sich auf den Weg zum Hôtel La Cocotte.

Vor dem Eingang zögerte er kurz. Die Tür war geschlossen, genau wie vor ein paar Wochen, als er zum ersten Mal hier gestanden hatte. Damals war der Himmel blau gewesen, und er selbst im Begriff, Paris von seiner schönsten Seite zu entdecken. Er klingelte und schob die Tür auf, sobald das Summen ertönte. Der kleine Glasbau, der als Lobby diente, war leer, als er aus dem schmalen Korridor trat. Timothy betastete nervös die Kante des Schreibtischs, während er wartete. Aus der Wohnung der Hotelbetreiberin ertönte das Krächzen des Papageis, dann schwang die Tür auf und Madame Lamont erschien. Sie machte zwei Schritte auf ihn zu und blieb abrupt stehen, als sie ihn erkannte. „Mr. Grundy!"

„Gandy", korrigierte er sie.

„Ach, richtig, Verzeihung." Sie wirkte verlegen.

„Bitte entschuldigen Sie, dass ich Sie belästige, aber ich bin auf der Suche nach Francine", sagte er. „Sie können mir nicht zufällig sagen, wo sie ist? Ich war eben bei ihrer Galerie, aber die ist geschlossen."

„Ach, Sie wissen es noch nicht?", fragte sie.

Timothy wurde flau. Einen Augenblick brachte er kein Wort heraus. Dann sagte er: „Nein, ich weiß gar nichts. Wir haben vorige Woche kurz telefoniert – ich war auf dem Weg hierher, um sie zu besuchen, aber dann kam etwas dazwischen, und ich musste nach Hause. Ein Notfall. Ich habe mehrfach versucht, sie anzurufen, aber sie geht nicht ans Telefon."

„Soso." Madame Lamont betrachtete ihn eingehend. „Tja, dann kommen Sie mal rein."

Wie in Trance folgte er der alten Dame in die Wohnung. Der Papagei stimmte wie zur Begrüßung *Under the Bridges of Paris* an, doch seine Besitzerin brachte ihn mit einem knappen „*tais-toi*" zum Schweigen. „Vielleicht ist es besser, wenn Sie sich setzen." Sie deutete auf das gepolsterte Fauteuil neben dem Kamin.

Timothy kam der Aufforderung nach und fragte: „Was ist denn mit Francine? Geht es ihr gut?"

„Oh, der geht es bestimmt bestens ... Jedenfalls nehme ich das an", sagte Madame Lamont mit schneidender Stimme. „Ich glaube, ehe ich fortfahre, sollten Sie mir Ihre Version der Ereignisse darlegen, Mr. Gandy."

„Was soll das heißen?"

„Herrgott noch mal, wir sind doch beide erwachsen – allerdings nicht so erwachsen, dass wir nicht hin und wieder Fehler machen, zum Beispiel bei der Einschätzung unserer Mitmenschen."

„Aber ich –"

„Wenn mich nicht alles täuscht, hat Francine Sie hinters Licht geführt, Mr. Gandy. Ich weiß, Sie waren in sie verliebt und sind es vermutlich noch immer. Sie wirkt ja auch sehr anziehend und versteht sich hervorragend darauf, die Männer zu bezirzen. Sie waren leider nicht der Einzige."

Timothy ging in die Defensive. „Das habe ich auch gar nicht erwartet. Francine ist eine sehr attraktive Frau, und ich hatte bereits den Verdacht, dass ich nicht der Einzige bin. Im Übrigen weiß ich, dass sie verheiratet war, falls Sie das meinen."

„*War?*"

„Ja, warum?"

„Sie ist *nach wie vor* verheiratet, Mr. Gandy."

Timothy saß wie vom Donner gerührt da. „Oh. Verstehe."

„Hat sie Sie um Geld angepumpt?"

Timothy presste sich unwillkürlich die Hand auf den Mund. Er sagte nichts, nickte nur wortlos.

„Viel Geld?"

„Ziemlich viel, ja."

„Ach herrje. Und Sie haben es ihr gegeben?"

„Ja."

„Ich nehme an, sie hat Ihnen einen Grund dafür genannt, warum sie sich Geld von Ihnen borgen muss?"

„Ja, sie ... sie hat behauptet, sie sei mit den Kreditraten für ihre Galerie und die Wohnung im Rückstand, und Sie würden sie auf die Straße setzen, wenn sie nicht bezahlt", gestand er widerstrebend.

„Ah ja. Und wie viel haben Sie ihr geliehen?"

„Zwanzigtausend Euro."

Jetzt war es Madame Lamont, die sich entsetzt den Mund zuhielt. Sie schluckte und sagte: „Das ist in der Tat viel Geld."

„Warum ist die Galerie geschlossen? Ich gehe mal davon aus, dass sie die ausständigen Raten inzwischen bezahlt hat."

„Mr. Gandy, die Galerie ist leer. Sie ist seit Ihrer Abreise aus Paris geschlossen, und Francine ist aus dem *appartement* ausgezogen. Ich habe sie seit Tagen nicht gesehen."

„Aber es ist noch keine Woche her, dass ich mit ihr telefoniert habe."

„Wahrscheinlich haben Sie sie genau an dem Tag erwischt, als sie ihre Sachen abgeholt hat. Klang sie gehetzt?"

„Nun, sie war etwas kurz angebunden. Sie wirkte überrascht, was ich darauf zurückgeführt habe, dass sie nicht mit meinem Anruf gerechnet hat. Außerdem saß ich im Zug, und es war so laut, dass ich kaum etwas hören konnte, deshalb habe ich mir nicht allzu viele Gedanken gemacht. Ich dachte, sie hätte bloß nicht damit gerechnet, von mir zu hören."

„Das hat sie garantiert nicht."

„Aber mir ist noch immer nicht klar, was –"

„Wissen Sie noch, was ich an dem Abend, als Sie mit Francine essen gegangen sind, zu Ihnen gesagt habe?"

Timothy zuckte ratlos die Schultern. Ihm schwirrte der Kopf, seine Erinnerungen an den betreffenden Abend waren verschwommen.

„Ich habe Ihnen geraten, vorsichtig zu sein – aus gutem Grund."

„Aber … hat sie die ausständigen Raten denn nun bezahlt oder nicht?"

„Mit den Kreditraten war sie bloß einen Monat im Rückstand, das war alles. Sie brauchte das Geld, um die Spielschulden ihres Mannes zu begleichen."

Timothy sank in sich zusammen.

„Tut mir leid, dass Sie es von mir erfahren müssen."

„Und ich dachte wirklich …"

„Ja, ich weiß. Sie ist sehr schön und sehr überzeugend."

„Warum haben Sie mich nicht gewarnt? Sie haben ja offenbar geahnt, was sie im Schilde führt."

„Ach, kommen Sie. Hätten Sie mir denn geglaubt, damals, an dem Abend, als Sie sie zum Essen ausgeführt haben? Sie waren bis über beide Ohren verliebt! Wenn ich gesagt hätte: ‚Ach übrigens, was auch immer Sie tun, leihen Sie Francine um Himmels willen kein Geld', dann hätten Sie mich doch bloß für eine eifersüchtige alte Vettel gehalten, die ihre Nase ungebeten in fremde Angelegenheiten steckt."

„Sie hat behauptet, Ihr verstorbener Ehemann wäre der Patenonkel ihres Exmannes Alain gewesen, und dass sie geschieden ist."

„Patrice war zwar tatsächlich Alains Patenonkel, aber die beiden sind nach wie vor verheiratet. Sie leben bloß getrennt, das ist alles – Alain wohnt ganz am anderen Ende von Paris. Und er ist leider ein ausgesprochen manipulativer Mensch, aber Francine ist ihm aus unerfindlichen Gründen treu ergeben. Manche Frauen haben eben kein gutes Händchen, was die Wahl ihrer Lebenspartner angeht. Irgendwie tut sie mir leid, wahrscheinlich habe ich deshalb nicht eingegriffen. Sie hätte wirklich ein bisschen Glück verdient, nachdem sie mit diesem Tunichtgut so viel durchgemacht hat. Es überrascht mich, dass sie ihn nicht schon vor Jahren verlassen hat. Sie ist kein schlechter Mensch, Mr. Gandy. Sie lässt sich bloß immer wieder von ihm korrumpieren. Er bedroht sie – emotionale Erpressung nennt man das. Ich habe versucht zu intervenieren, aber ich habe sehr schnell festgestellt, dass ich mir damit keinen Gefallen tue."

„Und wo ist sie jetzt?"

Madame Lamont zuckte die Schultern. „Wer weiß? Die Galerie ist leer, und die Wohnung darüber ebenfalls. Sie hat sich – pffft! – einfach in Luft aufgelöst. Ich hoffe nur, diesmal hat sie es endlich geschafft, sich von Alain zu lösen. Es wäre wirklich höchste Zeit."

Timothy beugte sich vornüber, den Kopf in die Hände gestützt. „Ich komme mir so … töricht vor."

„Ich mache gleich Kaffee, aber ich glaube, auf den Schock brauchen Sie erst einmal einen Seelentröster." Madame Lamont ging zu einem Eckschrank aus geschnitztem Eichenholz, entnahm ihm eine Flasche Cognac und zwei schwere Gläser und schenkte großzügig ein. „Hier, das wird Sie wieder etwas aufrichten."

Er nahm einen kräftigen Schluck und spürte, wie die feurige Flüssigkeit seine Kehle hinabrann. „Ich dachte wirklich, sie empfindet das Gleiche wie ich."

Madame Lamont ließ sich schwerfällig auf einem Stuhl nieder. „Also, falls es Ihnen ein Trost ist: Ich glaube, Francine hatte sich tatsächlich in Sie verliebt. Ihre schmachtenden Blicke sahen mir jedenfalls verdächtig danach aus. Es ist lange her, dass sie einen Mann so angesehen hat. Auch deshalb habe ich mich nicht eingemischt. Ich dachte wirklich, diesmal läuft es anders."

„Aber … wie oft ist das denn schon vorgekommen? Finden Sie nicht, Sie hätten etwas unternehmen müssen?"

„Und was? Die Polizei informieren? Sie sind ein erwachsener Mann – das waren sie alle –, und Francine hat nicht gegen das Gesetz verstoßen. Sie hat lediglich ihre weiblichen Reize eingesetzt, um sie zu überlisten. Niemand wurde zu irgendetwas *gezwungen*."

In Anbetracht von Timothys schockierter Miene fuhr sie fort: „Es waren nur zwei oder drei, und sie waren allesamt willige Opfer. Eine Weile jedenfalls. Sie sind durchaus auf ihre Kosten gekommen."

„Verstehe. Tja, da sieht man's mal wieder."

„Was?"

Timothy seufzte. „Dass Alter nicht vor Torheit schützt."

„Lassen Sie den Kopf nicht hängen." Madame Lamont nippte an ihrem Cognac. „Sie werden es überleben."

„Da bin ich mir nicht so sicher."

„Sie wissen doch, die Zeit …"

„… heilt alle Wunden? Bitte ersparen Sie mir solche Weisheiten."

„Wie Sie wollen." Die alte Dame nahm erneut einen Schluck Cognac. „Und, was haben Sie jetzt vor?"

„Keine Ahnung. Ich habe keine weiteren Pläne. Ich bin hergekommen, weil ich Francine überreden wollte, mit mir nach Venedig zu fahren, aber –"

„Hm, das werden Sie sich wohl abschminken müssen."

„Allerdings."

„Darf ich Ihnen einen Vorschlag machen?"

Timothy musterte sie abwartend.

„Bleiben Sie doch über Nacht hier. Nehmen Sie sich etwas Zeit, um in Ruhe über alles nachzudenken und ein wenig Ihre Wunden zu lecken, wie man so schön sagt."

„Ich weiß nicht, ob das eine so gute Idee ist."

„Es kann zumindest nicht schaden. Ihr Zimmer ist gerade frei, das Bett ist frisch gemacht, und ich würde Ihnen nichts dafür berechnen. Sie sind mein Gast."

„Das ist sehr liebenswürdig, aber –"

„Kein aber. Gehen Sie irgendwo essen, und ertränken Sie Ihren Kummer in ein paar Gläsern Wein. Sie wissen ja, wo Sie den Schlüssel finden. Wir sehen uns dann morgen. Vielleicht haben Sie bis dahin schon eine etwas klarere Vorstellung davon, wie es weitergehen soll."

KAPITEL 39

Paris – Saint-Jean-Cap-Ferrat

Juni

Wenn in einem Bericht steht, dass etwas nicht passiert ist, finde ich das interessant, denn wie wir wissen, gibt es bekanntes Bekanntes; es gibt Dinge, von denen wir wissen, dass wir sie wissen. Es gibt aber auch bekanntes Unbekanntes, das heißt, wir wissen, dass es einiges gibt, was wir nicht wissen. Allerdings gibt es auch unbekanntes Unbekanntes – Dinge, von denen wir nicht wissen, dass wir sie nicht wissen.

Donald Rumsfeld,
News Briefing des US-Verteidigungsministeriums, 2002

Nach einer schlaflosen Nacht bedankte sich Timothy verlegen bei Madame Lamont, die jedoch großzügig abwinkte und ihm *bon voyage* wünschte. Inzwischen war er zu dem Entschluss gekommen, nach Südfrankreich weiterzufahren. Es war eine ganz spontane Entscheidung, begründet durch das Bedürfnis, eine Weile für sich zu sein, abseits von jeglichem Familientrubel. Er brauchte neutrales Territorium, um sich mit den neuesten Erkenntnissen und seiner peinlichen Fehleinschätzung auseinanderzusetzen. Sein Ego war angeknackst, aber viel schlimmer fand er, dass ausgerechnet die Frau, die so tiefe Gefühle in ihm geweckt hatte, ihm offenbar nur etwas vorgemacht hatte.

Er wollte jetzt nur eines: in der Sonne sitzen, auf das Meer hinausblicken und seine Wunden lecken, bis er den Schock etwas verdaut hatte. Die Côte d'Azur war zwar ein teures Pflaster für seinesgleichen, aber er hatte sich dort ungemein wohlgefühlt, und nachdem er zwanzigtausend Euro in den Sand gesetzt hatte, machten die paar Kröten den Kohl auch nicht mehr fett. Er konnte ja Rosamund Hawksmoor anrufen und sie fragen, ob sie ihm eine einigermaßen erschwingliche Unterkunft empfehlen könne. Als er schließlich gegen Mittag im Zug saß, holte er den Brief, den sie ihm geschrieben hatte, aus der Tasche, und wählte die Nummer, die sie ganz oben notiert hatte. Der schon leicht beschwipste Jonathan nahm ab und stellte ihn umgehend zur Hausherrin durch, die hocherfreut über den Anruf war und Timothy überschwänglich begrüßte.

„Sie werden natürlich bei mir nächtigen, lieber Freund!", sagte sie, nachdem er seine Bitte vorgebracht hatte. „Sie können bleiben, so lange Sie wollen. Wie wunderbar! Endlich etwas Gesellschaft! Sie können sich gar nicht vorstellen, wie sehr ich mich schon auf Sie freue!"

Den Grund seines Besuchs verriet er ihr nicht; er sagte nur, seine Pläne hätten sich geändert, und er würde sie vor der endgültigen Rückkehr nach England gern noch einmal sehen.

Er bat den Taxifahrer, ihn einfach oben an der Straße aussteigen zu lassen. Auf diese Weise konnte er den kurzen Weg zur Villa zu Fuß zurücklegen und bereits die mediterrane Umgebung auf sich wirken lassen – die typische Geräuschkulisse, die betörende Kombination aus üppig grünen Hügeln, glitzerndem Meer und azurblauem Himmel. Die Sonne lachte wie zur Begrüßung, und als er sich dem kunstvoll gestalteten schmiedeeisernen Eingangstor näherte, öffnete es sich wie von Geisterhand.

„Hallo, hallo, HALLO! Was für eine Freude, Sie wiederzusehen!", schallte es ihm entgegen, als er sich dem Haus näherte.

Er konnte Rosamund nicht gleich ausmachen, doch dann erspähte er sie zwischen den Oliven- und Orangenbäumen vor der blassrosa Fassade der Villa. Sie trug ein buntes Wickelkleid aus einem fließenden Stoff und hatte die Arme weit ausgebreitet. Timothy ging zu ihr, stellte die Reisetasche ab und drückte Rosamund voller Dankbarkeit an sich. Ihr Parfum weckte Erinnerungen an seinen ersten Besuch hier, Erinnerungen an glücklichere Zeiten, getrübt durch die Ereignisse des gestrigen Tages.

„Jonathan, bitte seien Sie so gut und bringen Sie Timothys Tasche rauf ins Mimosa-Zimmer, ja? Und danach servieren Sie uns bitte zwei Martinis auf der Terrasse. Hach, Timothy, es ist so schön, dass Sie vorbeigekommen sind!"

Ihre herzlichen Worte trieben ihm die Tränen in die Augen. Er wischte sie unauffällig weg in der Hoffnung, sie würde es nicht bemerken, und folgte ihr auf die Terrasse, wo er ihr gegenüber Platz nahm – in der Sonne, mit Blick auf das Meer. Wie seltsam vertraut ihm das alles war! Dabei war er doch erst ein einziges Mal hier gewesen, und auch da nur ein paar Stunden.

Die alte Dame war noch genauso lebhaft und mitteilsam wie beim letzten Mal. „Sie müssen mir alles erzählen!", forderte sie ihn sichtlich aufgekratzt auf. „Wie war es in Florenz und wo auch immer Sie sonst noch waren?" Ihre Augen glänzten, erst recht, als sie die erste Hälfte ihres Aperitifs intus hatte.

Timothy schlüpfte aus seiner Jacke und nippte an seinem Martini. Es kam ihm fast so vor, als wäre er aus einem Albtraum erwacht und wieder in die Realität zurückgekehrt – eine Realität, die ihm inzwischen schon etwas weniger trist und freudlos erschien als am Vortag. Gut möglich, dass das auch am Martini lag. Ein Seelentröster fürwahr.

Er berichtete Rosamund von den Sehenswürdigkeiten in Rom, von der Bekanntschaft mit den beiden Witwen in Florenz und Mrs. Winders tragischem Ende und nicht zuletzt von dem vollkommen unerwarteten Wiedersehen mit Alice.

„Apropos Wiedersehen – ich habe eine kleine Überraschung für Sie", verkündete Rosamund mit einem schelmischen Lächeln. Sie kam ihm vor wie ein kleines Kind, das gleich platzte vor Vorfreude. „Ihr könnt jetzt rauskommen!"

Einen Augenblick später traten Archie und Serena Hand in Hand durch die geöffnete Terrassentür.

„Ich habe nichts damit zu tun, dass die beiden hier sind, es hat sich einfach so ergeben", erklärte Rosamund. „Sie sind gestern gekommen, und dann haben Sie angerufen. Ein wunderbarer Zufall, nicht? Es ist fast, als hätte das Schicksal seine Hand im Spiel gehabt."

Die drei begrüßten einander wie alte Freunde, die sich seit Jahren nicht gesehen haben. Es wurde ein ausgesprochen vergnüglicher Abend. Sie unterhielten sich angeregt und lachten viel, während die Sonne im Meer versank und die Zikaden ihren Abendgesang anstimmten.

In dieser Nacht dauerte es lange, bis Timothy schließlich einschlief. Dank der Insektengitter konnte er die Balkontür offen lassen, ohne befürchten zu müssen, es wegen der Mücken am nächsten Morgen zu bereuen. Er schlief deutlich besser als in der Nacht davor, und als der Morgen graute, stand er auf, öffnete die Fensterläden und trat hinaus auf den kleinen Balkon, von dem aus er einen fantastischen Blick auf das Meer hatte. Die Luft war klar, und die ersten wärmenden Sonnenstrahlen entlockten den Zypressen und den diversen Büschen auf den felsigen Hängen unterhalb der Villa einen aromatischen Duft. Timothy atmete tief durch.

„Sie sind ja früh auf den Beinen", ertönte die Stimme seiner Gastgeberin irgendwo unter ihm. „Ich hoffe, Sie haben gut geschlafen."

Er beute sich über die Brüstung und sah Rosamund mit einer Tasse Kaffee auf der Terrasse sitzen. „O ja, wie ein Murmeltier. Und Sie?"

„Ach, nicht besonders, wie so oft in letzter Zeit. Ich wache immer noch früher auf. Kommen Sie runter, und trinken Sie einen Kaffee mit mir. Sie brauchen sich nicht anzuziehen – in Ihrem Badezimmer hängt ein Morgenmantel."

Wenig später saß Timothy ihr am gläsernen Esstisch auf der Terrasse gegenüber und verfolgte, wie sich die Farben der Küste änderten, je höher die Sonne in den Himmel stieg.

Sie tauschten die üblichen Höflichkeiten aus, und Rosamund bemerkte augenzwinkernd, mit Archie und Serena sei vor dem Mittagessen wohl eher nicht zu rechnen. Dann fragte sie leise: „Die Dinge haben sich wohl nicht ganz nach Ihren Wünschen entwickelt, wie?"

Ehe er antwortete, nahm Timothy einen Schluck Kaffee und glaubte zu spüren, wie dieser sogleich seine energiespendende Wirkung zu entfalten begann. „Wie kommen Sie darauf?"

„Vielleicht sollte ich lieber Krimis schreiben ..." Rosamund lächelte. „Sie hatten gestern eine andere Jacke an als beim letzten Mal. Das allein muss natürlich noch nichts heißen; es könnte ja sein, dass Sie mehrere Jacken dabeihaben. Aber ich kann mir nicht vorstellen, dass Sie auf Ihre Grand Tour nur die kleine Reisetasche mitgenommen haben, mit der Sie gestern hier angekommen sind. Daraus schließe ich, dass Sie vor der Fahrt hierher einen Zwischenstopp zu Hause eingelegt haben. Liege ich richtig?"

Timothy nickte. „Volltreffer", sagte er verlegen.

„Wollen Sie darüber reden?"

„Nur mit jemandem, der sich nicht über mich lustig macht."
„Trost und Tee gefällig?"
„Könnte man so sagen."
„Ich kann Ihnen Trost und Kaffee anbieten", sagte sie mit einem mitfühlenden Lächeln.
Also erzählte ihr Timothy detailliert von seiner Begegnung mit Francine gleich zu Beginn seiner Grand Tour, von seinen unerwartet heftigen Gefühlen für sie, von dem Geld, das er ihr geliehen hatte, und von allem, was danach passiert war. Rosamund hörte ihm aufmerksam zu und kommentierte seinen Bericht nur dann und wann mit einem Nicken oder Kopfschütteln.
„So, jetzt kennen Sie sie, die Geschichte vom törichten Mr. Gandy", schloss Timothy. „Ich bin der lebende Beweis dafür, dass ein Narr und sein Geld schnell voneinander getrennt sind."
„Seien Sie nicht so streng mit sich selbst", tröstete ihn Rosamund. „So ist das mit der Liebe – sie stellt selten die richtigen Fragen. Wenn man es genau nimmt, stellt sie überhaupt selten Fragen."
„Tja, davon kann ich jetzt ein Lied singen."
„Es heißt aber auch, dass es zwei Arten von Menschen gibt: die, die lieben, und die, die geliebt werden. Ich schätze, Sie gehören eher dem ersten Lager an, aber das Leben hat mich gelehrt, dass sich das, wenn man Glück hat, nicht unbedingt gegenseitig ausschließen muss."
Jonathan erschien mit einem großen Tablett, auf dem Orangensaft, Croissants, diverse Marmeladen und eine weitere Kanne des starken, schwarzen Kaffees standen. Mit ruhiger, sicherer Hand, wie das bei ihm nur um diese Uhrzeit sein konnte, verteilte er alles auf dem Tisch und verschwand wieder im Haus.

„Bedienen Sie sich. Die Aprikosenmarmelade ist hervorragend. Hausgemacht, wobei ich zugegebenermaßen nicht weiß, in wessen Haus. Archie und Serena fahren heute Abend wieder ab, und ich dachte, wir könnten beim Mittagessen ihre Verlobung feiern. Weiß Archie eigentlich Bescheid? Wegen Francine, meine ich?"

„Nein, er hat keine Ahnung."

„Gut, dann bleibt es unser kleines Geheimnis." Sie brach eine Ecke ihres Croissants ab, bestrich sie mit einem großen Klecks Aprikosenmarmelade und steckte sie sich in den Mund. „Mmh!" Sie spülte mit einem Schluck Kaffee nach, dann sagte sie: „Schade um das Geld, aber ich an Ihrer Stelle würde mir deswegen keine grauen Haare wachsen lassen. Sie haben mit den besten Absichten gehandelt. Sie waren eben blind vor Liebe – oder wohl eher bis über beide Ohren verknallt. Vergessen Sie's einfach, selbst wenn Sie *sie* nicht vergessen können. Sie kann einem leidtun."

„Wieso denn das?"

„Es klingt für mich ganz danach, als empfände sie ebenfalls etwas für Sie, aber dummerweise leidet sie an derselben Krankheit wie Sie, Timothy."

„Die da wäre?"

„Deplazierte Loyalität. Und die macht selten glücklich, wie Ihre Tochter Alice sehr richtig erkannt hat. Sie waren Ihrer Frau gegenüber loyal, genau wie Francine es ihrem Ehemann gegenüber ist. Und es hat Ihnen beiden kein Glück gebracht. Oder war das jetzt zu vereinfacht dargestellt?"

Timothy folgte schweigend ihrem Beispiel und bestrich die Ecke seines Croissants dick mit Aprikosenmarmelade, dann lehnte er sich zurück und seufzte tief. „Vielleicht sollte ich das alles einfach bleiben lassen und mich ganz auf meine Familie konzentrieren."

„Unsinn. Im Moment tut es noch weh, aber es wird irgendwann besser." Sie leerte ihre Kaffeetasse. „Sagten Sie nicht, Sie haben einen Sohn? Haben Sie schon mit ihm darüber geredet?"

Timothy verschluckte sich an seinem Croissant und begann zu husten. „Nein, hab ich nicht", krächzte er schließlich mit wässrigen Augen und hochrotem Kopf. „Unsere Ansichten gehen zum Teil recht weit auseinander."

„Oh. Verstehe."

„Ich glaube kaum – sollte ich meinem Sohn gegenüber unvorsichtigerweise je erwähnen, was ich getan habe, würde er mich garantiert stante pede in eine geschlossene Anstalt einweisen lassen."

„Du meine Güte!" Rosamund gab ein belustigtes Grunzen von sich, und dann prustete sie los. Sie musste so lachen, dass ihr irgendwann sogar Tränen über die Wangen liefen. „Sie Ärmster!", keuchte sie. „Tja, wir können uns unsere Freunde aussuchen, aber nicht unsere Verwandtschaft, stimmt's?"

„Wohl wahr." Timothy trank einen großen Schluck Kaffee. „Wobei ich hin und wieder selbst den Eindruck habe, dass ich nicht mehr alle Tassen im Schrank habe. Und was das Aussuchen von Freunden angeht, habe ich in letzter Zeit ein denkbar schlechtes Urteilsvermögen an den Tag gelegt."

Als Rosamund verstummte und eine Augenbraue hob, fügte er hastig hinzu: „Ähem, Verzeihung, das war natürlich nicht auf Sie gemünzt."

„Na dann." Sie lachte erneut und blickte versonnen auf das Meer hinaus. „Sie werden sehen, Sie kommen darüber hinweg", versicherte sie ihm und fügte abschließend hinzu: „Das Leben ist voller Überraschungen." Damit erhob sie sich, tätschelte ihm sanft die Schulter und ging ins Haus, um sich umzuziehen.

„Auf Serena und Archie!“ Rosamund hob ihr Glas. Das war schon der dritte Trinkspruch, den sie im Laufe der vergangenen drei Stunden auf die beiden ausgebracht hatte.

„Auf Serena und Archie!“, wiederholte Timothy, während die frisch Verlobten einen etwas verlegenen Blick wechselten.

Sie saßen zu viert am Esstisch auf der sonnigen Terrasse und tranken gerade den letzten Rest der zweiten Flasche Laurent-Perrier Grand Siècle, die Jonathan ihnen zum Hummer mit Erdbeeren serviert hatte.

„Ich glaube, heute lässt du besser mich ans Steuer, Archie“, sagte Serena zu ihrem Verlobten, der aus Freude über das unerwartete Wiedersehen mit Timothy bereits etwas zu tief ins Glas geschaut hatte.

„Diesmal ist es übrigens kein Bentley, sondern ein ganz profaner VW Golf“, sagte Archie, zu Timothy gewandt.

„Aber immerhin ein Cabrio“, fügte Serena hinzu.

„Wollen wir uns ein bisschen die Beine vertreten, Timothy?“, schlug Archie vor und deutete mit dem Kopf auf die Treppe, die in den Garten hinunterführte.

Timothy sah zu Serena, die lächelnd sagte: „Nur zu, ich leiste Rosamund Gesellschaft.“

Die beiden Männer standen auf, Archie ging voran.

„Wir sind gleich wieder da“, versicherte er seiner Verlobten mit einem Blick über die Schulter. Sobald sie sich außer Hör- und Sichtweite befanden, fragte er Timothy: „Sag mal, ist alles in Ordnung? Du wirkst irgendwie bedrückt.“

Timothy blieb neben einem großen Felsblock stehen. Der krächzende Schrei einer Möwe zerriss die Luft, dann herrschte wieder Stille, einmal abgesehen vom leisen Plätschern der Wellen an der Steilküste tief unter ihnen.

„Ach, hab mich ziemlich dumm angestellt, das ist alles.“

Archie riss die Augen auf. „Was ist denn passiert?“

Beim Anblick seiner besorgten Miene winkte Timothy ab. „Keine Sorge, es ist nicht weiter schlimm. Ich bin enttäuscht worden."

„Die liebe Familie?"

„Nein, zum Glück nicht."

„Oh, du meinst ... Liebeskummer?"

Timothy nickte.

„Bist du abserviert worden?"

„Ja."

Archie legte ihm einen Arm um die Schultern. „Das tut mir leid." Er zögerte kurz, dann fragte er: „Kanntest du sie schon, bevor du in Monaco warst?"

„Ja. Es ging alles ziemlich schnell."

„Ein *coup de foudre*?"

„Wie bitte?"

„Das sagt man hier, wenn man sich Hals über Kopf in jemanden verknallt hat – Liebe auf den ersten Blick, mit Pauken und Trompeten sozusagen."

„Ja, das trifft den Nagel auf den Kopf. Im Grunde war es ein ganzes Orchester."

„Und eine Versöhnung ist ausgeschlossen?"

„Vollkommen ausgeschlossen. Wie sich herausgestellt hat, ist sie verheiratet. Und obendrein hat sie mich um einen ordentlichen Batzen Geld erleichtert."

„Auch das noch! Wie viel denn?"

„Zwanzigtausend Euro."

„Du liebe Zeit! Da muss es dich ja echt ganz schön erwischt haben."

„Du sagst es. Ich war ihr total verfallen."

Sie hatten die ganze Zeit über auf das Meer hinausgeblickt. Jetzt wandte sich Timothy zu Archie um. „Schon komisch ..."

„Für mich klingt das alles eher tragisch."

„Nein, ich meinte, letztes Mal hast du mir das Herz ausgeschüttet, und jetzt bin ich es, der sich den Kummer von der Seele redet und den Zustand seines Liebeslebens beklagt."

„Hast du es Tante Rosamund erzählt?"

„Ja, vorhin beim Frühstück. Sie war der Meinung, du müsstest es ja nicht erfahren, aber irgendwie hatte ich das Bedürfnis, es dir zu sagen. Ich weiß auch nicht, warum. Wahrscheinlich wollte ich noch ein bisschen bemitleidet werden."

„Also, ich fühle mich geschmeichelt. Danke, dass du es mir erzählt hast."

Timothy setzte ein Lächeln auf. „So, und nun zu einem weitaus erfreulicheren Thema: Wann werdet ihr heiraten?"

„Im Frühjahr."

„Und wie hat dein Vater reagiert?"

Archie lachte. „Er war hellauf begeistert. Ich glaube, ich habe zum ersten Mal in meinem Leben etwas getan, das seine Zustimmung findet."

„Ich freue mich sehr für euch beide. Serena ist ein tolles Mädchen. Aber lass dir eins gesagt sein …"

„Was denn?"

„Falls sie dich um zwanzigtausend Euro anpumpt, nimm die Beine in die Hand."

KAPITEL 40

Blue Anchor Cottage, Bosham, West Sussex

September

Zufriedenheit ist der größte Segen, der dem Menschen auf dieser Welt zuteil werden kann.

Joseph Addison (1672–1720)

Timothy blieb eine Woche bei Rosamund Hawksmoor, und ehe er den Nachhauseweg antrat, schärfte sie ihm noch einmal ein, das Beste aus seinem Leben zu machen. „Schluss mit den Selbstvorwürfen, ja? Sie haben ein gutes Herz, und Ihr Verhalten war längst nicht so egoistisch motiviert, wie Sie es sich einreden. Ziehen Sie sich wegen einer unglücklichen Affäre bloß nicht wieder in das Schneckenhaus zurück, aus dem Sie eben erst herausgekrochen sind. Andere Mütter haben auch schöne Töchter, und nicht alle von ihnen sind so hinterlistig“, sagte sie.

Nach seiner Rückkehr machte er sich sofort auf die Suche nach einem neuen Zuhause. Er hatte genaue Vorstellungen davon: Allzu groß musste es nicht sein, aber es sollte unbedingt über ein Atelier verfügen, in dem er malen konnte, und sich möglichst in Küstennähe befinden. Seine Wahl fiel schließlich auf ein hellblaues Fischerhäuschen mit Holzverkleidung in Bosham, direkt an der Flußmündung, nur sieben Kilometer von Chichester entfernt, sodass er Rosie, Ace und Elsie bei Bedarf praktisch täglich sehen konnte. Zugleich lieferte ihm die Entfernung zu Guildford ein gutes Argument dafür, seine Stippvisiten bei Oliver und Vita auf zwei bis drei pro Jahr zu begrenzen.

Alice hatte versprochen, ihn in den Ferien zu besuchen, und er konnte gar nicht in Worte fassen, wie sehr ihn das freute.

Im August zog er ein, nachdem er sämtliche Wände weiß getüncht und im Wohnzimmer ein Bücherregal aufgestellt hatte, das sich über die gesamte Breite des Raumes erstreckte. Wenn er nicht gerade in West Wittering oder auf der Isle of Wight unterwegs war, skizzierte er in seinem winzigen Atelier mit Blick auf den Hafen Landschaften und Jachten. Von wegen Frührentner – er war jetzt ein freischaffender Künstler und konnte vom Verkauf seiner Aquarelle an diverse Galerien vor Ort sogar ganz passabel leben. Schade nur, dass er nicht schon vor Jahren den Mut gehabt hatte, den Schritt in die Selbständigkeit zu wagen. Aber dafür war einfach die Zeit noch nicht reif gewesen, von den Umständen ganz zu schweigen. Isobel hätte garantiert ein Veto eingelegt.

Isobel … Es war noch nicht einmal ein Jahr her, dass sie gestorben war, und seither hatte sich sein Leben radikal geändert. Er würde es niemals bereuen, dass er sie geheiratet hatte – schon wegen der Kinder, die aus ihrer Ehe hervorgegangen waren. Das Verhältnis zu Oliver würde sich wohl weiterhin schwierig gestalten, aber was Rosie und ihre Familie – und nun auch Alice – anging, hatte er das Gefühl, dass sie auch in den kommenden Jahren ein fixer und erfreulicher Bestandteil seines Lebens und ein Quell der Freude sein würden. Und er durfte miterleben, wie seine Enkelin heranwuchs. Manchmal fragte er sich, was Isobel wohl zu all dem gesagt hätte – wie hätte sie auf die Enthüllung ihrer älteren Tochter reagiert? Und wie hätte sie sich in ihrer neuen Rolle als Großmutter gefallen? Er selbst stellte fest, dass das Gefühl, überflüssig zu sein, das in den letzten Jahren seiner Ehe sein ständiger Begleiter gewesen war, deutlich nachgelassen hatte. Er war kein passiver Statist mehr, hatte den Mut, er selbst zu sein und das zu tun, was ihn glücklich machte, wie Rosamund es ihm beim Abschied ans Herz gelegt hatte. Er war selbstbewusster geworden, und das quälende Gefühl, ein schlechter Ehemann gewesen zu sein, gehörte allmählich der Vergangenheit an. Es war alles gut so, wie es gekommen war, sagte er sich. Er musste die Vergangenheit ruhen lassen. Sie war für ihn ein Land, dem er zwar nicht endgültig den Rücken gekehrt hatte, das aber gewissermaßen hinter einer Grenze lag, die er nicht mehr allzu oft zu überschreiten gedachte.

Im September erhielt er eine Einladung zu einer Hochzeit im kommenden Frühling, die er stolz auf den Kaminsims in seinem winzigen Wohnzimmer stellte.

Der Aufdruck auf der edel aussehenden Karte lautete:

Der Graf und die Gräfin von Derwentwater
gestatten sich,
Sie zur Vermählung ihrer Tochter

Serena
mit
Mr. Archie Bedlington

in der Kirche St Enedoc, Trebetherick, Cornwall
einzuladen.

Die Karte sollte noch lange nach der Vermählung des glücklichen Paares dort stehen, als Erinnerung daran, dass Freundschaften, die man im fortgeschrittenen Alter schließt, bereichernd und langlebig sein können, und dass man auf Reisen mindestens ebenso viel über sich selbst lernt wie über die Orte, die man besucht.

Es kam noch mehr Post aus dem Ausland in diesem Herbst. Der erste Brief war von Archie und enthielt betrübliche Neuigkeiten – Rosamund war in der Nacht zum ersten September an einem Herzinfarkt gestorben. Jonathan hatte sie gefunden, nachdem sie nicht zur gewohnten Zeit zum Frühstück erschienen war. Dem Arzt zufolge hatte sie nicht allzu lange leiden müssen – aber sie musste gespürt haben, dass es mit ihr zu Ende ging, denn am Fuße ihres Bettes hatte das Manuskript ihres letzten Romans gelegen, mit einem rosa Band ordentlich zusammengeschnürt. Die Geschichte handelte von einem Mann Mitte fünfzig, der zu einer Grand Tour durch Europa aufbricht und erfahren muss, dass die Liebe auch für Menschen im fortgeschrittenen Alter mit allerlei Risiken verknüpft sein kann. Abgesehen davon weise der Roman kaum Parallelen mit Timothys Erlebnissen auf, versicherte ihm Archie, und außerdem habe Rosamund zum Schutz aller Beteiligten sämtliche Namen geändert.

Das zweite Schreiben war mit einer französischen Briefmarke versehen und bei Rosie gelandet, denn es war an Timothys alten Wohnort adressiert. Er nahm den Brief mit nach Hause und deponierte ihn auf dem Kaminsims, gleich neben der Hochzeitseinladung. Es dauerte ein paar Stunden, bis er den Mut fand, ihn zu lesen. Er setzte sich damit an den Küchentisch, schlitzte den Umschlag mit einem Messer auf und entnahm ihm einen mit der Schreibmaschine getippten Brief, in dem stand:

Mon chéri Tom,
ich habe eine Freundin gebeten, diesen Brief für mich zu schreiben, weil mein schriftliches Englisch nicht beson-

ders gut ist und es mir wichtig ist, dass Du verstehst, was ich Dir sagen will und was in den letzten paar Monaten in mir vorgegangen ist. Was passiert ist, tut mir schrecklich leid. Du hast bestimmt eine furchtbar schlechte Meinung von mir. Als ich Dich damals im Schlosspark von Versailles angesprochen habe, konnte ich nicht ahnen, was noch alles zwischen uns geschehen würde. Mir war gleich klar, dass Du sehr talentiert bist. Deine Bilder haben mich sehr beeindruckt, auch wenn Du vermutlich glaubst, dass das nur ein Vorwand war, um Dich anzusprechen. Was danach kam, war unverzeihlich.

Ich habe behauptet, ich hätte mich von Alain getrennt, aber das war gelogen. Es tut mir unendlich leid, dass ich Dich getäuscht habe. Was als Freundschaft zwischen uns begann, wurde schon bald sehr viel mehr für mich – ich habe mich in Dich verliebt, obwohl ich wusste, dass ich das nicht darf. Aber ich konnte nichts dagegen unternehmen. Wenn man die Gesellschaft eines Menschen so sehr genießt wie ich die Deine, dann ist es nicht leicht, ihn ziehen zu lassen. Der Abschied von Dir damals am Bahnhof hat mir fast das Herz gebrochen.

Aber wie gesagt, ich bin eine One-Man-Woman. Ich wollte mit Dir zusammen sein, aber ich wusste, ich muss bei dem Mann bleiben, den ich geheiratet habe. Wie hätte ich mit Dir zusammen sein können, wo ich doch ihm noch zu Treue verpflichtet war, so schmerzhaft das in den vergangenen Jahren auch für mich war?

Aber irgendwann habe ich gemerkt, dass es so nicht weitergehen kann. Alain hat unser ganzes Geld verspielt, und obwohl ich es mir lange nicht eingestehen wollte, musste ich irgendwann einsehen, dass unsere Ehe gescheitert ist. Wenn Mann und Frau einander nicht glücklich machen können, dann ist es für beide das Beste, getrennte Wege zu gehen. Das hätte ich schon vor vielen Jahren begreifen müssen. Also habe ich Paris verlassen, ohne jemandem zu sagen, wohin ich gehe, weder Alain noch Dir. Ich habe eine kleine Wohnung und verkaufe meine eigenen Bilder, und sobald ich genügend Geld zusammengekratzt habe, bekommst Du Deine zwanzigtausend Euro zurück. Das ist mein größtes Ziel – Dir zu beweisen, dass es mir nicht nur um das Geld ging.

Ich weiß, das ist alles sehr kompliziert, und mir ist bewusst, dass ich Dich enttäuscht habe, aber ich hoffe, du verstehst, in was für einer schwierigen Lage ich mich befand. Ich kann mir gut vorstellen, wie sehr Du gelitten haben musst, wenn Du nur halb so viel für mich empfunden hast wie ich für Dich. Du sollst wissen, dass ich Dich immer in meinem Herzen tragen werde.

Vielleicht sehen wir uns ja eines Tages wieder, wenn ich meine Schuld bei Dir begleichen kann. Erst dann werde ich in der Lage sein, Dir wieder gegenüberzutreten und Dich so zu lieben, wie ich es gerne möchte – treu und von ganzem Herzen.

Bis dahin, *mon chéri,* denk nicht allzu schlecht von mir.

In Liebe,
Francine

Er legte den Brief auf den Tisch, trat zum Fenster und blickte eine Weile zur Flußmündung hinaus, wo die Flut allmählich zurückging.

Am Fenstergriff hing ein kleiner Rosenkranz mit kastanienbraunen Perlen.

Vielleicht sehen wir uns ja eines Tages wieder, hatte sie geschrieben. Warum nicht? Vielleicht, eines Tages, in Venedig …

QUELLENNACHWEIS:

Sämtliche Zitate sind von der Übersetzerin selbst übersetzt, ausgenommen folgende:

S. 55, 63 und 219: Joseph Addison, „Anmerkungen über verschiedene Theile von Italien“, aus dem Englischen von Paul Emanuel Richter, Altenburg 1752.

S. 238 und 283: Karl Baedeker, „Italien in einem Bande – Von den Alpen bis Neapel. Kurzes Reisehandbuch“, Leipzig, Verlag von Karl Baedeker, 1895.

S. 36: Jane Austen, „Emma“, aus dem Englischen von Ilse Leisi © 1981 by Manesse Verlag, Zürich, in der Verlagsgruppe Random House GmbH, München.

S. 58: Edward M. Forster, „Wiedersehen in Howards End“, aus dem Englischen von Egon Pöllinger © 2004 by Süddeutsche Zeitung Bibliothek, München.

S. 226: Edward M. Forster, „Zimmer mit Aussicht“, aus dem Englischen von Werner Peterich © 2002 by Nymphenburger Verlag, München.

S. 279: Charles Dickens, „Bilder aus Italien“, aus dem Englischen von Ulrich C. A. Krebs © 1981 by Hugendubel Verlag, München.

Der Verlag hat sich bemüht, alle Rechteinhaber ausfindig zu machen und Abdruckgenehmigungen einzuholen. Trotz intensiver Recherche ist dies nicht in allen Fällen gelungen.